W0346256

Sally MacKenzie est née à Washington et vit dans le Maryland. *Le Duc mis à nu* a remporté le *Golden Leaf Award* pour un premier roman et la série *Noblesse oblige* connaît depuis un immense succès outre-Atlantique.

Du même auteur, chez Milady :

Noblesse oblige :
1. *Le Duc mis à nu*
2. *Le Marquis mis à nu*
3. *Le Comte mis à nu*
4. *Le Gentleman mis à nu*
5. *Le Baron mis à nu*
6. *Le Vicomte mis à nu*

Ce livre est également disponible
au format numérique

www.milady.fr

Sally MacKenzie

Le Comte mis à nu

Noblesse oblige – 3

Traduit de l'anglais (États-Unis) par Jean-Baptiste Bernet

Milady Romance

Milady est un label des éditions Bragelonne

Titre original : *The Naked Earl*
Copyright © 2007 by Sally MacKenzie

Suivi d'un extrait de : *The Naked Gentleman*
Copyright © 2008 by Sally MacKenzie

© Bragelonne 2012, pour la présente traduction

ISBN : 978-2-8112-0774-8

Bragelonne – Milady
60-62, rue d'Hauteville – 75010 Paris

E-mail : info@milady.fr
Site Internet : www.milady.fr

Helen R. Stanton
4 septembre 1917 – 23 mai 2006
Je t'aime, maman.

Pour mon père, qui lit de la romance,
et Kevin, Dan, Matt, David et Mike, qui n'en lisent pas.

Merci à mes collègues écrivains
(www.romanceunleashed.com)
grâce à qui je n'ai pas perdu la tête.

Chapitre premier

Robert Hamilton, comte de Westbrooke, avait toujours eu le sommeil léger. Il ouvrit les yeux dès le premier remous du matelas et découvrit aussitôt ce qui l'avait causé.

Une poitrine aussi imposante que dénudée s'agitait sous son nez – celle de lady Felicity Brookton. La jeune fille lui lança un regard malicieux et inspira profondément, comme si elle s'apprêtait à hurler.

Par tous les diables !

Robert jaillit du lit et se précipita vers la fenêtre. Pas le temps de s'encombrer d'un pantalon ou d'une paire de chaussures. Toute la maisonnée viendrait frapper à sa porte dès que retentiraient les cris de lady Felicity. Il se retrouverait sans doute très vite marié, obligé de prendre pour le restant de ses jours ses petits déjeuners en face d'elle.

Existait-il une meilleure description de l'enfer ?

Robert enjamba l'appui de la fenêtre et se laissa tomber sur le toit du portique au moment exact où retentissait le premier cri. Le jeune homme s'entailla le pied au passage, mais la douleur n'était rien comparée à la panique qui lui serrait la poitrine.

Il fallait fuir au plus vite.

Dieu merci, il avait inspecté la bâtisse depuis sa fenêtre dès son arrivée chez son hôte, le baron Tynweith. Les jeunes femmes de la bonne société étaient devenues si insistantes que Robert avait pris l'habitude de se ménager ainsi des issues de secours. Ah, si elles avaient su… Soit, s'il se retrouvait obligé de fuir son propre lit, nu comme un ver, le temps était peut-être venu de faire quelque chose. Une petite rumeur judicieusement semée suffirait à décourager les jeunes filles les plus déterminées à se marier. Le comte leva la tête vers sa fenêtre. Ou peut-être seraient-elles ravies de profiter de ses richesses et de son titre sans avoir besoin de passer entre ses draps.

Une brise printanière souffla sur le portique et Robert frissonna. Il ne pouvait pas rester planté là comme un imbécile. À tout moment, l'un ou l'autre des invités, alerté par les cris de Felicity, regarderait par la fenêtre et se demanderait ce que faisait le comte de Westbrooke au beau milieu de la nuit sans un habit sur le dos. Voyons ! La raison de sa présence sur le portique ne ferait aucun doute pour les hôtes de Tynweith. Ici ou dans son lit, il était pris au piège.

Le portique était beaucoup trop haut pour que Robert puisse sauter sans risquer de se briser le cou, et il n'était pas encore désespéré à ce point.

Felicity hurla de nouveau, et un autre cri lui répondit. Robert balaya du regard les fenêtres qui bordaient son perchoir ; la dernière était ouverte, et on distinguait la lueur d'une bougie à l'intérieur de la pièce. Le comte s'élança vers celle-ci sans perdre un instant, tout en espérant que la chambre n'était pas occupée par une femme.

Face à son miroir, les mains sur les hanches et les sourcils froncés, lady Elizabeth Runyon contemplait sa poitrine. Elle pencha la tête, ferma un œil, puis l'autre… Bah ! On aurait dit deux petits citrons comparés à l'opulente poitrine de lady Felicity, et aucun corset en Angleterre ne les ferait paraître plus gros qu'ils n'étaient.

Elle se tourna de profil, appuyée à la colonne de son lit. Peut-être cet angle serait-il plus flatteur ?

Non.

Un courant d'air froid s'engouffra par la fenêtre ouverte et glissa sur la peau d'Elizabeth. La jeune femme sentit ses tétons se durcir. Elle les couvrit aussitôt de ses mains et tenta de les presser pour leur rendre leur aspect originel.

Elle ressentait un étrange picotement, comme si la corde d'une harpe vibrait entre ses seins et son… son…

Elizabeth retira vivement les mains de ses seins, comme si ces derniers l'avaient brûlée. Elle aurait mieux fait d'enfiler sa chemise de nuit, de se glisser sous ses couvertures puis, ces dernières remontées jusqu'au menton, de s'endormir – mais la pièce tournait bien trop pour cela. Elle se cramponna de nouveau à la colonne de lit.

Ce dernier verre de ratafia avait été une grosse erreur. Elle ne l'aurait d'ailleurs jamais bu si elle ne s'était pas tant ennuyée. Pourvu qu'elle n'ait plus jamais à écouter Mr Dodsworth évoquer dans les moindres détails ses écuries. Sans l'aide de l'alcool, la jeune femme aurait sûrement fini par hurler. À sa connaissance, cet homme n'avait pas eu une seule pensée originale – ou qui ne concerne pas les chevaux – depuis qu'elle avait fait ses débuts dans le monde, trois ans auparavant.

Comment survivrait-elle à une autre Saison, obligée de voir encore et toujours les mêmes visages, d'écouter les mêmes conversations, de rire sottement aux mêmes potins ? C'était certes excitant quand elle avait dix-sept ans, mais à présent…

Pouvait-on mourir d'ennui ?

Et puis Meg n'était d'aucun secours. Elizabeth avait réussi à la persuader de quitter les plaines du Kent pour la merveilleuse Londres, mais son amie s'était révélée tout aussi assommante que Dodsworth, même si elle préférait disserter sur l'horticulture plutôt que sur les chevaux pour torturer ses interlocuteurs. Elle et son maudit jardin. Si elle l'avait pu, Meg y aurait passé tout son temps – et même pas en galante compagnie.

Elizabeth contempla la colonne de son lit d'un air renfrogné. Elle aurait mieux fait de verser son verre sur la tête de Robert. Quelle tête auraient fait les convives si lady Elizabeth Runyon, la sœur du duc d'Alvord, un homme tellement respectable, avait causé un tel esclandre !

La jeune fille était prête à parier son argent de poche du trimestre qu'elle aurait au moins réussi à attirer l'attention de Robbie.

Elle se contempla de nouveau dans le miroir. Rester ainsi dévêtue était très osé de sa part. Indécent, même. Suivre les règles ne lui ayant pas apporté ce qu'elle voulait – ou plutôt celui qu'elle voulait –, elle avait décidé de les enfreindre.

Elizabeth posa de nouveau les mains sur ses seins et soupira. Ces misérables petites choses ne les remplissaient même pas ; elles seraient perdues sous les grandes paumes de Robbie.

Elizabeth ferma les yeux à demi et se mordit la lèvre. Les mains de Robbie... ses longs doigts sur sa peau...

La jeune lady se sentait en effet bien hardie – et particulièrement échauffée. Elle frotta ses pouces contre ses tétons et la corde de harpe vibra de nouveau. Elle se passa la langue sur les lèvres et cambra les reins, les jambes légèrement écartées, en espérant que le vent rafraîchirait la partie de son corps qui en avait le plus besoin.

Et que se passerait-il si Robbie la touchait à cet endroit précis ?

Elle descendit lentement la main...

— Oh mon Dieu !

C'était une voix d'homme, rauque et étouffée. Elizabeth poussa un cri et découvrit dans le miroir le reflet d'un Robbie complètement nu.

Elle se retourna brusquement et s'agrippa à son lit pour ne pas tomber. La pièce tangua dangereusement. Oui, Robbie était bien là, à côté de la fenêtre, et toujours sans aucun habit sur le dos.

Elizabeth n'avait encore jamais vu d'homme nu, tableaux et sculptures exceptés, et elle n'arrivait pas à détourner le regard.

Les artistes étaient bien en deçà de la réalité.

Mais peut-être qu'aucun d'entre eux n'avait eu de modèle aussi splendide que Robbie.

Il semblait bien différent du Londonien civilisé qu'elle avait laissé au rez-de-chaussée – peut-être plus massif. Il n'avait pourtant pas pu grandir en se débarrassant de ses habits. Les ombres et les lignes de son cou, libéré des kilomètres de cravate et du col qui l'enserraient, auraient fait le ravissement d'un peintre. Quant à ses épaules… comment sa veste avait-elle bien pu les contenir ?

Elizabeth n'aurait jamais deviné que des poils dorés parsemaient la poitrine du comte, descendaient le long de son ventre musclé et entouraient…

Oh.

Elle n'avait jamais vu dans aucun tableau cet… appendice, long, droit et relevé.

Comment parvenait-il à dissimuler une telle chose dans son pantalon ?

Lizzie revint au visage de Robbie, encore plus rouge que ses cheveux. Était-il blessé ? Le pouce du forgeron avait bien doublé de volume quand celui-ci l'avait écrasé avec son marteau. Robbie avait-il cogné son appendice en entrant par la fenêtre ?

— Avez-vous mal ? demanda-t-elle. Allongez-vous sur mon lit, je vais chercher une compresse humide.

Robbie émit un petit bruit, entre le ricanement et le gémissement, puis ferma la fenêtre et tira les rideaux d'un geste vif.

— Non, je n'ai pas mal. Où est votre chemise de nuit ?

— Vous êtes sûr ?

Il était presque aussi superbe de dos. Elizabeth étudia ses fesses fermes. Elle aurait adoré les toucher.

— Vous en avez tout l'air pourtant, insista-t-elle.

— Dites-moi seulement où se trouve votre satanée chemise de nuit ! gronda-t-il en faisant volte-face, les mâchoires serrées. Mieux encore : enfilez-la immédiatement.

Lizzie n'appréciait pas du tout son ton autoritaire.

— Je n'en ai pas envie. J'ai chaud, très chaud.

Elle se sentait même moite entre les jambes, et descendit la main le long de son corps, curieuse.

— Mon Dieu, non !

Robert l'arrêta avant qu'elle atteigne son ventre, et serra de ses doigts chauds le poignet de la jeune fille. Elle aurait préféré les voir ailleurs : ses seins lui faisaient presque mal, ses tétons étaient durs comme la pierre.

— Enfilez votre chemise de nuit, répéta Robbie en lui secouant doucement le bras.

Il semblait un peu désespéré.

Lizzie secoua la tête. Il était assez près pour qu'elle sente son odeur. Il sentait… il sentait Robbie, pensa-t-elle en ricanant. C'était un peu ridicule, mais vrai. Un parfum musqué, épicé, plus puissant maintenant qu'il n'était plus étouffé par plusieurs couches de vêtements.

Robert ne pouvait s'empêcher de jeter de furtifs coups d'œil à ses seins, et ces derniers se dressèrent fièrement, ravis de toute cette attention. Elle brûlait d'envie de les frotter contre les poils qui ornaient la poitrine du comte.

Lizzie n'avait que faire d'une chemise de nuit ; elle voulait seulement presser son corps contre le sien. Elle haletait de désir.

N'y tenant plus, elle tendit sa main libre vers lui.

— Lizzie ! s'écria le comte en lui saisissant fermement l'autre poignet.

— Laissez-moi !

Elle se débattit, mais l'étreinte de Robbie, malgré toute sa douceur, se révéla infrangible. Soit, la jeune fille n'avait pas dit son dernier mot. Elle avait un frère plus âgé, et savait quand recourir à un petit mensonge quand le besoin s'en faisait sentir.

— Vous me faites mal !

Il la lâcha sur-le-champ.

Elle s'élança vers Robbie, mais l'homme la retint par les épaules.

— Lizzie, vous êtes ivre.

— C'est faux ! Je veux seulement vous toucher… s'il vous plaît. Laissez-moi faire.

Les bras de Robbie étaient trop longs. Elle avait beau essayer, impossible de l'atteindre.

— Je ne crois pas que ce soit une bonne idée. Mettez votre chemise de nuit.

— C'est une excellente idée, oui ! (Elle essaya de nouveau, sans plus de succès.) Pourquoi ne voulez-vous pas ?

— Parce que vous me semblez particulièrement grise, d'une part, et aussi parce qu'on va sans aucun doute venir d'une seconde à l'autre frapper à votre porte, voire à votre fenêtre. Vous ne voudriez pas qu'on nous trouve ainsi, n'est-ce pas ?

— Si ! répondit-elle entre deux hoquets.

Lizzie se jeta encore une fois sur lui. Elle allait fondre en larmes si elle ne sentait pas très vite la chaleur du corps de Robbie.

Ce dernier laissa échapper un petit grognement étrange.

— Vous ne diriez pas cela si vous étiez sobre.

— Bien sûr que si !

Elle cessa de lutter et toucha ce qu'elle pouvait. Les muscles des bras de Robbie étaient chauds et durs comme des rochers exposés au soleil. Lizzie parvenait à peine à entourer l'avant-bras de l'homme avec ses doigts. Elle lui caressa le poignet du pouce, vit une goutte de sueur perler sur sa lèvre supérieure et eut immédiatement envie de la lécher.

— Robbie, je vous aime. Depuis toujours.

Le comte serra la mâchoire.

— Non.

— Mais si !

— Une lubie de jouvencelle, tout au plus !

— Non. Embrassez-moi et vous verrez.

Le comte s'essuya le front contre son bras.

— Nous n'avons pas de temps à perdre, Lizzie.

— Oh que si ! Embrassez-moi.

— Lizzie ! (Il lui serra les épaules, mais relâcha son étreinte quand elle sursauta.) Lizzie, je vous en prie. Imaginez le scandale si on me surprend ici. James me tuerait.

— Bien sûr que non. C'est votre ami.

— Et vous êtes sa sœur. Croyez-moi, il le ferait.

— Je ne vois pas pourquoi. N'était-il pas nu quand il a rencontré Sarah ?

— C'est différent.

— Absolument pas.

— Vous comprendriez si vous n'étiez pas dans un état pareil. Allons, enfilez cette chemise de nuit.

— Très bien, mais lâchez-moi. Comment pourrais-je faire, avec vos mains sur mes épaules ?

— Vous avez raison, mais ne…

Robbie la libéra trop tôt. Elle se jeta sur lui et passa les bras autour de sa taille.

— Lizzie !

Tout aussi prompt, il prit la jeune fille par les hanches et la repoussa.

Elizabeth avait oublié cette partie tuméfiée de l'anatomie de l'homme. Elle n'avait pas voulu lui faire mal, mais brûlait tant de se presser contre lui ! Le peu qu'elle sentait était merveilleux. Elle caressait le dos de Robbie et, la joue pressée contre sa poitrine, écouta les battements frénétiques de son cœur, puis lécha un filet de sueur qui coulait le long de son torse avant de remonter vers son cou.

— Lizzie !

Elle adorait sentir les mains du comte sur ses hanches, mais il ne les bougeait pas assez à son goût : elle remua pour tenter de l'encourager. Peut-être fallait-il lui montrer comment s'y prendre ? Elle posa les mains sur les fesses de Robbie et glissa vers son estomac en prenant garde à ne pas toucher…

— Lizzie ! cria Robbie en s'éloignant d'un bond, comme ébouillanté.

— Vous ai-je fait mal ? Pardonnez-moi ! Je n'en avais pas l'intention. (Elizabeth baissa le regard et sourit, soulagée.) Mais non, regardez, vous allez mieux. Ce n'est presque plus enflé. Vous devriez pouvoir glisser votre… euh, le remettre dans votre pantalon.

— Mon Dieu, Lizzie !

Robbie serrait tellement les mâchoires qu'un muscle tressautait sur sa joue. Son regard semblait… habité.

— Robbie, je…

Elizabeth tressaillit. On frappait à la porte – et à la fenêtre.

— Que se passe-t-il ? s'écria-t-elle.

— Votre compagnie est arrivée.

Robbie la prit par les épaules, la fit pivoter et la poussa vers le lit.

— Votre chemise de nuit, vite !

Par tous les diables, Lizzie n'allait pas assez vite, et elle était de toute évidence complètement ivre. Comprenait-elle la gravité de la situation ? Bien sûr que non. Elle restait assise sur son lit et le regardait avec de grands yeux – enfin, une certaine partie de son anatomie en particulier.

Au moins, elle le laissait tranquille.

On frappa de nouveau. Celui qui maltraitait ainsi la fenêtre la briserait bientôt si Lizzie n'enfilait pas très vite sa chemise de nuit.

Robert souffla sur la bougie, ne laissant pour tout éclairage que les braises qui rougeoyaient dans l'âtre. La pénombre aiderait peut-être la jeune fille à se concentrer.

— Enfilez votre chemise de nuit, que diable !

— Hum ?

— Lizzie, rhabillez-vous immédiatement. Vous devez répondre à la porte.

Il tendit la main pour l'aider – et lui toucha malencontreusement un sein.

— Mmm…

Grands dieux, voilà qu'elle ronronnait. Si seulement… Non, c'était insensé.

— Lizzie !

Robert s'efforçait de parler aussi doucement que possible, mais il aurait tout aussi bien pu crier sans qu'on l'entende, avec tout le chahut au-dehors.

— Lizzie… Ah !

Il lui saisit le poignet pour écarter sa main baladeuse.

— Je vous ai fait mal ? Vous êtes de nouveau enflé.

— Lizzie, je vous en supplie, mettez votre chemise de nuit et allez ouvrir cette porte.

La jeune fille soupira et Robert sentit son souffle lui caresser le ventre.

— D'accord, mais pourrez-vous me toucher de nouveau quand ils seront partis ? demanda-t-elle. C'était si agréable.

Par tous les diables, pesta intérieurement Robert en serrant les poings. Il avait soudain très envie de frapper quelque chose, mais tâcha de ne pas élever la voix.

— Nous verrons, mais pour l'instant, soyez gentille et enfilez cette chemise de nuit.

Les coups redoublèrent d'intensité et Robert entendit des cris étouffés. Au moins James n'était pas là : il était retenu à Alvord, où son deuxième enfant s'apprêtait à voir le jour.

— Vite ! D'abord la porte. Faites comme si vous veniez de vous réveiller, et n'oubliez pas : je ne suis pas là.

— Vous n'êtes pas là. D'accord.

Robert regarda la jeune fille se diriger vers la porte, puis il sauta sur le lit et ferma les courtines.

Betty, la domestique de Lizzie, devait au moins être morte si un tel vacarme ne l'avait pas réveillée – encore fallait-il qu'elle soit dans son lit. Selon toute vraisemblance, elle se cachait plutôt quelque part avec le valet de Robert. Ce n'était un secret pour personne, ces deux-là s'entendaient à merveille, et Collins lui-même n'était pas avare d'allusions. Robert commençait d'ailleurs à craindre pour sa vie quand l'homme le rasait tous les matins.

Betty et Collins seraient ravis s'il épousait Lizzie. Lui aussi, bien entendu, mais cela n'arriverait jamais. Robert soupira. Quand il l'avait vue devant le miroir, la flamme de la chandelle éclairant sa peau nue, glisser la main vers cet endroit où il aurait tant voulu s'immiscer…

Robert enfouit son visage dans un oreiller. Terrible erreur : il inhala l'odeur de la jeune femme et durcit davantage.

Le comte étouffa un gémissement.

La porte s'ouvrit et laissa entrer voix et lumière. Il allait falloir un miracle pour qu'on ne le trouve pas.

Robert pria.

— Il est ici, n'est-ce pas ? Je le sais ! (Lady Felicity Brookton, vêtue d'une robe de chambre couleur pistache, poussa Lizzie et entra dans la pièce en brandissant une bougie.) Où le cachez-vous ?

Lizzie passa la tête par la porte en clignant des yeux. La moitié de la maisonnée s'était rassemblée dans le couloir.

— On frappe à la fenêtre.

L'imposante lady Caroline, fille du comte de Dunlee, traversa la pièce avec force manœuvres et ouvrit les rideaux.

— Oh, regardez, c'est lord Peter !

— Laissez-le entrer, répondit lady Felicity en inspectant la penderie.

Lizzie aurait voulu pouvoir réfléchir ; ce dernier verre avait vraiment été une mauvaise idée. Elle avait l'impression d'avoir la tête remplie de coton.

Elle ne pouvait pas laisser tous ces curieux débusquer Robbie. Lady Felicity allumait déjà toutes les bougies. Comment l'arrêter ? Sa chambre n'était pas si grande que cela.

Lord Peter, vêtu d'une simple chemise et d'un pantalon, se glissa par la fenêtre.

— Je l'ai vu passer par là, dit-il en ricanant. Difficile de le manquer dans la nuit, avec des fess… (il toussa) des chevilles aussi blanches que les siennes.

— Dans ce cas, où est-il, Elizabeth ? demanda lady Felicity en lançant un regard noir à la jeune fille.

— Qui donc ?

— Lord Westbrooke, bien entendu ! Ne vient-il pas d'entrer par cette fenêtre ?

— Euh…, balbutia Lizzie, l'esprit complètement vide.

— Lady Felicity, vous n'insinuez sûrement pas que lord Westbrooke puisse se conduire d'une manière aussi déplacée ?

Lizzie n'eut pas besoin de se retourner pour savoir que lady Beatrice, sa chaperonne attitrée pour la Saison, venait d'entrer dans la pièce. Dieu soit loué ! Lady Bea saurait comment s'occuper de cette pagaille.

— Je sais ce que j'ai vu, rétorqua Felicity en levant le menton.

— Et qu'avez-vous vu exactement, mademoiselle ? demanda lady Bea, le sourcil haussé.

— Lord Westbrooke sauter nu par la fenêtre.

— Je croyais qu'il était entré.

— Pas celle-ci !

— Celle de votre chambre, dans ce cas ? Reprenez-moi si je me trompe, mais l'inconscient qui s'y risquerait se retrouverait aussitôt écrasé sur la terrasse, en contrebas – mais peut-être avez-vous changé de chambre récemment ? J'étais sûre que vous dormiez à quelques portes de moi, de l'autre côté du couloir.

Lady Felicity devint écarlate. Elle ouvrit la bouche, mais aucun son n'en sortit.

— Regardons dans le lit, Felicity, dit Peter. Je parie que Westbrooke se cache sous ces draps.

— Lord Peter !

Toute l'assemblée se retourna vers la femme menue qui avait réussi à se frayer un chemin jusqu'à la chambre. La duchesse de Hartford – lady Charlotte Wickford, avant qu'elle épouse le vieux duc – était pourtant la dernière personne que Lizzie aurait imaginé venir à sa rescousse. Charlotte la détestait. Pour être honnête, elle haïssait surtout James, mais ce dernier passait dernièrement le plus clair de son temps dans le Kent, et Lizzie était une cible bien plus facile.

— Qu'y a-t-il, madame ? Souhaitez-vous vous en charger en personne ? demanda Peter en désignant les courtines.

Charlotte le foudroya du regard et l'homme baissa le bras en rougissant.

— Si personne ne s'y résout, je le ferai ! s'écria Felicity en empoignant un rideau.

— Lady Felicity, Elizabeth aurait donc selon vous attiré un homme dans son lit ?

Le ton glacial de Charlotte arrêta net la main de la jeune fille.

Felicity regarda la poitrine menue de Lizzie et cette dernière s'empressa de croiser les bras.

— Attirer ? Je ne vois pas avec quoi. Cependant…

— Cependant, si lord Westbrooke était assez hardi pour rendre visite à Elizabeth en pleine nuit, je suppose qu'en bon gentleman, il la demanderait en mariage. Le frère d'Elizabeth, le duc, insisterait sûrement, n'est-ce pas ?

Le visage de Felicity se décomposa.

— D'ailleurs, si Westbrooke était en effet caché derrière les rideaux de ce lit, je suis persuadée qu'il épouserait Elizabeth avant la fin de la semaine. (Charlotte sourit.) Ne seriez-vous pas ravie de danser à tel mariage, Felicity ?

Lady Felicity laissa retomber son bras.

— Oui, vous avez raison, bredouilla-t-elle. Lord Westbrooke n'entrerait jamais ainsi dans la chambre d'Elizabeth. Je ne sais pas ce qui m'a pris.

— Moi, si, intervint Peter. Vous m'avez dit que…

— Lord Peter !

L'homme regarda Charlotte, les sourcils froncés.

— Je crois que nous dérangeons lady Elizabeth, dit la duchesse en passant la main sur la manche de Peter. Il est temps de vous coucher, ne croyez-vous pas ?

L'homme la dévisagea un instant, l'air interloqué, puis sourit.

— Vous avez raison, madame.

— Bien entendu, répondit Charlotte. (Elle se tourna vers Felicity.) Je crois que vous avez rêvé tout ceci, mademoiselle. Parfois nos songes nous semblent incroyablement vrais, ne trouvez-vous pas ?

Felicity détacha son regard du lit.

— Oui… Oui, probablement. Je confonds parfois rêve et réalité.

— Exactement. (Charlotte se dirigea vers la porte, Peter à ses côtés.) Navrée de vous avoir dérangée, lady Elizabeth. Je suis certaine que vous brûlez de retourner… dormir, dit-elle avec un léger sourire. Vous cachez bien votre jeu, mademoiselle.

Lizzie regarda la troupe se disperser. Lady Beatrice ferma la marche, non sans avoir regardé le lit, dubitative.

— Quelque chose à me dire, Lizzie ?

— Euh, non.

— Vous en êtes bien sûre ?

La jeune fille acquiesça. Elle n'avait pas envie d'évoquer les curieux événements qui venaient de se dérouler. Peut-être même était-elle, elle aussi, victime d'un rêve particulièrement réaliste.

— Je ne me sens pas très bien, madame. Je crois que je vais me recoucher à présent.

— Je suis certaine que votre frère le duc éviscérerait quiconque jouerait avec la réputation de sa sœur – ou lui ferait le moindre mal, lança lady Beatrice en direction du lit.

— Moi aussi. Merci, et bonne nuit, répondit Elizabeth.

La jeune fille poussa doucement lady Bea vers la sortie, ferma la porte derrière elle puis s'adossa contre le bois en soufflant bruyamment, le regard rivé sur les courtines.

Avait-elle rêvé tout ceci ? Cette soirée était-elle simplement le fruit de son imagination – et de ses excès ?

Il n'y avait qu'un moyen de le savoir. Elizabeth se dirigea vers le lit d'un pas décidé.

Chapitre 2

— Mais qu'as-tu donc dans le crâne ? s'écria Charlotte en entraînant Felicity dans sa chambre.

Elle avait parfois envie de secouer la jeune fille comme un prunier. Si Felicity voulait vraiment attirer lord Westbrooke dans ses filets, elle devrait se servir de sa tête pour autre chose que maintenir ses oreilles en place ! Se laisser guider par ses bas instincts était l'apanage de ces messieurs, pas des femmes.

— N'attends-tu pas de la visite ? demanda Felicity.

— Oui, grâce à toi.

Charlotte inspira profondément pour réprimer sa contrariété. Après tout, ce n'était pas plus mal. Elle avait besoin de lord Peter dans son lit. Le mélodrame de cette nuit avait eu raison de sa réticence initiale. Elle regarda sa montre.

— Je lui ai expliqué que toi et moi devions parler, mais il sera bientôt là, dit Charlotte.

Et bientôt parti, espéra-t-elle. Elle avait également besoin d'une ou deux gorgées de brandy pour se donner du courage.

— Peter n'est pas un homme très patient, dit Felicity.

— Ni très intelligent. Si je ne l'avais pas distrait – en te serrant la bride au passage – Westbrooke serait fiancé à l'heure qu'il est, mais certainement pas avec toi. On ne t'a jamais appris à être discrète ?

Charlotte se dirigea vers son bureau. Pourquoi avait-elle accepté d'aider Felicity à piéger Westbrooke ?

La réponse était très simple : parce qu'ainsi, la sœur du duc d'Alvord ne pourrait pas épouser le comte. Elizabeth se laisserait peut-être dépérir, ce qui ne manquerait pas de faire souffrir son frère.

Charlotte avait cru mourir quand, trois ans auparavant, Alvord avait choisi d'épouser une Américaine. Elle était cependant déterminée à devenir duchesse, ce qui ne lui avait plus laissé que l'octogénaire Hartford. Alors qu'elle longeait l'allée centrale de St George pour rejoindre le vieillard décrépit qui s'apprêtait à devenir son époux, elle avait juré de faire payer Alvord – et ce jour était peut-être enfin venu.

Charlotte attendit le petit frisson qui accompagnait toujours ses projets de vengeance, en vain.

La duchesse ne ressentait rien.

Elle ouvrit violemment le tiroir de son bureau et l'arrêta avant qu'il ne sorte complètement et projette son contenu au sol.

Que lui arrivait-il ? Charlotte prit une petite flasque en argent et referma doucement le meuble. C'était sans doute cette partie de campagne. Elle était sur les nerfs depuis leur arrivée. Elle aurait dû prévoir que la demeure de Tynweith lui ferait cet effet.

Charlotte déboucha le petit récipient et respira l'odeur piquante du brandy.

Non, en vérité, la vengeance n'était plus sa préoccupation première.

Les forces de Hartford déclinaient ; il voulait un héritier. Le temps pressait.

Charlotte sentit son estomac se nouer, une sensation bien trop familière.

— Il n'a jamais été question de discrétion, protesta Felicity en se laissant tomber dans un fauteuil, près de l'âtre. C'est moi que l'on devait surprendre au lit avec Westbrooke. Qui aurait cru qu'il se jetterait par la fenêtre ?

— Tu aurais pu le deviner. Il est devenu maître dans l'art d'esquiver les mariages… et de t'éviter, toi.

Charlotte leva la flasque vers ses lèvres, puis s'arrêta à mi-chemin.

— Un peu de brandy ? proposa-t-elle.

— Non.

— Comme tu veux.

Charlotte but une grande gorgée et, comme toujours, la boisson la réconforta. Elle ferma les yeux et savoura la douce chaleur qui se diffusait dans sa poitrine.

Elle serait restée à Londres si elle n'avait pas eu tant besoin des services de lord Peter.

— Tu devrais faire attention avec cette flasque si tu ne veux pas que ton amant te retrouve sans connaissance.

— Ne t'inquiète pas pour moi.

Charlotte aurait bien voulu être évanouie pendant l'opération, mais lord Peter préférerait sans doute une partenaire consciente. Cela ne ferait de toute façon pas grande différence, si elle s'en fiait à son expérience avec Hartford.

Elle s'assit dans un fauteuil face à Felicity.

— Je me demande bien ce qu'a pensé lady Elizabeth quand elle a vu Westbrooke arriver dans sa chambre, nu comme un ver.

— J'aurais cru que cette petite pudibonde hurlerait assez fort pour réveiller ce vieux sourd de Mr Maxwell dans sa maison de Londres, grogna Felicity.

— Je la pensais moi aussi très prude, mais je n'en suis plus si sûre. A-t-elle ne serait-ce qu'un instant perdu son calme quand nous étions tous rassemblés dans sa chambre, et toi sur le point d'ouvrir les courtines de son lit ? Je n'aurais jamais deviné qu'elle y cachait un homme nu. (Charlotte but une nouvelle gorgée de brandy.) Es-tu au moins sûre que Westbrooke était là ?

— Certaine. Lord Peter l'a suivi, et l'a vu entrer par cette fenêtre.

— Je ne vois pas lady Elizabeth accueillir un lord Westbrooke complètement nu dans sa chambre. Cela dit, son frère s'est toujours comporté en parfait gentleman, et tu sais ce qu'on racontait à son sujet.

— Qu'il était un véritable satyre, dit Felicity avec un sourire narquois. Il semble aujourd'hui très satisfait de rester chez lui avec son épouse.

— Sais-tu qu'elle attend un autre enfant ?

Charlotte sentit de nouveau l'anxiété lui tordre les entrailles.

— C'est ce que j'ai appris. Voilà pourquoi Elizabeth a pour chaperonne lady Beatrice cette Saison. Ceci, et le fait que la belle-sœur de Knightsdale ait enfin été traînée à Londres. (Felicity prit une miniature sur une table basse et l'inspecta soigneusement.) Ça te ressemble.

Charlotte aurait dû cacher ce minuscule tableau dans un tiroir.

— C'est moi.

— As-tu pour coutume de voyager avec ton portrait ? J'aurais cru que ton miroir suffirait.

— Ce n'est pas à moi.

Charlotte se mordit la langue : elle aurait mieux fait de mentir.

— Pas à toi ? demanda Felicity en plissant les yeux. Mais comment est-ce arrivé ici ?

— Notre hôte a un curieux sens de l'humour.

Les narines de Felicity frémirent comme celles d'un chien ayant reniflé un renard.

— Mais pourquoi a-t-il une miniature de toi ?

— Je n'en ai pas la moindre idée. Tu devrais peut-être lui demander.

Felicity reposa le petit tableau et prit une figurine de porcelaine qui représentait une bergère.

— C'est peut-être lui que tu aurais dû choisir pour venir dans ton lit.

— Oh non, Peter est parfait.

Peter avait dix bonnes années de moins que Tynweith et, plus important encore, sa famille avait la réputation de produire une majorité d'hommes. Il lui donnerait un fils. Une fille ne ferait pas l'affaire.

— Comptes-tu lui faire part de vos projets ?

— Peut-être, ou peut-être pas. (Charlotte n'arrivait même pas à imaginer une telle conversation.) Sûrement pas. Il n'a pas besoin de savoir.

— Mais il va penser que tu le désires, alors que seule sa semence t'intéresse.

— Ce n'est pas mon intention. De toute façon, penser est superflu pour ce que j'attends de lui.

Felicity ricana.

— Tu as raison.

— Je lui offre un peu d'exercice gratuit, pourquoi se plaindrait-il ?

— C'est vrai, mais… expliqueras-tu tout ceci à Hartford ?

— Sûrement pas.

— Ne risque-t-il pas de se douter de quelque chose ?

— Je ne vois pas pourquoi. Tous les nourrissons se ressemblent, et il ne vivra sans doute pas assez longtemps pour voir l'enfant grandir.

En tout cas, Charlotte l'espérait de tout son cœur. Elle n'aurait jamais cru qu'il survivrait aussi longtemps.

— Et si c'est le cas, Peter a presque le même teint que moi, ajouta-t-elle. Hartford pensera seulement que l'enfant est mon portrait craché.

— Certes, mais comment un homme pourrait planter une graine s'il est incapable de labourer son champ ?

— Ce n'est pas un problème pour lui.

— Tu veux dire que Hartford arrive toujours à..., commença Felicity avec une grimace de dégoût.

— Oui, toujours. Chaque jeudi soir, à l'exception des deux derniers où, malgré tous ses efforts, il n'a pas réussi à se montrer à la hauteur.

Charlotte s'administra une nouvelle dose de brandy.

Hartford ne soupçonnerait rien si elle parvenait à tomber enceinte durant cette partie de campagne. Il était parvenu à accomplir son devoir conjugal trois jeudis plus tôt, et les cycles de Charlotte n'étaient pas particulièrement réguliers. Qui sait ? Peut-être même que Hartford avait réussi son affaire, et qu'elle faisait tout ceci pour rien.

— Je pensais... qu'une graine plus jeune permettrait à la plante de pousser plus vite.

— Au moins, le plantage sera plus agréable, dit Felicity avec un grand sourire.

— Peut-être.

Charlotte en doutait. Pour elle, c'était un acte inconfortable, salissant et gênant dans son essence même. Comment le fait de changer de partenaire pourrait-il changer cela ?

— J'espère que lord Peter ne voudra pas donner une grande représentation. Tu m'as dit que ce n'était pas son genre.

— Ne t'inquiète pas, Peter a pour réputation d'être très rapide, lui assura Felicity. L'homme idéal pour folâtrer au cours d'un bal. Il peut faire son affaire pendant qu'on passe une danse… voire entre deux tours de piste, s'il le faut.

—Charmant.

Charlotte reboucha à regret sa flasque. Peter n'allait pas tarder à arriver.

—Donc, comment me retrouver avec la bague de Westbrooke à mon doigt ? demanda Felicity en examinant la bergère de porcelaine.

—Tu devrais peut-être jeter ton dévolu sur Peter. C'est un fils de marquis, après tout.

—Son cinquième fils ! Non, je veux le titre de Westbrooke, et sa fortune.

—S'il était vraiment dans la chambre d'Elizabeth, nous aurons sûrement droit à des fiançailles au cours du petit déjeuner.

Felicity serra farouchement la figurine.

—Non. Westbrooke est à moi.

—Fais attention ! s'écria Charlotte. Tynweith tient beaucoup à toutes ces babioles.

Felicity reposa prudemment l'objet.

—Alors pourquoi les mettre dans ses chambres d'amis ?

—Je suppose qu'il pense à tort que ses invités sont des êtres civilisés.

Lizzie alluma une bougie d'une main tremblante. Au moins, les événements de la nuit lui avaient éclairci les idées.

Elle observa le lit ; jusque-là, rien n'avait bougé derrière les rideaux. Avait-elle tout imaginé ? Il n'y avait qu'un moyen de le savoir : elle tendit la main vers le tissu…

—Ah !

Robbie avait tiré la courtine d'un coup sec et regardait Lizzie avec de grands yeux.

— Chut ! Vous voulez qu'ils reviennent ? Et faites attention avec cette bougie, vous allez nous faire brûler.

Lizzie avait déjà l'impression qu'un feu consumait les parties les plus saugrenues de son anatomie : ses seins et son… ventre. Robbie était toujours nu. Il s'était glissé sous le drap jusqu'à la taille, laissant son torse à découvert. La lueur de la bougie dessinait sur sa peau des zones d'ombre qui ne demandaient qu'à être explorées.

Lizzie avait vraiment très chaud.

Robbie se détourna et tira sur le drap. Lizzie en profita pour admirer les muscles qui jouaient sur son dos et l'arrière de ses bras.

— Lizzie, pourriez-vous me donner un coup de main ?

— Pardon ?

Un coup de main ? Mais où ? Elle aurait fait ce qu'il voulait avec ses mains, comme par exemple les poser sur ses épaules, descendre le long de son dos, sous ce drap…

— Je n'arrive pas à le dégager.

— Pardon ?

— Vous n'avez donc que ce mot à la bouche ? Le drap est coincé. Pourriez-vous tirer sur les coins ? Je vais devoir vous l'emprunter pour regagner ma chambre.

— Oh oui, bien sûr.

Lizzie posa sa bougie et libéra l'étoffe. Robbie se la passa autour de la taille et descendit de l'autre côté du lit.

— J'ignore pourquoi Charlotte est venue à notre secours, mais je ne m'en plains pas, dit-il. Imaginez un peu si Felicity avait ouvert ces rideaux ! Cela aurait été extrêmement gênant.

— Oui, oui…

Lizzie ne pensait qu'au torse et aux épaules de Robbie. À ses bras musclés. Elle aurait tant voulu que ce drap tombe.

Bondirait-il de nouveau si elle le touchait ?

Elizabeth entreprit de contourner le lit, mais au même moment Robbie partit vers la fenêtre et s'éloigna de la jeune fille.

—Veuillez m'excuser de vous avoir réveillée.

—Je ne dormais pas, dit Lizzie en rougissant.

Robert s'empourpra lui aussi. Il se rappelait sans doute ce qu'elle faisait quand il avait fait irruption dans sa chambre.

—Acceptez tout de même mes excuses. J'étais dans une situation désespérée.

Lizzie tenta de lui attraper le bras, mais il se dégagea, s'empêtra dans le drap et se rattrapa de justesse au mur.

—Mais pourquoi être venu dans ma chambre ?

Robbie empoigna l'appui de la fenêtre et se retourna.

—Je ne cherchais pas à entrer dans votre chambre, Lizzie, mais à fuir la mienne. Comme vous l'avez sans doute deviné avec toute cette agitation, j'ai cette nuit, à ma grande surprise, trouvé Felicity dans mon lit – or je peux vous assurer qu'elle n'y était pas invitée. J'ai dû m'enfuir au plus vite.

—Par la fenêtre.

Robert haussa les épaules, ce qui fit bouger les muscles de sa poitrine d'une façon tout à fait captivante.

—Je n'avais pas le choix. Je suis sûr que Peter attendait dans le couloir pour m'attraper par la peau du cou au premier cri de Felicity.

—Felicity est une jeune femme très résolue.

—Résolue ? C'est une folle, oui !

Lizzie se mordit la lèvre et serra les poings sur sa chemise de nuit pour résister à la tentation de toucher Robbie.

—Une fois sur le portique, je n'avais plus vraiment le choix : votre fenêtre était la seule ouverte. J'espérais que c'était celle de Parks : il est arrivé tard, après que la plupart des convives se furent retirés.

— Je sais, il occupe la chambre voisine.

— Ce dont je me suis très vite rendu compte.

Robbie se pencha par la fenêtre pour regarder d'un côté, puis de l'autre.

— Auriez-vous épousé Felicity si son plan avait fonctionné ? demanda Elizabeth.

— Oui, je suppose… quelle idée terrifiante. Croyez-moi, je vais trouver un moyen pour bien fermer ma porte. (Robert s'assit sur le rebord de la fenêtre et passa les jambes de l'autre côté.) Je suis navré pour toute cette, hum… agitation. Je pense – j'espère – qu'il n'y aura pas de répercussions.

— Des répercussions ?

Robbie haussa les épaules – un geste qui se révélait nettement plus intéressant quand celui qui l'exécutait était nu.

— Des rumeurs, ce genre de choses, répondit le comte sans jamais croiser son regard. Je suis certain que tout ceci se calmera si nous ne prêtons pas attention aux commérages.

— Oui, bien entendu.

Ne valait-elle pas mieux que Felicity ? Jamais elle ne le forcerait à l'épouser !

— Parfait ! Dans ce cas, nous nous verrons demain matin. (Robbie se laissa tomber sur le toit du portique.) Dormez bien.

— Vous aussi.

Lizzie avança la tête par la fenêtre et le regarda regagner sa chambre. Son drap glissa et Elizabeth retint son souffle, mais le comte le rattrapa prestement, ne lui offrant qu'un aperçu du haut de ses fesses musclées.

Une fois arrivé à hauteur de sa fenêtre, il posa les mains sur ses hanches. Allait-il se défaire de son pagne de fortune ? Grimper dans sa chambre serait beaucoup plus facile sans.

Lizzie se pencha encore davantage. Oui, il desserrait le drap…

Robert se retourna, vit Elizabeth au moment où le tissu franchissait ses hanches, et il le retint.

La jeune fille manqua de pousser un hurlement de frustration.

Robbie lui adressa un signe de la main. Elle lui rendit son salut, mais il ne bougea pas. Il n'essaierait pas de grimper dans sa chambre tant qu'elle le regarderait. Lizzie recula d'un pas…

Et se pencha de nouveau. Elle ne vit que le drap ondoyer doucement.

Lizzie referma la fenêtre en soupirant et tira les rideaux. Maintenant que Robbie était parti, elle pouvait réfléchir plus clairement. Elle se regarda dans le miroir et rougit. Cette jeune fille vêtue d'une chemise de nuit au haut col avait tout à fait l'allure virginale qu'on attendait de la jeune sœur d'un duc, et pourtant, un peu plus tôt…

Quel mal s'était emparé d'elle ? Lizzie se couvrit la figure de ses mains ; ses joues étaient brûlantes. Peut-être avait-elle de la fièvre. Oui, ce devait être cela, une fièvre cérébrale provoquée par l'alcool. Elle ne s'était jamais comportée de la sorte, et n'avait certainement jamais ressenti de telles choses.

Elle n'en soupçonnait même pas l'existence.

Mais qu'allait donc penser Robbie ?

Elizabeth souffla sa bougie et contempla le baldaquin de son lit que la lueur du feu remplissait d'ombres.

Sa réputation était-elle perdue ? Personne n'avait véritablement vu Robbie dans sa chambre, même si Felicity, lady Beatrice – et probablement le reste de la maisonnée – étaient sans doute convaincues que le comte s'était réfugié dans son lit.

Que se serait-il passé si Felicity avait ouvert les courtines ? Elizabeth aurait été compromise, et de belle manière. Robert aurait dû la demander en mariage – lady Beatrice ne l'aurait pas laissé quitter la chambre sans cela.

Elizabeth enfouit le visage dans son oreiller, et y sentit le parfum de l'homme.

Le comte ne lui avait pas demandé sa main, ce qu'il aurait pu faire une fois tout le monde parti.

La jeune fille se tourna sur le côté et serra l'oreiller contre sa poitrine, frottant sa joue contre le doux tissu. Peut-être avait-il l'intention de le faire le lendemain, car il pensait qu'une demande en mariage exigeait un accoutrement approprié – voire un accoutrement tout court. Elle aurait tant aimé qu'il lui demande sa main sans rien sur le dos.

Si c'étaient bien là ses projets. Elle revint sur le dos. Peut-être n'en avait-il aucunement l'intention. Robbie avait pu contempler toute sa personne, et n'avait pas semblé très impressionné. Il préférait sans doute les femmes plus plantureuses – quoique sûrement pas Felicity.

Elizabeth avait mal à la tête. Elle ne parviendrait à rien cette nuit-là. Tout serait peut-être plus clair le lendemain.

En tout cas, elle l'espérait.

Robbie poussa un soupir de soulagement dès que ses pieds touchèrent le plancher de sa chambre. Il se dirigea aussitôt vers sa porte : elle était munie d'une serrure, mais il n'y avait pas de clé.

— Collins !

Pas de réponse. Le valet n'était donc pas dans son lit de camp installé au milieu du dressing-room. Robert sentit la jalousie lui serrer les entrailles. L'homme s'ébattait sans doute avec Betty dans quelque recoin du domaine de Tynweith – ce que lui-même aurait tant aimé faire avec Lizzie.

Le comte poussa un lourd coffre devant la porte. Voilà qui ferait l'affaire jusqu'à ce que l'on retrouve la clé. Il se défit du drap qui lui ceignait la taille et le fourra au fond de son armoire. Collins le rendrait à Betty le lendemain et tout serait réglé.

Du moins l'espérait-il. Quel cauchemar ! Robert avait senti son cœur s'arrêter quand la main de Felicity avait serré les rideaux du lit. Si Charlotte ne l'avait pas arrêtée…

La moitié de la bonne société aurait pu admirer le comte de Westbrooke, nu, dans le lit de la sœur du duc d'Alvord. La nouvelle se serait répandue plus vite que le Grand Incendie de Londres et aurait provoqué un scandale inimaginable. On n'aurait parlé que de cela pendant toute cette Saison – et la suivante. Et que dire de la réputation d'Elizabeth ? Certes, Lizzie n'en avait pas encore, à moins que…

Non, il ne fallait pas y songer.

Robert s'assura qu'aucune jeune fille égarée ne se cachait dans son lit, éteignit les bougies et se coucha. Il faisait un rêve très agréable avant d'être poussé à s'enfuir sur les toits. Il ferma les yeux.

Bon sang !

Et les rouvrit aussitôt pour scruter le baldaquin.

Robert voyait le corps nu de Lizzie aussi distinctement que si elle avait été devant lui – son dos gracieux, la courbe généreuse de ses fesses, ses longues jambes, sa poitrine bien dessinée, sa peau laiteuse qui luisait à la lumière du feu.

La partie la plus capricieuse de l'anatomie de Robert était dure comme la pierre et faisait une superbe tente avec ses couvertures. Pourtant, dès qu'il se trouvait une jeune femme dans son lit, le membre inconstant devenait plus mou que du chou bouilli.

Timide, il n'aimait pas se montrer quand il le fallait.

Il l'avait fait, jadis… deux fois. C'était la troisième qui avait posé problème.

Robert avait à peine dix-sept ans quand il avait accompagné quelques amis à la *Cornemuse agile*. C'était la première fois qu'il se rendait dans une maison close. Il avait jusque-là connu les plaisirs de la chair grâce à Nan, une jeune campagnarde simple et enjouée.

MacDuff lui avait présenté Fleur, une jeune femme aux cheveux de jais, aux superbes yeux bleus et aux courbes généreuses. Elle était envoûtante, mystérieuse – tout le contraire de Nan. Il avait été flatté quand elle avait accepté de monter à l'étage avec lui.

Robert se couvrit les yeux de son bras.

Il s'était comporté comme un parfait idiot mais, à sa décharge, ce n'était alors pas son cerveau qui avait le contrôle des opérations.

Fleur gémissait et remuait bien davantage que Nan ; Robert s'était senti très remonté, dans tous les sens du terme. Il était parti à l'assaut de la jeune femme, persuadé d'être le meilleur amant d'Angleterre.

Robert se frotta les yeux, sans pouvoir cependant effacer ce déplaisant souvenir. Il lui semblait que tout ceci s'était produit la veille.

Fleur avait hurlé, vraisemblablement emportée par le désir.

« Oh mon Dieu, allez-y, maintenant ! »

Robert s'était soudain arrêté. L'excitation n'avait pas encore eu raison de son discernement : quelque chose n'allait pas.

Il avait vu juste.

La porte s'était brusquement ouverte sur MacDuff et les autres jeunes hommes, hilares. Fleur riait à s'en tenir les côtes. Tout ceci n'avait été qu'une vaste plaisanterie.

Et Robert ne l'avait guère goûtée. En voulant bondir du lit, il s'était empêtré dans les draps et s'était écroulé aux pieds de MacDuff.

« Fleur, mon amie, nous vous avons visiblement tiré des griffes d'un bien petit homme », avait ricané MacDuff.

« Et je vous en remercie, monsieur. Grand comme il est, on le croirait armé d'une longue épée, mais en fait il n'a qu'un petit couteau. »

Robert s'était retrouvé sur le dos, les pieds pris dans les draps, son « couteau » à la vue de tous, à la grande joie de l'assistance. Il l'avait aussitôt couvert de ses mains, ce qui avait décuplé l'hilarité générale.

Le comte serra les dents. Cette maudite histoire avait eu lieu plus de dix ans auparavant, et pourtant elle le hantait toujours. Il n'avait pas réussi à honorer une femme depuis.

Il se tourna sur le côté et accabla de coups son innocent oreiller.

Robert était pourtant un homme intelligent. Pourquoi ne pouvait-il pas oublier cet incident ?

Une part de lui refusait d'entendre raison.

Ce stupide appendice n'était qu'un sujet de tourment et l'avait bien trop souvent forcé à vénérer le dieu Onan.

Si on l'avait découvert dans le lit de Lizzie, lady Beatrice aurait réglé son problème en le castrant sur-le-champ avec le manche de son face-à-main.

Robert regarda de nouveau le baldaquin ; à quoi pouvait bien penser Lizzie en ce moment ? Elle s'était sûrement attendue à ce qu'il lui demande sa main.

Au moins, tout ce tapage dans sa chambre l'avait apparemment ramenée à la raison – elle avait fait montre de plus de retenue une fois tout le monde parti. Dieu merci : qu'aurait-il fait si elle l'avait touché ?

Robert le savait très bien : il l'aurait aussitôt entraînée vers son lit.

Son membre imbécile bondit à cette idée. Robert lança un regard noir à la cause de ses tourments. Le scélérat n'avait pas honte. Personne, en le voyant, ne l'aurait pensé incapable d'accomplir son devoir.

Robert devrait littéralement prendre les choses en main s'il voulait dormir cette nuit-là.

Tout de même… il n'aurait jamais cru Lizzie aussi fougueuse. La jeune fille s'était montrée délicieusement dévergondée. Robert aurait tant voulu être un homme comme les autres.

Mais en vérité, une fois dans son lit, il n'aurait fait que la décevoir. Il ne pouvait lui offrir ni passion ni enfants.

Et elle voudrait les deux. Lizzie avait besoin d'un homme, d'un époux capable de s'occuper d'elle aussi bien dans le lit conjugal qu'à l'extérieur.

Robert se retourna sur le ventre et enfouit le visage dans son oreiller.

Pas besoin de faire appel à sa main après tout : imaginer Lizzie dans les bras d'un autre homme avait parfaitement réussi à décourager son organe rebelle.

Le baron Tynweith s'arrêta au beau milieu du couloir plongé dans l'obscurité pour regarder lord Peter quitter discrètement la chambre de la duchesse de Hartford.

Tiens donc. Ainsi Charlotte avait décidé de jouer.

Tynweith sentit son cœur se serrer, mais se reprit aussitôt.

Lord Peter longea le couloir sans paraître se soucier de qui pourrait le voir. Une fois arrivé devant sa porte, il se retourna, adressa un grand sourire à Tynweith, ses dents luisant dans la pénombre, puis entra dans sa chambre.

L'insolent !

Tynweith regagna lui aussi ses appartements. Il entendit Grantley remuer dans son dressing-room. Le baron n'avait aucune envie de voir son valet revêche, mais il ne parviendrait jamais à se défaire seul de ce satané manteau.

La coupe exagérément ajustée de l'habit n'était pas seule responsable de la raideur de ses épaules, admit Tynweith se massant l'arête du nez.

Lord Peter n'était guère plus qu'un enfant ; Charlotte se lasserait vite de lui. Elle était bien trop intelligente pour le prendre comme second époux quand Hartford passerait l'arme à gauche. À moins d'un horrible miracle, Peter n'avait aucun espoir d'hériter. Son père, le marquis d'Addington, avait à peine soixante ans et chassait encore à courre. L'héritier de celui-ci avait six fils en excellente santé et une pléthore de neveux répandus aux quatre coins du pays. Les Brant étaient renommés pour produire des garçons, et leur titre n'avait jamais quitté la branche principale de leur famille.

Et Charlotte devrait se remarier, à moins qu'elle parvienne à engendrer le prochain duc. L'héritier actuel de Hartford ne se montrerait sans doute pas généreux avec elle. Claxton avait été plutôt véhément au cours du mariage ; Hartford avait même menacé de le fouetter s'il n'arrêtait pas de calomnier Charlotte. Claxton avait alors mis un terme à ses tirades publiques, mais restait toujours aussi vindicatif en privé. Personne au sein de la haute société, et surtout pas Charlotte, ne doutait de ses sentiments.

Non, lord Peter n'était pas un remplaçant potentiel de Hartford, seulement une distraction.

Tynweith se pressa les tempes. Il ne voulait pas que Charlotte se distraie de la sorte.

Il avait eu suffisamment de mal à chasser de son esprit l'image de Charlotte au lit avec son vieil époux ratatiné.

Devait-il à présent en faire de même avec un Peter tout sauf flétri, enroulé autour de la jeune femme ? Le garçon avait tout juste vingt ans !

Bah, ce morveux manquait d'expérience. Les jeunes hommes ne se souciaient que de leur propre plaisir, et Peter ne savait sûrement pas comment satisfaire Charlotte.

Contrairement à Tynweith.

Il arracha sa cravate. Mais où diable était Grantley ? Il voulait quitter au plus vite son manteau et ses habits de soirée pour se précipiter dans son lit.

Enfin, il aurait surtout voulu se précipiter dans le lit de Charlotte.

Tynweith roula sa cravate en boule et la lança vers la porte du dressing-room. Elle se défit en route et tomba mollement par terre.

Charlotte n'avait probablement jamais pris d'amant auparavant. Un ragot aussi juteux n'aurait pas manqué de mettre en émoi toutes les vieilles pies – et une bonne partie des plus jeunes. Lord Peter devait être son premier.

Tynweith avait mal à la tête. Il demanderait à Grantley de lui concocter quelque poudre.

Mais pourquoi avait-il donné cette maudite partie de campagne ? Il était sûrement saoul comme un cochon quand il avait eu cette idée. Il se moquait comme de sa première chemise des farauds dégénérés qui s'agglutinaient dans sa demeure.

— Monsieur ?

— Grantley, aidez-moi à quitter ce satané manteau.

— Tout de suite, monsieur.

Voilà encore une raison de maudire ses invités : impossible de porter ses vieilles vestes confortables et ses pantalons trop grands avec la bonne société dans sa maison. La peste soit d'eux.

Sauf de Charlotte. C'était à cause d'elle et d'elle seule qu'il avait invité cette bande d'idiots. Il avait remarqué qu'elle n'était pas heureuse et avait espéré pouvoir l'entraîner dans quelque galante aventure.

Maudit Peter.

— Avez-vous entendu parler du remue-ménage de cette nuit, monsieur ?

— Pardon ? Ah, vous parlez du quiproquo qui a eu lieu dans la chambre de lady Elizabeth ? Oui, Flint m'a raconté.

Tynweith payait bien son majordome, et celui-ci veillait à informer son maître de tout ce qui se passait sur ses terres.

— Lady Charlotte a pris la défense de lady Elizabeth.

— C'est ce qu'on m'a dit. Intéressant. Je ne pensais pas que la duchesse avait de l'affection pour la sœur du duc d'Alvord.

Le petit sourire de Grantley était encore plus narquois que d'ordinaire.

— À vrai dire, je crois que Sa Grâce a fait cela pour aider lady Felicity.

— Oh ?

— Madame la duchesse a fait remarquer que si l'on trouvait lord Westbrooke dans la pièce, il serait tenu d'épouser lady Elizabeth.

— Et lady Felicity préférerait être la prochaine lady Westbrooke.

— Une femme de chambre de l'étage a vu une dame se glisser dans la chambre de lord Westbrooke peu avant l'incident. (Grantley grimaça, comme s'il venait de sentir une odeur désagréable.) Cette domestique pense que le comte n'avait pas invité lady Felicity dans son lit.

— Ça ne fait aucun doute : Westbrooke l'évite soigneusement depuis qu'elle est entrée dans le monde.

Grantley parvint à lui retirer le maudit manteau et Tynweith poussa un soupir soulagé en roulant des épaules.

— Je n'aurais pas dû rester dans mon bureau, j'ai apparemment manqué une scène des plus amusantes. Croyez-vous que Westbrooke se cachait vraiment dans le lit de lady Elizabeth ?

— J'en suis convaincu, monsieur. Lord Peter, qui le suivait, l'a vu entrer par la fenêtre de la jeune lady.

— Par sa fenêtre ?

— Oui, depuis le toit du portique, répondit Grantley en lissant le revers du manteau. (Il se pinça vigoureusement les lèvres.) Et sans rien sur le dos.

— Comment ? Le comte de Westbrooke gambadait complètement nu sur mon portique ?

Tynweith faillit s'étrangler de rire. Il avait vraiment manqué quelque chose.

— Il semblerait, monsieur. Désirez-vous autre chose ?

Oui : Charlotte.

Tynweith se mordit la lèvre. Il n'avait quand même pas dit cela tout haut, n'est-ce pas ? Non, Grantley gardait son éternelle expression vaguement constipée.

— Non, ce sera tout.

— Très bien. Faites de beaux rêves, monsieur.

Dieu que cet homme était irritant. Tynweith l'aurait renvoyé depuis des années s'il n'était pas si doué dans sa spécialité.

Et ses rêves ne seraient pas beaux mais fiévreux et hantés par Charlotte, que les plaisantins surnommaient désormais la duchesse de marbre.

Pourtant elle n'était pas froide. Tynweith savait que la passion couvait en elle ; il le sentait. Elle n'avait seulement pas encore trouvé l'homme qui ferait jaillir ce feu. Il avait tout gâché des années auparavant dans le jardin d'Easthaven.

Tynweith était alors trop ardent… et insignifiant. S'il avait été duc, elle aurait toléré qu'il la touche.

Elle s'était finalement trouvé un duc, aussi vieux que libidineux. Mieux valait Hartford qu'Alvord, cependant. Le vieillard n'avait plus beaucoup d'années à vivre – peut-être même seulement quelques mois.

Tynweith se coucha et souffla sa bougie.

Oui, le duc mourrait bientôt, et le baron avait bien l'intention d'être le premier à demander la main de la duchesse.

Se satisferait-elle d'un simple baron, cette fois ? Tynweith contempla en souriant son baldaquin. Oui ; elle halèterait son nom.

Il se retrouverait dans le lit de Charlotte avant la fin de cette partie de campagne, même s'il devait en tirer lord Peter par les cheveux.

Chapitre 3

— Vous voilà bien matinal, Westbrooke.

L'appétit de Robbie s'évanouit aussitôt ; lui-même aurait aimé pouvoir en faire autant.

— Je pourrais dire la même chose à votre sujet, lord Peter. Je ne pensais pas vous voir avant midi.

Robbie avait d'ailleurs espéré ne rencontrer personne. Il ne goûtait guère les bavardages futiles. Il prit sur le buffet un toast et des œufs et s'attabla.

Lord Peter sourit de toutes ses dents odieusement blanches et régulières.

— C'est très inhabituel pour moi. D'ordinaire, je ne peux pas souffrir le matin.

Le jeune homme se coupa une grosse bouchée de bifteck et la pointa en direction de Robbie.

— Mais j'ai eu une nuit… particulièrement exaltante, ce que vous pouvez sans doute comprendre, ajouta-t-il.

Il mâcha vigoureusement tout en lançant à Robert un regard entendu.

Mon Dieu. Robbie contempla son assiette. Les œufs n'avaient rien d'appétissant, et il se contenta de rompre un coin de son toast.

— Équilibrer ses humeurs a quelque chose de très vivifiant, ne trouvez-vous pas ? Bien entendu, les saignées me répugnent, mais il existe des manières bien plus agréables d'éliminer les fluides superflus.

Robbie se contenta de grogner. Le toast était terriblement sec ; il se versa une tasse de thé.

Lord Peter but une rasade de bière et se pencha vers lui en baissant la voix.

— Et pour cela, Westbrooke, je vous recommande vivement les femmes mariées. Pas besoin de se retirer au moment le plus intéressant. Déverser ses fluides dans un corps féminin est bien plus propre, et plus agréable aussi. Je suis persuadé que c'est aussi mieux pour elles, que cela a un effet apaisant.

— Lord Peter !

Robbie n'était pas pudibond, mais il n'avait aucune envie de savoir ce que cet homme avait fait avec la duchesse de Hartford – car c'était forcément à elle qu'il faisait allusion. C'était la seule femme mariée dans la demeure avec lady Dunlee, et Robert ne voyait pas le jeune lord s'ébattre avec la mère de lady Caroline. De plus, lord Dunlee se serait sans doute vigoureusement opposé à une telle initiative.

— En bon gentleman, j'ai bien évidemment offert de me retirer, mais elle a insisté pour que je reste en elle pendant toute l'opération.

— Un gentleman ne raconterait peut-être pas une telle expérience.

Lord Peter fronça les sourcils et se redressa.

— Je ne suis pas du genre à faire le récit de mes conquêtes au premier venu, mais j'ai pensé que nous pourrions parler d'homme à homme. Si je ne m'abuse, vous ne vous morfondiez pas dans votre lit la nuit dernière. Je voulais seulement vous donner quelques conseils amicaux, si d'aventure vous aviez envie de pêcher dans d'autres eaux.

— Pardon ?

— Westbrooke, je vous ai vu entrer par la fenêtre de lady Elizabeth, insista Peter d'un air exaspéré. Je sais que vous étiez nu dans son lit. (Il but une nouvelle gorgée de bière.) Diable, cette jeune fille me surprend. Je l'ai toujours vue comme un modèle de respectabilité et la voilà, imperturbable, alors que sa réputation immaculée est à deux doigts de voler en éclats. Vous batifolez depuis longtemps, tous les deux ?

Robbie serra les poings. Le nez bien droit de Peter ne demandait qu'à être cassé et un filet de sang aurait élégamment souligné le blanc de sa cravate.

— Je ne batifole pas avec lady Elizabeth.

— Ah, et comment appelez-vous cela, dans ce cas ? Je...

Peter ne termina pas sa phrase. Sa vie elle-même était sur le point de connaître une fin prématurée.

Robbie serra la cravate du jeune lord et le visage de celui-ci prit une intéressante teinte violacée.

— Lady Elizabeth est une merveilleuse jeune fille à la réputation sans tache, et je tuerai de mes propres mains tous ceux qui diront – ou laisseront entendre – le contraire. Me suis-je bien fait comprendre ?

Peter acquiesça en hoquetant.

— Excellent. Je peux compter sur vous pour ne pas oublier ceci ?

Peter hocha la tête.

— Je suis ravi que nous nous comprenions. (Robbie lâcha le jeune homme.) Veuillez m'excuser, je crois que j'ai perdu l'appétit. Je vais faire un tour.

Il sortit, laissant Peter suffoquer comme une truite dans le panier d'un pêcheur.

— Debout, paresseuse !

Lizzie se retourna et enfouit la tête sous son oreiller. Meg avait-elle vraiment besoin de crier ?

— Va-t'en !

— Pas question. Il est midi passé, tu devrais être habillée.

Lizzie entendit Meg ouvrir les rideaux de sa fenêtre et le soleil tenta de se frayer un chemin à travers les courtines. Elle s'enfonça encore davantage sous ses couvertures.

— Que s'est-il passé ici la nuit dernière ?

— Rien. Pars.

— Il n'y aurait jamais eu autant de monde rassemblé autour de ta porte si c'était vraiment le cas. Je suis sûrement la seule dans toute cette maison à ne pas être venue m'agiter dans ce couloir en chemise de nuit. Tout ce vacarme m'a réveillée alors que je faisais un rêve merveilleux.

— Tu m'en vois navrée, répondit Lizzie en soulevant légèrement l'oreiller afin que Meg l'entende. Maintenant, va-t'en !

— Pas avant que tu m'aies tout raconté.

Meg avait toujours été une fouineuse particulièrement obstinée.

— Il ne s'est rien passé, s'entêta Elizabeth, qui commençait à avoir mal à la tête. Tu ne t'en es de toute façon pas beaucoup émue. J'aurais tout aussi bien pu me faire tuer dans mon lit.

— Et c'est ce qui va t'arriver si tu ne m'expliques pas tout. Tu m'as dit que la bonne société se repaissait de ragots, mais je ne savais pas que tu avais l'intention d'être leur plat de résistance.

Meg ouvrit les courtines et lui arracha l'oreiller.

Les rayons du soleil blessèrent les yeux de Lizzie tels des tessons de verre ; elle se protégea de son bras.

— Voilà Betty avec ton chocolat du matin – même si ce dernier est passé depuis longtemps. Ça te requinquera peut-être.

L'odeur puissante et sucrée enveloppa Elizabeth.

— Meg…

Lizzie déglutit et s'assit tant bien que mal dans son lit. Elle salivait, mais pas d'une façon agréable.

— Je crois que je vais…

Meg lui lança un regard et s'empressa de lui glisser le pot de chambre entre les mains quelques secondes avant que le turbot *à l'anglaise** du dîner ne fasse un retour inopiné.

— Betty, je crois que lady Elizabeth ne veut pas de chocolat pour l'instant, dit Meg.

— Madame, voulez-vous que je…

Lizzie regarda sa domestique, sentit un autre effluve de chocolat et se pencha de nouveau sur le pot de chambre.

— Je crois que vous feriez mieux d'emmener cette tasse loin d'ici.

— Oui, Miss Meg, tout de suite. Veuillez m'excuser si…

— Un instant ! trancha la voix stridente de lady Beatrice.

Lizzie appuya la tête contre la colonne de son lit en grognant. Sa chaperonne était vêtue d'une robe de chambre puce et vert pomme qui lui donnait l'air d'une vieille ecchymose.

— Depuis combien de temps cela dure-t-il, jeune fille ?

Lady Beatrice était-elle vraiment obligée de parler avec une telle brusquerie ? Et pourquoi avait-elle cette mine renfrognée ?

— Pardon ?

Lady Beatrice désigna le pot de chambre avec une grimace de dégoût.

— Ceci. Combien de fois avez-vous jeté votre lest ?

Quelle étrange question.

— Deux fois. (Elizabeth sentit son estomac faire un bond.) Pour l'instant.

---

* Tous les mots en italique suivis d'un astérisque sont en français dans le texte original.

— Vous n'avez pas compris.

Lizzie avait l'impression qu'un maréchal-ferrant utilisait son crâne comme enclume. Elle avait un goût de basse-cour dans la bouche, quant à ses intestins…

Elle serra le pot de chambre encore plus fermement. Mieux valait ne pas y penser. Elle était bien sûr complètement incapable de jouer aux devinettes, et lança un regard implorant à Meg.

— Dans ce cas, que voulez-vous dire, lady Bea ? demanda celle-ci.

Beatrice posa les mains sur ses imposantes hanches.

— Depuis combien de temps cela dure-t-il ? Depuis combien de jours lady Elizabeth est-elle malade ?

Elle scruta le pot d'un air suspicieux et se tourna vers la domestique.

— Betty, pouvez-vous me répondre ?

— C'est le chocolat, madame, répondit celle-ci en levant sa tasse. Son odeur a indisposé mademoiselle. Elle était en pleine forme hier soir.

— Vraiment ? Elle est sensible aux odeurs ?

Beatrice se gonfla comme Queen Bess, sa chatte, quand celle-ci se trouvait face à un intrus canin.

— L'odeur du chocolat la fait…

— Oui madame.

— Je vois. Laissez-moi reformuler ma question. Lady Elizabeth se retrouve-t-elle souvent penchée sur ce… réceptacle au réveil ? Ses malaises se manifestent surtout le matin, n'est-ce pas ?

— Madame, je ne comprends pas de quoi vous parlez ! s'écria Betty.

Lizzie n'en avait elle aussi pas la moindre idée, et voulait seulement que lady Bea s'en aille avec ses énigmes – et ce pot de chambre qui lui soulevait le cœur. Elle lança un regard implorant à Betty ; sans qu'elle sache pourquoi, sa domestique était rouge comme une pivoine.

— Ainsi, votre maîtresse n'a pas pour coutume de vomir avant le petit déjeuner ?

— Bien sûr que non, madame.

— Dispensez-moi de vos « bien sûr ». Je doute sincèrement que lord Westbrooke soit un eunuque.

Lizzie se redressa brusquement, et manqua ce faisant de renverser le contenu du pot de chambre. Robbie, un eunuque ? L'image du comte dévêtu apparut dans son esprit. À vrai dire, elle ne savait pas ce que signifiait vraiment ce terme, mais était sûre qu'aucun sultan ne chargerait un tel homme de son harem.

Le visage de Betty, violacé, rivalisait presque avec la robe de chambre de Beatrice.

— Vous ne suggérez tout de même pas...

— Mais bien évidemment, je suggère ! Les bruits qui courent dans toute cette maison n'ont pu manquer de parvenir jusqu'à vos oreilles, où que celles-ci se soient trouvées la nuit dernière.

La remarque de lady Beatrice n'eut pour toute réponse qu'un silence gêné. Lizzie ferma les yeux de toutes ses forces. Comment sa chaperonne pouvait-elle penser que...

Son estomac se tordit de nouveau. Sarah souffrait de nausées matinales quand elle était enceinte.

La pièce se mit à tournoyer. Quelqu'un, Meg, peut-être, lui prit le pot de chambre et lui baissa de force la tête entre les genoux.

Comment cela aurait-il pu arriver ? Toucher la main d'un homme ne suffisait sûrement pas, car sinon toutes les femmes de la planète attendraient un enfant ! Mais il est vrai que Robbie n'avait pas porté de gants quand...

Lizzie poussa un petit rire hystérique. Ni gants ni rien d'autre.

— Lizzie, qu'as-tu fait ? siffla Meg tout près d'elle.

Elizabeth poussa un grognement. Peut-être que si elle fermait les yeux, les trois femmes partiraient. Pour faire bonne mesure, elle s'enfouit le visage dans les mains. Tout ceci n'était qu'un rêve. Un très mauvais rêve. Elle se réveillerait bientôt en frissonnant et passerait une journée des plus normales.

— Tu crois pouvoir t'en tirer ainsi ? J'ai bien l'intention de découvrir tout ce qui s'est passé ici la nuit dernière.

La voix de Meg bourdonnait dans son oreille comme un insecte.

— Et ne compte pas non plus décourager lady Bea, ajouta-t-elle. Elle semble très déterminée.

— Vous pouvez disposer, Betty, annonça Beatrice. Emportez au passage ce répugnant pot de chambre loin, très loin d'ici, et videz-le.

— Oui, madame.

Lizzie garda le visage dans les mains. Elle entendit Betty quitter la pièce, puis plus rien pendant un long moment. Et si les dieux, bienveillants, avaient décidé de la laisser souffrir seule, ou presque, car elle sentait toujours Meg sur le lit, à côté d'elle ? Peut-être, au moins, lady Beatrice était-elle partie ?

Elle leva prudemment la tête. Non, Beatrice était toujours là, l'air mauvais.

— Pourriez-vous m'expliquer exactement ce qui se passe ici, Elizabeth ?

Mon Dieu. Elle avait l'impression d'avoir de nouveau quatorze ans et de se faire gronder par son frère.

C'était ridicule. Elizabeth avait vingt ans ; elle était une femme désormais. C'était sa quatrième Saison. Une lady de son âge, avec son expérience, n'avait pas besoin d'une chaperonne et, surtout, ne devait pas trembler devant celle-ci. Lady Bea était à vrai dire davantage une dame de compagnie qu'autre chose, une femme plus âgée dont la présence ne servait qu'à répondre aux critères de bienséance de la bonne société.

Lizzie se redressa, inspira profondément et regarda lady Bea droit dans les yeux.

Son estomac se tordit et elle baissa aussitôt la tête.

— Je pense… je crois… que je ne suis pas habituée à…

— J'espère bien que vous n'y êtes pas habituée, mademoiselle ! J'ose à peine imaginer ce que dira votre frère. Vous auriez au moins pu obtenir de Westbrooke une bague de fiançailles avant qu'il ne tire son…

— Lady Beatrice, vous vous méprenez.

— Tiens donc ! Vous allez me dire que Westbrooke n'est pour rien dans vos nausées.

— Parfaitement, tout est ma faute. (Lizzie s'éclaircit la voix.) Je crois que j'ai bu un peu trop de ratafia hier soir.

Lady Beatrice la regarda fixement – ou plus précisément son estomac. Lizzie y pressa aussitôt les mains et se força à respirer lentement.

— Vous êtes certaine que votre état actuel n'a rien à voir avec un certain lord ?

— Oui ! (Lizzie tâcha de retrouver son calme.) Oui, j'en suis certaine. La présence de lord Westbrooke…

Meg laissa échapper un étrange petit couinement ; Lizzie et Beatrice se retournèrent aussitôt vers elle.

— Alors Robbie était vraiment dans votre chambre la nuit dernière ? demanda-t-elle avec un grand sourire. J'avais bien entendu les on-dit, mais je n'y croyais pas. C'est magnifique ! Je dois dire que ça ne me surprend pas vraiment, même si j'aurais imaginé qu'il vous demanderait sa main dans un lieu plus… conventionnel. Quand aura lieu le mariage ?

— Hum…

— Oui, quand aura-t-il lieu ? demanda Beatrice, les sourcils tellement froncés qu'ils se rejoignaient au-dessus de son nez. Lord Westbrooke a peut-être réprimé ses pulsions animales, mais il n'en était pas moins dans votre chambre.

— Robbie ne m'a pas demandé ma main, répondit Lizzie en examinant ses ongles.

— Comment ça ? glapit Meg, outrée. Il t'a forcément fait une demande en mariage ! Tu l'aimes depuis toujours, et il t'aime aussi ! Pourquoi serait-il venu te trouver dans ta chambre, sinon pour te demander de devenir sa comtesse ?

Lizzie cligna des yeux, interloquée. Robbie l'aimait ? Où son amie avait-elle entendu cela ? Lizzie priait pour que ce soit le cas depuis des années mais, en toute objectivité, elle devait admettre que le comte se comportait avec elle un peu comme un frère. Meg prenait sûrement cette tendresse pour le genre d'amour que désirait tant Lizzie. Celui qui engendrait baisers et mariage.

— Il n'est pas à proprement parler venu me trouver. Sa présence tenait davantage de l'accident.

— Comment Robbie aurait-il pu se retrouver dans ta chambre par accident ? demanda Meg. Il ne cherchait pas à entrer dans celle d'une autre, tout de même !

— Non, il fuyait ses propres appartements. Il est très regrettable que lord Needham ne sache pas mieux tenir sa fille, mais il devrait pour cela abandonner un instant ses maisons de passe et ses tripots. Lady Felicity est loin d'être la représentante la plus dépravée des Brookton.

Lizzie hocha la tête. Elle tâchait de s'en souvenir chaque fois qu'elle avait envie d'étrangler Felicity. Avoir pour père le comte de Needham ne devait pas être chose facile. Certes, son immense fortune aurait dû rendre l'idée d'épouser sa fille attrayante, mais la perspective de se retrouver avec un beau-père pareil avait découragé plus d'un prétendant. De plus, Felicity refusait systématiquement tous les époux potentiels d'un rang inférieur à celui de son géniteur, ce qui n'arrangeait pas les choses.

—Quoi qu'il en soit, jeune fille, vous ne pouvez pas recevoir un homme nu dans votre chambre s'il n'a pas l'intention de vous passer la bague au doigt.

Meg couina de nouveau. Une vraie souris.

—Robbie était nu ?

—Oui, en quelque sorte, répondit Lizzie, persuadée que, de honte, elle allait s'embraser d'un moment à l'autre.

—Et comment un gentleman peut-il être nu « en quelque sorte » ? demanda lady Bea.

Lizzie refusa de croiser le regard de sa chaperonne.

—Il faisait noir.

Une fois que Robbie avait éteint les bougies.

—Je ne voyais pas…

Pas assez.

—Peu importe, rétorqua Bea. Il était nu, dans votre chambre, vous devez donc l'épouser. Je suis stupéfaite qu'il ne vous ait pas demandée en mariage dès que j'ai fermé la porte. Si jamais cela se sait…

—Ça n'arrivera pas.

—Ça arrive toujours. Certes, lord Peter est le seul à avoir vu Westbrooke entrer dans votre chambre, et nous pouvons toujours prétendre qu'il s'est trompé, mais tout le monde sait qu'il n'y a pas de fumée sans feu.

—Et Felicity fera de son mieux pour attiser les flammes, ajouta Meg.

—Voilà qui m'étonnerait fort, répondit lady Bea en disposant son imposante personne sur le fauteuil installé près du feu. Elle court après Westbrooke autant que lui la fuit. Lizzie, je pense que le comte va vous faire sa demande aujourd'hui, aussi vous feriez mieux de vous habiller et de quitter votre chambre. J'avais espéré qu'il me ferait d'abord part de ses intentions, je suis votre chaperonne après tout, mais puisqu'il vous connaît depuis que vous êtes toute petite et qu'il est l'un des meilleurs amis de votre frère, il ne s'encombrera sans doute pas de cérémonies.

Lizzie essuya ses mains soudain moites sur sa chemise de nuit.

— Croyez-vous vraiment qu'il va me demander en mariage ?

— Que pourrait-il faire d'autre ? Il vous a compromise de façon assez spectaculaire. Il vous cherche sans doute dans tout le domaine à l'heure qu'il est.

Lizzie n'eut qu'à imaginer Robbie à sa recherche pour se sentir tout de suite beaucoup mieux.

Bon sang !

Robbie, qui venait de faire le tour de Lendal Park pour tenter de retrouver son calme, se cacha derrière un buisson taillé en forme d'ours. Cette satanée partie de campagne devait encore durer plusieurs jours. Il n'allait tout de même pas étrangler tous ceux qui prononceraient le nom de Lizzie, même si Peter avait fait bien plus que cela. Il se força à desserrer les poings. Chaque fois qu'il repensait à la scène qui s'était déroulée dans la salle du petit déjeuner, Robert ressentait l'irrépressible envie de frapper – de préférence le visage de lord Peter. Il aurait adoré mettre un peu de désordre dans les traits du jeune homme. En le rendant aussi laid à l'extérieur qu'à l'intérieur, il rendrait service à toutes les femmes de la planète.

Robert avait espéré regagner la maison sans rencontrer personne pour lui parler des événements de la nuit précédente, et voilà qu'il se retrouvait à cinq mètres de Lizzie qui contemplait un buisson ! La lumière filtrait à travers sa robe de mousseline et soulignait ses longues jambes. *Bonté divine.* La mousseline aurait dû être interdite, ou tout du moins seulement autorisée dans les lieux les plus sombres.

Robert avait mal dormi : ses rêves avaient été hantés par la peau laiteuse de Lizzie, ses petits seins, ses tétons délicats, la chevelure dorée qui tombait sur ses épaules et caressait la courbure de ses reins… sans oublier la toison lovée entre ses cuisses.

Si Robert ne pensait pas très vite à autre chose, il risquait de décharger sa semence sur-le-champ.

Il devait s'échapper. Regagner sa chambre sans être remarqué. Il avait choisi ce chemin parce qu'il traversait l'un des jardins les moins fréquentés – Tynweith avait d'ailleurs conseillé à ses invitées de l'éviter afin de ménager leur sensibilité. Pourquoi Lizzie ne l'avait-elle pas écouté ?

Robbie se retrouvait obligé de prendre un chemin détourné pour rejoindre ses appartements. Il lança un regard furtif de l'autre côté de l'ours.

Malédiction. Lady Felicity, mains sur les hanches, balayait les haies du regard, le nez au vent.

Était-elle un chien pour le flairer ainsi ?

Et qu'avait donc ce jardin de si attirant ce jour-là ? Il était pourtant fort mal entretenu ! Le buisson en forme d'ours derrière lequel Robbie se cachait, par exemple, avait grand besoin d'être taillé. Il suffisait de regarder ses…

Robbie n'en crut pas ses yeux. Ce n'était pas un ours, mais une femme très grande, très enceinte, et très nue qui faisait de bien étranges choses avec ses mains feuillues.

Le jardinier de Tynweith était manifestement complètement dérangé. À vrai dire, le baron lui-même ne semblait pas très sain d'esprit. Robbie ne comprenait toujours pas pourquoi lady Beatrice avait accepté son invitation.

Felicity s'approchait de lui, et Robert eut soudain l'impression d'être Ulysse, obligé de naviguer entre Charybde et Scylla. Robbie voyait très bien qui était le monstre à six têtes – et il aurait été ravi de se faire aspirer par un certain tourbillon.

Il quitta l'abri tout relatif que lui offrait l'obscène femme-ours.

— Lizzie ! Venez avec moi, chuchota-t-il, car Felicity avait sans doute également une ouïe surhumaine.

Il prit la jeune fille par le bras et tenta de l'emmener aussi loin que possible pour éviter le désastre.

— Robbie ! répondit-elle, radieuse. Vous me cherchiez ?

Robert lui rendit son sourire et réfléchit à toute vitesse. Il était vraisemblablement censé répondre par l'affirmative – Lizzie ne serait pas ravie d'apprendre qu'il avait essayé de partir sans qu'elle le voie.

— À vrai dire, je ne pensais pas vous trouver ici. Tynweith ne vous a-t-il pas conseillé d'éviter ce jardin ?

— Il me semble, oui, mais je me suis un peu perdue. En tout cas, je vous ai trouvé !

Elle était tellement belle, surtout quand elle rayonnait ainsi. Pourtant, il ne pouvait pas rester à l'admirer. Felicity risquait de les apercevoir d'une seconde à l'autre. Certes, la présence de Lizzie le protégeait des noirs desseins que fomentait la jeune Brookton pour le compromettre, mais il n'avait pas envie de passer une seule seconde en présence de cette diablesse à la poitrine rebondie.

— Eh bien, Tynweith a raison, ce n'est pas un endroit pour vous. Venez avec moi.

Lizzie ne bougea pas.

— Ce jardin est vraiment très étrange, dit-elle. Pouvez-vous me dire ce que ce buisson est censé représenter ? Je l'observe depuis cinq minutes, et je n'en ai toujours pas la moindre idée.

— Oh pour l'amour de...

Le temps pressait. Robbie sentait presque le souffle de Felicity sur sa nuque.

— C'est un chien, dit-il.

— Je l'avais bien compris, mais que fait-il ? Et quelle est cette chose ?

— Ceci ? C'est, hum... quelque chose que vous ne devriez pas regarder. Venez, maintenant.

Robert la tira de nouveau par le bras et cette fois elle le suivit, même si elle se retournait sans arrêt pour contempler les buissons lubriques.

— Mais pourquoi êtes-vous si pressé ?

— Chut ! Felicity est de l'autre côté de cette haie.

— Plus maintenant.

En effet, Felicity était revenue près de la créature mi-ours, mi-femme enceinte. La jeune fille avait la tête tournée. Peut-être ne les avait-elle pas vus ? Robert remarqua un trou dans le feuillage, à quelques pas devant eux.

— Dépêchez-vous.

Il entraîna Elizabeth dans cet interstice et elle trébucha sur une racine. Robbie la rattrapa en la plaquant contre son torse et se retourna afin que Felicity ne puisse pas voir la robe de la jeune fille.

Ils étaient dans une petite cavité juste assez grande pour que deux personnes s'y tiennent debout.

Robbie respira le parfum citronné de Lizzie mêlé à l'odeur de la végétation. Il sentait tout contre lui ses seins, ses cuisses... il glissa les mains sur ses reins et la pressa contre lui, soudain désireux de l'avoir le plus près possible. Il remonta le long de ses côtes, vers son dos…

Lizzie serrait fermement la taille de Robert et – *mon Dieu!* – caressa le contour de ses fesses avant de passer les mains sous la veste du jeune homme.

Robert haletait.

Il approcha la bouche de son oreille – il ne fallait pas que Felicity l'entende, après tout – et sentit sa chevelure soyeuse lui caresser le visage. Ne pas lui embrasser le cou serait un péché, elle était si près !

Elle avait un goût de sel et de soleil, doux et féminin.

Mais elle ronronnait, la diablesse ! Elle penchait même la tête pour l'encourager à l'embrasser derrière l'oreille.

— Lizzie…

— Mmm ?

Oh, ces lèvres… la jeune femme en effleura son menton, sa joue, puis les pressa contre les siennes.

Il allait mourir. Sa tête, son cœur, son entrejambe étaient sur le point d'exploser.

La bouche de Lizzie était si douce… elle l'invitait, lui promettait le paradis, à lui, un homme à l'agonie qui brûlait de sauver son âme. Il passa la langue le long de ses lèvres… Lizzie gémit et les entrouvrit.

Robert connaissait et aimait Lizzie depuis toujours, mais il n'avait commencé à la désirer que depuis que la jeune fille avait fait son entrée dans le monde, et jamais de cette façon. Il avait conscience de faire une terrible erreur, de promettre davantage qu'il ne pouvait donner.

Ce qui ne faisait aucune différence. Il ne pouvait pas plus interrompre son exploration qu'arrêter de respirer.

À vrai dire, Robbie pouvait parfaitement retenir son souffle – mais pas arrêter d'embrasser Lizzie. Felicity aurait pu faire irruption dans l'alcôve végétale en compagnie de lady Beatrice, de toute la bonne société et même de James, le frère de Lizzie, rien n'y aurait fait : c'était plus fort que lui. Lizzie avait le goût de la vie, de l'espoir, de tout ce dont il rêvait et qu'il ne pouvait avoir.

Il rompit leur baiser et descendit vers le cou de la jeune femme tout en défaisant le col de sa robe.

— Quand…, souffla-t-elle.

Il passa la langue à la naissance de sa poitrine.

— Quand pourrons-nous… Oh…

Robbie plongea la main dans son corset pour libérer un de ses seins.

— Pourrons-nous…

Il prit le téton dressé dans sa bouche et la jeune femme frissonna de plaisir.

— Oh, je vous en prie, n'arrêtez pas.

Robert grogna, incapable d'une réponse plus élaborée. Il donna un petit coup de langue, mais fut aussitôt obligé d'étouffer d'un nouveau baiser les petits cris de Lizzie.

Robert était au paradis – ou en tout cas, au plus près de celui-ci qu'il ne le serait jamais. Il voulait voir Lizzie nue, poser ses mains et ses lèvres sur la moindre partie de son corps, de son cou à ses chevilles. Goûter sa peau.

Il pressa les lèvres contre la gorge de la jeune fille et sentit les battements de son cœur.

— R-Robbie…

Elle gémissait. Parfait. Pourrait-il lui faire pousser un autre de ses petits cris ? Il toucha son téton et la sentit tressaillir.

Il le pouvait.

— Ro… Robbie, quand… Oh. Recommencez.

Elle se pressa plus fort contre lui, son ventre touchant la partie la plus virile de son anatomie. Divin. Si seulement…

non, il n'allait pas tout gâcher en rêvant à ce qui ne pouvait pas arriver. Il devait savourer l'instant présent.

Un bien splendide instant.

— Recommencer quoi, ma chère ? Ceci, peut-être ?

Il entoura son sein de sa main et embrassa son téton.

— Oh oui…

Elle posa les mains sur ses hanches et l'attira de toutes ses forces contre elle.

— Robbie, quand… oh… quand… pourrons-nous…

— Mmm ?

Il se consacra à son autre sein, et Lizzie s'arqua en arrière, lui donnant plus d'espace à explorer, ses hanches collées contre les siennes.

— N'arrêtez pas.

Elle agrippa ses fesses et remua contre lui. Pouvait-il lui offrir satisfaction juste en lui caressant les seins ? C'était un défi qu'il était ravi de relever.

— Robbie, que faites-vous ? Ah !

Robbie ne s'était jamais senti si puissant, si vivant.

— Chut, pas si fort.

Dieu merci, Felicity était sans doute partie. Si jamais elle les avait entendus, trouvés… quoique, s'il ne faisait pas plus attention, Lizzie se retrouverait enchaînée à lui pour le restant de ses jours.

— Je m'en moque, dit Elizabeth.

— De quoi vous moquez-vous ?

— Je me moque d'attirer l'attention.

— Mais Lizzie, songez au scandale.

— Il n'y en aura pas, Robbie, répondit la jeune femme, le regard rayonnant.

— Ah non ?

Le désir l'enivrait sûrement davantage que le ratafia : elle avait les joues rouges, les cheveux défaits, quant à sa poitrine… elle était complètement dévoilée, magnifique. Robbie passa un doigt autour d'un de ses tétons et le regarda frémir.

— Vous m'avez pourtant l'air plutôt scandaleuse.

Lizzie se pressa contre lui.

— Je me sens très scandaleuse, chuchota-t-elle en passant la main sur le gilet de Robbie.

La jeune fille s'humecta les lèvres et Robert se pencha pour l'embrasser de nouveau.

Elle laissa échapper un petit rire et recula.

— Il n'y aura pas de scandale, car nous sommes fiancés, dit-elle.

Robert sentit le sang déserter son visage, et son corps – tout son corps – se liquéfier. Il ne pouvait pas épouser Lizzie. Cette jeune femme si ardente voudrait des enfants, et n'aurait que faire d'un homme impuissant.

Un désespoir bien trop familier le suffoqua.

— Nous ne sommes pas fiancés ? demanda Lizzie.

Il détestait la voir si perdue, mais c'était pourtant préférable au dégoût et à la pitié qu'elle aurait ressentis quand, au beau milieu de leur nuit de noces, elle l'aurait découvert incapable de consommer leur union.

Robert essaya de sourire et dit d'un ton blasé :

— Pardon ? Vous ai-je demandé votre main ?

La gifle qui cingla sa joue lui fit à vrai dire du bien.

Chapitre 4

Elle le haïssait.

Lizzie se dirigeait à toute allure vers la maison. Elle avait envie de pleurer, de hurler, et craignait de faire l'un et l'autre si on lui adressait la parole.

— Tu sembles contrariée, fit remarquer Meg.

— Il n'en est rien.

— Que s'est-il passé ?

Lizzie haussa les épaules sans s'arrêter. Elle n'arrivait presque pas à parler avec la boule qui lui nouait la gorge.

Meg lui emboîta le pas.

— As-tu vu Robbie ?

Lizzie acquiesça.

— Souhaites-tu en parler ?

La jeune fille secoua la tête. Elle n'en avait aucune envie, et allongea le pas.

Malheureusement, Meg en fit de même.

— Il t'a bien entendu fait sa demande en mariage.

Lizzie grogna.

— Non ? Mais comment est-ce possible ?

Excellente question. Il n'aurait jamais pris de telles libertés s'il n'avait pas eu l'intention de lui demander sa main immédiatement après. Il aurait même dû l'épouser avant de la toucher de cette façon ! Il avait posé les mains sur… À cette pensée, ses seins frémirent. Ses seins et… Lizzie rougit et se mordit la lèvre.

Et s'il n'y avait que ses mains ! Mais Robbie avait également employé sa bouche, sa langue.

Elizabeth réprima un gémissement. Seigneur, elle allait devenir folle. Elle était tellement furieuse. Voilà, c'était la colère qui lui nouait ainsi l'estomac.

Elle en haletait même.

Elle devait regagner sa chambre au plus vite.

— Lizzie ? Tout va bien ?

— J'ai vraiment besoin… d'être seule, Meg.

— Oh, Lizzie…

La compassion qu'elle ressentit dans la voix de son amie lui brisa le cœur.

Elle ne pleurerait pas. Pas maintenant. Felicity, Charlotte… tout le monde pouvait la voir. Elle ne leur donnerait pas ce plaisir.

Elle pressa encore l'allure.

Meg avait sûrement décidé qu'il fallait à Elizabeth un peu de calme car cette dernière était seule quand elle retrouva sa chambre. La jeune fille ferma la porte derrière elle en tremblant de soulagement – et fondit en larmes.

Mais que s'était-il donc passé dans le massif, au juste ?

Elizabeth pressa les mains sur son ventre puis remonta vers sa poitrine. Elle ressentait le besoin d'ôter ses vêtements et de toucher sa propre peau, ce qui prouvait bien que quelque chose n'allait pas chez elle. Ce feu qui brûlait en elle, ce n'était pas que de la colère ; il y avait autre chose, une sensation mystérieuse et déroutante.

Que Robbie lui avait-il fait ? Tout cela était sa faute. Chaque caresse, chaque baiser avait fait monter une étrange énergie en elle jusqu'à ce que… que quoi ? Elle l'ignorait.

Lizzie avait envie de hurler.

Si seulement elle avait attendu, si elle avait su tenir sa langue – *ou l'occuper en embrassant Robbie*, songea-t-elle avec un frisson – il aurait sans doute fini par la soulager de cette énergie, et elle ne serait pas aussi… agitée.

Elizabeth s'approcha de la fenêtre et pressa le front contre la vitre. Elle dominait tout le domaine de Tynweith, mais ne voyait que la tonnelle plongée dans l'ombre.

Pourquoi ne l'avait-il pas demandée en mariage ? Beatrice avait pourtant semblé si sûre d'elle. Que dirait-elle quand Lizzie lui annoncerait qu'elle n'était pas fiancée ?

Mon Dieu, elle s'était littéralement jetée sur cet homme. Certes, techniquement, elle avait glissé, mais cela ne faisait aucune différence. Une jeune fille bien comme il faut se serait écartée à peine entrée en contact avec un corps d'homme.

Un corps tellement musclé.

Lizzie s'était sentie si bien, et quand Robert l'avait prise dans ses bras, elle avait eu l'impression d'être enfin chez elle.

Elle inspira profondément, le corps parcouru de frissons.

La jeune fille désirait depuis des années que Robert l'enlace ainsi. Elle en avait rêvé, avait même prié pour cela. Et quand cela s'était enfin produit… grands dieux ! Elle l'avait attaqué comme une bête féroce.

Comment aurait-elle pu se conduire de façon plus indécente ? Elle s'était cramponnée à lui, avait laissé ses mains courir sur tout son corps. Elizabeth s'appuya encore davantage contre la vitre. Elle avait même touché son… pantalon. Elle avait senti les contours de son…

Elle s'écarta vivement de la fenêtre pour se jeter sur son lit.

Un lit dans lequel Robbie était allongé encore quelques heures plus tôt.

Elizabeth étouffa ses gémissements dans son oreiller.

Elle l'avait sans doute dégoûté. Voilà pourquoi il ne l'avait pas demandée en mariage. Elle était encore pire que

Felicity. La nuit précédente, elle s'était promenée nue devant lui sans aucune honte, et que dire de ce qui venait de se produire ? Elle l'avait littéralement supplié de faire toutes ces choses !

Il ne la demanderait jamais en mariage.

Elle se retourna, le regard rivé au baldaquin.

Vraiment jamais ?

Des larmes coulèrent le long de ses joues et Lizzie les essuya sur le couvre-lit.

Qu'allait-elle faire ? La jeune fille n'avait pas menti la nuit précédente : elle aimait Robbie depuis toujours. Il avait neuf ans de plus qu'elle. Quand elle était toute petite, il lui paraissait grand, dégingandé, et quasi divin. Les autres amis de James ignoraient la fillette, mais pas lui. Il lui souriait, la taquinait. Et quand, alors qu'elle avait douze ans, James était parti combattre Napoléon, Robbie était régulièrement venu voir comment tante Gladys et elle se portaient, alors que le père de Lizzie ne prenait pas la peine de quitter Londres pour leur rendre visite.

Quand James revint, Lizzie avait quatorze ans, et elle était éperdument amoureuse.

Il était évident qu'elle allait l'épouser, tout simplement. C'était le meilleur ami de son frère – tout du moins, son seul ami encore célibataire. Elle avait éconduit quantité de prétendants ces trois dernières années car elle savait qu'elle devait se marier avec Robbie. Elle vivrait dans le manoir de Westbrooke et leurs enfants joueraient avec le petit Will et son futur neveu. Tout serait parfait.

Mais pourquoi l'avait-il soudain regardée dans le jardin avec ses grands airs de gentleman londonien ? Et pourquoi avait-il adopté la voix qu'il réservait d'ordinaire à la haute société, ce ton traînant et suffisant ? Lizzie avait eu l'impression d'être un insecte.

Et elle l'avait giflé ! Elle avait laissé la marque de sa main sur sa joue. Lizzie enfouit la tête sous son oreiller.

On frappa à la porte.

— Allez-vous-en.

— Non.

C'était encore Meg. Lizzie ne voulait voir personne, pas même elle.

— Pars.

— Non. (La poignée cliqueta.) Lizzie, écoute-moi. J'ai discuté avec lady Bea. Je dois te parler. Laisse-moi entrer avant que quelqu'un me voie marmonner dans le couloir.

— Non. Je veux rester seule.

— Hors de question.

Meg passa la tête par la porte. Lizzie se redressa d'un bond et lui lança son oreiller.

— Lizzie ! Est-ce vraiment une attitude digne de la sœur du duc d'Alvord ?

Meg ferma derrière elle, ramassa l'oreiller tombé près du lit et le lui renvoya avec un grand sourire.

— Tu visais mieux que ça, avant.

— Ça, et bien d'autres choses, soupira Lizzie.

— Lizzie…, la gronda Meg.

Elizabeth ne pouvait pas supporter la pitié dans le regard de son amie et se tourna sur le ventre.

Elle sentit le matelas bouger quand Meg s'y assit.

— Je t'ai dit de partir ! s'écria Lizzie en agitant furieusement la main.

— Mais j'ai de bonnes nouvelles ! Lady Bea dit que les rumeurs sur les aventures nocturnes de lord Westbrooke se sont éteintes d'elles-mêmes. Personne n'en parle, ni la duchesse, ni Felicity, ni même cette grosse vache de lady Caroline. Apparemment, lord Tynweith a décidé de faire taire toute l'affaire. Lady Bea l'a même vu regarder lady Dunlee à travers son monocle comme si elle était un insecte particulièrement répugnant quand elle a eu l'audace de lui en parler.

Lizzie grogna. La bonne humeur de Meg ne faisait qu'attiser sa douleur.

— Qu'y a-t-il, Lizzie ? Tu devrais être soulagée.

— Je m'en moque. Ma vie est gâchée.

— Lizzie ! Ça ne peut pas être si terrible.

— Si.

— Je ne vois pas comment, à moins que…

Meg se tut. Ce n'était pas normal. Elle aurait dû dire quelque chose pour la rassurer. Lizzie se tourna vers son amie.

— Pourquoi me regardes-tu ainsi ?

— Je ne peux pas… (Meg devint écarlate.) Tu veux dire que… Mais tu as dit à lady Bea que… (Elle désigna le ventre d'Elizabeth.) Alors cette nuit, Robbie a… tu vois ce que je veux dire.

— Non, pas vraiment. (Lizzie se couvrit le visage de ses mains.) De toute façon, la nuit dernière n'était rien comparée à cet après-midi.

Meg lui prit les poignets et l'obligea à la regarder.

— Tu veux dire qu'il a… à l'extérieur ? En plein jour ?

— Oui.

Elizabeth s'empourpra et tourna la tête. Meg n'avait pas besoin d'avoir l'air aussi choquée.

— Et il ne t'a pas demandée en mariage après… ça ?

— Non, gémit Lizzie.

Meg lui tapota l'épaule, mais elle semblait manifestement égarée.

— Je n'aurais jamais cru Robbie aussi cruel, dit-elle.

— Eh bien crois-le maintenant, répondit Lizzie.

Elle chassa la main de Meg d'un haussement d'épaules et se redressa. Robbie n'aurait pas dû agir ainsi, mais il n'était pas seul dans cette affaire. Elle aurait pu – et même dû – l'arrêter.

Elizabeth avait sans doute été victime de vapeurs particulièrement virulentes.

Non, malgré tous ses efforts, elle n'arrivait pas à voir Robbie comme un monstre.

—Je suis sûre que c'est en majeure partie ma faute.

—C'est ridicule ! s'exclama Meg. Robert a bien plus d'expérience que toi. Il savait très bien ce qu'il faisait. Ce que je n'arrive pas à croire, c'est qu'il ne t'ait pas ensuite demandé ta main.

—Exactement ! geignit Lizzie en se laissant tomber en arrière. J'en étais tellement sûre ! Je n'aurais rien fait sinon ! Je ne l'aurais pas laissé… Je croyais vraiment qu'il voulait m'épouser.

—Bien entendu, comme n'importe qui à ta place. Qui aurait pu soupçonner cet aspect de sa personnalité ?

Meg avait raison, comment Lizzie aurait-elle pu deviner ? Au cours des heures qu'elle avait passées en compagnie de Robbie, il ne l'avait jamais ne serait-ce qu'embrassée sur la joue, se limitant aux baisemains.

Pour être parfaitement honnête, c'était elle qui avait pris l'initiative, mais elle ne savait alors pas où cela la mènerait.

Mais peut-être tous les hommes se changeaient-ils en bêtes féroces quand on les provoquait ainsi.

Elizabeth ferma les yeux. Elle ne s'était pas comportée en lady. Quelle jeune fille bien comme il faut irait palper ainsi un pantalon, surtout si ce dernier était encore sur son propriétaire ?

Robbie avait peut-être voulu simplement se montrer courtois avec une vieille fille.

Lizzie se remémora les baisers de Robbie et sentit ses tétons durcir.

La courtoisie avait ses limites.

— Ne t'inquiète pas, Lizzie, nous allons tout raconter à lady Bea. Elle en parlera à ton frère, qui insistera pour que Robbie demande ta main.

— Non, pas question d'épouser un homme qui ne veut pas de moi.

— Mais je croyais que le problème était justement qu'il voulait de toi ! (Meg tapota l'épaule de Lizzie.) C'est probablement la perspective d'un mariage qui l'a momentanément effrayé. Beaucoup d'hommes sont ainsi, mais une fois la corde au cou, ils s'assagissent très vite, un peu comme un cheval qui a besoin d'être dressé.

Les paroles de Meg ne parvenaient pas à chasser la boule qui s'était logée dans l'estomac de Lizzie. Pire, elles semblaient la rendre plus lourde.

— À la réflexion…

— Non, ne réfléchis pas, ce qui est fait est fait, la coupa Meg. Tu n'as pas le choix, et Robbie non plus. Je suis sûre qu'il s'en rend déjà compte et, si ce n'est pas le cas, ton frère veillera à bien lui expliquer la situation.

— Peut-être.

Lizzie était tout sauf ravie à l'idée que son futur époux ne puisse prononcer ses vœux qu'avec le canon d'une arme enfoncé dans le dos.

Meg changea nerveusement de position.

— J'ai une question…

— Oui ?

Elle bougea de nouveau ; les remous du matelas commençaient à donner le mal de mer à Lizzie, et elle se redressa. Meg regardait obstinément ses mains, les joues très rouges.

— Qu'y a-t-il, Meg ?

—Je sais que je ne devrais pas te demander ça, surtout aujourd'hui, mais cela me hante depuis que j'ai entendu deux des servantes de Knightsdale en parler. Je pensais m'adresser à Emma, mais je n'en ai pas eu le courage jusqu'à présent.

Lizzie attendit la suite, mais Meg se contenta de lisser sa robe.

—Oui, Meg?

Lizzie avait du mal à imaginer un sujet que Meg n'oserait aborder avec sa sœur – ou avec qui que ce soit, d'ailleurs.

Son amie devint encore plus rouge.

—Est-ce que ça fait mal?

Elizabeth fronça les sourcils. Elle avait sûrement manqué une partie de la conversation.

—Quoi donc?

—Ça!

Meg cessa de torturer sa robe et regarda son amie droit dans les yeux. Lizzie lut de la honte dans le regard de la jeune fille.

—Je ne comprends pas pourquoi les femmes mariées laissent leurs congénères encore célibataires dans l'ignorance. Elles devraient pourtant s'assurer que nous comprenons bien ce genre d'opération! Je suis certaine que les hommes savent déjà tout avant de quitter l'enfance.

—Mais de quoi parles-tu?

—De ce que Robbie t'a fait dans le jardin. Cela t'a-t-il fait mal?

Lizzie rougit à son tour.

—Non, bien sûr que non.

Son échange avec Robbie avait suscité bien des sensations, mais sûrement pas la douleur.

—C'est bien ce que je pensais, reprit Meg. Pourquoi tant de femmes accepteraient de le faire, sinon? Certes, je suppose que c'est en partie parce qu'elles veulent des enfants, mais…

— Des enfants ? s'écria Lizzie.

Pouvait-elle tomber enceinte après ce qu'elle avait fait avec Robbie ?

— Oui, répondit Meg en la regardant comme si elle était idiote. Comme tu n'as pas eu mal, j'imagine que tu n'as pas saigné non plus ?

— Saigné ? Mais pourquoi donc ?

— Mais parce qu'il franchit ta virginité, voyons !

— Pardon ? glapit Elizabeth.

La jeune fille n'aimait pas du tout cette expression si guerrière.

— Ainsi, Sarah ne t'a rien expliqué ?

— Non, bien évidemment. Ces discussions sont réservées à la nuit qui précède les noces. (Elizabeth changea de position et se racla la gorge.) Sais-tu, euh… comment un homme s'y prend pour cela ?

— C'est pourtant toi qui étais dans ce jardin avec Robbie !

— Eh rien n'y a été rompu.

À moins qu'une langue puisse faire une telle chose ?

— Que s'est-il vraiment passé, Lizzie ?

— Explique-moi seulement comment les hommes peuvent nous prendre notre virginité.

— Grâce à leur membre.

— Comment ça, leur membre ?

— Je n'en ai bien sûr jamais vu en vrai, mais j'ai pu observer bien des statues.

— Moi de même, et alors ?

— Le membre en question est cette petite chose qui pend sur le devant. Je sais que ça a l'air très étrange, mais comment tous ces sculpteurs auraient-ils pu inventer la même chose ? De plus, ce sont tous des hommes : ils savent sûrement ce qu'ils ont dans leur pantalon.

— Oh.

Lizzie avait un souvenir très net de Robbie dans toute sa nudité : son appendice n'avait rien de petit ou de pendant.

— Et pourquoi as-tu parlé de franchir ma virginité ? demanda-t-elle.

— Eh bien, il y a une sorte de membrane qui protège ton intimité. Il faut donc la rompre, bien entendu.

— Bien entendu, répéta Lizzie en serrant les genoux. Es-tu sûre que cette chose pendante s'insère… hum, à cet endroit ?

— Oui. Tu n'as jamais regardé les animaux qui vivent autour du manoir d'Alvord ?

— Non, jamais.

Lizzie était convaincue qu'observer ceci était parfaitement inconvenant. Meg avait passé trop de temps dans les champs à examiner des plantes… et d'autres choses, apparemment.

— Il ne s'est rien produit de tel entre lord Westbrooke et moi dans le jardin.

— Alors quoi ?

Lizzie fit un geste évasif de la main.

— Quelques baisers, quelques caresses. Aucune rupture de quoi que ce soit.

— Si rien n'a été rompu, tu n'es pas perdue, annonça Meg avec un grand sourire. Tu t'es montrée imprudente, c'est vrai, et si l'on avait vent de tes ébats, ta réputation serait certainement compromise, mais puisque Robbie est le seul témoin, tu n'as pas à t'en faire.

— Je n'ai pas à m'en faire ? s'exclama Elizabeth, qui songea à étouffer Meg avec son oreiller. Comment peux-tu dire une telle chose ? J'aime Robbie depuis toujours !

— J'entends bien, et je croyais qu'il t'aimait lui aussi, mais s'il ne te demande pas en mariage… En es-tu vraiment sûre, d'ailleurs ?

— Bien entendu, je ne suis pas complètement sotte !

Non, pas complètement. Juste assez pour avoir passé six ans à soupirer pour un homme qui se moquait éperdument d'elle. Pour avoir repoussé les avances d'un duc, de deux marquis et d'un assortiment de comtes, vicomtes et autres parce qu'elle était certaine que Robbie finirait par lui demander sa main.

Elle ne pouvait plus se leurrer : si Robbie avait eu l'intention de l'épouser, il lui aurait déclaré sa flamme aujourd'hui, dans le jardin, au lieu de prendre une mine horrifiée et de se réfugier derrière ses bonnes manières.

Lizzie se mordit la lèvre et serra les paupières. Elle ne pleurerait pas.

— Eh bien si tu en es vraiment certaine, je crois qu'il n'y a pas grand-chose à faire, sauf si tu souhaites que James oblige Robbie à t'épouser. Il le ferait, tu sais.

— Non ! s'écria Lizzie en se levant d'un bond. Je ne veux pas que James force Robbie à faire quoi que ce soit. Ce serait horrible.

— Je suis d'accord, il n'y a rien de pire qu'un époux réticent. Tu pourrais bien entendu essayer de le rendre jaloux. Parfois, les hommes ne se rendent compte qu'une femme les intéresse que quand ils ne peuvent plus l'avoir.

— Comment sais-tu cela ?

— Je n'observe pas que les plantes et, contrairement à toi, toute mon attention n'est pas accaparée par un seul gentleman.

— Je ne pense pas qu'à Robbie.

— Si tu le dis.

— Emma sait-elle que tu étudies également la biologie dans les champs qui entourent la demeure ?

— Seulement la biologie animale, Lizzie, répondit Meg en souriant. Je n'ai encore jamais trouvé de spécimens humains.

— J'espère bien que non.

— J'ai en revanche pu observer en détail le comportement de nos congénères, tout particulièrement depuis qu'Emma s'est mariée et a décidé que me trouver un mari allait devenir l'un des grands buts de son existence. Je ne saurais te dire à combien de réceptions et de bals j'ai assisté au cours des trois dernières années. La perspective de danser un autre menuet avec le vieux Mr Ruttles a suffi à me convaincre de venir à Londres avec vous.

— Mr Ruttles s'intéresse à toi ? C'est insensé ! Il a au moins soixante-dix ans !

— Soixante-quatorze depuis novembre. Tu seras ravie d'apprendre que sa goutte va beaucoup mieux.

— Ravie ?

— Absolument. Mon amie, la liste de mes admirateurs est on ne peut plus impressionnante. Outre Mr Ruttles, elle compte Mr Gordley, Mr Farrell, Mr Nunn…

— Mais Meg, c'est horrible ! Ils ont tous au moins soixante ans ! Pourquoi ne pas être venue à Londres avant ?

— Parce qu'Emma n'était pas aussi insistante jusque-là, et que la naissance de Charlie l'a occupée un moment. Mais aujourd'hui, elle est plus désireuse que jamais de me voir avec mari et enfants.

— C'est compréhensible.

— Non, c'est à vous rendre folle.

Lizzie sourit.

— Certes. Il ne vous reste plus qu'à trouver un mari avant la fin de la Saison. (Elle se rassit à côté de Meg.) Quant à rendre Robbie jaloux… je ne suis pas sûre d'avoir envie d'un homme qui ne s'intéresse à moi que parce qu'un autre me veut.

— Non, tu ne comprends pas. Oui, de tels hommes existent, et si Robbie est l'un d'eux, tu devras bien sûr renoncer à lui, mais nous ferons avant tout ceci pour le réveiller un peu. Pour l'aider à comprendre ce qu'il désire vraiment.

— Le réveiller ?

— Oui. Si je me fie à mes observations, les hommes sont des créatures très simples. Certes, ils mènent des batailles et creusent des canaux, mais ils s'avèrent parfaitement incompétents dès qu'il s'agit de sentiments. Ils se contentent de manger, dormir et forniquer gaiement jusqu'à ce que quelque chose – ou quelqu'un – les arrête.

Lizzie n'avait aucune envie d'imaginer Robbie en train de forniquer gaiement. Les événements de la nuit précédente et de l'après-midi n'auraient-ils pas suffi à réveiller ses sentiments pour elle, s'il en avait ? Et pourtant elle ne voulait pas renoncer au mariage de ses rêves avant d'avoir épuisé toutes les possibilités.

Pour la première fois depuis qu'elle avait quitté Robbie dans le jardin, Elizabeth se prit à espérer.

— D'accord, Meg, même si j'aurais pensé qu'avec l'épisode du jardin Robbie serait aussi réveillé que possible.

Meg fit la moue, les genoux serrés, et se laissa aller en arrière sur le lit.

— Tu n'as pas tort ; cependant, tu ne lui as pas encore laissé entendre qu'il pourrait te perdre. À vrai dire, sans vouloir t'offenser, j'ai l'impression que tu t'es montrée un peu, hum… facile.

Lizzie s'empourpra.

— Peut-être, en effet.

— Robbie a peut-être besoin de comprendre que tu pourrais épouser un autre homme pour se déclarer. Cela dit, c'est peut-être aussi un cas à part : je ne peux pas te certifier que notre stratagème sera couronné de succès.

Elizabeth décida ne pas songer à la possibilité d'un échec. Elle ne voulait pas sentir de nouveau cette boule à l'estomac.

— Au moins, tu ne te morfondras plus dans le doute. Tout ceci n'a que trop duré. (Meg se redressa vivement.)

Il ne nous reste plus qu'à concevoir un plan pour mettre Robbie dans tous ses états.

— Tu n'as jamais parlé d'une telle chose, protesta Elizabeth.

— Lizzie, tu ne m'as pas écoutée : il doit penser que tu vas épouser un autre homme. Si ça ne le trouble pas, autant l'oublier sur-le-champ. Comme tu l'as dit, il a eu tout le loisir de découvrir que tu excites ses instincts bestiaux. Si c'est tout ce qu'il ressent, tu n'en obtiendras jamais rien. Il peut très bien assouvir de telles pulsions avec des femmes de petite vertu – enfin, que j'espère de petite vertu.

— Meg !

— Tu ne serais pas la première à confondre passion et amour, et à succomber aux charmes d'une fripouille. Je sais que certains hommes préfèrent ne pas payer quand ils peuvent obtenir quelque chose gratuitement, mais je n'aurais jamais soupçonné Robbie d'être l'un d'eux.

— Tu veux dire que…

— Quand un homme considère qu'il peut mettre une femme dans son lit sans avoir à lui passer la bague au doigt, il ne se prive généralement pas. Robbie sait pourtant qu'il ne pourrait se comporter de la sorte avec toi, même si tu étais consentante ; James ne le permettrait pas. (Meg se mordilla le pouce.) Je ne comprends pas. C'est une énigme.

Un véritable cauchemar, plutôt.

— Que suggères-tu ? demanda Lizzie.

— Tout d'abord, tu dois prendre tes distances avec Robbie. S'il essaie de recommencer ce qu'il a fait dans le jardin, refuse fermement.

— Bien évidemment. Je ne le laisserai jamais reprendre de telles libertés.

— Parfait. Il serait préférable que tu ne te retrouves pas seule avec lui.

— Mais…

— Non, c'est important. S'il a des sentiments pour toi, nous allons essayer de les frustrer. Donc pas de *tête-à-tête**, c'est compris ?

— Très bien, même si je doute qu'il veuille en provoquer de nouveaux.

— On ne sait jamais. Tu ne pourras compter que sur toi-même : lady Bea n'est pas la plus stricte des chaperonnes. À vrai dire, elle aurait même plutôt tendance à te jeter dans les bras de Robbie que l'inverse.

— Je n'ai vraiment pas besoin qu'on me surveille.

— Une chaperonne compétente t'aurait évité de te retrouver dans un buisson avec Robbie. Mets un point d'honneur à éviter les jardins de Tynweith. Tout en frustrant Robbie, tu devras le convaincre que tu es sur le point de trouver un autre homme. Ça ne devrait pas beaucoup l'étonner, vu la façon dont il t'a traitée. Tu ne dois en aucun cas laisser paraître que tu as des sentiments pour lui.

Voilà qui ne serait pas chose facile.

— D'accord. À qui suis-je censée m'intéresser ?

— À celui qui contrariera le plus Robbie ; cette demeure n'offre malheureusement pas un choix très vaste. (Meg sourit.) Que dirais-tu de Mr Dodsworth ?

— Mr Dodsworth ! Lui as-tu déjà parlé ?

— À vrai dire, non ; il est pratiquement impossible d'interrompre ses interminables monologues sur les chevaux. En revanche, je l'ai écouté.

— Vraiment ?

Meg sourit de plus belle.

— Pendant un moment. Je suis devenue experte dans l'art d'avoir l'air captivée par les discours de ces messieurs tout en pensant à autre chose. Tout est dans le regard. Si tu ne le quittes pas des yeux et hoches la tête de temps à autre, il va te croire pendue à ses lèvres. Je t'apprendrais volontiers comment faire. Ce petit stratagème m'a permis de survivre à plus d'une interminable réception.

— Robbie ne croira jamais que je m'intéresse à Mr Dodsworth.

— C'est vrai, répondit Meg, hilare. Pourquoi pas lord Peter ? C'est un véritable Adonis.

— Et il le sait très bien, grimaça Elizabeth. Non, il est beaucoup trop beau à mon goût.

— Et notre hôte, lord Tynweith ?

— Trop vieux. Il a sans doute près de quarante ans.

Lizzie n'avait envie d'aborder aucun des hommes invités à la partie de campagne – à part Robbie. Elle devrait se faire violence.

— Mr Parker-Roth pourrait faire l'affaire, dit-elle.

— Qui est-ce ?

— Un ami de Robbie. Il est ici. Il est juste arrivé en retard.

— Si c'est l'ami de Robbie, cela ne fonctionnera pas.

— Pourquoi pas ? Il n'a peut-être pas de titre, mais sa famille est aussi ancienne qu'aisée.

— Ce n'est pas le problème. Si Mr Parker-Roth est son ami, Robbie va soit considérer que vous allez bien ensemble et s'effacer, soit penser que cet homme est incapable de lui voler une femme qu'il convoite. Nous voulons l'inquiéter, le pousser à agir.

Lizzie songea brièvement à ce qu'elle aurait voulu pousser Robbie à faire, puis se redressa et se força à penser au plan de Meg.

— Je vais essayer.

— Magnifique. (Meg se redressa.) Tu devrais commencer dès maintenant. Il est temps de nous préparer pour le dîner ; choisis l'une de tes robes les plus osées.

Le dîner ? Lizzie serra les bras autour de sa poitrine.

— Je ne crois pas que…

Comment pourrait-elle s'asseoir à la même table que Robbie ?

— J'ai un peu mal à la tête. Je vais demander qu'on me serve à dîner dans ma chambre.

— Tu ne peux pas te terrer ainsi, Lizzie ! Lady Dunlee, lady Felicity et la duchesse remarqueront toutes ton absence.

— Laisse-les faire.

L'idée de voir Robbie lui donnait des haut-le-cœur. Elle serait incapable d'avaler une seule bouchée.

— Pas question. Elles guettent la moindre opportunité pour médire à ton sujet. Ne leur laisse pas ce plaisir. Tu dois faire comme si rien d'inhabituel ne s'était produit.

Songer à ces harpies n'arrangeait pas les choses.

— Je ne suis pas sûre d'y arriver.

— Bien sûr que tu le peux. Il le faut. Je serai là pour te soutenir et lady Bea… sera là elle aussi. Reste à espérer qu'elle n'aura pas bu trop de brandy.

— Pour ma part, j'éviterai le ratafia.

— Je l'espère. (Meg se dirigea vers la porte.) Rappelle-toi : ta robe la plus osée.

— Meg…

— Non, Lizzie. Du cran. Prends ceci comme un jeu, ou comme un châtiment pour Robert. Si tu veux mon avis, cet homme mérite de souffrir un peu vu la façon dont il s'est comporté dans le jardin.

Elle avait raison, Robert n'aurait pas dû agir de la sorte. Il n'y avait sans doute même plus pensé après l'avoir quittée – quand sa joue avait cessé de le brûler, tout du moins.

— Je crois que ma robe en soie bleu clair fera l'affaire, dit Elizabeth. Je vais peut-être demander à Betty d'y faire une ou deux retouches.

Chapitre 5

— Elle est dans le jardin, monsieur. (Flint se racla la gorge.) Le jardin spécial.

— Merci, Flint. Est-elle seule ?

— Oui, monsieur.

— Parfait.

Le baron Tynweith longea la large allée recouverte de gravier et dépassa le jardin aux sentiers enchevêtrés et les parterres. Les arbres et les buissons étaient taillés en forme de sphères, de cônes et de pyramides. On lui avait dit que son jardin était trop symétrique, trop artificiel. Trop français. Tynweith s'en moquait ; il l'aimait ainsi. Il appréciait l'impression d'ordre – de maîtrise, peut-être – que lui procuraient lignes droites et angles aigus.

L'homme passa sous une voûte de chèvrefeuille et d'ifs et s'enfonça dans le topiaire sans accorder un coup d'œil aux buissons et massifs à sa droite. C'étaient ceux de son père et de son grand-père, et il n'y avait pas touché – ce qui était d'ailleurs assez surprenant. Hériter l'avait mis dans une telle fureur qu'il s'étonnait encore de ne pas avoir brûlé tout le domaine.

Tynweith tourna à gauche, passa entre deux grandes haies et entra dans le jardin spécial.

Il ne pouvait désormais plus le contempler qu'en grinçant des dents. Quelle mouche l'avait piqué ?

Tynweith le savait très bien. Il avait tout fait pour que son père mesquin et dominateur n'ait de cesse de se retourner dans sa tombe dès la dernière pelletée de terre posée sur son cercueil. Le jardin topiaire était une cible toute trouvée : pendant les dix dernières années de sa vie, le vieux scélérat avait passé chaque minute à superviser le travail de ses jardiniers pour s'assurer qu'ils donnaient bien à ses buissons les formes complexes qu'il désirait.

Tynweith observa avec une grimace ce qui ressemblait à un chien, un cheval et une femme imbriqués de façon particulièrement fantaisiste. Jacks, son jardinier, devait lui aussi en vouloir au vieil homme. Il avait été ravi, une fois remis de sa disparition, de façonner ce jardin, reflet malade de celui de son père.

Il trouva Charlotte en pleine contemplation d'un tableau végétal mettant en scène deux femmes et un serpent.

— On admire le feuillage, madame la duchesse ?

Elle hoqueta et se retourna vivement.

Dieu qu'elle faisait battre son cœur. Elle n'était qu'une débutante la première fois qu'il l'avait vue. C'était la première Saison de Tynweith en tant que baron, enfin libre du joug paternel. Il était intenable alors.

Il l'avait vue à peine entré dans la salle de bal d'Easthaven. Elle se tenait à côté de la porte qui donnait sur le jardin en compagnie de sa mère au nez crochu, et ne parlait à personne. Elle semblait si petite, si blonde, si maîtresse d'elle-même – et si froide. On la surnommait déjà la reine de marbre avant même qu'elle ait fait sa première révérence.

Tynweith l'avait aussitôt désirée.

Il avait demandé à lady Easthaven de faire les présentations. La duchesse de Rothingham avait fait la moue en voyant ce vulgaire baron approcher de sa fille – elle avait peut-être aussi eu vent de sa réputation sans cesse plus déplorable – et lui aurait sans doute refusé une danse, mais Charlotte avait dit « oui » avant qu'elle puisse ouvrir la bouche.

Tynweith ne savait toujours pas pourquoi Charlotte avait accepté. Elle n'avait prononcé que quelques mots et l'avait à peine touché. Pourtant, il avait eu toutes les difficultés à ne pas l'entraîner dehors.

Il avait senti un mélange de peur et de passion derrière la froideur de la jeune fille. Charlotte le fascinait, l'attirait irrésistiblement. Tynweith n'était pas homme à laisser passer un défi, et elle en représentait un de taille.

Ce soir-là, il avait réussi à attirer Charlotte dans le jardin, mais avait fait preuve de fort peu de finesse – d'aucune, pour être honnête. Il lui avait sauté dessus comme l'animal qu'il était et elle l'avait sévèrement giflé.

Et la voilà qui le regardait nerveusement.

— Je cherche lady Felicity, dit-elle.

— Dans un bien curieux endroit. Je croyais avoir expliqué que cette partie des jardins ne convenait pas au beau sexe.

Charlotte rougit.

— Je me suis égarée.

— Puisque vous êtes là, voulez-vous que je vous fasse visiter l'endroit ? Je ne voudrais pas froisser la sensibilité d'une jeune vierge.

— Je ne le suis plus, monsieur.

— Parfait, répondit-il. Nul besoin de faire attention à mes manières dans ce cas.

Tynweith décela une lueur de panique dans le regard de la jeune femme quand il posa la main sur son bras.

— J'ai cru comprendre que vous aviez évité à l'une de mes invitées un déshonneur certain, dit-il. C'est très généreux de votre part.

Charlotte se couvrit la bouche d'une main gantée et bâilla délicatement.

— Ce n'est rien.

— J'étais pourtant sûr que vous haïssiez lady Elizabeth.

— Monsieur, la haine est un sentiment bien trop épuisant.

— Vraiment ? Je suis ravi de l'entendre. Je pensais que vous me détestiez moi aussi.

Charlotte leva la tête. Elle aurait volontiers lâché le bras du baron, mais il ne la laissa pas partir.

— Je suis là, non ? dit-elle. J'aurais décliné votre invitation à cette partie de campagne si votre compagnie m'avait tant répugnée.

— Je me suis d'ailleurs demandé pourquoi vous aviez accepté.

Tynweith lui fit longer l'une des créations les plus inspirées de Jacks, mettant en scène une femme et un bélier doté de cornes particulièrement impressionnantes, et d'autres attributs qui ne l'étaient pas moins. Charlotte s'arrêta, intriguée.

— Mon jardinier a un certain talent, ne trouvez-vous pas ? Tordu, il est vrai, mais cependant remarquable.

Charlotte contempla la sculpture végétale et se passa fugacement une petite langue rose sur les lèvres.

Elle aimait donc ceci ; intéressant. Tynweith l'avait toujours soupçonnée de bien cacher son jeu.

— À dire vrai, ma chère, je crois que vous avez accepté mon invitation dans l'espoir de vous amuser un peu en l'absence de votre époux. (Il lui caressa la main.) Quand le chat n'est pas là…

Charlotte essaya de se dégager mais Tynweith ne lâcha pas prise.

— Lord Tynweith, je vous assure que je n'ai aucunement l'intention de « m'amuser un peu », comme vous dites.

— Vraiment ? J'ai pourtant vu lord Peter quitter votre chambre la nuit dernière. Fort tard, qui plus est.

Charlotte haussa les épaules.

— Vous ne direz rien à Hartford.

— Non, vous avez raison. Je ne vois pas lord Peter vous divertir plus d'un soir. En fait, je ne le vois pas vous divertir du tout.

— Mon divertissement importe peu, monsieur, rétorqua Charlotte en étudiant les mains liées de la femme. (Elle lui lança un bref regard, puis revint au buisson.) Vous vous en doutez sûrement, de telles activités ne m'amusent pas du tout. Je les juge nécessaires, mais certainement pas agréables.

— Nécessaires ?

— Bien sûr. C'est à ma connaissance le seul moyen d'avoir un enfant. Mon mari a besoin d'un héritier.

— Et vous comptez donc lui offrir un bâtard ?

Tynweith mena Charlotte vers un nouveau buisson aux formes indécentes.

— Croyez-moi, monsieur, mon époux est on ne peut plus zélé en la matière, et tout enfant auquel je donnerai la vie pourrait très bien être le sien. J'essaie seulement de mettre toutes les chances de mon côté. Les hommes de la famille de Peter sont très prolifiques et n'engendrent que des garçons, sans exception.

Tynweith entraîna Charlotte entre deux haies rapprochées l'une de l'autre. La visite pouvait attendre : il y avait plus urgent.

— Où sommes-nous ? demanda Charlotte. Il n'y a rien à voir ici.

Tynweith lui caressa les épaules.

— Charlotte, laissez-moi vous aider.

— Monsieur !

— Chut…, murmura Tynweith en posant un doigt sur les lèvres de Charlotte. Je suis convaincu qu'une femme a de bien meilleures chances de procréer si elle apprécie l'acte.

— Il ne me reste plus qu'à espérer que vous soyez dans l'erreur.

— Charlotte, Charlotte… (Il se pencha pour chuchoter à son oreille.) Ne voyez-vous pas qu'il existe une autre possibilité ?

La jeune femme écarta la tête, mais ne tenta pas de le repousser.

— Que voulez-vous dire ?

Tynweith approcha les lèvres de son front, effleurant à peine sa peau.

— Il vous suffit de trouver l'homme qui convient, ma chère. Celui qui fera battre votre cœur plus vite.

Il caressa des lèvres ce point si sensible, juste derrière son oreille, et sourit quand il l'entendit hoqueter.

— L'homme qui fera gonfler vos seins et rendra vos tétons durs comme la pierre.

Il passa la main sur son corsage.

— Celui qui vous fera délaisser votre sécheresse. Qui saura si bien vous préparer que sa semence, une fois déposée, prendra aussitôt racine et poussera avec vigueur.

Il approcha ses lèvres tout près de celles de la jeune femme. Elle ne recula pas, mais ses joues rougirent gracieusement.

— Je ne vois pas de quoi vous parlez, murmura-t-elle.

— Je sais. Laissez-moi venir dans votre lit ce soir et je vous montrerai.

— Mais lord Peter…

— Renvoyez-le. Dites-lui que vous êtes souffrante. Ce n'est qu'un enfant, Charlotte, il ne peut vous satisfaire.

— Je…

Tynweith passa le pouce sous le menton de Charlotte.

— Vous arrache-t-il des gémissements désespérés, le suppliez-vous de vous prendre ? Avez-vous tant besoin de le sentir en vous que vous vous retrouvez à pleurer ici… (Il toucha ses paupières.) et là…

Il laissa sa main descendre sur le devant de la robe de la jeune femme jusqu'à son entrecuisse.

Elle haletait, constata-t-il en souriant.

— Et quand, finalement, il vous prend en pitié et s'immisce en vous, vous donne-t-il satisfaction ? Votre corps tout entier, comme brisé en mille morceaux, se serre-t-il autour du sien ? Ou se contente-t-il de sauter dans votre lit, de vous écarter les jambes et de vous prendre brutalement, uniquement préoccupé par son propre plaisir, vous laissant…

— Lasse, et soulagée qu'il en ait terminé.

— Je ne vous lasserai jamais, Charlotte.

— Vous étiez pourtant bien brutal dans le jardin d'Easthaven.

— C'était il y a sept ans ! J'étais un idiot. Un ignorant. Je ne connaissais que le désir, et pas encore la patience. Et vous n'étiez qu'une vierge, conclut-il avant de poser sa bouche sur la sienne.

Elle ne savait toujours pas embrasser. Ses lèvres restaient inertes ; Tynweith les lécha délicatement.

— Nous pourrions tant nous amuser, chuchota-t-il avant de glisser la langue dans sa bouche.

Charlotte resta sans bouger dans ses bras, les mains pressées contre son gilet. Elle ne le repoussait pas, mais ne l'attirait pas non plus à elle. *Patience*, s'enjoignit Tynweith. Elle n'avait pas encore découvert la passion qui brûlait en elle ; il fallait l'éveiller doucement.

Il caressa rapidement les fesses de la jeune femme et la libéra de son étreinte.

— Puis-je venir dans votre chambre ce soir, Charlotte ?

Elle semblait le regarder sans le voir, puis cligna des yeux et recula d'un pas.

— Charlotte, le puis-je ? Me laisserez-vous m'immiscer dans votre lit, puis en vous ? Vous faire hurler de plaisir ?

— Je… je…

Charlotte s'empourpra et tourna la tête. Quand elle le regarda de nouveau, ce fut parée de son masque impassible.

— Lord Tynweith, je dois à regret décliner votre aimable proposition. Maintenant, si vous voulez bien m'excuser…

Elle quitta l'abri des deux haies et s'éloigna, lentement tout d'abord, avant de soulever ses jupons et d'accélérer progressivement l'allure jusqu'à pratiquement courir.

Tynweith s'efforça de retrouver la maîtrise de son corps.

Une fois encore, il était allé trop vite. Pourtant, elle avait réagi. Pendant un instant, elle s'était laissée aller dans ses bras. Il avait senti sa chaleur.

Charlotte n'était plus vierge. Elle savait à quoi l'acte ressemblait. Ce n'était sûrement pas la fidélité envers son époux qui la retenait, elle lui avait déjà offert une belle paire de cornes. De quoi s'agissait-il, dans ce cas ?

Pourquoi avait-elle laissé le marquis d'Addington glisser sa frêle brindille sous ses jupons ? Le rang comptait-il avant toute chose pour elle ? Pourtant lord Peter ne possédait qu'un titre de courtoisie. C'était lui, Tynweith, le vrai noble dans cette histoire, mais apparemment, aux yeux de Charlotte, un vulgaire baron ne pouvait rivaliser avec le fils d'un marquis, fût-il le cinquième de sa fratrie. Son sang n'était pas assez bleu pour se mêler à celui de la jeune femme.

Qu'importe, Charlotte n'était pas la seule femme invitée à cette satanée partie de campagne. Il finirait bien par oublier sa fascination pour cette garce au cœur de pierre.

En s'assurant que ses habits étaient bien en ordre avant de regagner la maison, il remarqua quelque chose qui scintillait dans l'herbe et le ramassa. C'était une broche de femme sertie de diamants et d'émeraudes, disposés pour former les initiales E.M.R. Il croyait se souvenir que le deuxième prénom d'Elizabeth Runyon était Marie. Que diable lady Elizabeth était-elle venue faire dans ce fourré reculé de son jardin spécial ? Et avec qui ?

Tynweith glissa le bijou dans sa poche. Il adorait les énigmes.

— Je n'ai pas entendu parler d'une demande en mariage, et toi ?

— Pardon ?

Charlotte espérait que Felicity n'avait pas remarqué son sursaut. La duchesse faisait plus attention d'ordinaire. Tynweith l'avait certainement mise dans tous ses états, ce qu'elle n'appréciait guère. Elle n'avait déjà pas aimé sept ans auparavant.

Cet homme était un péril pour la tranquillité d'esprit qu'elle mettait tant de soin à cultiver. D'ordinaire, elle l'évitait. Pourquoi était-elle venue à Lendal Park ? Elle n'était qu'une idiote.

Non, elle était surtout désespérée. Le temps pressait, et la santé de Hartford déclinait. S'il mourait avant qu'elle attende un enfant...

Charlotte inspira profondément. Elle avait grand besoin d'un verre de brandy.

Elle devait tomber enceinte sur-le-champ. L'héritier actuel de Hartford, son odieux petit-neveu, la détestait.

Elle ne pouvait pas l'en blâmer : si le vœu de Charlotte s'exauçait, le malheureux se retrouverait privé du titre et de toutes les richesses qui l'accompagnaient.

Mais s'il devenait duc, il ne lui ferait aucun cadeau.

Charlotte aurait dû avoir au moins un enfant depuis tout ce temps. Cela faisait trois bonnes années qu'elle se soumettait aux attentions de Hartford. Son mariage avait eu lieu seulement quelques semaines après que le duc d'Alvord eut épousé son Américaine, qui était sur le point d'avoir son deuxième bébé, elle.

Il fallait à tout prix que lord Peter lui donne un fils.

Tynweith pouvait-il avoir raison quand il affirmait que le plaisir augmentait les chances de succès ?

Impossible. Comment aurait-elle pu apprécier cet acte aussi embarrassant qu'inconfortable ? Pourtant, elle avait ressenti quelque chose de très étrange un instant plus tôt, comme déjà des années auparavant dans le jardin d'Easthaven. Une sensation de chaleur, l'impression d'être complètement perdue. Et que dire de cette moiteur entre ses jambes, à l'endroit où…

— Charlotte ! À quoi penses-tu ?

Voilà qu'elle avait recommencé. Elle ne pouvait pas baisser sa garde ainsi.

— Je te demande pardon, dit-elle. Je rêvassais.

— J'en ai bien l'impression, rétorqua Felicity avec un regard soupçonneux. Alors, pourquoi n'y a-t-il pas eu d'annonce, à ton avis ?

— Quelle annonce ?

Charlotte avait vraiment besoin d'être seule dans sa chambre avec sa flasque de brandy ; elle continua à traverser le jardin à la française en accélérant l'allure.

— Aucune, justement. Lord Westbrooke a-t-il fait part de son intention d'épouser lady Elizabeth ? Je n'ai rien entendu.

— Moi non plus.

— Et tu ne trouves pas cela intéressant ?

— Non.

— Vraiment ? Tu disais pourtant qu'il en ferait l'annonce ce matin. Westbrooke se trouvait dans la chambre d'Elizabeth la nuit dernière. Nu.

— Personne ne l'y a vu, et Tynweith a, pour une raison ou une autre, décidé de faire taire les rumeurs.

Charlotte ralentit à l'approche de la demeure. Elle avait très envie de dire à Felicity de s'en aller. N'importe quelle personne dotée d'un minimum de perspicacité aurait compris qu'elle voulait qu'on la laisse tranquille.

Un minimum dont Felicity semblait dépourvue.

— Je ne comprends toujours pas ce qui s'est passé la nuit dernière, insista-t-elle, butée. Pourquoi a-t-il donc jailli de son lit ainsi ? On m'a toujours dit que j'avais une très belle poitrine. Je m'attendais à ce qu'il reste à l'admirer un petit moment au lieu de sauter par la fenêtre comme si tous les chiens des enfers étaient à ses trousses !

— Chut ! siffla Charlotte.

Un valet de pied les avait aperçues et venait d'ouvrir la porte. Charlotte lui adressa un signe de tête mais Felicity s'arrêta pour le lorgner copieusement. Cette jeune fille était impossible. Charlotte la prit par le bras et l'entraîna vers l'escalier.

— Je ne t'imaginais pas si prude, s'esclaffa Felicity. Lord Peter m'a pourtant confié qu'il n'avait rien à redire à ton sujet.

Charlotte trébucha sur la première marche.

— Il n'a tout de même pas osé ! Ne me dis pas que Peter t'a parlé de…

— Mais tu l'es vraiment, ma parole ! Je ne l'aurais jamais cru.

Charlotte remarqua que le valet regardait dans leur direction.

— Parle moins fort. Je suis seulement surprise qu'un homme fasse le récit de ses ébats à une jeune fille célibataire avec qui il n'a aucun lien de parenté.

Surprise et écœurée. Comment Peter avait-il pu confier à Felicity ce qui s'était passé entre eux ? Il n'avait rien à redire ? Encore heureux ! Cet imbécile avait eu ce qu'il voulait, et plusieurs fois en prime. Si quelqu'un avait des motifs de mécontentement, c'était bien elle. Peter était un aussi piètre amant que Hartford. Au moins, il allait plus vite, jamais plus de trente secondes. Charlotte espérait seulement que c'était suffisant.

Peut-être avait-elle refusé trop précipitamment l'offre de Tynweith.

— Nous sommes amis, dit Felicity en souriant. Très bons amis, même. Si je n'avais pas vu celles de Westbrooke, je dirais même que lord Peter a les plus belles fesses d'Angleterre.

— Tu as vu les f…, commença Charlotte avant de se rendre compte que le valet traînait encore près de la porte. Les ferrures de lord Peter ?

— Pardon ?

Elle prit de nouveau Felicity par le bras pour l'enjoindre à monter plus vite.

— Mais quand as-tu… non, je ne veux rien savoir.

— Bien sûr que si, tu le veux, rétorqua Felicity. La semaine dernière.

— Tu ne devrais vraiment pas parler de telles choses là où on peut t'entendre.

— Tout le monde se prépare pour le dîner.

— Sauf les domestiques.

— Qui irait se soucier d'eux ? ricana Felicity.

Charlotte détourna le regard. En effet, plus jeune, elle ne prêtait guère attention à ses serviteurs… mais après trois années passées avec Hartford, la jeune femme en était venue à penser qu'ils étaient les seuls à avoir de la compassion pour elle, à moins que ce ne soit de la pitié. Peu importait, à vrai dire. Ils éprouvaient quelque chose pour Charlotte, même s'il lui avait fallu du temps pour enfin s'en rendre compte.

Charlotte savait très bien qu'un serviteur mécontent pouvait étendre à la vue de tous le linge sale de son maître. Elle avait besoin d'avoir tous ses domestiques de son côté, surtout si son plan fonctionnait. Pas question que des bruits courent dans la bonne société quant à la paternité douteuse de l'enfant à venir.

Charlotte traversa le couloir en direction de sa chambre, sans réussir à distancer Felicity, malheureusement.

— Nous devrions nous aussi nous préparer.

— Rien ne presse, répondit Felicity. Je voulais de toute façon te parler avant de descendre. Nous avions convenu de nous retrouver, te rappelles-tu ?

— Oui, je t'ai cherchée dans les jardins.

— Un endroit intéressant, n'est-ce pas ? ricana la jeune fille.

Charlotte n'aurait pas choisi ce mot.

— Plutôt inhabituel, il est vrai. (Elle se racla la gorge ; Felicity était-elle imperméable aux allusions ?) Le moment n'est cependant pas bien choisi pour discuter.

Elle avait surtout envie de claquer sa porte.

— Pourquoi ?

Charlotte évita le regard de Felicity.

— Je suis un peu fatiguée. J'aimerais m'allonger un moment avant le dîner.

— Il s'est produit quelque chose dans les jardins, n'est-ce pas ?

— Non, rien du tout.

Tout du moins, rien qu'elle puisse confier à la jeune fille. Lord Peter considérait peut-être que ses frasques regardaient tout le monde, mais pas elle.

— J'ai vu Tynweith dehors, annonça Felicity avec un regard suspicieux.

— Il est chez lui, j'imagine qu'il se promène fréquemment dans sa propriété.

— Il se dirigeait vers les jardins. L'y as-tu retrouvé ?

— Tu crois qu'il me cherchait ? demanda Charlotte.

— Il n'était pas là par hasard.

— Peut-être était-il en quête de son jardinier. (Charlotte posa la main sur la poignée de sa porte.) Quoi qu'il en soit, Felicity, notre discussion attendra.

— Mais non, allons, ce ne sera pas long. Tu auras ensuite amplement le temps de faire la sieste. (Felicity se glissa de force dans la chambre de Charlotte.) Tu dois m'aider à attirer Westbrooke dans mes filets. Je le veux pris au piège avant la fin de cette partie de campagne.

— Ça ne me regarde sans doute pas, mais Westbrooke ne sera-t-il pas un tantinet contrarié quand, au cours de votre nuit de noces, il ne trouvera pas de sang sur vos draps ?

— Oh, il en trouvera.

— Du sang de porc ? Tu comptes l'enivrer et en verser un peu là où il faut ?

— Un peu, ou beaucoup ! rit Felicity. Une de mes amies a employé toute la fiole. Elle était terrifiée à l'idée que son nouvel époux comprenne tout. Au lieu de ça, il a cru l'avoir blessée, et lui a offert une nouvelle voiture et une paire de chevaux gris assortis pour se faire pardonner. Quoi qu'il en soit, tu n'as pas à t'inquiéter : je suis vierge – techniquement. Vous savez certainement qu'on peut se livrer à quantité de jeux très divertissants tout en gardant sa virginité.

Charlotte ne voyait pas lesquels, et n'avait pas envie de le savoir. Ce qui touchait à la procréation n'avait rien d'amusant. C'était embarrassant, salissant, douloureux, mais certainement pas divertissant.

À part peut-être ces quelques minutes passées dans le jardin avec Tynweith… non, Charlotte ne s'était pas amusée. Avoir trop chaud, se sentir désorientée ? Très peu pour elle.

Elle avait raison de l'éviter, et elle avait pris la bonne décision en lui refusant l'accès à son lit. Elle déboucha sa flasque de brandy et but une longue gorgée.

— As-tu soif ?

Charlotte s'essuya aussi délicatement que possible la bouche du bout des doigts et s'installa dans son fauteuil. Felicity ne partirait pas avant qu'elles aient eu cette conversation.

— J'ignore comment t'aider, avoua Charlotte.

— Je suis sûre que deux têtes valent mieux qu'une. (Felicity s'assit.) Qu'est-il arrivé à la figurine ?

— Je l'ai rangée. Tu as raison, je n'ai pas besoin de me voir.

— Tu es vraiment certaine de ne pas avoir rencontré Tynweith dans les jardins ?

— Je croyais que nous parlions de Westbrooke.

— Soit.

Felicity lui lança un regard inquisiteur. Charlotte but une nouvelle gorgée et la dévisagea calmement. Cela faisait des années qu'elle cachait ses sentiments, à sa mère tout d'abord, puis à Hartford.

Charlotte ne devait pas l'oublier, et refuser que Tynweith la mette dans de tels états. Elle ne pouvait pas laisser le chaos d'émotions qu'il éveillait en elle affecter son comportement.

— Westbrooke s'est retrouvé nu dans la chambre d'Elizabeth, et nous n'avons pourtant pas eu vent de fiançailles, dit Felicity en se penchant en avant. Qu'est-ce que ça peut bien signifier ?

— Que tu peux mettre lord Westbrooke dans une position compromettante sans qu'il t'épouse pour autant.

— Ou peut-être que je dois le mettre dans une position extrêmement compromettante. Voilà qui ouvre de très intéressantes possibilités.

— De quel genre ?

Felicity se tapota le menton.

— Il faudra que ce soit devant le plus de monde possible. Je veux beaucoup de témoins, surtout si Westbrooke a tendance à se dérober.

— Oui, tu auras peut-être plus de succès en mettant en péril son honneur à lui aussi.

Charlotte contempla la porte. Peut-être que Felicity partirait si elle lui versait le reste de son brandy sur la tête.

— Exactement. Quelque chose de choquant. Très choquant. Un baiser ne suffirait pas. (La jeune fille soupira.) Quand je pense que si on m'avait trouvée dans son lit hier, je serais fiancée à l'heure qu'il est ! Je n'aurais pas fait la même erreur qu'Elizabeth, et me serais assurée que tout le monde nous voie ensemble. Si seulement j'avais été un peu plus rapide, si j'avais crié une seconde plus tôt…

— Tout est question de minutage. (Charlotte regarda sa montre.) D'ailleurs, il est vraiment temps pour toi de partir.

Dieu merci, Felicity se leva.

— Tu as donc décidé de ne m'être d'aucune aide. Peu importe, lord Andrew arrive demain. Il a toujours beaucoup d'idées.

Charlotte fit de son mieux pour ne pas avoir l'air trop soulagée quand Felicity referma la porte derrière elle.

Chapitre 6

— Monsieur, il est l'heure de vous habiller pour le dîner.

— Je sais, Collins.

Robert contempla les jardins par la fenêtre. Comment pourrait-il affronter Lizzie ? Mon Dieu, il voyait encore son sourire s'évanouir, la lueur dans son regard s'éteindre… sa stupéfaction, sa douleur.

Que lui dire ? Il ne pouvait pas…

Une vague de honte le submergea.

Lui confier son secret. Il préférait être haï que pris en pitié.

— Monsieur ?

— Oui, j'arrive.

Robert réprima son agacement ; Collins ne faisait que son travail. Pas question de rester tapi dans sa chambre : il devait descendre dîner. Un gentleman ne prétextait pas une migraine, même quand son crâne était sur le point d'exploser.

— Si je puis me permettre, vous semblez un peu maussade, monsieur.

Robbie grogna. Collins était passé maître dans l'art de la litote. Il était au plus bas. Jamais, même après le désastre de la *Cornemuse agile*, il n'avait ressenti cette terrible mélancolie qui le vidait littéralement de ses forces.

Après que Lizzie l'eut laissé, Robbie avait une fois de plus parcouru le domaine de Tynweith. Par tous les diables, il en avait sans doute foulé le moindre pouce depuis le temps. Si le baron avait eu la délicatesse de mettre un précipice à disposition, Robert s'y serait volontiers jeté.

Le jeune homme contempla son reflet tandis que Collins se débattait avec son linge de corps. Non, il n'était pas à ce point désespéré ; pas encore tout du moins. Pas question d'emprunter ce chemin-là. Le suicide était l'issue des lâches, et il espérait avoir plus de cran que cela.

— J'ai entendu parler du, hum… tapage de la nuit dernière, dit Collins en lui tendant une cravate.

— Vraiment ? Quel dommage que vous n'ayez pas été là. (Robbie noua la pièce de mousseline autour de son cou.) Vous auriez peut-être pu empêcher lady Felicity de s'inviter dans mon lit. Vous assurer qu'aucune représentante du beau sexe ne s'égare entre mes draps fait, après tout, partie de vos fonctions.

Collins eut la politesse de rougir.

— Monsieur, je vous assure qu'elle n'était pas encore là quand je suis parti. Si j'avais deviné qu'elle se montrerait aussi téméraire, je n'aurais jamais… hum… je serais resté. Jamais elle n'aurait franchi le pas de votre porte.

— Oui, je suis certain que vous auriez tout fait pour l'empêcher d'entrer. Je pense qu'une serrure robuste y parviendra mieux, et ma porte en est justement dotée. Tâchez de convaincre le majordome de Tynweith de vous en donner la clé avant que je me retire ce soir.

— D'accord, monsieur. Je suis sûr que ça ne posera aucun problème.

— Je l'espère, car sinon vous serez obligé de rester pour veiller sur mon sommeil. Je ne veux pas me retrouver à gambader sur le portique nu comme un ver.

Robbie acheva de nouer sa cravate et se releva. Collins ne semblait pas décidé à lâcher sa veste ; l'homme n'avait visiblement pas l'esprit tranquille.

— Oui, Collins ?

— Monsieur, au sujet de la nuit dernière...

Le domestique époussetait fiévreusement les revers de l'habit même si Robbie n'y voyait pas la moindre trace de poussière.

Le jeune comte réprima un soupir. Il avait espéré pouvoir éviter de parler de la nuit précédente, en vain, apparemment. Collins était son valet depuis presque dix ans, et Robert avait appris à le connaître. Si l'homme avait quelque chose en tête, il lui en ferait de toute façon part à un moment ou un autre. Autant en finir le plus vite possible.

— Vous avez quelque chose à me dire, Collins ?

— Oui, monsieur. (Le valet se redressa en toussotant.) Betty m'a confié que lady Elizabeth avait petite mine, ce matin.

— Cela ne me surprend pas, la malheureuse était complètement ivre. Elle a vomi, n'est-ce pas ?

Il était d'ailleurs étonnant qu'elle ne l'ait pas fait quand Felicity et Caroline avaient fait irruption dans sa chambre. Leur entrée lui avait bien retourné l'estomac, à lui.

Si l'abus d'alcool avait de tels effets sur le comportement de Lizzie, Robert devrait la surveiller de près pendant toute la partie de campagne. La jeune fille de la nuit précédente aurait pu donner des leçons de séduction aux meilleures courtisanes de Londres. Le comte sentit son membre inutile se raidir à cette simple évocation.

Lizzie s'était également montrée très entreprenante dans les jardins de Tynweith, et elle était pourtant sobre. Quelle mouche la piquait donc ? Et si on avait versé un aphrodisiaque dans son verre ? Une telle perfidie ne l'aurait pas étonné de la part des convives de Tynweith, voire du baron lui-même. On ne pouvait pas se fier à un homme qui possédait un jardin aussi obscène. Le scélérat faisait sans doute pousser dans son domaine des herbes aux effets puissants. Robbie se promit d'en parler à Parks.

Pour l'instant, il ne pouvait que veiller sur Lizzie, suivre le moindre de ses pas. Tant qu'il restait avec elle, la jeune fille n'avait rien à craindre mais, si elle se retrouvait seule, n'importe lequel de ces butors serait libre d'abuser d'elle. Lizzie ne serait sans doute plus vierge si elle avait croisé lord Peter dans ce fourré.

Robert sentait déjà son cœur s'emballer et un voile rouge lui brouiller la vue. Il tuerait quiconque essaierait de profiter de Lizzie. Elle était si douce, si généreuse, si sensible… Si seulement il pouvait…

— En effet, monsieur. (Robbie avait complètement oublié Collins.) Betty a dit que lady Elizabeth avait l'estomac particulièrement dérangé. C'était selon cette dernière la faute du ratafia, mais lady Beatrice suppose – ou plutôt soupçonne – que vous avez rendu visite à la jeune lady dans sa chambre.

— Venez-en au fait, Collins.

— Lady Beatrice pense que lady Elizabeth est peut-être enceinte.

Imaginer Elizabeth portant son enfant le submergea de désir, une sensation aussitôt suivie par un grand vide qui lui donna le vertige. Il aurait tout donné pour cela.

Robert se força à penser à autre chose. Il avait compris depuis longtemps qu'espérer, prier ou tenter de marchander avec Dieu ne changeait rien.

— C'est ridicule.

— Évidemment, monsieur, on ne distingue pas de telles choses immédiatement après une nuit de plaisir et je sais que vous n'aviez jamais fréquenté son lit jusque-là.

— Collins !

Le valet recula d'un pas, affolé. Robert s'efforça de rester calme.

— Je n'ai en effet jamais fréquenté son lit, comme vous dites.

— Je le sais bien, monsieur. M'avez-vous écouté ?

Robbie prit une grande inspiration et compta jusqu'à dix.

— Y compris la nuit dernière. En tout cas, pas comme vous l'entendez.

— C'est-à-dire, monsieur ?

— Par tous les diables, Collins ! Je veux seulement dire que lady Elizabeth ne peut pas être enceinte. L'acte requis n'a pas eu lieu.

Diable, Collins semblait déçu !

— Mais pourquoi ?

— Comment ça, pourquoi ? Lady Elizabeth est une jeune fille de bonne famille, et la sœur de l'un de mes plus proches amis. Vous voudriez que je profite d'elle ?

— Pardonnez-moi, monsieur, je ne voulais pas me montrer irrespectueux. Elle est également très amoureuse de vous, Betty en est absolument certaine. C'est réciproque, n'est-ce pas ?

— Oui. Non.

Robbie ressentit soudain le besoin de frapper quelque chose. Son valet, peut-être ? Non, Collins n'était pour rien dans son impuissance.

— J'aime beaucoup lady Elizabeth, mais pas comme vous l'entendez.

Collins se contenta de le dévisager.

— Enfin, pas exactement. Vous ne comprenez pas. C'est une idée stupide. Je ne puis l'épouser.

— Et pourquoi serait-ce stupide ? Vous avez presque trente ans : il vous faut un héritier. Lady Elizabeth accepterait immédiatement votre demande en mariage ; Betty dit que sa maîtresse s'est refusée à plusieurs prétendants parce qu'elle vous attend. Si je ne m'abuse, vous n'avez pas d'autre demoiselle en vue…

— Collins…

— Et je sais – tout du moins, je crois – que vous ne préférez pas les hommes. De toute façon, même si c'était le cas, vous devriez passer outre pour concevoir un héritier.

— Collins ! s'écria Robert, qui avait l'impression qu'on venait de le frapper à l'estomac. Non, je n'aime pas les hommes.

— C'est bien ce que je pensais.

Collins brandit la veste de Robert comme s'il s'agissait d'un bouclier.

— Monsieur, je suis navré de me montrer si direct, mais j'attends moi aussi votre demande. Betty et moi voulons nous marier, ce qui serait très facile si vous épousiez lady Elizabeth. Cependant si vous vous y refusiez… eh bien, nous n'avons ni l'un ni l'autre envie de quitter notre maître, mais… comme vous le voyez, c'est une situation singulière.

— Je comprends, Collins. Je parlerai à lady Elizabeth.

— Ainsi vous aller la demander en mariage ?

— Non, je vais évoquer votre situation avec elle, et nous trouverons une solution à votre problème.

— Et pour le vôtre, monsieur ? Trouverez-vous aussi une solution ?

Robbie haussa les épaules ; il n'y en avait pas.

— Peut-être. Il est presque l'heure de dîner. Allez-vous tenir cette veste toute la soirée, ou m'aider à l'enfiler ?

— Vous aider, bien évidemment, monsieur.

Collins leva la veste et Robert passa les bras dans les manches de l'habit. Il allait porter ses atours mondains et afficher le charme qui allait avec. Il tira sur ses manchettes et se contempla une dernière fois dans le miroir.

— Vous êtes parfait, monsieur.

Robbie hocha la tête. En effet. Lord Westbrooke avait toujours une allure irréprochable. Il se força à sourire.

Lord Westbrooke avait toujours une bonne plaisanterie à dire. Il était si divertissant. C'était le maître des inepties, le roi du *bon mot**.

Et la bonne société ne soupçonnait pas à quel point il était malheureux.

— Tu es superbe, Lizzie ! s'écria Meg. N'est-ce pas, lady Bea ?

— Vous êtes sûres que je n'ai pas besoin d'un fichu ?

Lizzie examina son reflet. Betty avait retouché sa robe avec un peu trop de zèle, et cette dernière laissait maintenant voir une quantité choquante de peau. Ses pauvres petits seins en jaillissaient littéralement.

— Un châle, peut-être ?

Lady Bea examina la poitrine de Lizzie à travers son face-à-main et la jeune fille serra les poings pour ne pas couvrir la partie inspectée.

— Laissez votre châle et autres accessoires de ce genre dans votre chambre.

Lady Bea n'était pas femme à s'encombrer de pudeur excessive, songea Lizzie en contemplant la robe coquelicot au décolleté plongeant de sa chaperonne. Au moins, un épais collier de diamants, d'émeraudes et de rubis recouvrait la plus grande partie de sa peau ridée. Ajoutez à cela les flots de rubans verts qui contrastaient vivement avec le tissu écarlate, et elle ressemblait à une pomme trop mûre accueillant un bal de chenilles.

— Cette robe est exactement ce qu'il vous faut pour ramener Westbrooke à la raison… ou la lui faire perdre définitivement, dit Bea avec un clin d'œil.

Lizzie rougit. Après l'épisode du jardin, elle préférait que Robbie se retienne autant que possible.

— Avec un fichu, ce sera parfait, dit-elle. Betty, allez me chercher ma broche préférée, je vous prie.

— La timidité n'a jamais fait gagner de bataille à personne, ni de maris, en l'occurrence, objecta lady Bea.

— La société impose pourtant aux jeunes femmes de se montrer humbles et bien élevées, rétorqua Meg en souriant. Tout ceci ne serait selon vous qu'une fumisterie ?

— Bien entendu. La plupart de ces règles stupides ont été énoncées par des vieilles filles acariâtres.

Lizzie lança un regard à son amie, qui semblait elle aussi faire de gros efforts pour ne pas rire. Lady Bea, avec ses soixante ans de célibat, rentrait indéniablement dans cette catégorie.

— Je n'arrive toujours pas à comprendre pourquoi cet imbécile ne vous a pas demandée en mariage, soupira Bea. Rien ne l'en empêche pourtant. Je ne l'aurais jamais cru aussi stupide.

— Nous avons un plan pour y remédier, madame, dit Meg. Lizzie va le rendre jaloux. Nous nous sommes dit qu'il a peut-être besoin d'un petit coup de bâton pour se diriger vers l'autel.

— Je ne sais pas. Certains hommes réagissent mieux à la carotte.

— La carotte ? demanda Lizzie.

— Un avant-goût de ce qui les attend s'ils se retrouvent mariés.

Lizzie rougit. C'était exactement ce qu'elle avait offert à Robbie, en quantité non négligeable.

— Un baiser par-ci, une caresse par-là… Ils finissent par ressentir un désir insatiable pour vous, une véritable addiction qui s'empare de leur corps – surtout d'une partie bien spécifique de celui-ci – et de leur esprit. Ils ne peuvent plus penser qu'à vous, vous hantez jusqu'à leurs rêves, et bientôt ils sont prêts à tout pour vous avoir, y compris à s'engager pour la vie. Lizzie, assurez-vous seulement d'avoir la bague au doigt avant de donner à Westbrooke, ou à tout autre homme, plus qu'un avant-goût.

— Madame, je ne trouve pas votre broche, annonça avec inquiétude Betty devant le coffret à bijoux ouvert. Quand l'avez-vous portée pour la dernière fois ?

— Cet après-midi. Vous êtes sûre qu'elle n'est pas là ?

— Certaine. Vous parlez bien de celle que lady Gladys vous a offerte pour votre entrée dans le monde, avec vos initiales dessus ?

— Oui. Je suis sûre de l'avoir portée cet après-midi.

— Vous l'avez peut-être perdue quelque part ? Vous disiez vous-même que le fermoir donnait des signes de faiblesse, et aviez l'intention de la faire réparer dès votre retour à Lunnon.

— Certes, mais pas à ce point ! Je ne vois vraiment pas comment…

Lizzie s'empourpra. Elle avait peut-être une idée. Sa robe avait été quelque peu malmenée sous le fourré, et la broche avait très bien pu se détacher.

L'heure était trop avancée pour aller la chercher, et elle était de toute façon en lieu sûr. Personne n'irait s'aventurer dans cet étrange buisson lové au milieu d'un jardin qui l'était encore davantage.

— Ne vous en faites pas, Betty. Je la retrouverai demain matin.

— De toute façon, vous n'en avez pas besoin, déclara lady Beatrice en se dirigeant vers la porte. Venez avant qu'ils aient bu tout le brandy.

— Dis-moi, Westbrooke, que s'est-il passé au juste la nuit dernière ?

— Rien du tout, répondit Robbie, le regard braqué sur la porte du salon.

Où était donc Lizzie ? Il but une gorgée de brandy avec un petit sourire. Elle éviterait sûrement le ratafia ce soir.

Felicity n'était pas là elle non plus, mais il ne s'attendait pas à ce qu'elle ait quitté la partie de campagne si prématurément. Collins avait intérêt à se procurer cette clé. Il ne grimperait pas dans son lit tant que la porte ne serait pas fermée à double tour.

— Rien, vraiment ? Alors d'où vient cette folle histoire que mon valet m'a racontée ce matin ? Tu aurais fait irruption entièrement nu dans la chambre d'Elizabeth. Ce n'est pourtant pas ton style.

Robbie dévisagea longuement son ami Parks – John Parker-Roth, de son vrai nom. L'homme gardait un visage impassible, mais ses maudits yeux pétillaient derrière ses lunettes.

— Pourquoi n'es-tu pas venu te réjouir du spectacle comme tout le monde, Parks ? Ta chambre est juste à côté. N'as-tu pas entendu tout ce tintamarre ?

— Bien sûr que si, j'ai même sorti la tête dans le couloir quand je me suis levé pour me servir un autre verre, et j'ai décidé qu'il était inutile d'encombrer davantage ce couloir. J'avais de toute façon mieux à faire que rester là à cancaner.

— Tu étais le nez dans un de tes livres sur les plantes, j'imagine.

— Les *Fragments on the Theory and Practice of Landscape Gardening* de Repton. Souhaites-tu que je t'en fasse un résumé ?

— Grands dieux, non.

Parks éclata de rire.

— Ce n'est pas très technique, et il y a même quelques dessins.

— Des dessins de fourrés ?

Robbie rougit en se remémorant ce qu'il avait fait sous l'un de ces derniers. Parks lui lança un regard appuyé. Il ne laissait jamais rien passer.

— Je me demande ce que les fourrés ont de si embarrassant, dit-il. Si tu ne fais pas attention, ton visage sera bientôt aussi rouge que tes cheveux.

— Va au diable, Parks. Et puis je suis châtain.

— Non, moi je suis châtain. Tes cheveux sont rouges.

— Bonté divine ! Nous avons eu cette discussion ridicule je ne sais combien de fois depuis que nous nous sommes rencontrés à Eton.

Le visage de Parks redevint soudain sérieux.

— C'est vrai, mais tu n'avais jamais perdu ton sens de l'humour jusque-là. Qu'y a-t-il, Westbrooke ?

— Rien, je n'ai plus neuf ans, c'est tout.

— C'est vrai, tu en as près de trente, deux mois de moins que moi si je me souviens bien. S'est-il passé quelque chose dans la chambre d'Elizabeth ?

— Non, tout va bien. Je suis fatigué, voilà tout, et un peu morose. Navré d'être d'aussi sinistre compagnie.

Robbie but une nouvelle gorgée de brandy, et faillit la recracher aussitôt sur la cravate de Parks.

— Que se passe-t-il, enfin ? demanda celui-ci en essuyant quelques gouttelettes tombées sur son gilet.

— Ceci ! répondit Robert en désignant la porte du salon.

Lizzie venait de faire son entrée.

— Je reconnais que la robe de lady Beatrice est assez terrifiante, mais je te croyais habitué à ses extravagances depuis le temps. Elle vit à Londres depuis bien longtemps et ses goûts vestimentaires n'ont pas changé.

— Je ne parle pas de lady Bea.

Mais quelle mouche avait piqué Parks ? Il n'était pas aussi obtus d'ordinaire.

— Ah ? Si c'est une devinette, Westbrooke, je crains fort de ne pas en connaître la réponse. Mais… qui est cette beauté ?

— C'est Lizzie, idiot !

Parks se retourna vers Robbie.

— Je sais très bien qui est lady Elizabeth, et il est vrai que cette nuance de bleu lui va à ravir. Je parlais cependant de sa compagne. (Il sourit.) Pas lady Beatrice, l'autre.

— C'est Meg.

Robert avait à peine remarqué la couleur de la robe de Lizzie, absorbé qu'il était par son corsage – ou plutôt par son absence. Mais quelle folie l'avait prise ? Ses seins parfaits étaient tellement remontés que le premier satyre venu aurait pu deviner sans difficulté à quoi ils ressembleraient une fois libérés. On voyait presque ses tétons, bon sang !

— Meg ?

— Quoi ? demanda Robert en regardant son ami avec agacement. Oh, Miss Margaret Peterson, la sœur de la marquise de Knightsdale. Une fille de pasteur. Bien qu'elle ait l'âge de Lizzie, c'est sa première Saison. Cette demoiselle a eu beaucoup de mal à quitter le Kent et ses campagnes, elle est obsédée par les plantes.

— Vraiment ? Voilà qui m'a l'air très intéressant.

— Pour toi, peut-être.

Robbie rajusta son gilet. Quelqu'un devait faire entendre raison à Lizzie, et lady Bea en était de toute évidence incapable. Il avait su dès le départ que cette femme ferait une chaperonne déplorable.

— Viens, je vais faire les présentations.

— Il vient par ici, dit Meg.

— J'ai remarqué.

Lizzie inspira profondément. Elle devait se montrer calme, et hardie. De l'audace, telle était sa nouvelle ligne de conduite pour cette Saison.

— Il surveillait la porte, c'est bon signe, dit lady Bea en hochant la tête, ce qui fit tressauter ses plumes vertes et rouges. Cet homme est fou de vous. J'ignore pourquoi il ne s'est pas encore déclaré. Je lui dirai peut-être deux mots.

— Non !

Elle n'avait certainement pas besoin que lady Bea interroge Robbie sur ses projets de mariage, au beau milieu du salon de Tynweith qui plus est, afin que toute la bonne société en profite.

— Je vous en prie, je suis certaine que ce n'est pas nécessaire, ajouta-t-elle.

— Il faut bien que quelqu'un brûle les fesses de ce jeune homme afin qu'il s'active un peu.

— Lady Bea !

Elizabeth regarda autour d'elle, mais personne n'avait levé la tête ni ne ricanait.

— Je vous en supplie, ne parlez pas si fort.

— Je ne vois pas pourquoi, rétorqua sa chaperonne. Ce garçon a besoin qu'on lui dise ses quatre vérités.

— Je vous assure, ce n'est pas la peine, dit Lizzie aussi doucement qu'elle le pouvait, tâche difficile tant les battements de son cœur terrassé par la honte résonnaient dans ses oreilles.

— Peut-être votre robe l'inspirera-t-elle. N'oubliez pas de vous pencher vers lui en lui parlant. Montrez-lui ce qu'il ne pourra pas avoir tant qu'il ne vous aura pas épousée.

Lizzie se rappela soudain la sensation des doigts de Robbie sur sa peau et sentit sa poitrine frémir.

— Oui… pardon, non, bredouilla-t-elle. Vous ne vouliez pas du brandy ?

— En effet. Vous devriez boire quelque chose, vous aussi. Vous semblez… fiévreuse.

Lady Bea haussa un sourcil, et Lizzie fut convaincue qu'elle savait exactement ce que Robbie et elle avaient fait dans le jardin de Tynweith.

C'était impossible. Une vieille fille ne savait rien de ces choses-là ; Lizzie elle-même ne les avait découvertes qu'avec Robbie.

— N'oubliez pas, Elizabeth, il est impératif d'obtenir une alliance, ou au moins une bague de fiançailles avant de se retrouver… avec autre chose, dit lady Bea en désignant du regard le ventre de la jeune fille.

— Oui, lady Beatrice. Enfin, je veux dire… je ne vois pas ce que…

— Je suis sûre que vous comprendrez toute seule, lui assura Bea en lui tapotant le bras. (Elle s'éloigna de quelques pas, puis se retourna.) Et évitez le ratafia.

— Ne vous en faites pas, je ne suis pas prête d'en boire.

Sur ce, lady Bea partit en quête d'un verre de brandy.

— Cette femme est invivable, soupira Lizzie. Comment peux-tu la supporter, Meg ? Comment le puis-je ? Ma santé mentale ne survivra pas à cette Saison. Tante Gladys était une chaperonne exceptionnelle. N'aurait-elle pas pu attendre une année de plus avant de se retirer à Bath ?

— Mmm ?

— Meg ?

Son amie regardait fixement les deux hommes qui traversaient le salon dans leur direction.

— Qui est le compagnon de lord Westbrooke ?

Meg avait une drôle de voix et le rouge aux joues.

— C'est Mr Parker-Roth.

Pourquoi Meg réagissait-elle ainsi ? Lizzie examina plus attentivement Parks. Il était certes bel homme, mais ce n'était pas Robbie. Il était plus petit, plus large, avec des cheveux châtains et ondulés, des yeux verts et des lunettes.

— Tu l'apprécieras sûrement. Il est lui aussi obsédé par les plantes, dit Lizzie.

— Oh.

— J'espère que tu sauras faire une phrase entière quand je te le présenterai.

Meg lui lança un regard noir.

Elizabeth se retourna et découvrit un Robbie tout aussi courroucé.

— Lizzie ! Où avez-vous trouvé cette robe ?

— Bonsoir, lord Westbrooke. Mr Parker-Roth, comment allez-vous ? Je ne crois pas vous avoir vu hier soir.

Lizzie s'empourpra aussitôt ces paroles prononcées. Parks se trouvait-il dans le couloir avec les autres convives ? Sûrement pas. Il occupait cependant la chambre voisine de la sienne.

L'homme sourit, mais son regard ne cessait de revenir vers Meg.

— Non, je suis arrivé assez tard. J'avais quelques affaires à régler avant de quitter mon domaine.

— Je vois.

Mr Parker-Roth semblait à vrai dire ne s'intéresser qu'à son amie.

— Connaissez-vous Miss Peterson ? demanda Elizabeth.

Parks lui adressa un grand sourire, comme si elle était une bonne élève qui venait enfin de poser la bonne question.

— Non, je n'ai pas cet honneur.

— Dans ce cas, pourquoi ne pas commencer tout de suite ? intervint Robbie avec impatience. Parks, Miss Peterson. Miss Peterson, Parks.

— Parks ? demanda Meg d'une voix très douce, presque timide.

— Mon surnom, Miss Peterson.

— Ah, pour Parker-Roth.

— Non, à cause de son amour de la verdure, expliqua Robbie. Parks idolâtre autant les herbes que vous, peut-être même davantage. Quand nous étions à Eton, MacDuff a même voulu le surnommer lord Gazon. Parks l'a mal pris et l'a roué de coups. Tout le monde a applaudi notre ami.

— Westbrooke, je ne crois vraiment pas que ces demoiselles ont besoin de connaître nos méfaits de jeunesse, dit Parks, les sourcils froncés.

— Inutile de faire des façons, je les connais depuis qu'elles sont toutes petites.

— Eh bien pas moi. Lady Elizabeth et Miss Peterson vont penser que je suis un parfait barbare.

— Vous ne pourrez jamais l'être autant que lui, intervint Elizabeth.

— Très amusant, Lizzie, répondit Robert. Ne t'inquiète pas, Parks. Comme tu le vois, Lizzie est d'humeur clémente. Si tu veux impressionner Meg, parle-lui de tes activités d'horticulteur. Je suis sûr qu'elle serait ravie de tout savoir du livre que tu as lu la nuit dernière. Comment s'appelle-t-il déjà ? *Les Fragments de paysage* ?

— Ne me dites pas que vous possédez les *Fragments on the Theory and Practice of Landscape Gardening* de Repton, Mr Parker-Roth ? intervint Meg, aux anges.

— C'est pourtant le cas.

— Je savais que vous trouveriez matière à conversation, dit Robbie. Je dois pour ma part parler à Lizzie, et vous prie de bien vouloir nous excuser…

Il prit Elizabeth par le bras et s'éloigna de quelques pas. La jeune fille tenta de se dégager et lança un regard en direction de Meg. Son amie était déjà en grande discussion avec Parks ; elle ne lui serait d'aucune aide.

— Allons dans le jardin, murmura Robert. J'ai deux mots à vous dire.

— Je n'ai aucune envie de retourner dans un jardin avec vous, lord Westbrooke. Notre dernière promenade s'est révélée assez traumatisante.

Robert rougit.

— Ne vous en étonnez pas, si vous vous jetez sur les hommes ainsi…

— J'ai trébuché !

La mâchoire de Robbie tressaillait sous l'effet de la colère.

— Et qu'en est-il de cette robe, dans ce cas ? C'est indécent !

Lizzie eut soudain très envie de se couvrir la poitrine de ses mains, mais serra les poings à la place. Pour qui Robbie se prenait-il ? S'il voulait lui imposer sa garde-robe, il n'avait qu'à l'épouser.

— Pas du tout, et ma chaperonne n'y voit rien à redire. Selon elle, c'est exactement ce qu'il me faut.

Lady Bea avait en l'occurrence déclaré que cette robe serait parfaite pour ramener cet idiot à la raison, mais Lizzie préféra lui épargner les détails.

— Lady Beatrice n'est pas une chaperonne compétente, grogna Robbie, les dents serrées.

— Ne l'insultez pas.

— Je ne l'insulte pas. C'est une femme charmante, mais une chaperonne inconsciente, surtout si elle pense qu'une robe exposant vos… charmes au premier malotru est un accoutrement digne de la sœur d'un duc. On pensera que vous êtes une femme de petite vertu, une…

Lizzie aurait voulu cracher au visage de Robbie. Elle se pencha en avant, et vit son regard descendre vers l'encolure de sa robe. Si quelqu'un louchait sur sa poitrine, c'était bien lui.

Robbie releva précipitamment la tête.

— Les gens peuvent penser ce qu'ils veulent, répondit Lizzie. Je me demande cependant ce qu'avait en tête un certain lord de ma connaissance cet après-midi, dans les jardins.

Les oreilles de Robbie devinrent très rouges.

— Ne parlez pas si fort, lady Dunlee vient de regarder dans notre direction.

— Ne vous inquiétez pas, je n'ai pas l'intention de prolonger cette conversation, rétorqua Lizzie, qui tremblait de colère. J'ai une question, cependant : cet après-midi, je portais une broche accrochée au très chaste col de ma robe, et je l'ai semble-t-il égarée. L'auriez-vous retrouvée, par hasard ?

— Une broche ?

— Oui, avec mes initiales.

— Non, je ne l'ai pas vue. Demandez plutôt à l'un des domestiques de Tynweith.

— Je ne crois pas qu'ils fréquentent cette partie des jardins mais je peux me tromper, ce qui semble beaucoup m'arriver ces derniers temps. (Lizzie recula et se força à sourire.) Si vous voulez bien m'excuser, le majordome de Tynweith semble sur le point d'annoncer que le dîner est prêt. Vous comprendrez, j'en suis sûre, que je préfère m'attabler avec d'autres convives. Votre compagnie nuit à mon appétit.

Tout en s'éloignant, Lizzie constata, ravie, que le visage de Robbie était presque aussi rouge que la robe de lady Beatrice.

Bonté divine. Robbie lacérait son morceau de chevreuil comme si la malheureuse bête était encore de ce monde. Lizzie était assise à la gauche de Tynweith et battait des cils tandis que celui-ci louchait sur sa robe.

— J'ai fait un rêve très étrange la nuit dernière, lord Westbrooke. Je rougis à l'idée de vous en faire part. Peut-être avez-vous entendu quelque rumeur à ce sujet ?

Robbie renonça à sa viande. Il s'étranglerait sûrement s'il essayait d'en avaler une bouchée, suffoqué qu'il était par le boniment de lady Felicity. Avait-elle vraiment l'intention de prétendre que l'incident de la nuit passée n'était qu'un rêve ? Essayait-elle de le persuader que lui aussi dormait quand il s'était retrouvé nez à nez avec son opulente poitrine et avait bondi par la fenêtre ?

— Non, lady Felicity, je n'ai rien entendu au sujet de vos activités, qu'elles soient réelles ou fantasmées.

— Vraiment ?

— Vraiment.

Robbie examina son assiette. Rien ne lui faisait envie : Felicity avait eu raison de son appétit.

— Comment un rêve devient-il une rumeur ? demanda-t-il. Qui irait répéter une chose qui n'est arrivée que dans votre tête ?

— J'ai bien peur que mes manifestations ne soient pas limitées à mon esprit. Ce rêve paraissait tellement vrai ! J'ai même dérangé lady Elizabeth et quelques autres invités, ce dont je suis désolée.

— Ah ?

— Oui. (Lady Felicity se rapprocha de Robbie et baissa la voix.) Souhaitez-vous que je vous le raconte ? Vous y jouiez un rôle non négligeable. C'est vraiment gênant.

Robert regarda brièvement l'opulente poitrine de Felicity. Il était tout à fait admirable que sa robe parvienne à la couvrir ne serait-ce que partiellement. Le corset de la jeune fille la remontait tant que son décolleté frôlait le dessus de ses tétons, et Robbie était bien placé pour le savoir. Depuis la nuit précédente il savait exactement où sur son sein se trouvait le grain de beauté qu'il avait désormais sous le nez.

— Ce ne sera vraiment pas nécessaire, dit-il. (Robert essaya de sourire.) Je suis navré d'avoir troublé votre sommeil.

Il aurait tout aussi bien pu ne rien dire, tant Felicity semblait ne prêter aucune attention à ses paroles.

— Mais c'était si… stimulant, poursuivit Felicity, sa voix réduite à un murmure rauque. Nous étions dans un lit, complètement nus. Je contemplais votre poitrine, vos muscles… Tout, absolument tout. (Elle le déshabilla du regard, se passa la langue sur les lèvres et sourit.) Je n'avais jamais fait un songe aussi merveilleux. Auriez-vous rêvé de la même chose, par hasard ?

— Non, certainement pas, répondit Robbie.

Pouvait-il se lever de table et quitter la pièce, en prétextant une subite nausée ? Il n'aurait après tout pas menti.

— Peut-être est-ce quelque chose que vous avez mangé, poursuivit-il. Parfois, l'ingestion de boisson ou de nourriture juste avant de se coucher peut provoquer des cauchemars.

— Croyez-moi, lord Westbrooke, ce n'était pas un cauchemar.

Pour vous, peut-être. Robbie pria pour qu'on vienne le libérer, ce que fit lady Dunlee, son autre voisine, manifestement lassée que Felicity monopolise toute son attention. Elle lui tapota le bras, et lui adressa son éternel sourire pincé.

— Je n'ai pas encore eu l'occasion de vous parler, lord Westbrooke. Je vous ai cherché partout cet après-midi.

Rien d'étonnant à cela, j'étais dans un buisson, occupé à me jeter sur Lizzie. Pourvu que ses oreilles ne soient pas trop rouges.

— Vraiment, lady Dunlee ?

— En effet. Vous avez terriblement manqué à ma chère fille Caroline ces dernières semaines. J'ai cru comprendre que vous vous étiez rendu dans votre domaine en Écosse ?

« Enfui » serait un terme plus approprié.

— Oui, lady Dunlee, j'ai passé ces derniers jours en Écosse, mais j'ai bien l'intention de rester en Angleterre au moins jusqu'à la fin de la Saison.

Pour garder un œil sur Lizzie. La coquine était encore en train d'aguicher Tynweith. La duchesse de Hartford, assise de l'autre côté du baron, semblait extrêmement contrariée. Elle penchait poliment la tête vers lord Dunlee, son voisin de droite, mais ne quittait pas des yeux Tynweith et Lizzie.

Robbie comprenait très bien ce que ressentait la duchesse.

— … et ma chère Caroline est également une chanteuse accomplie. Je suis sûre que vous l'avez déjà entendue.

Seulement quand on ne m'avait pas mis en garde à temps.

— Oui, lady Dunlee, j'ai en effet eu ce plaisir. Bon sang !

Lady Dunlee écarquilla les yeux.

— Je vous demande pardon ?

— Bon sang ne serait mentir ; les talents de votre admirable fille ne manquent jamais d'illuminer la soirée, répondit Robbie avec un sourire, tout en repoussant sous la table la main que Felicity avait aventurée sur son pantalon.

— C'est vrai, approuva lady Dunlee. (Elle désigna de la tête la cousine de Tynweith, leur hôtesse.) Vous devriez dire à Mrs Larson que vous apprécieriez un peu de musique.

— Excellente idée. Je n'y manquerai pas.

Quand il gèlera en enfer.

Robbie se retourna vers Felicity.

— Pourriez-vous laisser vos mains tranquilles ? chuchota-t-il.

— Je pensais que vous apprécieriez un peu de distraction, répondit Felicity, la mine boudeuse. Lady Dunlee est assommante à ne parler que de son obèse de fille.

Robbie devait bien admettre qu'elle disait vrai.

— Je ne vous ai pas autorisée à me toucher, c'est extrêmement indécent.

Il parlait sans doute comme une vieille chaperonne, mais que pouvait donc dire un homme à une jeune fille qui lui faisait des avances sous la table ?

— Les hommes apprécient, d'ordinaire.

— Combien en avez-vous déjà abordés ainsi ?

— Je ne tiens pas le compte, avoua Felicity. Ça rend un dîner ennuyeux plus agréable, ne trouvez-vous pas ?

— Pas le moins du monde, répondit Robbie en levant légèrement la voix sous le coup de la colère. Je préfère savourer mon repas en paix sans avoir à craindre qu'on ne touche mon…

Grâce au ciel, il remarqua avant de terminer sa phrase le silence qui venait de tomber dans la salle à manger.

— Mon cœur ! Une chanson a toujours le pouvoir de toucher mon cœur. Il serait désolant que les jeunes femmes les plus douées de notre assistance pensent qu'on boude leurs talents musicaux.

Robert sourit à lady Dunlee, qui lui adressa un signe de tête reconnaissant.

Il venait de geler en enfer.

— Mrs Larson, lady Dunlee m'a confié que sa charmante fille avait une très jolie voix, dit-il.

Chapitre 7

Charlotte contemplait le contenu de son assiette ; la simple pensée d'avaler une bouchée lui retournait l'estomac. Elle se contenta de pousser les aliments avec sa fourchette tout en faisant semblant d'écouter lord Dunlee.

— … et j'ai alors dit à lord Huffington…

Elle pencha la tête vers lui et sourit. Dunlee était heureusement parfaitement disposé à poursuivre son monologue avec un minimum d'encouragements de sa part. Il était sans doute ravi d'entendre le son de sa propre voix, pour changer. Lady Dunlee n'était pas, selon Charlotte, le genre de femme qui aime écouter les autres.

Tynweith contemplait une fois de plus le décolleté de lady Elizabeth. Qui aurait pu croire que cette jeune fille était aussi légère ? Peut-être qu'elle avait décidé de se présenter sous son vrai jour depuis que sa grand-mère avait cessé d'être sa chaperonne. Ce n'était de toute évidence pas lady Beatrice qui la refrénerait, trop occupée qu'elle était à boire le brandy de leur hôte.

Tynweith lui aussi montrait son vrai visage. Dieu merci, Charlotte avait refusé son offre si généreuse. Elle embrocha un morceau de chevreuil et le fit glisser au milieu de ses pommes de terre *à la hollandaise**. Tynweith s'était montré si convaincant dans le jardin ! Elle avait vraiment eu l'impression qu'il avait des sentiments pour elle. Charlotte poussa un petit grognement de mépris. Ce n'était évidemment pas le cas. N'importe quelle créature vêtue d'une robe aurait fait l'affaire. Il était comme tous les autres.

— Pardonnez-moi, madame, avez-vous dit quelque chose ? demanda Dunlee.

— Rien, rien, monsieur. J'ai avalé de travers. Je vous en prie, continuez.

— Vous êtes sûre que je ne vous ennuie pas ? bredouilla l'homme, soudain écarlate. Lady Dunlee me dit parfois que je parle trop.

Charlotte avait du mal à y croire. Elle regarda lady Dunlee, qui accaparait alors l'attention de lord Westbrooke. Il était impossible de glisser plus de deux mots dans une conversation avec elle.

— Mais pas du tout, le rassura Charlotte. Je vous en prie, continuez.

Elle revint à Tynweith tandis que lord Dunlee reprenait son soliloque. Le baron avait finalement arraché son regard de la poitrine d'Elizabeth, et observait désormais ses lèvres.

Qu'il ne se gêne pas, surtout. Si la jeune fille avait décidé de faire le tour des convives masculins de cette partie de campagne, le maître de maison avait bien le droit d'en profiter lui aussi.

Charlotte planta avec une telle force sa fourchette dans le morceau de viande suivant que l'ustensile crissa contre son assiette. Elle prit une grande inspiration et reposa le tout.

— Vous n'avez pas faim, Votre Grâce ?

— Ce n'est rien, lord Dunlee. Je ne me sens pas très bien, voilà tout. Un peu fatiguée, je crois. Je me retirerai sans doute dans ma chambre après dîner.

— C'est une bonne idée, surtout si lady Dunlee décide d'imposer notre fille à l'assistance. C'est une enfant charmante, mais une piètre chanteuse. J'ai moi-même bien l'intention de m'éclipser pour fumer tranquillement.

— Je préfère savourer mon repas en paix sans avoir à craindre qu'on ne touche mon…, lança alors lord Westbrooke à voix haute en lançant un regard furieux à lady Felicity.

Lord Dunlee laissa échapper un petit bruit étrange, comme s'il étouffait un rire. Charlotte soupira. Westbrooke ne s'était-il donc jamais retrouvé assis à côté de Felicity ? Le comte tenta de se rattraper, et sacrifia leurs oreilles à tous au passage.

— Je vous conseille de vous échapper, souffla lord Dunlee alors que tous les convives se levaient pour passer dans le salon de musique.

— Merci. Je suis réellement fatiguée, de toute façon.

Elle croisa le regard de lord Peter qui haussa les sourcils et lui sourit.

Bonté divine. Avec cet intermède musical, Peter viendrait sans doute lui rendre visite dans sa chambre plus tôt que prévu. Bah, peut-être dans ce cas serait-il également plus vite parti.

Elle laissa lord Dunlee l'escorter jusqu'à l'escalier.

— Dormez bien, Votre Grâce.

— Merci, monsieur.

Charlotte ne demandait rien d'autre, mais elle avait malheureusement une déplaisante affaire à régler avant de pouvoir se reposer.

La perspective de partager son lit avec Peter était particulièrement déprimante. Si, la nuit précédente, elle n'avait pas attendu son arrivée avec impatience, au moins ne l'avait-elle pas redoutée non plus. Pour être honnête, elle s'était même demandé si l'acte serait plus agréable avec un jeune homme. De plus, Felicity n'avait eu de cesse d'encenser les prouesses de Peter. Charlotte sourit légèrement. Elle savait bien qu'on ne pouvait jamais vraiment faire confiance à

Felicity, mais avait tout de même espéré qu'il y avait une part de vrai dans ses paroles.

Ça n'avait pas été le cas. L'acte était inconfortable et désagréable, quel que soit l'homme qui se retrouvait dans votre lit. Lord Peter était certes plus rapide que Hartford, mais il avait insisté pour recommencer, et ainsi le temps perdu avait sans doute été le même.

Une fois dans sa chambre, lady Charlotte se dirigea immédiatement vers le tiroir dans lequel elle rangeait sa flasque de brandy et but une longue rasade. Le liquide diffusa sa douce chaleur en elle et apaisa ses nerfs.

Charlotte espérait que tous ses efforts ne seraient pas en vain. Il le fallait ; elle n'avait pas beaucoup de temps. Hartford avait le teint gris quand elle l'avait laissé.

Elle but une autre gorgée. Et que faire de Tynweith ? Les mots du baron avaient résonné toute la soirée dans son esprit. Disait-il vrai ? La chaleur et le désir augmentaient-ils les chances de concevoir ?

Ridicule. Les sensations chaotiques qu'elle avait ressenties dans le jardin ne pouvaient faire aucun bien. Tout au plus, elles la feraient souffrir. Il était préférable d'adopter une attitude calme et stoïque. C'était on ne peut plus logique : une graine plantée au cours d'une journée paisible et ensoleillée avait bien plus de chances de pousser que pendant une tempête déchaînée.

Charlotte entendit frapper à la porte et s'administra une dernière dose de brandy. Lord Peter venait d'arriver. Elle reboucha sa flasque, prête à se montrer stoïque.

Pour la quatrième fois, Tynweith ne put s'empêcher de faire la grimace quand lady Caroline grimpa dans les aigus.

Westbrooke les avait tous condamnés au moment où il avait suggéré que l'on chante. Les petits yeux calculateurs de lady Dunlee s'étaient éclairés et elle s'était cramponnée d'une main de fer au bras du comte. Impossible de lui refuser ce plaisir : ils avaient tous dû se rendre dans le salon de musique. Ces messieurs n'avaient même pas eu le temps de déguster leur porto. Un festin musical les attendait.

Westbrooke avait une place de choix, juste en face de l'artiste et aux côtés de la mère, rayonnante de fierté, de cette dernière. Tant mieux, il payait pour leur avoir infligé à tous ce supplice. Tynweith ne voyait en revanche pas comment lady Dunlee pouvait espérer que le comte demanderait sa fille en mariage après avoir entendu cette cacophonie. Tout homme désireux de préserver son audition fuirait à la première opportunité.

Westbrooke avait assurément l'air pressé de s'éclipser. L'homme avait déjà plusieurs fois consulté sa montre. Il essayait d'être discret, sans y parvenir le moins du monde. Lady Dunlee venait une fois de plus de lui lancer un regard meurtrier. Peut-être déciderait-elle en fin de compte qu'il n'était pas digne de sa fille.

Et peut-être était-ce là le but de Westbrooke.

Pour ajouter aux tortures du comte, lady Felicity, qui s'était empressée de s'asseoir à côté de lui, ne cessait de murmurer à son oreille. Il passait décidément un moment difficile.

Il n'était pas le seul. Lady Caroline venait une fois encore de couiner une fausse note et Tynweith sentit ses mains trembler. Il brûlait d'envie de se couvrir les oreilles, mais ce n'était pas une conduite digne d'un hôte bien élevé. Miss Hyde, l'amie de Nell, faisait tout son possible pour accompagner la jeune fille au pianoforte, sans trop de réussite hélas. Elle tiquait chaque fois que lady Caroline faisait une erreur, et se trompait à son tour, ajoutant à la cacophonie.

Peut-être Tynweith souffrirait-il moins s'il se concentrait sur autre chose. Il balaya le salon du regard. La plupart des convives semblaient mieux réussir que lui à ignorer le tintamarre. Lady Beatrice discutait avec Flint, sans doute pour persuader le majordome de lui apporter davantage de brandy. Cette femme était une véritable éponge ; elle buvait davantage que la plupart des hommes qu'il connaissait. Le vicomte Botton, un séducteur vieillissant qui faisait dix pouces de moins et la moitié du poids de lady Bea, tournait autour de celle-ci comme l'horripilant moucheron qu'il était. Tynweith avait été très mal inspiré de l'inviter. Il savait que lady Beatrice ne supportait pas cet individu – comme beaucoup de monde à vrai dire – mais, comme l'avait dit Nell, il fallait un nombre égal d'hommes et de femmes et Botton était à disposition.

Nell était assise à côté de sir George Gaston. Ils avaient convenu, quand elle avait accepté d'être son hôtesse, que le baronet serait invité. Larson avait eu le bon sens de mourir, faisant de Nell une veuve, mais Gaston attendait toujours que son épouse lui fasse ce plaisir. Lady Gaston était une mégère sujette à toute une variété de maux que la présence de son mari semblait exacerber. Elle devait être soulagée qu'il fréquente le lit de Nell au lieu du sien.

Miss Peterson et Mr Parker-Roth étaient en grande conversation, près de la fenêtre. Intéressant. Tynweith ne connaissait pas bien la jeune fille car elle n'était arrivée à Londres que récemment, mais Parks ne s'était pas intéressé à une femme depuis que lady Grace Dawson l'avait abandonné, des années auparavant.

Mr Dodsworth observait Miss Hyde avec attention. La pauvre. Finalement, se retrouver obligée de jouer pour lady Caroline était peut-être une bonne chose pour elle, car elle pouvait ainsi échapper momentanément aux griffes de Dodsworth, dont elle était visiblement la dernière proie. Il s'était cramponné à elle avant le dîner et l'avait emmenée voir le mur recouvert de tableaux équestres que le père de Tynweith avait commandé à George Stubbs. Miss Hyde l'avait suivi docilement, étant bien trop timide pour protester, et était restée à hocher nerveusement la tête jusqu'à ce que Flint annonce que le dîner était servi.

Tous ses autres invités – à l'exception de lady Elizabeth, assise à ses côtés – avaient disparu. Lord Dunlee, l'heureux père de lady Caroline, connaissait sans doute très bien les limites vocales de sa fille et s'était réfugié sur la terrasse pour fumer un cigare.

Tynweith se laissa aller contre le dossier de sa chaise. Un bon hôte aurait trouvé un moyen délicat de mettre un terme à cette torture musicale, mais il était bien trop paresseux pour cela.

Il envisagea un moment de suivre l'exemple de Dunlee et de disparaître à son tour. S'il lui était impossible d'aller fumer avec lui, il pouvait toujours se réfugier dans son bureau. Il avait des papiers à signer.

Voyons, comme s'il pouvait se concentrer sur sa paperasse.

Charlotte et Peter avaient disparu, eux aussi. La jeune femme avait annoncé qu'elle était fatiguée et s'était retirée dans sa chambre sitôt le dîner terminé. Peter s'était volatilisé dès que lady Caroline avait ouvert la bouche pour commencer son massacre.

Étaient-ils déjà dans le même lit ?

Mon Dieu, lady Caroline venait à nouveau d'émettre un horrible crissement. Tynweith regarda lady Elizabeth, qui semblait souffrir autant que lui.

Tynweith s'était attendu à ce qu'elle s'assoie à côté de Westbrooke, mais elle n'avait pas lutté contre lady Felicity et avait choisi de prendre place à ses côtés. Il lui sourit, et elle lui rendit la pareille avec une expression un peu bizarre. Sans doute pensait-elle se donner un air pudique.

Il s'était clairement passé quelque chose entre le comte et elle. D'ordinaire, quand la bonne société se rassemblait, lady Elizabeth se comportait comme si Westbrooke était le seul homme présent. Ce soir-là, cependant, après avoir échangé quelques mots avec le jeune homme dans le salon, elle était venue chercher Tynweith pour qu'il la conduise dans la salle à manger et n'avait cessé de l'aguicher, de la soupe au dessert.

Cela aurait dû consoler un peu sa fierté mise à mal, mais il savait qu'Elizabeth jouait la comédie. Elle avait épié Westbrooke chaque fois qu'il se penchait vers Felicity et n'avait guère apprécié de voir la jeune fille rester si près de lui. Tynweith ricana. Qu'aurait-elle dit si elle avait su ce que lady Brookton faisait de ses mains ? Le baron avait déjà eu le plaisir bien particulier d'être assis à côté de Felicity. Il savait très bien où ses doigts avaient coutume de s'aventurer.

— Qu'y a-t-il de si drôle, lord Tynweith ?

— Rien que vos oreilles puissent entendre, lady Elizabeth. (Il lui lança un regard libidineux.) Pardonnez-moi d'avoir des pensées si… intimes en votre présence, même si je dois avouer que vous en êtes en partie responsable.

Elizabeth rougit et lui adressa un sourire incertain, visiblement mal à l'aise. Il faillit rire de nouveau.

Jouer un peu avec elle pourrait s'avérer très amusant. La jeune fille avait beau avoir passé trois Saisons à Londres, elle était aussi naïve que la plus jeune des débutantes.

Ferait-elle enfin quelque chose pour provoquer Westbrooke ?

Très amusant, en effet.

Et peut-être pourraient-ils s'entraider. Tynweith avait remarqué au cours du dîner que Charlotte n'appréciait guère la façon dont la jeune fille avait tenté de le séduire. Était-elle jalouse ? Il aurait adoré cela.

Mais bien sûr, pour l'instant, Charlotte était à l'étage et écartait les cuisses pour lord Peter.

Dieu merci, lady Caroline avait terminé son tour de chant. Ah non, ce n'était qu'une pause. Tynweith ferma les yeux et s'efforça de donner l'image d'un homme absorbé par la musique.

Il aurait dû haïr Charlotte. Cette garce ne valait pas mieux que Felicity, elle aussi ne cherchait qu'à acquérir un titre, du prestige, des relations.

Mais c'était impossible : il la désirait trop.

Il était attiré par ses contradictions. Charlotte était glaciale, déterminée, mais la passion la terrifiait. Tynweith savait pourtant qu'un feu brûlait en elle, il avait bien vu sa réaction dans les jardins. Ce n'était pour l'instant qu'une flamme tremblotante, presque éteinte, mais il l'attiserait jusqu'à ce qu'elle dévore tout. Oui, il voyait tout à fait quelles parties du corps de la duchesse il aurait voulu embrasser, ou lécher, ou…

Tynweith cacha précipitamment de ses mains l'entrejambe distendu de son pantalon.

Pouvait-il se servir d'Elizabeth pour se retrouver dans le lit de Charlotte ?

Il contempla la jeune fille, et elle battit des cils. Peut-être. Et si Charlotte persistait à refuser ? Lady Elizabeth avait de beaux yeux bleus, presque de la même couleur que ceux de la duchesse de Hartford.

Il devait se marier, et aurait pu trouver pire. Si Elizabeth avait éliminé Westbrooke de la liste de ses prétendants, peut-être accepterait-elle de l'épouser, lui. Certes, elle avait repoussé des partis plus séduisants que lui : le duc d'Easton, le marquis de Benningly, le comte de Calder… la liste des éconduits rivalisait presque avec le répertoire Debrett des grandes familles anglaises.

Tynweith ne rajeunissait pas, et il n'avait pas l'intention de se retrouver comme Hartford, sans héritier à quatre-vingts ans passés.

— Lady Elizabeth, que pensez-vous de la voix délicate de lady Caroline ? demanda Tynweith ? Nous pouvons remercier lord Westbrooke de nous avoir rappelé son existence.

— J'ignore quelle mouche a piqué Robbie. Il se montre plus sensé d'ordinaire.

Elizabeth était vraiment très jolie. Svelte, avec de charmants petits seins. Tynweith s'attarda sur sa robe. Très charmants. Elle ne les montrait pas autant, d'habitude.

Même si elle était beaucoup trop grande, Tynweith pourrait tout de même s'imaginer, une fois les bougies éteintes, que c'était Charlotte qu'il enlaçait. Il l'avait déjà fait bien des fois avec des prostituées. Libre à elle de voir Westbrooke à sa place si elle le désirait.

Chacun s'ébattrait avec son amant imaginaire, ce qui était sans doute chose commune au sein de la haute société. Une fois que Tynweith aurait son héritier, il n'aurait plus besoin d'Elizabeth et elle pourrait inviter qui elle souhaitait dans son lit.

Il palpa la broche qu'il avait glissée dans sa poche juste avant le dîner.

Et si elle n'était pas aussi naïve qu'il le pensait ? Elle avait retrouvé quelqu'un sous la tonnelle secrète, et ce n'était sûrement pas pour parler de la pluie et du beau temps.

Restait à savoir qui. Westbrooke, le candidat le plus évident ? Mais il l'aurait alors déjà demandée en mariage, surtout après les curieux événements de la nuit précédente. Qui d'autre, dans ce cas ? Tous les hommes présents avaient-ils déjà trouvé compagne ?

Il était temps de résoudre cette énigme.

— Lady Elizabeth, que diriez-vous de visiter ma serre ?

Lizzie quitta le salon de musique avec lord Tynweith. Robbie lui tournait le dos et ne la vit pas partir. Il était au premier rang, coincé entre Felicity et lady Dunlee.

— C'est un endroit que je ne montre pas à beaucoup de monde, vous savez.

— Vraiment ?

Robbie remarquerait-il seulement son départ ? Pendant le dîner, il avait été bien trop occupé à divertir Felicity pour la voir aguicher Tynweith. Lizzie avait eu tellement envie de plonger le sourire suffisant de lady Brookton dans son bol de soupe à la tortue ! Et pourquoi cet idiot les avait-il condamnés à écouter lady Caroline ? Il savait très bien qu'elle avait une voix horrible. Elizabeth l'avait même entendu la comparer à une chatte en chaleur.

— Oui, seulement aux invités très spéciaux, reprit Tynweith d'une voix étrange.

Il avait quelque chose de carnassier dans le regard.

Ridicule. Le baron avait près de quarante ans, comment aurait-il pu être dangereux ? Lizzie l'avait justement préféré à lord Peter en raison de son âge avancé.

Tynweith lui adressa un sourire satisfait et examina sa poitrine.

Peut-être n'était-il pas si vieux que ça. À bien y penser, Hartford avait le double de son âge quand il avait épousé lady Charlotte.

— Vous savez, lord Tynweith, je crois que je suis un peu fatiguée.

—Vraiment ? Dans ce cas, ma serre sera parfaite. C'est un lieu très reposant.

—Je ne crois pas que…

Tynweith lui prit la main et la posa sur son bras musclé.

Le baron pourrait-il s'en prendre à l'une de ses invitées ? Quelle idée absurde. Il essayait seulement de la choquer. On disait que ses parties de campagne étaient légères, un peu dangereuses, et qu'on pouvait facilement y avoir une aventure. Lizzie avait d'ailleurs accepté son invitation dans l'espoir d'en avoir une avec Robbie.

Mais certainement pas avec lui, ou n'importe quel autre de ces messieurs.

Lizzie inspira profondément. Elle avait décidé d'être intrépide, oui ou non ? Pas question de rester terrée dans sa chambre. Elle lança un regard en coin à son hôte. Tant pis s'il devenait un peu pressant. Elle avait besoin d'expérience.

Quoique… le baron était presque quadragénaire, tout de même ! Ses cheveux commençaient à se clairsemer, il avait un peu de ventre, et des rides autour des yeux et de la bouche.

—Nous y voilà.

Il lui fit franchir le seuil et referma la grosse porte en bois derrière eux.

—Est-ce vraiment raisonnable, lord Tynweith ?

—Nerveuse ?

—Bien sûr que non. Je pensais seulement qu'il serait plus convenable de laisser la porte ouverte, ne serait-ce qu'un peu.

Tynweith lui sourit. Il y avait vraiment quelque chose du fauve chez lui.

—Mais comprenez-vous, cette pièce n'est pas vraiment convenable, dit-il.

—Je vois.

Elle examina les lieux. Deux chandeliers fixés aux murs éclairaient le palier où ils se trouvaient. L'endroit était juste assez grand pour accueillir un banc de pierre et deux petites tables. Une série de marches descendaient vers une pièce remplie de végétation, chichement éclairée par quelques rares lanternes qui laissaient de nombreuses zones d'ombre. Les murs étaient pour la plupart en verre et Lizzie distinguait la lune et de grands arbres, à l'extérieur. Elle inspira profondément et sentit une odeur de terre, de fleurs et de verdure.

—Je vois rien de très licencieux, dit-elle d'une voix qu'elle espérait assurée.

Se retrouver dans cette pièce silencieuse et plongée dans l'obscurité avec un homme réputé pour donner des fêtes à la limite de la décence, et qui possédait en outre des buissons aux formes particulièrement inconvenantes, était quelque peu effrayant.

—Ah ? Je vais vous montrer, répondit Tynweith en la prenant par la main.

Elizabeth voulut protester, mais il était un peu trop tard pour cela. Elle aurait dû refuser de quitter le salon de musique en sa compagnie. Elle aurait dû... non. Lizzie n'était plus une débutante. Elle avait vingt ans. De l'expérience. De l'audace.

Et puis Robbie finirait peut-être par remarquer son absence si elle restait avec Tynweith.

Le baron la guida le long de l'escalier, mais elle s'écarta une fois la dernière marche descendue pour examiner un arbre en pot aux larges feuilles cireuses.

—Meg adorerait cet endroit, et Mr Parker-Roth aussi. Est-il déjà venu ici ?

Tynweith était derrière elle et la touchait presque. Elle entendait le bruit de sa respiration.

Il lui faisait peur.

Elizabeth se rappela qu'elle avait décidé d'être hardie. Qu'elle cherchait à découvrir des choses.

Et puis Tynweith était vieux.

— Quand je vous ai dit que je ne reçois que des invités très spéciaux dans ma serre, j'aurais dû préciser qu'en l'occurrence, ce critère exclut les hommes.

— Ah, je comprends mieux.

Elizabeth sentait l'haleine du baron sur sa nuque. Elle frissonna et écarta les feuilles qu'elle examinait jusque-là pour passer de l'autre côté de l'arbre.

— En effet, répondit Tynweith en la suivant.

Elle se glissa derrière un buisson aux fleurs roses. Une plante grimpante se prit dans ses cheveux et elle se dégagea d'un geste, le cœur battant à tout rompre et les mains moites.

Peut-être ne voulait-elle pas acquérir d'expérience, après tout. Elle pourrait tout aussi bien se montrer hardie un autre jour. Avec un autre homme. Avec Robbie. Voilà qui semblait nettement plus sûr.

— Je suis certaine de ne pas être spéciale dans ce sens-là, dit-elle.

— Vraiment ? Voilà qui demande examen.

Tynweith contourna le buisson et caressa du doigt l'épaule de la jeune fille.

— Quelle jolie robe, ma chère. Bien plus appétissante que vos toilettes habituelles.

— Merci… enfin, je crois.

Elizabeth se réfugia derrière une plante touffue et hérissée d'épines. Le baron était extrêmement agile pour un vieil homme.

— Lord Tynweith, vous faites méprise, je le crains.

Il tendit les mains vers Elizabeth, mais elle l'esquiva.

— Je n'aurais certainement pas dû vous accompagner. Veuillez accepter mes excuses. Je vais maintenant me retirer dans ma chambre. Seule.

— Vous êtes très douée, répondit Tynweith en secouant la tête, le sourire aux lèvres. Vous arriveriez presque à me faire croire que vous n'êtes qu'une petite vierge effarouchée.

— C'est ce que je suis ! s'écria Lizzie en reculant. Enfin, petite, pas vraiment, mais…

Elle pensa soudain à la poitrine de Felicity. D'accord, certaines parties de son anatomie l'étaient.

— Je suis en tout cas effarouchée, et tout à fait vierge.

— Mais lord Westbrooke ne s'est-il pas retrouvé dans votre lit la nuit dernière ?

— Seulement au sens propre.

— Tiens donc. Je me demande bien ce que vous entendez par cela.

Lizzie n'avait aucune envie de s'expliquer.

— Pardonnez ma brusquerie, mais ce ne sont vraiment pas vos affaires, monsieur.

— C'est vrai. Laissons Westbrooke, il est si ennuyeux. Parlons plutôt de votre comportement tout au long du dîner. J'ai été vraiment flatté de recueillir autant d'attention de votre part.

— Ah, oui.

Comment atteindre la porte et sortir de cet enfer infesté de plantes ? Elizabeth aurait pu s'enfuir en courant, mais elle préférait ne pas quitter Tynweith des yeux.

Peut-être pouvait-elle le persuader de la laisser partir ? Le séduire, même ? Elle avait vu bien des jeunes filles obtenir ce qu'elles voulaient avec un peu de charme et quelques compliments bien placés.

Non, pas de charme. C'était ce qui lui valait de se retrouver dans cette situation délicate, et elle n'avait pas du tout envie de reproduire avec cet homme ce qu'elle avait fait avec Robert. Ce dernier lui avait inspiré de l'excitation et du désir, et non de la peur.

Elle recula jusqu'à heurter une grosse branche et elle partit sur la droite, suivie de près par Tynweith. L'homme aurait pu aisément la rattraper, mais il préférait visiblement jouer avec elle.

Pouvait-elle lui confier qu'elle avait agi ainsi uniquement pour rendre Robbie jaloux ? C'était terriblement impoli.

— Et puis vous avez accepté de m'accompagner, et je me suis pris à espérer.

Lizzie se sentait horriblement mal. Pas une seconde elle n'avait songé à ce que Tynweith pourrait ressentir.

— Je suis désolée.

Elle devait tout lui expliquer, même si c'était très embarrassant. Elle recula encore…

Et s'arrêta aussitôt. Quelque chose de pointu s'enfonçait dans le creux de ses reins. Une dague, peut-être ?

Au moins, Tynweith avait cessé d'avancer : il ne la pousserait pas à s'empaler. La pénombre ne facilitait pas les choses, mais elle crut deviner de la malice dans son regard.

Lizzie tendit la main derrière elle. La chose était arrondie à son extrémité, lisse, et trop large pour être une lame. C'était une sorte de cylindre, avec deux sphères à sa base, et rattaché à une statue.

Lizzie était désormais plus irritée qu'effrayée ; quant à Tynweith, il semblait sur le point d'exploser tant il avait du mal à contenir son hilarité.

— Qu'est-ce qui vous amuse tant ?

Voyant qu'il ne répondait pas, elle insista.

— Je n'ai jamais été très douée pour les devinettes. De quoi s'agit-il ?

— Regardez.

— Vous n'allez pas m'attaquer si je vous tourne le dos ?

— Bien sûr que non.

Lizzie hésita. Le baron haussa un sourcil, les bras croisés. Il n'avait plus rien de menaçant.

La jeune fille se retourna et poussa un petit cri.

Elle avait devant elle le membre fièrement dressé d'une statue d'homme.

Où diable était Lizzie ?

Immobile au milieu du couloir, Robbie faisait de son mieux pour cacher ses envies de meurtre, principalement dirigées vers Tynweith. Allons, Lizzie était sûrement partie se coucher.

Après tout, écouter lady Caroline s'époumoner était épuisant.

Et Tynweith, dans ce cas ? C'était leur hôte, bon sang ! Il ne pouvait pas disparaître au beau milieu du tour de chant de l'une de ses invitées !

Robbie regarda par-dessus son épaule et s'enfonça un peu plus dans le corridor. Il n'avait échappé aux griffes de ces dames qu'en prétextant quelque affaire d'une nature très personnelle. Elles ne manqueraient pas de s'interroger si elles le voyaient ici.

— Merci, lord Tynweith. Je vais réfléchir à votre proposition.

C'était la voix de Lizzie. De quelle proposition parlait-elle ? Elle ne devait rien accepter d'un dépravé de la trempe de Tynweith. Où était-elle ?

Robert se dirigea vers la voix. Lizzie devait être tout près : elle n'avait pas crié, et il l'avait pourtant entendue – trop bien, même. Tynweith était sans doute encore avec elle. Il se ferait un plaisir de lui expliquer, à coups de poing si nécessaire, que Lizzie n'était pas disposée à badiner avec lui.

Robert tourna à l'embranchement le plus proche et la vit enfin, beaucoup trop près de Tynweith à son goût. Le scélérat lui tenait même la main.

— Lizzie !

La jeune fille se retourna brusquement vers lui. Elle avait l'air coupable… et des feuilles dans les cheveux.

Qu'avait-elle dont fait avec Tynweith ?

Robert regarda le baron, qui lui adressa un petit sourire. Il était fier de lui, le démon. Robbie l'aurait volontiers tué sur-le-champ. Il ne méritait même pas qu'on le provoque en duel.

— Ah, Westbrooke. Je vois que vous avez survécu à votre aventure musicale.

— Que faites-vous avec la main de lady Elizabeth ?

Tynweith baissa la tête dans une courbette comique.

— Je la tiens, on dirait. Lady Elizabeth, y voyez-vous quelque objection ?

— Non, lord Tynweith, aucune. (Elle haussa la voix.) Lord Westbrooke se prend sans doute pour mon frère pour se mêler ainsi de mes affaires.

Robbie vit rouge. Il se demanda si sa mâchoire allait se briser, tant il serrait les dents.

— Je ne me prends pas pour votre frère.

— Pour mon chaperon, dans ce cas.

— Il le faut bien ! s'écria Robert. Lady Beatrice est parfaitement incompétente, comme le démontre votre présence dans un corridor mal éclairé, en compagnie de cet homme !

— N'insultez pas lord Tynweith, c'est notre hôte. Un hôte généreux et attentif.

— Généreux ? Attentif ? demanda Robbie. Dans quel sens exactement ?

Il était à deux doigts d'abattre son poing sur le nez du baron. Il brûlait d'envie de voir son sourire satisfait ruisselant de sang.

— Lord Westbrooke ? Vous êtes là ?

De mieux en mieux. Lady Felicity avait retrouvé sa trace. Était-elle donc incapable de laisser quelques minutes à un homme pour accomplir ses besoins naturels ? Robert regarda par-dessus son épaule : la jeune fille n'était pas encore en vue.

— Souhaitez-vous être seuls un instant pour résoudre vos différends ? demanda Tynweith en souriant. Je serais ravi de m'occuper de lady Felicity.

Tynweith n'était peut-être pas un mauvais bougre après tout – ce qui ne l'empêcherait pas de payer cher s'il avait touché à un seul cheveu de Lizzie.

— Parfait. Venez, Lizzie.

— Je ne crois vraiment pas que…, balbutia la jeune fille, écarlate.

— Lord Westbrooke ? appela la voix de Felicity.

— Pas de temps à perdre, lady Brookton sera là d'une seconde à l'autre, les pressa Tynweith en désignant la porte.

— C'est d'accord.

Robert n'avait aucune envie de se retrouver une fois de plus nez à nez avec Felicity ; il prit Lizzie par le bras.

— Lâchez-moi ! protesta-t-elle.

— Pas si fort ! chuchota Robert. Vous avez vraiment envie que lady Felicity nous retrouve ?

— Peut-être que oui. Peut-être que je préfère sa compagnie à la vôtre.

— Allons, vous ne la supportez pas.

— Vous me dites que penser, désormais ?

— Lord Westbrooke, où êtes-vous ?

Robbie regarda une fois encore derrière lui. Felicity était sans doute à l'angle du couloir.

— Vous pouvez vous cacher dans la serre si vous voulez, moi, je reste ici avec lord Tynweith, annonça Lizzie en croisant les bras.

— Bonté divine…

— Lady Elizabeth, ne seriez-vous pas en train de perdre de vue votre… objectif ? intervint Tynweith.

Lizzie s'empourpra.

— Je ne peux pas l'emmener là ! chuchota-t-elle avec un signe de tête en direction de la porte.

— Et pourquoi donc ? demanda Robbie, de nouveau soupçonneux. Vous y étiez bien avec lui.

— Westbrooke, vous n'avez pas le temps de discuter, objecta le baron.

Robert aperçut le chausson de lady Felicity. Dans moins d'une seconde, le reste de sa personne suivrait et il serait bel et bien pris au piège.

Il entraîna Lizzie dans la serre et ferma la porte tandis que Tynweith ricanait doucement.

Que dirait Robbie s'il voyait la statue ?

— Restons ici, dit Elizabeth en désignant le banc de pierre sur le palier.

— Vous vous êtes assise là avec Tynweith ?

Elle sentit le rouge lui monter aux joues.

— C'est bien ce que je pensais, reprit-il. Vous n'aviez pas très envie que je vienne ici, et je veux savoir pourquoi.

Robbie se dirigea vers les marches ; Lizzie lui saisit le bras.

— Vous serez bien mieux assis sur le banc.

— Lizzie, mettez-vous une bonne fois pour toutes dans le crâne que je ne m'assiérai pas sur votre satané banc. Pourquoi ne pas simplement me montrer ce qui vous donne cette belle teinte pivoine ? Je finirai de toute façon par le découvrir.

Pas question de lui montrer l'obscène statue. Elle en mourrait de honte.

— C'est sans doute la chaleur, dit-elle en s'éventant de la main. Il fait plus frais ici qu'en bas. Allons, asseyez-vous.

— Non.

Il se dégagea doucement et descendit l'escalier.

Lizzie le suivit. Elle pouvait toujours essayer de l'arrêter en tirant sur le bas de sa veste… non, il la traînerait derrière lui.

— Il n'y a vraiment rien à voir, Robbie. Meg ou Mr Parker-Roth seraient sans doute ravis d'étudier toutes ces plantes, mais j'ignorais que vous vous intéressiez vous aussi à la botanique.

— Il n'en est rien. (Robert s'arrêta et ôta une feuille qui s'était prise dans les cheveux de Lizzie.) Contrairement à vous, apparemment.

Il repartit, dans la direction opposée à l'embarrassante statue, grâce au ciel.

— De quoi parliez-vous avec Tynweith ?

— Oh, de rien.

Une fois convaincu qu'elle n'avait pas l'intention de s'adonner à la bagatelle en sa compagnie, le baron s'était révélé parfaitement raisonnable, et lui avait proposé une série de stratégies pour rendre jaloux les élus de leurs cœurs respectifs. Pour être honnête, elle n'appréciait guère qu'il convoite une femme mariée et certaines de ses idées étaient aussi déplaisantes que risquées. S'ils n'arrivaient pas à convaincre Robbie de lui demander sa main, elle pourrait très bien se retrouver obligée d'épouser le baron, songea-t-elle en frissonnant.

— Qu'y a-t-il ? demanda Robbie.

— Rien du tout. J'ai un peu froid.

Lizzie n'allait certainement pas parler à Robbie de leur conversation.

— Froid ? Mais vous venez de vous plaindre de la chaleur !

Elle savait comment mettre un terme à cette conversation.

— Et maintenant j'ai froid. C'est un problème féminin.

Robert rougit.

— Oh, je vois. Vous ne m'avez toujours pas dit de quoi Tynweith et vous parliez.

— Il voulait simplement me rendre ma broche. Il l'a retrouvée dans le jardin, cet après-midi.

— Où donc ?

— D'après vous ?

Comment Robbie pouvait-il évoquer le jardin sur ce ton, comme s'il l'accusait de quelque chose ? C'était pourtant lui qui avait pris des libertés outrageuses, sans que celles-ci soient guidées par d'honorables intentions.

Lizzie se demanda si, plutôt que de le rendre jaloux, elle ne voulait pas simplement étrangler avec une liane l'homme qui la toisait avec colère.

— Vous avez été très occupée aujourd'hui, n'est-ce pas ? James sait-il que vous avez pour coutume de vous cacher dans les buissons pour divertir des hommes ?

Elle allait vraiment le tuer.

— Pardon ? Vous êtes le seul homme avec qui je me sois rendue dans ce jardin et, croyez-moi, je le regrette.

— Allons, Lizzie, je ne suis pas complètement idiot. Vous aviez des feuilles dans les cheveux. Vous êtes venue dans cet endroit secret avec notre hôte. Peut-être vous a-t-il forcée ?

— Bien sûr que non, mais ça ne signifie pas que…

— Lizzie, si Tynweith avait seulement voulu vous rendre cette broche, il l'aurait fait dans le salon de musique. Il n'a pas besoin de tant d'intimité pour mettre la main dans sa poche. En revanche, s'il s'agit de la mettre ailleurs...

—Taisez-vous!

Lizzie se tordit les mains pour ne pas le gifler.

—Je ne comprends cependant pas pourquoi vous ne voulez pas que je voie cet endroit. Tynweith n'est plus là, qu'avez-vous à cacher?

—Rien du tout. (Lizzie se dirigea vers la porte.) Lady Felicity est sûrement partie, maintenant. Je vais me coucher.

—Un instant. Qu'y a-t-il, là-bas?

Robbie s'avança sur un chemin qui longeait d'imposantes fougères.

—Rien, répondit Lizzie en lui emboîtant le pas.

Elle était tirée d'affaire: l'indécente statue se trouvait de l'autre côté.

—Allons, venez, dit-elle. Vous êtes encore pire qu'un terrier sur la piste d'un blaireau.

—Mais non, je... Oh.

—Robbie?

Lizzie s'empressa de le rejoindre.

—Bonté divine.

Tynweith avait plus d'une statue dans sa serre.

Chapitre 8

— Que font-ils ?

— Rien.

Robert prit Lizzie par le bras et tenta de la détourner de ce spectacle, mais elle résista.

— Je ne vous crois pas. Ils font indéniablement quelque chose.

Elle étudia la sculpture. L'homme représenté aurait pu être le frère jumeau de celui qu'elle avait rencontré en compagnie de Tynweith. Il avait les mains posées sur les épaules d'une femme et le visage tordu par ce qui semblait être de la douleur. Rien d'étonnant à cela : celle-ci, agenouillée à ses pieds, tenait dans sa bouche l'extrémité de son…

— Le mord-elle ?

— Non.

Robbie parlait d'une voix très bizarre, comme s'il était sur le point de s'étrangler. Ses joues étaient aussi rouges que ses oreilles et il faisait tout pour ne pas croiser son regard.

— Comment le savez-vous ? Il a l'air de souffrir.

— Croyez-moi, il ne souffre pas.

— Vous en êtes vraiment certain ?

Lizzie examina une fois de plus la sculpture.

— Bonté divine, Lizzie, ce n'est qu'une statue, obscène et de très mauvais goût. Tynweith mériterait d'être écartelé pour vous avoir montré une telle chose.

— Ce n'était pas celle-ci.

Cet homme avait vraiment une expression très étrange. Que lui arrivait-il, s'il ne souffrait pas ?

— Il y en a d'autres ? demanda Robbie en se frottant le menton.

— Au moins une, c'est pour cela que je ne voulais pas que vous entriez, mais celle-ci est bien plus intéressante.

— Ce n'est pas intéressant.

— Je ne suis pas de cet avis. Je n'ai jamais rien vu de semblable. (Lizzie se remémora alors sa promenade dans le jardin.) À la réflexion, peut-être que si. Croyez-vous que le jardinier de Tynweith s'inspire de ces statues ? Je dois admettre que la pierre est un matériau bien plus évocateur que le feuillage.

— Lizzie !

Robbie la prit fermement par les épaules et la poussa en direction de l'allée principale.

— Sortons immédiatement. Je suis navré de ne pas vous avoir compris, j'aurais dû rester près de la porte. Pourquoi ne pas m'avoir simplement dit que s'aventurer au milieu des plantes était une mauvaise idée ?

— Vous ne m'auriez pas écoutée. Rappelez-vous, vous étiez très déterminé.

Elizabeth repensa à leur première excursion dans les feuillages. Elle en avait apprécié chaque seconde, à l'exception de sa désastreuse conclusion, bien entendu.

Elle ralentit.

Meg lui avait conseillé d'éviter tout tête-à-tête avec Robbie, mais Lizzie n'avait cette fois pas eu le choix. De plus, après son expérience avec Tynweith, elle doutait fort de pouvoir convaincre qui que ce soit qu'elle s'intéressait à un autre homme.

Le plan de lady Beatrice était plus séduisant.

Pourrait-elle rendre Robbie fou d'elle grâce à quelques baisers et caresses ? La serre était le lieu rêvé pour cela. Une fois envoûté, Robbie l'épouserait. Il comprendrait qu'ils étaient faits l'un pour l'autre, et serait très heureux. Il fallait seulement lui faire entrer cette idée dans le crâne.

Restait à trouver un endroit approprié. Ce ne serait certainement pas le palier : Tynweith pouvait très bien revenir. La serre offrait en revanche tout un choix de recoins encadrés d'arbres en pots et dissimulés par des plantes grimpantes garnies de fleurs. Ils n'étaient sans doute pas tous occupés par d'indécentes statues.

— Robbie, regardez ! Quelle fleur superbe !

— Je n'ai que faire des fleurs.

Lizzie pouvait finalement s'estimer heureuse d'avoir visité la serre en compagnie de Tynweith. Se retrouver dans un lieu isolé avec un homme pouvait vous aider à y voir plus clair. Elle s'imagina pressée tout contre leur hôte, obligée de l'embrasser, et frissonna. Quelle image répugnante.

— Vous avez encore froid ? Vous devriez peut-être consulter un médecin. (Une fois encore, Robbie s'empourpra.) J'ignorais qu'une femme... indisposée avait une température aussi changeante. Vous êtes sûre de ne pas être malade ?

— Certaine.

Oui, se retrouver dans un lieu isolé avec un homme clarifiait vraiment les pensées. Elizabeth savait exactement ce qu'elle avait envie de faire avec ce spécimen précis, et elle avait trouvé l'endroit idéal pour cela. Elle tira Robbie par le bras.

— Mais que savez-vous des petits tracas d'une femme ? Vous n'avez pas de sœur.

Robert, tout à son embarras, la suivit sans songer à protester.

Selon Tynweith, Robbie était très attiré par Lizzie, et le baron était un homme, après tout. Il savait sans doute mieux qu'une femme comment fonctionnait l'esprit mystérieux du jeune comte. Mais dans ce cas, pourquoi Robbie ne lui avait-il pas demandé sa main ? Il en avait pourtant eu l'occasion, plusieurs fois. Tynweith n'avait pas trouvé de réponse satisfaisante à cette énigme.

Elizabeth s'apprêtait à lui fournir une chance de plus, ou tout du moins à lui faire tourner la tête.

— Je n'y connais rien du tout, c'est une simple question de logique : si toutes les femmes souffraient de telles variations de température, elles seraient sans cesse en train d'enlever et de remettre leurs châles.

Voilà. C'était l'endroit parfait pour donner un avant-goût à Robbie, et se servir au passage. Une grosse plante aux larges feuilles les protégeait des regards indiscrets. Restait à trouver comment entamer cette activité. Elle n'allait pas s'effondrer sur lui comme elle l'avait fait dans l'après-midi.

— Vous avez sans doute raison. Pouvez-vous me toucher le front je vous prie, et me dire s'il vous semble anormalement chaud ?

Robert s'exécuta, et elle posa les mains sur les revers de sa veste. Son corps était si ferme, si différent du sien. Lizzie aurait préféré caresser la peau de Robbie, qu'elle savait chaude et douce, plutôt que cette rude étoffe. Elle inspira profondément et sentit son parfum musqué, épicé, mêlé à l'odeur des fleurs et de la terre.

— Non, tout m'a l'air normal, dit Robbie d'une voix légèrement rauque.

— C'est étrange, j'ai pourtant très chaud. Vous devriez peut-être également toucher mes joues.

Il lui prit le menton et passa le pouce sur son visage. Lizzie tourna la tête pour frôler des lèvres la paume de sa main et entreprit de déboutonner son gilet.

— Vous ne me semblez pas fiévreuse, souffla-t-il.

— En êtes-vous vraiment certain ? J'ai l'impression que ma température est en train de monter.

La jeune fille écarta les pans du gilet de Robbie et passa les mains sur sa chemise. Mieux, beaucoup mieux. Elle ne touchait pas encore sa peau, mais pouvait au moins sentir les battements de son cœur, sa chaleur.

Une lueur intense s'alluma dans le regard de Robert. Lizzie traça du doigt le contour de ses lèvres, et il lui embrassa la main.

Elizabeth retint son souffle. Elle ne voulait pas l'effrayer, l'arracher à la toile fragile qu'elle était en train de tisser. *Approchez-vous. Embrassez-moi comme vous l'avez fait dans le jardin.*

Il pencha la tête vers elle.

Plus près. Elle leva le menton et attendit. Robbie posa délicatement les lèvres sur ses paupières.

Lizzie avait envie de l'attraper par les cheveux pour lui maintenir la tête, mais elle garda les mains sur son torse et patienta. Robert embrassa ses pommettes, ses sourcils, son menton…

Ses lèvres étaient comme gonflées… il devait les embrasser au plus vite. Elle était sur le point de le supplier. *Patience*, s'admonesta-t-elle. Elle savait que, si elle le pressait, il mesurerait soudain l'indécence de leur acte. Il la repousserait, se mettrait en colère et la traînerait auprès de lady Beatrice.

Et Lizzie n'avait pas l'intention de quitter la serre tant que cet homme ne serait pas bel et bien envoûté.

Il descendit les mains le long des hanches de Lizzie et dessina le contour de ses fesses. Les lèvres de la jeune fille n'étaient plus les seules à trembler : elle sentait une étrange moiteur entre ses jambes, ses seins lui faisaient mal et ses tétons étaient très durs. Elle resta cependant sans rien faire et laissa Robbie l'explorer à son rythme.

Elle sentit les mains du jeune homme remonter le long de son dos, sur son cou ; il lui prit de nouveau le menton.

Lizzie ouvrit légèrement la bouche et passa la langue sur ses lèvres.

— Vous avez toujours chaud ? susurra-t-il.

— Oui, ne le sentez-vous pas ?

Elle laissa ses mains s'aventurer sur la poitrine de Robbie ; il ne se déroba pas. Elle descendit à son tour vers son postérieur, et l'étrange lueur dans le regard de l'homme se fit encore plus vive. Elle lui caressa les fesses et sentit ses muscles jouer sous ses doigts.

Lizzie sentait également quelque chose de dur contre son ventre, mais prit garde à ne pas se frotter contre cette excroissance. Pauvre homme, il était de nouveau enflé. Elle n'avait pas voulu lui faire du mal. Au moins, il ne semblait pas trop souffrir. Elle lui sourit.

— C'est de pire en pire, dit-elle. Et vous ? Ne sentez-vous pas une pointe de fièvre ?

Robbie grogna. Il semblait avoir perdu l'usage de la parole. Cela n'avait aucune importance : sa langue était bien assez éloquente comme cela. Elle s'aventurait dans la bouche de la jeune fille, effleurait, taquinait, puis se retirait.

Lizzie sentit ses jambes se dérober et elle tomba contre lui. La jeune fille espérait ne pas avoir blessé encore davantage le membre gonflé. Robbie ne tressaillit pas, ce qui était bon signe. Elle pencha la tête en arrière, pressée contre son torse, et ouvrit la bouche pour accueillir ses baisers.

Robert la redressa afin que sa poitrine ne soit plus écrasée. Il la soutint d'un bras, plaquée contre lui, et glissa sa main libre vers son décolleté. Il s'y attarda un instant, jouant avec son corsage. Lizzie cambra les reins à sa rencontre.

— Impatiente ? chuchota-t-il contre sa joue.

— Oui… je vous en prie, faites-moi…

— Ceci ?

Il plongea les doigts sous le tissu.

Lizzie faillit crier de soulagement. Elle était ravie de ne pas s'être encombrée d'un châle.

— Oui, oh oui.

Robert prit l'un de ses seins dans le creux de sa main et le caressa. Il passa plusieurs fois le doigt autour de son téton sans jamais en toucher le centre endolori, et embrassa Lizzie sur le front.

Lizzie haletait, gémissait.

— S'il vous plaît…

Robert rit doucement.

— S'il vous plaît quoi ?

— Touchez…

Obligeamment, il lui pinça doucement le téton.

Lizzie perdait l'esprit. La sensation entre ses cuisses était intolérable. Elle se sentait fiévreuse, moite et… vide. Il lui manquait quelque chose, mais elle ignorait quoi.

Robbie le savait-il, lui ? Pouvait-il le lui donner ?

— Robbie… (Elle tenta de se presser contre lui, mais il ne la laissa pas bouger.) Robbie, je vous en supplie.

— Vous brûlez, ma chère ? Je pense pouvoir vous aider.

Il lui lécha le téton… délicieux. Et voilà qu'il le suçait avec ardeur.

— Robbie !

Lizzie tordit les hanches. Comment cette bouche qui s'affairait sur son sein pouvait-elle provoquer une telle réaction dans son bas-ventre ?

— Chut… (Il posa la main sur son entrejambe, à travers ses jupons.) Est-ce ce qui vous tourmente ?

— Oui.

Elle ferma les yeux. C'était merveilleux, mais… elle cambra les reins pour se presser contre sa main. Elle en voulait davantage… elle y était presque.

— Robbie, je… s'il vous plaît.

Il déplaça ses doigts vers le centre même de son supplice et Lizzie crut voler en éclats.

— Robbie !

Il captura son gémissement dans un baiser.

Robert n'avait jamais rien vu d'aussi beau. Lizzie se laissa aller dans ses bras, les joues rouges, une lueur stupéfaite dans le regard. Il la serra contre lui et lui caressa les cheveux avec un grand sourire.

Il se sentait incroyablement bien.

C'était la première fois qu'il satisfaisait une femme.

Il voulait recommencer. Sentir de nouveau la passion d'Elizabeth, la voir emportée par le désir, l'entendre gémir, puis haleter de soulagement. Il voulait la porter dans sa chambre, la déshabiller, embrasser son corps avec dévotion et se glisser en elle.

Ce serait le paradis.

Le pourrait-il ? Peut-être. Il s'en sentait capable. Si seulement il avait eu un lit à proximité ! Sa chambre était trop loin, il ne tiendrait jamais assez longtemps. Robbie regarda autour de lui. Le sol était jonché de pierres et de feuilles mortes : impossible de s'y allonger. Le banc près de la porte était trop dur, et beaucoup trop exposé. Imaginons que Tynweith vienne voir ce qui les retenait si longtemps – sans parler de Felicity, qui pouvait très bien trouver comment entrer dans la serre.

Mon Dieu, qu'adviendrait-il si elle le surprenait entre les bas blancs de Lizzie, comme quand, des années plus tôt, MacDuff avait…

Une vague d'angoisse submergea Robbie. Le souffle court, les mains moites et l'estomac noué, il sentit une partie essentielle de son être flancher. Il ferma les yeux, le front pressé contre les cheveux d'Elizabeth. Enfer et damnation, il était inerte, minuscule. Inutile.

Robert déglutit avec effort, les paupières serrées. Il ne pleurerait pas. Il n'avait pas versé une larme depuis des années – depuis qu'il avait réalisé que son problème n'était pas une anomalie, mais une malédiction. Il avait même fini par s'y faire.

Mais jamais cette situation ne l'avait autant torturé.

Les choses étaient différentes avec Lizzie. Il tenait à elle. Il l'aimait.

Bon sang.

— Votre robe est indécente, dit-il d'une voix rendue sèche par la colère.

— Pardon ? demanda Lizzie, interloquée.

— Votre robe. Regardez-vous. (Il l'éloigna de lui.) Votre poitrine est à la vue de tous.

Dans la lumière diffuse de la serre, ses seins magnifiques ressemblaient à deux précieuses fleurs. Lizzie rougit et s'empressa de remettre son corsage en place.

— Ils étaient convenablement couverts avant que vous y posiez les mains. (Elle baissa la tête et s'écarta.) Ma robe était… est tout à fait convenable. Assurément décente.

— Ha !

Elle cessa de s'escrimer avec son corsage et lança un regard furieux au jeune comte.

— Ne prenez pas ce ton avec moi, lord Westbrooke. Ma robe est moins provocante que bien d'autres.

Robert se moquait des autres. Seule lui importait celle-ci, et ces seins, ainsi que ceux qui pourraient les regarder.

— J'ai bien vu Tynweith loucher dans votre décolleté pendant tout le dîner.

— Voilà qui m'étonnerait fort ! Vous étiez bien trop occupé avec lady Felicity.

— Ne faites pas l'innocente. Comment ne pas avoir remarqué notre hôte ? Il en bavait presque ! Un joli spectacle.

— Monsieur, vous n'êtes qu'un imbécile.

Elle en termina avec son corset en tenta de recoiffer ses cheveux qui, étrangement, étaient sens dessus dessous.

— Rien n'y fait, vous avez l'air indéniablement compromise, commenta Robert.

— Sans doute parce que je le suis ! Vous n'avez toujours pas l'intention de me demander ma main, j'imagine ?

Cette fois, ce fut Robert qui s'empourpra.

— Lizzie…

— Quoi, « Lizzie » ? « Lizzie, voudriez-vous faire de moi le plus heureux des hommes en acceptant de m'épouser ? »

Elle s'arrêta, le sourcil levé, les mains sur les hanches.

— Oh, Lizzie…

— Non, je m'en doutais. C'est plutôt : « Lizzie, merci pour ce divertissant interlude, il faudra recommencer la prochaine fois que nous nous retrouverons bien cachés au milieu d'un peu de végétation. » (Elle lui enfonça l'index dans la poitrine.) N'y comptez pas, lord Westbrooke. Plus question de batifoler avec vous dans les feuilles.

Robert perçut la douleur dans sa voix. Jamais il n'avait voulu cela. Il lui prit la main.

— Lizzie…

Que dire ?

Le visage de la jeune fille s'adoucit.

— Vous préférez les hommes, Robbie ? Est-ce le problème ?

— Non !

Il lâcha la main d'Elizabeth comme si elle était une pierre brûlante et recula si précipitamment qu'il faillit glisser. Elle ne pensait tout de même pas… Robbie eut soudain envie de régurgiter son dîner dans le premier pot venu. Que Lizzie connaisse de telles choses ne l'étonnait pas outre mesure – son cousin avait des mœurs étranges – mais il ne pouvait pas croire qu'elle imaginait…

Mon Dieu, il allait vraiment être malade.

— N'ayez pas honte, Robbie. Je ne dirai rien à personne. Je voudrais seulement savoir si…

— Lizzie, croyez-moi, je ne suis certainement pas attiré par les hommes.

— Vous savez, vous ne baisseriez pas dans mon estime si c'était le cas.

— Mais ça ne l'est pas ! Pas le moins du monde. Où êtes-vous allée chercher une idée pareille ?

— Lord Tynweith a suggéré que c'était une possibilité, et cela m'a semblé plutôt sensé : je n'ai jamais vu votre nom à côté de celui d'une dame dans la colonne des potins ni entendu dire que vous aviez une maîtresse.

— Au nom du ciel !

Robert n'avait jamais songé à ceci. Combien pensaient la même chose que Tynweith ? Collins lui aussi y avait fait allusion. Est-ce que tout le monde spéculait, le surveillait ?

— Vous discutez de telles choses avec Tynweith ? Avez-vous perdu l'esprit ?

— Non, je voulais seulement…

Lizzie regarda ses mains et baissa tant la voix qu'il eut peine à l'entendre.

— Je crois que… (elle leva la tête, mais ne regarda pas plus haut que le menton de Robbie.) Donc c'est que je ne vous attire pas.

— Non !

Il détestait entendre la voix de la jeune fille se briser, et tout autant la façon qu'elle avait de fuir son regard.

— Ce que nous venons de faire, et ce qui s'est passé dans les jardins de Tynweith prouvent bien que vous me plaisez, dit-il. Tout ceci est… compliqué.

Comment faire pour qu'elle le croie ? Il ne pouvait pas lui dire la vérité.

— Dans ce cas, expliquez-vous, exigea-t-elle, on ne m'attend nulle part. Je mérite au moins ceci, ne croyez-vous pas ?

— Vous avez raison.

Elle avait le droit de savoir. Robbie avait tiré avantage d'elle d'une façon éhontée. Il devait cesser.

Mais il n'en avait pas la moindre envie. Comment arrêter maintenant qu'il avait goûté à la passion de la jeune fille ?

Il devait trouver un moyen. C'était la seule issue honorable. Elizabeth avait besoin d'un vrai mari, qui pourrait l'aimer convenablement et lui donner des enfants. Elle ne serait jamais heureuse sinon. La jeune fille croyait l'aimer, mais elle se rendrait bientôt compte de son erreur. Elle deviendrait frustrée, amère ; Robbie ne pouvait pas supporter cette pensée.

— J'attends.

Peut-être pouvait-il lui expliquer sans tout lui dire.

— Lizzie, je ne peux pas me marier.

— Comment ça ? Avez-vous déjà une femme que vous avez épousée en secret, comme la Mrs Fitzherbert de Prinny, le régent ?

— Non, bien entendu.

— Dans ce cas je ne vois pas où est le problème. Vous devez vous marier. Vous êtes comte, il vous faut un héritier.

— J'en ai déjà un. Mon cousin.

— Vous n'avez qu'une cousine, Sarah.

— Qu'une au premier degré ; vous oubliez Theobald.

Lizzie le regarda, bouche bée.

— Cet imbécile ? On raconte que sa nourrice l'a fait tomber sur la tête quand il était bébé ! Vous n'avez tout de même pas l'intention de lui léguer vos terres.

L'idée n'enchantait guère Robert, mais il n'avait pas le choix.

— Il n'est pas si idiot, dit-il.

— Bien sûr que si ! Savez-vous qu'il est obsédé par les tabatières ? Il en possède huit mille cinq cent quarante-trois dans sa demeure londonienne, et se fait une joie de vous les montrer une par une.

Robbie ricana. Il n'aurait jamais pensé trouver quoi que ce soit d'amusant dans cette conversation, mais l'image d'une Lizzie obligée d'écouter Theobald disserter sur ses tabatières était irrésistible.

— Vous n'avez pas eu droit à toute la visite, j'espère ?

— Non, bien entendu, il serait malséant pour une jeune fille de se rendre dans les appartements d'un homme. Il m'en a parlé au cours d'un des bals d'Easthaven, et ce dans le moindre détail. Imaginez donc, j'étais heureuse que Symington le Simplet vienne à ma rescousse. C'était bien la première fois que je me réjouissais de voir ce vieux vantard ventripotent.

— Le fils de Theobald vaudra peut-être mieux que son père.

— Il n'en aura jamais. N'importe quelle femme assez idiote pour l'épouser mourrait d'ennui avant d'atteindre le lit conjugal. Son majordome la retrouverait toute raide au milieu des tabatières à côté de Theobald, qui ne se serait rendu compte de rien, trop occupé à décrire le mille quatre cent soixante-dix-septième de ses trésors.

— Vous n'appréciez guère mon cousin, résuma Robert en souriant.

— Comme tout le monde, Robbie, vous le savez bien. Vous ne pouvez pas lui confier le sort des Hamilton.

— Je n'ai pas le choix. Je ne peux pas me marier. Tout du moins, ça ne m'est pas nécessaire, car avoir des enfants m'est impossible.

Cachée derrière une rangée d'arbres en pots, Felicity regarda lord Westbrooke et Elizabeth quitter la serre. Le gilet du comte était déboutonné ; la robe de Lizzie de travers, ses cheveux défaits. Ils ne s'étaient de toute évidence pas contentés de contempler les plantes.

Pourtant, les deux jeunes gens ne se comportaient pas du tout comme des amants : ils se touchaient à peine, n'échangeaient pas un mot, et jamais leurs regards ne se croisaient.

Intéressant.

L'expérience s'était-elle avérée si déplaisante que cela ? Ou au contraire si renversante qu'ils en étaient restés hébétés ?

Felicity comptait sur la seconde hypothèse. Si elle devait donner naissance à l'héritier de Westbrooke, elle espérait que l'acte y menant serait le plus intense qu'elle ait jamais connu or, bien qu'encore vierge, la jeune fille jouissait d'une grande expérience en la matière. Sa créativité était sans limites.

Mais si Felicity voulait devenir la prochaine comtesse de Westbrooke – et elle y comptait bien – elle devait d'abord s'occuper de lady Elizabeth. Elle avait toujours détesté avoir des rivales.

Elizabeth en était-elle une ? Rien n'aurait été plus logique. La jeune fille n'était pas mariée, et elle était la sœur du meilleur ami de Westbrooke. Elizabeth et le comte eux-mêmes étaient très proches. Pourtant, toujours pas d'annonce de mariage.

Si Elizabeth voulait devenir comtesse, elle avait tout intérêt à jouer un peu plus en finesse. Westbrooke devait être surpris par des témoins dans une position compromettante.

Felicity quitta sa cachette. Le comte et sa rivale avaient disparu dans le corridor. Pas question de donner des conseils à lady Runyon : lady Felicity avait bien l'intention de piéger pour son propre compte l'insaisissable jeune homme.

Elle contempla pensivement la porte de la serre. Pourquoi Tynweith aidait-il lady Elizabeth ? Encore une autre énigme. Il avait sûrement compris que Felicity traquait Westbrooke. Elle savait que le comte avait emprunté ce couloir, elle n'avait été qu'à quelques mètres derrière lui, et pourtant il avait comme disparu, et elle s'était retrouvée avec Tynweith à la place. Le baron s'était ensuite chargé de la ramener dans le salon de musique malgré toute la mauvaise volonté dont elle avait fait preuve.

Tynweith était tout sauf un philanthrope ; pourquoi aurait-il prêté main-forte à Elizabeth ? S'il devait aider quelqu'un, c'était bien Felicity. Après tout, elle était amie avec lady Charlotte, et cette dernière semblait avoir un lien particulier avec le baron.

Mais de quelle nature, exactement ? Charlotte, d'ordinaire si franche, devenait évasive dès qu'il était question de leur hôte. Jamais elle n'avait dit quoi que ce soit de significatif à son sujet.

À la bonne heure ! La partie de campagne venait à peine de commencer ; Felicity avait amplement le temps de résoudre ces mystères et de compromettre un certain comte. Restait à concevoir un piège adéquat et à trouver un moyen d'y attirer Robert. La capture se devait d'être publique et sans ambiguïté aucune. Pas question de le laisser s'échapper, cette fois.

Felicity monta se coucher – seule, malheureusement. Lord Peter était probablement encore occupé avec Charlotte.

Elle avait envisagé de l'inviter à passer ensuite dans sa chambre, mais s'était ravisée. Il s'était montré un peu trop fier la veille d'avoir accroché une duchesse à son tableau de chasse. De toute façon, lord Andrew arrivait le lendemain. C'était un homme très divertissant, qui connaissait un grand nombre de jeux particulièrement inventifs.

Lady Felicity s'arrêta au beau milieu de l'escalier et sourit. Andrew avait demandé deux fois sa main à Elizabeth, avait été éconduit dans les deux cas, et en avait conçu une certaine amertume. Peut-être serait-il content d'apprendre que lady Runyon ne valait pas autant qu'elle l'imaginait ? Il avait la réputation d'être légèrement rancunier.

Oui, lord Andrew pourrait se révéler très utile.

Chapitre 9

Robbie ne pouvait pas avoir d'enfants.

Lizzie ignorait comment un homme pouvait savoir une telle chose, mais Robbie avait l'air sûr de lui. Le ton de sa voix, quand il lui avait révélé la vérité, lui avait donné envie de pleurer.

Elle s'assit près de la fenêtre de sa chambre et posa le front contre la vitre qui gardait encore un peu de la fraîcheur de la nuit. Elle avait mal à la tête et l'impression qu'on lui avait versé du sable dans les yeux.

La jeune fille avait eu le plus grand mal à trouver le sommeil, et quand celui-ci vint enfin, ce fut accompagné de rêves étranges. Des cauchemars, plutôt. Lizzie cherchait un bébé, parfois à la campagne, parfois dans les fumées de Londres. Elle se disputait avec plusieurs personnes – James, Robbie, et une espèce de vieille harpie aux dents cassées. Elle se retrouvait même avec un nourrisson dans les bras, un garçon, mais une autre femme le lui arrachait avant de disparaître dans le brouillard londonien.

Elle se pressa encore davantage contre le verre.

Comment Robbie pouvait-il en être aussi sûr ? Il n'était pas marié, après tout. Peut-être découvrirait-il une fois que cela serait fait qu'il pouvait avoir des enfants.

Et s'il avait raison ? Lizzie serra les paupières mais cela n'empêcha pas les larmes de couler le long de ses joues.

L'aimait-elle assez pour abandonner tout espoir d'être un jour mère ?

Elle l'ignorait.

La jeune fille inspira profondément et essuya ses larmes du dos de la main. Betty serait là d'une seconde à l'autre avec sa tasse de chocolat : Lizzie devait se nettoyer le visage au plus vite. Elle n'avait aucune envie d'expliquer pourquoi elle avait pleuré.

En se levant, elle regarda par la fenêtre et crut reconnaître dehors, sur le gazon, la silhouette de Felicity. Elle était accompagnée d'un homme, ce qui, en soi, n'avait rien de surprenant. Lizzie espérait seulement que la jeune lady aurait la délicatesse de trouver un endroit à l'écart avant de faire à son compagnon ce pour quoi elle était réputée.

Mais qui était ce dernier ? Dieu merci, ce n'était pas Robert – il était trop petit – ni Parks ou lord Peter – trop trapu. Tynweith ne ferait certainement pas visiter ses jardins à Felicity, et aucun autre convive n'était susceptible de tirer Felicity de son lit, ou de l'attirer dans le sien.

L'homme ôta son couvre-chef en poil de castor pour dévoiler une chevelure noire rayée d'un liseré argenté. Plus de mystère : lord Andrew venait de faire son arrivée. « Lord Putois », comme le surnommait le beau monde en raison de ses cheveux, même si Lizzie trouvait que ce sobriquet lui allait comme un gant. Il l'avait autrefois demandée en mariage, même si elle n'avait rien fait pour l'encourager. Sans doute un prétendant de plus charmé uniquement par l'éclat de sa dot. Lizzie avait essayé de refuser poliment, et s'efforçait depuis de l'éviter avec autant de délicatesse.

Elizabeth partit s'asperger le visage d'eau. Ne pas croiser Andrew serait particulièrement difficile ici.

— Tu t'es levée si tôt pour m'accueillir, Felicity ? Si j'avais su que tu serais là, je serais arrivé hier pour t'éviter de quitter ton lit à une heure aussi matinale.

Andrew tendit la main vers elle mais Felicity eut un mouvement de recul.

— Pas ici, à la vue de tous, dit-elle.

— Et pourquoi donc ? (Andrew ôta son chapeau et regarda la bâtisse.) Ne me dis pas que tu es devenue timide.

— Non, bien évidemment, mais la chambre de Westbrooke donne dans cette direction.

— On essaie toujours d'attraper le comte, n'est-ce pas ?

— Évidemment.

Felicity se détourna et s'éloigna à grands pas sur le gazon, aussitôt imitée par Andrew.

— Je pourrais même avoir besoin de ton aide, ajouta-t-elle.

— Vraiment ? Ça ne sera pas gratuit.

Felicity aimait bien Andrew. Il ne s'encombrait pas de scrupules.

— Je m'y attendais.

Une fois arrivée sur l'allée en gravier, Felicity longea les parterres de fleurs et les ridicules buissons sphériques et pyramidaux en direction du jardin à la française. Elle passa sous une arche, tourna à gauche, se glissa entre deux haies et pénétra dans la topiaire. La jeune fille savait exactement où elle allait. Elle avait repéré l'endroit la veille, alors qu'elle cherchait Westbrooke.

Andrew s'arrêta pour contempler une orgie végétale qui, selon Felicity, n'en était pas exactement une. Si elle distinguait bien le sexe des êtres représentés, il n'y avait qu'un seul homme pour trois femmes.

— Le jardinier de Tynweith est très inventif.

— Je sais. Viens, Andrew. (Felicity passa la main sur son avant-bras.) Je connais un endroit un peu plus loin où nous pourrons… parler.

— Où nous pourrons occuper nos langues, n'est-ce pas ? Je suis prêt pour une discussion très longue, et très approfondie.

— Excellent.

Felicity s'humecta les lèvres. Elle examina les épaules d'Andrew, les muscles de ses cuisses. Il était plus petit que Westbrooke, mais semblait beaucoup plus imposant. Son nez, ses mains, son… hum. Une vague d'excitation descendit l'échine de la jeune femme et s'installa dans son bas-ventre.

Lord Andrew semblait né pour décharger des caisses sur un dock plutôt que pour vider des verres de vin dans les salons de l'aristocratie.

— Nous y voilà.

Felicity traversa une haie et se dirigea vers un banc de pierre placé au centre d'une petite étendue de gazon. Ils étaient certes à l'abri des regards venus de la maison, mais quiconque aurait jeté un œil à travers le trou dans la haie les aurait vus. Un nouveau frisson la parcourut. S'ébattre derrière des portes closes était si ennuyeux. Le risque d'être découvert ne manquait jamais d'ajouter un peu de piment.

— Les buissons de Tynweith sont une vraie source d'inspiration, Feli. Ils donnent toutes sortes d'idées intéressantes.

Andrew posa la main sur sa joue et pinça délicatement sa lèvre inférieure.

— Je vais avoir du mal à choisir par quel moyen te faire payer mes services, ajouta-t-il.

Felicity pencha la tête pour lui sucer le pouce.

— J'ai mis cravache et menottes dans mes bagages quand j'ai appris que tu venais, répondit-elle.

Andrew lui lança un regard perçant.

— Vraiment ? Splendide. Qu’attends-tu de moi ?

Une réponse fort grivoise vint à l’esprit de la jeune fille, mais elle l’en chassa aussitôt.

— Tu n’ignores pas que j’ai l’intention d’épouser Westbrooke.

— Tout le monde est au courant. Comme tu le sais, je ne le connais pas très bien : si tu cherches quelqu’un pour le convaincre, tu frappes à la mauvaise porte.

Felicity s’assit sur le banc glacé et encore humide de rosée. Cette fraîcheur contrastait délicieusement avec sa propre fièvre.

— Westbrooke, j’en fais mon affaire. J’ai une autre tâche pour toi, concernant une jeune femme.

— Tiens donc ?

Andrew vint s’asseoir à côté d’ellc. Elle posa la main sur son entrejambe et sourit. Il était déjà dur.

— Cela pourrait impliquer un viol.

La bosse de son pantalon tressaillit.

— Vraiment ? Voilà qui me semble extrêmement intéressant. C’est peut-être moi qui devrais te payer.

— De plus, je crois que tu seras ravi d’abuser de cette jeune personne.

— Mais serai-je ensuite tenu de l’épouser ?

— Très probablement, sache cependant que sa famille est très riche, et que je me chargerais de te divertir si d’aventure tu la trouvais ennuyeuse.

L’homme libéra l’un des seins de Felicity, et celle-ci se cambra pour lui permettre de pincer son téton. Elle adorait sentir sur sa peau le soleil et les doigts d’Andrew.

— Qui est-ce ? Lady Caroline ? Elle est grosse et hideuse.

— Non, ce n’est pas Caroline. (Felicity sourit.) Tu as autrefois demandé la main de cette demoiselle.

— Vraiment ?

Andrew pinça plus fort et Felicity poussa un petit cri.

— Tu ne veux tout de même pas que je déflore lady Elizabeth ?

— Andrew, tu es si perspicace.

Il l'embrassa goulûment, profondément.

— Bonté divine, j'ai tellement hâte de me retrouver couché sur cette garce. (Il lui empoigna les deux seins et les malaxa sans ménagement.) Felicity, le choix t'en revient. Que veux-tu que je te fasse ?

— Nous devrions d'abord discuter des termes de notre accord, dit-elle en déboutonnant son pantalon.

— J'en sais suffisamment. Je serai ravi de la prendre où et quand tu voudras. Même au beau milieu de la salle de bal d'*Almack*, devant toutes les matrones.

— Sous les yeux de son frère ?

Andrew se figea.

— Bonté divine, tu ne peux pas me demander une telle chose, Feli. Il me tuerait avant que je la déflore.

Felicity éclata de rire.

— Je ne le ferai pas. De plus, je ne suis pas certaine qu'elle soit vierge, alors ne sois pas trop déçu si tu ne vois pas de sang.

— Tiens donc, cette petite puritaine ouvrirait déjà les cuisses pour quelqu'un ? Je me sens trompé. Qui est l'heureux élu ?

— Westbrooke.

— Ah ! Il est à peine capable de baisser sa culotte pour faire ses besoins !

Felicity libéra le membre admirable d'Andrew.

— Il semble avoir compris comment procéder, car je suis pratiquement certaine qu'il était dans la chambre d'Elizabeth, et même dans son lit, sans rien sur le dos, il y a deux nuits de cela. Je les ai aussi vus quitter la serre la nuit dernière. Vu leur allure, ils ne s'étaient pas contentés d'admirer les plantes.

— Fascinant, dit Andrew en secouant la tête, avant de hoqueter quand Felicity passa la langue le long de son sexe.

— Non, le plus fascinant, c'est qu'il ne l'ait toujours pas officiellement demandée en mariage. Que les choses en restent ainsi : je ne veux voir que mon nom accolé à celui de Westbrooke.

Andrew pressa son sein. Ah… s'il avait été l'aîné de sa fratrie, l'homme aurait hérité d'un duché. Malheureusement, il avait trois grands frères en pleine santé. Seule une idiote aurait espéré qu'il reçoive un jour un titre – et Felicity se targuait de ne pas en être une.

Elle caressa son membre délicieusement viril. Si cette partie de Westbrooke se révélait petite et décevante, elle pourrait toujours se consoler avec sa bourse qui, elle, était imposante. La mélodie des pièces qui s'entrechoquaient la convaincrait de danser de nombreuses valses sous les draps.

— La partie de campagne se rend dans une ruine quelconque demain ; je crois que Tynweith a parlé d'un château, expliqua Felicity. Les endroits où s'abriter des regards ne manqueront pas.

Du bout du doigt, elle remonta des bourses d'Andrew jusqu'à l'extrémité de son membre.

— Accomplir ta besogne ne devrait pas te prendre trop longtemps.

— Je ne pense pas, en effet, ricana Andrew. À peine quelques secondes s'il le faut, même si j'espère avoir un peu plus de temps pour la taquiner. Voir si je peux la faire crier. Ça me plairait tellement. Elle s'est comportée comme une telle garce en refusant ma demande en mariage.

Felicity recueillit d'un coup de langue une goutte de liquide salé qui perlait au bout de son membre.

— Tu peux commencer à la lutiner dès aujourd'hui. Voilà qui serait amusant à observer.

— Oui, je pense déjà à mille façons de la mettre mal à l'aise.

— N'en fais pas trop. Pas question de la terroriser au point qu'elle fuie à la simple vue de ton ombre.

Felicity le prit dans sa bouche. Que préférait-elle, ceci, ou par-derrière ? Les deux avaient leurs avantages.

Andrew lui prit les cheveux pour la maintenir contre lui. Assez parlé de Westbrooke et d'Elizabeth. Elle voulut reculer la tête, mais l'homme la retint un instant avant de finalement la relâcher.

— Tu veux de l'autre côté, je me trompe ? dit-il.

Il la retourna et souleva ses jupes. Felicity sentit son membre contre elle.

— Tu ne crains pas qu'on nous surprenne ?

Andrew pinça ses deux tétons à la fois ; elle hoqueta et se pencha en avant pour mieux se soumettre.

— Ça fait partie du plaisir, dit-elle.

Quelques instants plus tard, elle poussa un cri de jouissance tandis qu'Andrew se contentait d'un grognement libérateur.

Quand Mr Dodsworth arriva au pas de course pour découvrir la cause de tout ce tapage, ils étaient sagement assis côte à côte sur le banc.

— Lord Andrew, c'est si bon de vous revoir ! Qu'est-ce qui a bien pu vous retenir si longtemps à Londres ?

Lady Caroline se pencha en avant pour donner à l'homme un meilleur aperçu de sa poitrine rebondie.

Robbie l'observa examiner brièvement cette dernière avant de revenir à la tranche de jambon dans son assiette.

— Une affaire que je ne pouvais remettre à plus tard.

— Avec *Le Petit Oiseau**, sans aucun doute, ricana lord Peter.

— J'ignorais que vous vous intéressiez à l'ornithologie, lord Andrew, dit Mr Dodsworth en buvant une gorgée de bière.

— Je ne crois pas que lord Peter faisait référence à une quelconque créature à plumes, intervint lady Beatrice en lançant un regard noir à Peter. Je connais bien votre mère, jeune homme. Elle serait sans doute ravie de savoir quels sujets son fils considère adaptés à une conversation entre gens bien élevés.

Les oreilles de Peter devinrent très rouges.

— Veuillez m'excuser, marmonna-t-il, la tête baissée vers son assiette, avant de mordre dans un petit pain.

Robbie aurait voulu se lever et applaudir. Lady Beatrice prenait enfin au sérieux son rôle de chaperonne. Si seulement elle avait été plus vigilante la nuit précédente… Elle n'aurait jamais dû laisser Lizzie quitter le salon de musique avec Tynweith.

Le comte prit une bouchée de bœuf, même s'il aurait pris autant de plaisir à mâchonner un morceau de cuir. Lizzie était assise à côté d'Andrew, lord Putois. Ce sobriquet lui allait comme un gant, même en passant outre sa chevelure. L'homme répandait derrière lui rumeurs puantes et insinuations. Des insinuations ? Quelle plaisanterie ! De vrais romans, dont il était souvent l'auteur et parfois pire, le personnage principal. Il n'était pas rare qu'une débutante naïve soit obligée de retourner dans sa campagne pour tenter de dissiper l'odeur nauséabonde dont il avait imprégné sa réputation.

Et voilà que ce scélérat lançait des regards concupiscents à Lizzie.

Robbie fit crisser son couteau contre son assiette, et Miss Hyde sursauta.

Le comte avait choisi une chaise aussi éloignée que possible de Lizzie. Il avait à peine dormi la nuit précédente, hanté par des souvenirs de son escapade dans la serre. La douceur des seins de Lizzie, le goût délicieux de sa bouche, de ses tétons. L'odeur de citron et de soie de sa peau. Ses petits hoquets quand il l'avait caressée. La façon dont elle avait gémi son nom.

Si Felicity s'était essayée aux mêmes jeux que la veille au dîner, elle aurait trouvé les boutons de son pantalon prêts à sauter.

— Appréciez-vous votre séjour, lord Westbrooke ?

Mrs Larson lui souriait, non sans froncer les sourcils cependant.

— Il s'est avéré très agréable pour l'instant, madame.

En vérité, certaines parties avaient été bien plus que cela, et d'autres terriblement embarrassantes.

Robbie avait sans honte aucune abusé de Lizzie dans la serre. Au moins lui avait-il enfin révélé son secret – en partie. La jeune fille avait semblé aussi abasourdie qu'il l'avait anticipé. Voilà qui l'avait sans doute guérie de ses envies de mariage.

Il fallait le faire.

Robbie avait envie de vomir.

— Vous en êtes sûr ? (Mrs Larson toucha doucement sa manche.) Vous semblez… comment dire…

Elle parcourut la table du regard et s'arrêta sur Felicity.

— Veuillez accepter mes excuses pour les événements de l'autre nuit, poursuivit son hôtesse. Flint m'a dit qu'il a remis hier la clé de votre chambre à votre domestique.

— Oui, je vous remercie, madame. Ne vous inquiétez pas davantage à mon sujet, tout va pour le mieux. Mes appartements me procurent la plus complète satisfaction.

— Je l'espère.

Mrs Larson se retourna pour parler à lord Botton, son autre voisin, et Robbie en profita pour regarder de nouveau Lizzie. Leur hôtesse avait sûrement la clé de la chambre de la jeune fille, et cette dernière pourrait bien en avoir besoin. Les œillades d'Andrew devenaient indéniablement lubriques.

Peut-être Robbie avait-il fait une erreur en s'asseyant si loin d'elle. S'il avait été un peu plus proche, il aurait pu attraper l'homme par sa cravate et la serrer jusqu'à ce que son visage devienne violet. On aurait pu croire qu'un hôte aurait remarqué que l'un de ses invités se comportait de manière déplacée, mais Tynweith semblait uniquement préoccupé par le contenu de son assiette. Pour qu'il réagisse, il aurait fallu que lord Putois jette sauvagement Lizzie sur la table et renverse ce faisant les plats.

— Si j'avais su qu'on était en aussi délicieuse compagnie ici, j'aurais annulé sur-le-champ les affaires qui me retenaient à Londres, dit lord Andrew sans quitter des yeux le corsage de Lizzie.

La jeune fille changea légèrement de position pour se rapprocher de sir Gaston.

Au moins portait-elle cette fois une robe convenable dont le col remontait presque jusqu'à son menton. Ce sinistre personnage ne pourrait pas loucher sur ses superbes seins. Il devrait se satisfaire de ceux de lady Caroline, les seuls exposés à cette heure avec ceux, nettement plus âgés, de lady Beatrice mais… ah, mieux valait ne pas trop y penser.

Sans oublier bien sûr ceux de lady Felicity, comme d'ordinaire bien en évidence, mais Robert était certain qu'Andrew pouvait les voir dans leur totalité s'il le désirait. Felicity n'avait aucun complexe à leur égard. L'homme les avait sans doute examinés en détail bien des fois.

Robbie lança un regard à Miss Hyde. Elle picorait ses carottes en contemplant l'assistance, l'air inquiet. Il avait essayé de lui parler, mais chaque fois elle avait semblé si paniquée qu'il avait jugé préférable de la laisser tranquille. De plus, l'ignorer permettait d'écouter plus aisément ce que disaient Andrew et Elizabeth.

Cette fripouille s'approchait de nouveau de Lizzie. Elle tenta de s'écarter, mais c'était impossible. Un pouce de plus et elle se retrouvait sur les genoux de Gaston.

— Je suis tellement heureux de vous revoir, ma chérie ! s'exclama Andrew. Nos routes ne se sont guère croisées ces derniers temps.

— C'est très vrai, et je ne suis pas votre « chérie », répondit Lizzie, le visage impassible.

— Vraiment ? Voilà qui me brise le cœur. Vous m'avez tant manqué.

— Monsieur, vous me racontez des balivernes, protesta Lizzie avec un petit sourire moqueur.

— Pas le moins du monde, j'ai très envie de renouer connaissance avec vous, et je n'ai pas l'intention de laisser passer cette opportunité, rétorqua Andrew, narquois. Nous avons quelques jours devant nous pour profiter de nos compagnies respectives et, hum, approfondir notre amitié. J'ai hâte d'en savoir davantage à votre sujet. (Il sourit de plus belle.) De vous découvrir plus intimement.

Robbie se leva à moitié. Il allait tuer cet homme.

Mrs Larson posa de nouveau la main sur son bras.

— Mesdames, qui aimerait faire le tour de la maison ? demanda-t-elle.

Tynweith fonçait à grands pas vers son bureau. Il devait s'éloigner au plus vite de ses maudits invités. Pourquoi leur avait-il demandé de venir ? Le baron détestait les parties de campagne ; quel idiot d'en avoir organisé une. Un crétin de la plus belle espèce. Combien de jours devrait-il attendre avant de pouvoir refermer la porte derrière le dernier des convives et retrouver sa petite vie confortable ? Quatre ? Misère, autant dire une éternité.

Il s'arrêta dans le hall. Venait-il d'entendre Dodsworth ? Le baron se cacha précipitamment derrière une statue d'Aphrodite. Oui, c'était bien lui, qui discourait encore sur ses maudits chevaux, en compagnie de sir George, cette fois. Nell avait sûrement demandé au baronnet de sacrifier quelques minutes pour lui tenir compagnie. Elle savait que Tynweith ne le ferait pas, même si c'était sa partie de campagne. Il attendit que les deux invités disparaissent dans les profondeurs de la maison avant de quitter sa cachette.

Il était tombé bien bas, l'homme qui devait se tapir derrière les statues de sa propre demeure.

Tynweith grimaça. Quel bêta ! Comment avait-il cru qu'il pourrait mettre Charlotte dans son lit ? Il n'était qu'un imbécile, désormais piégé dans une maison remplie d'idiots. Il serra le poing, gagné par une vive envie de frapper quelque chose.

Charlotte l'ignorait. Elle s'était attablée aussi loin de lui que possible, puis l'avait à peine regardé. Elle n'avait fait que parler avec ce crétin de Dodsworth ou, plutôt, s'était contentée de l'écouter faire l'inventaire de ses écuries. Ce n'était par intérêt ni pour le sujet – Charlotte se moquait complètement des chevaux, le baron en était certain – ni pour l'homme lui-même. Dodsworth n'était pas particulièrement vaniteux, mais il était impensable qu'une femme préfère à Tynweith ce vieil homme replet et terriblement ennuyeux.

Elle semblait avoir disparu une fois le repas terminé et il venait de passer près d'une heure à la chercher dans son domaine.

Il n'avait cependant pas eu le courage de regarder dans sa chambre. Était-elle dans son lit, avec Peter ?

Il aurait tant voulu étrangler cet homme. L'écarteler. Le castrer avec un couteau émoussé. Donner les bourses de cette canaille en pâture à ses chiens. Tynweith avait failli applaudir quand lady Beatrice l'avait remis à sa place au cours du repas. On n'évoquait pas les filles de joie en bonne compagnie.

Il croisa Miss Hyde dans le couloir et lui sourit. Cette dernière enfonça la tête dans les épaules et détala telle une souris terrorisée par un gros chat. Comment Nell pouvait-elle la souffrir ? Sa simple présence lui portait sur les nerfs.

Non, pour être honnête, la pauvre Miss Hyde n'était pour rien dans son agitation : il avait à peine dormi la nuit précédente. Chaque fois qu'il avait fermé les yeux, ç'avait été pour voir Peter entre les adorables cuisses de Charlotte. Il en devenait fou.

Lord Botton jaillit du salon de musique.

— Tynweith ! Je cherche lady Beatrice. Sauriez-vous où je pourrais la trouver ?

— Navré, Botton, je ne l'ai pas vue. Vous devriez aller voir dans les jardins. C'est une belle journée, elle est peut-être sortie prendre l'air.

— Je vous remercie, j'y vais de ce pas. C'est un endroit très intéressant, n'est-ce pas ? répondit le vieux roué avec un clin d'œil.

— Euh… certes. Profitez-en bien.

— C'est mon intention, surtout quand j'aurai trouvé cette chère lady Beatrice.

Botton remua les sourcils d'un air entendu et s'éloigna d'un pas précipité.

Tynweith le regarda sans un mot. Cet homme était condamné à être aussi frustré que lui. Selon Nell, l'objet du désir de Botton s'était retiré dans sa chambre avec une bouteille de brandy.

Lady Beatrice n'était pas la plus compétente des chaperonnes. Certes, les jeunes filles à sa charge étaient déjà suffisamment âgées pour qu'on n'ait pas à les surveiller de près. Tynweith avait croisé Miss Peterson et Mr Parker-Roth dans un recoin paisible de ses jardins le matin même. Ils étaient en grande discussion au sujet de l'une de ses plantes, en latin s'il vous plaît. C'est tout du moins ce qui lui avait semblé, il ne s'était pas arrêté pour leur parler. Ils n'avaient clairement pas besoin d'un chaperon.

Apparemment, lady Elizabeth et lord Westbrooke ne faisaient rien non plus de très intéressant. En les laissant seuls dans sa serre la veille, il avait pensé avoir droit à l'annonce d'un mariage ce matin, mais non. Ils ne s'étaient même pas assis côte à côte pendant le repas.

Il se passait définitivement quelque chose entre ces deux-là. Il les avait observés quand il arrivait à quitter Charlotte des yeux. Le comte s'était montré inhabituellement silencieux et n'avait cessé de lancer des regards moroses à Elizabeth, ou meurtriers à lord Andrew. La jeune lady Runyon s'était montrée tout aussi effacée.

Que s'était-il donc passé dans la serre ?

Et qu'avait donc en tête Andrew ? Si Nell n'avait pas adressé la parole à Westbrooke au moment opportun, celui-ci l'aurait sans doute attaqué. Grandiose. Un pugilat au milieu des assiettes. Devait-il veiller à ce que les deux hommes soient chacun à un bout de la table ? Quelle épuisante pensée. Il chargerait Flint de ceci.

Dieu merci, Tynweith avait presque atteint son bureau. Il pourrait enfin être tranquille et avoir tout le loisir de réfléchir à ce qu'il devait faire avec Charlotte. Il fallait renoncer à la rendre jalouse. Lady Elizabeth ne serait pas convaincante, et lui non plus probablement.

Dans ce cas, comment se retrouver dans son lit ?

Au lieu d'une réponse à cette question, il trouva dans son bureau lord Peter, assis dans son fauteuil préféré et occupé à boire son brandy.

— Que faites-vous là ?

— On est de mauvais poil, Tynweith ? Un hôte digne de ce nom ne parlerait pas sur ce ton.

Tynweith songea d'abord à frapper le jeune homme. Il referma la porte derrière lui.

— Veuillez m'excuser, je ne m'attendais pas à trouver quelqu'un ici. Donc, que faites-vous dans mon bureau ?

— Je voulais vous parler en privé, voilà tout.

— Vraiment ?

Tynweith sentit son estomac se nouer. Que lui voulait cet homme ? Ils n'avaient rien en commun, à part Charlotte. Le triste sire n'avait tout de même pas l'intention de lui parler d'elle ?

— Vous le savez sans doute, je rends un petit… service à la duchesse, annonça Peter avec un grand sourire.

Diable, il était bien là pour cela. Tynweith approuva d'un grognement et s'installa derrière son bureau. Mieux valait dresser un obstacle entre cet indésirable et lui.

— J'ai tant de peine pour elle, piégée avec ce vieillard pour mari, poursuivit le jeune homme. Ça ne doit pas être très agréable. Ce vieux corps tout fripé… (Il frissonna.) Ne trouvez-vous pas remarquable qu'il parvienne à accomplir son devoir conjugal ?

L'imbécile s'attendait-il à une réponse ?

— Je ne vois pas pourquoi vous me parlez de ça.

Lord Peter poursuivit comme s'il n'avait rien entendu.

— Elle m'a invité dans son lit, et je n'ai pas voulu refuser. Elle n'est pas vilaine, malgré son âge.

Tynweith faillit s'étrangler. Malgré son âge ? Charlotte n'avait que vingt-quatre ans, seulement une année de plus que ce gamin !

— Vous avez dit quelque chose ? demanda Peter.

— Non, gronda Tynweith, la mâchoire serrée.

Peter se pencha en avant.

— Mais vous voyez, j'ai passé les deux dernières nuits avec elle et… (Il but une nouvelle gorgée de brandy.) ce n'est pas très amusant. Elle reste couchée, les yeux fermés, immobile comme une statue, et me laisse faire. Croyez-moi, on a l'impression de trousser un cadavre – même si je n'ai bien entendu jamais fait une telle chose.

Tynweith se borna à regarder le jeune homme, trop furieux pour parler.

— Honnêtement, l'idée de retourner dans son lit me répugne, mais je ne veux pas la vexer. Comme je vous l'ai dit, elle me fait de la peine et c'est la duchesse de Hartford, autant éviter de m'en faire une ennemie.

Tynweith se tordit les mains si fort qu'il craignit de se briser les phalanges. Tuer cet homme était si tentant. Il pourrait l'étrangler très vite, quoique le castrer avec son canif serait bien plus amusant.

— Pourquoi me dites-vous ceci, monsieur ?

— Elle a parlé de vous la nuit dernière, expliqua Peter. Je cherchais un sujet de conversation, quelque chose pour attiser un peu les choses. Je m'étais promis d'y arriver – elle ne m'avait pas invité à prendre le thé, vous comprenez – mais une certaine partie de moi éprouvait quelque difficulté à se montrer à la hauteur, si vous voyez ce que je veux dire.

La première nuit avait été une promenade de santé, et je ne refuse jamais un peu d'exercice quand on m'en propose. De plus, il est si rare qu'on ne vous demande pas de vous retirer au moment où…

— Lord Peter !

Tynweith inspira profondément. Non, il ne hurlerait pas.

— Quoi qu'il en soit, elle m'a révélé qu'il y avait eu quelque chose entre vous autrefois. « C'est de l'histoire ancienne », a-t-elle dit, mais à mon avis elle n'en pensait rien. Comme j'ai eu tout le loisir d'en profiter et que je n'ai plus envie de recommencer, je me suis dit que vous auriez envie de prendre ma place. En souvenir du bon vieux temps, peut-être ?

Que dire ? Expliquer sans détour à ce malotru qu'un gentleman ne parle pas de ses conquêtes ? Cette nouvelle remplissait pourtant le baron de bonheur, et une partie bien spécifique de son être s'en dressait même joyeusement. Peter pensait que Charlotte avait encore des sentiments pour lui !

— Vous ne répéterez bien sûr rien de tout ceci. Je suis certain que la duchesse serait contrariée d'apprendre qu'elle a été le sujet d'une telle conversation, et Hartford encore davantage s'il découvrait qu'elle l'a trompé.

Lord Peter se redressa brusquement.

— Bien sûr que non ! C'est bien pour cela que j'ai cherché à vous parler ici, en privé. Je savais que c'était un sujet délicat, et je ne voulais pas que la chose soit ébruitée. Alors, le ferez-vous ?

— Soyez tranquille, je m'occuperai de la duchesse.

Lord Peter semblait soulagé. Il se leva et rajusta son gilet.

— Je vais me faire discret, afin de ne pas avoir à m'expliquer.

— Je comprends. Si la duchesse demande, je dirai que vous êtes souffrant. Dois-je vous faire porter un plateau pour le dîner ?

— Je pense plutôt aller dans la taverne du village pour y prendre une petite collation… et trouver une serveuse désireuse de satisfaire mes autres appétits.

Tynweith acquiesça, ravi à l'idée que le jeune homme se retrouve loin de sa demeure.

— J'ai entendu dire que Harriet était très arrangeante.

— Je savais que vous pourriez m'aider. J'y vais de ce pas. (Peter s'arrêta, la main sur la poignée de la porte.) Si vous n'y voyez pas d'inconvénient, je pense repartir pour Londres demain matin. Je ne voudrais pas que ma présence mette la duchesse mal à l'aise et… eh bien, il n'y a plus rien ici pour m'amuser.

— Bien entendu. Voulez-vous que je fasse apporter vos bagages à l'auberge ?

— Ce serait parfait.

Il sortit.

Perdu dans ses pensées, Tynweith entendit à peine la porte se refermer.

Ainsi Charlotte éprouvait quelque chose pour lui ? Mais lord Peter était-il la bonne personne pour juger de telles choses ? Pas vraiment. Pourtant, elle avait réagi dans le jardin, la veille.

Elle maîtrisait ses émotions d'une poigne de fer et ne les avait jamais vraiment laissées s'éveiller. Tynweith aurait tant aimé l'aider à y arriver.

Il se laissa aller dans son fauteuil. Il agirait ce soir. Il se ferait un plaisir de lui montrer ce qu'un homme et une femme pouvaient faire dans un lit.

Tynweith se mit aussitôt à élaborer la façon dont il ferait la cour à la duchesse de Hartford.

Chapitre 10

— Meg !

Lizzie attrapa son amie par le bras alors que celle-ci passait devant la bibliothèque.

— Qu'y a-t-il ? As-tu passé tout l'après-midi cachée au milieu des livres de Tynweith ?

— Oui, avoua Lizzie.

— Et pourquoi donc ?

Meg dévisagea Elizabeth comme si cette dernière avait perdu l'esprit.

— Je ne veux pas me retrouver seule avec lord Andrew, voilà tout. Il m'a mise très mal à l'aise au repas.

Elle ne voulait pas non plus voir Robbie. Que pourrait-elle lui dire après la nuit précédente ? D'autant plus qu'elle ne savait pas vraiment ce qu'elle ressentait.

— Que t'a-t-il donc dit ?

— Rien de grave, quelques-unes de ses allusions grivoises habituelles, mais Robbie semblait prêt à lui sauter dessus. Heureusement, Mrs Larson a fait diversion. Tu n'as rien vu ?

— Non, j'ai sauté le repas.

Meg avait une voix bizarre ; Elizabeth regarda attentivement son amie.

— C'est vrai.

Meg rougissait-elle ? Pourquoi avoir manqué le repas l'aurait-elle embarrassée ? La partie de campagne était assez libre, et ils avaient été plusieurs à en faire de même. Hum… plusieurs, dont Parks.

— Maintenant que j'y pense, je ne crois pas avoir vu Mr Parker-Roth non plus, mais je suppose que tu ne sais pas où il était, dit Elizabeth.

Les joues de Meg prirent une belle teinte écarlate.

— Si, nous examinions une plante des plus intéressantes dans les jardins de Tynweith, et nous avons perdu toute notion du temps.

— Oh ? Était-ce vraiment la seule chose que vous examiniez ?

— Bien sûr ! Qu'aurions-nous pu regarder d'autre ? demanda Meg en examinant ses ongles.

Quoi d'autre, en effet ? Il suffisait de présenter une plante digne d'intérêt à Meg pour qu'elle oublie tout le reste, et ce n'était pas un homme qui l'aurait distraite. Pourtant, elle semblait visiblement perturbée.

— Vous ne vous êtes pas aventurés dans la partie gauche du jardin topiaire, au moins ? demanda Lizzie.

— Bien sûr que non. Je n'aime pas l'art topiaire, ce n'est pour moi rien d'autre que de la mutilation, et un moyen de faire oublier les plantes. Si on veut une statue, il n'y a qu'à engager un sculpteur et laisser la végétation tranquille.

— Je vois.

Elizabeth n'avait pas envie d'entendre une nouvelle tirade sur les jardins. Elle voulait surtout s'éloigner de Lendal Park et de tous les convives.

— Meg, que dirais-tu d'une petite promenade ? Nous pourrions explorer les ruines que toute la partie de campagne visitera demain ? J'ai cru comprendre qu'elles n'étaient pas très loin d'ici.

— Nous y trouverons peut-être des plantes intéressantes, et pourquoi pas quelque vestige des jardins du château ! s'exclama Meg. Je vais chercher mon chapeau.

— Meg, nous n'aurons pas toute la journée pour examiner la végétation, tu sais. Tu pourras seulement les observer rapidement. Nous devons être de retour avant la nuit, et j'ai envie de voir les bâtiments.

Meg grommela ce qui semblait être un assentiment.

Un instant plus tard, toutes deux arpentaient l'herbe d'un bon pas. Lizzie leva la tête vers le soleil en souriant. C'était si bon de pouvoir se dégourdir les jambes. Elle réfléchissait toujours mieux en mouvement. Mettre un pied devant l'autre libérait son esprit et lui permettait d'envisager les problèmes les plus épineux.

Robbie, dans ce cas précis. L'aimait-elle assez pour renoncer à être mère ?

Elle lança un regard à Meg, qui scrutait le sol avec intérêt.

— Tu n'as pas l'intention de m'abandonner pour une poignée d'herbes, j'espère ?

— Bien sûr que non, à moins qu'elles soient très intéressantes.

— Meg…

— D'accord, je promets de rester collée à toi tel un broussin à son arbre. J'espère seulement ne pas trouver de spécimens trop captivants.

Lizzie soupira, puis sourit. Une petite brise souleva doucement son chapeau. Les balades qu'elles faisaient petites lui manquaient. Elles marchaient pendant des heures tout autour des manoirs d'Alvord ou de Knightsdale, jusqu'à ce qu'une plante ou une autre attire l'attention de Meg.

Pourquoi la vie n'était-elle plus aussi simple ? Pourtant Lizzie ne désirait rien d'extraordinaire : un mari, un toit, des enfants… des choses normales.

Elle suivit Meg dans l'ascension d'une colline, hors d'haleine. Elle avait passé trop de temps à Londres pendant que son amie arpentait les prairies du Kent.

Elle aurait tant voulu y rester, pourtant ! Près de chez elle, de James, de Sarah, de Will et du nouveau bébé. C'était ce qui arriverait si elle épousait Robbie. Si elle prenait un autre homme pour époux, qui sait où elle devrait vivre ? En Cornouailles, dans le Cumbria, à Cardiff ? Lord Malden, le dernier prétendant qu'elle avait éconduit, avait sa demeure principale très au nord, dans le Yorkshire. Lord Pendel, un autre de ces messieurs, passait la plus grande partie de l'année dans le Lancashire. En les épousant, elle n'aurait pas vu son frère et sa famille pendant des mois.

Robbie semblait le candidat parfait, et pourtant…

Elizabeth accéléra l'allure, sans parvenir à semer ses pensées pour autant.

Meg l'attendait au sommet de la colline.

— Songes-tu parfois à te marier ? lui demanda Lizzie.

— Bien évidemment ! répondit-elle en riant. Je me suis laissé entraîner à Londres pour la Saison, n'est-ce pas ? Il est difficile d'éluder la question quand on est cernée de demoiselles avides de trouver un époux.

— C'est vrai, dit Lizzie en contournant un tas de crottin. Mais la perspective de devoir peut-être partir loin de ton père et de ta sœur ne te rend-elle pas triste ?

— Pas vraiment. Pour être franche, après les interminables dîners qu'Emma a organisés l'an dernier dans le seul but que je trouve un mari, je serais même heureuse d'être aussi loin d'elle que possible.

— Tu n'es pas sérieuse !

— Bien sûr que non, enfin je crois… mais si tu m'avais demandé après l'une de ses réceptions… (Meg sourit.) Ça ne m'inquiète pas. Je rendrai régulièrement visite à Emma, et j'imagine que mes propres enfants occuperont le plus clair de mon temps. C'est généralement ce qui arrive, non ?

Meg avait probablement raison. Lizzie n'avait seulement jamais pensé qu'elle devrait partir vivre ailleurs.

Ni qu'elle devrait envisager une vie sans Robbie.

Robbie, ou des enfants ? Comment décider ? Quel terrible dilemme.

— Ta belle-mère, Mrs Graham – enfin, Mrs Peterson aujourd'hui – n'a jamais eu d'enfants, n'est-ce pas ? Sais-tu si elle le regrette ? demanda Elizabeth.

Meg marcha un instant sans rien dire.

— Je crois qu'elle aurait voulu en avoir, mais elle est trop sage pour se désoler de ce qu'elle est incapable de changer.

— Mais si elle avait épousé quelqu'un d'autre…

— Comment savoir ? Elle était peut-être stérile. C'est son avis en tout cas. Elle aimait Mr Graham et a connu vingt ans de bonheur avec lui. Aujourd'hui, elle est heureuse de gâter mon père et les enfants d'Emma.

Mais Elizabeth serait-elle heureuse ? Et pourrait-elle convaincre Robbie ? Il ne semblait pas prêt à la demander en mariage.

Les deux jeunes filles suivirent un chemin qui s'enfonçait dans un bosquet et, à la sortie de ce dernier, aperçurent les ruines. La bâtisse grise se dressait un peu plus haut au milieu d'une grande prairie. Elle était beaucoup plus petite que le manoir d'Alvord. Ses pierres étaient noircies par l'âge et le lichen, et l'une de ses tours avait perdu quelques créneaux.

— Quel âge peut avoir ce château, à ton avis ? demanda Meg.

— Plusieurs siècles, il a été construit en 1372.

— Comment le sais-tu ? demanda Meg en riant. Tynweith a-t-il fait imprimer un guide des environs ? Je vais devoir me plaindre, je n'ai pas reçu le mien.

— Il ne t'intéresserait que s'il décrivait la flore locale. Je ne tiens pas ces informations de notre hôte : quelqu'un a laissé un livre relatant l'histoire de ce château sur une table de la bibliothèque.

— Qui aurait cru que nous avions un amateur d'histoire parmi nous ?

— Je ne crois pas que c'était ce qui intéressait ce lecteur, Meg.

— Ah ? Que veux-tu dire ?

— L'ouvrage était ouvert à la page décrivant le donjon.

— Vraiment ? J'aimerais tant en voir un. Ce n'est pas tous les jours qu'on en a l'opportunité. Le manoir d'Alvord en a-t-il un ? Si c'est le cas, tu ne me l'as jamais montré.

Meg était-elle folle ? La jeune fille examinait maintenant la herse du château.

Elizabeth se laissait probablement emporter par son imagination. En y repensant, que le lecteur ait laissé le recueil ouvert à cette page n'avait sans doute aucune signification. On l'avait peut-être appelé pour jouer au billard à cet instant précis. Et puis cet amateur d'histoire était-il seulement l'un des invités de la partie de campagne ? Les domestiques de Tynweith n'étaient peut-être pas très rigoureux, et le livre pouvait très bien être ouvert ainsi depuis plusieurs semaines.

La journée était beaucoup trop belle pour se tourmenter ainsi. Le ciel était bleu, sans nuages, et le soleil lui chauffait le visage. Elizabeth regarda un faucon planer au-dessus de la prairie. Elle aurait adoré grimper sur les remparts et observer la campagne environnante.

— Le manoir d'Alvord avait un donjon autrefois, mais mon grand-père en a fait une cave à vin.

— Dans ce cas, ce sera un plaisir pour toi aussi !

Ce n'était pas le mot auquel Lizzie aurait pensé, mais elle était décidée à se laisser gagner par l'enthousiasme de Meg.

— D'accord. Un plaisir.

Elles pénétrèrent dans une vaste cour envahie par les mauvaises herbes. Lizzie vit Meg écarquiller les yeux et la prit par le bras.

— Tu as promis de rester avec moi, tu as même parlé d'un broussin si je ne m'abuse.

— Mais Lizzie…

— Non. Si je te laisse te perdre dans la verdure, je suis sûre de ne plus jamais te revoir. Allons, viens. Tu voulais explorer le donjon, n'est-ce pas ?

— Je veux bien y renoncer.

— Je me suis pour ma part découvert une envie brûlante de contempler les environs du haut de ces remparts. Viens ! Tu observeras la végétation quand nous en aurons fini avec les bâtiments. De plus, nous reviendrons tous demain, y compris Mr Parker-Roth. Tu pourras débattre avec lui au sujet de chaque fleur que vous trouverez.

— D'accord, d'accord. (Meg la suivit, mais sans cesser de regarder par-dessus son épaule.) Je me demande pourquoi tu aimes autant les hauteurs.

— Et toi, les herbes. Ce sont sûrement les mêmes qu'à Lendal Park.

— Oh, voilà qui m'étonnerait fort.

Lizzie poussa Meg dans l'une des tours. Il fallut un instant à ses yeux pour s'habituer à l'obscurité. Il régnait un froid humide, et elle frissonna.

— Il n'y a pas grand-chose à voir ici, fit remarquer Meg.

Elle se dirigea vers une tapisserie en lambeaux accrochée à un mur.

— On dirait que les mites ont pris possession des lieux. (Elle baissa la tête.) Et les souris aussi.

— Voici l'escalier qui mène aux remparts, dit Lizzie.

Lizzie traversa la pièce jonchée de feuilles jusqu'à une série de marches gardée par une armure rouillée, et entreprit leur ascension.

— Tu es certaine de vouloir monter ? demanda Meg.

— Oui.

Elle avait désespérément envie de surplomber la campagne. Elle avait toujours adoré monter tout en haut du manoir d'Alvord pour sentir le vent dans ses cheveux, et elle avait besoin de ce sentiment de liberté.

— Allons, Meg !

— Il y a beaucoup de marches.

— Meg, tu ne vas pas te laisser impressionner par si peu ! Tu as fait tout le trajet sans jamais t'essouffler. J'ai eu le plus grand mal du monde à ne pas me faire distancer.

— Eh bien je suis fatiguée, maintenant.

— Meg…

— Oh, très bien.

Son amie lui emboîta le pas.

— On dirait cet endroit tout droit sorti d'un roman de Mrs Radcliffe. Tu crois qu'il y a des fantômes ici ? Entends-tu des chaînes cliqueter, des gémissements ?

— Non, bien évidemment. On raconte cependant que ce château est hanté. L'un des ancêtres de Tynweith y a – littéralement – perdu la tête, et quelques-uns des anciens pensionnaires de ce donjon seraient encore là.

Lizzie s'appuya contre le mur ; les marches étaient irrégulières, usées par les siècles.

— Quel dommage que Tynweith ait laissé cet endroit tomber en ruine.

— Tu ne peux pas en vouloir à l'actuel baron, Meg. Sa famille a abandonné ce château quand le manoir a été achevé.

— Pourquoi ?

— Parce qu'il était petit et plein de courants d'air, j'imagine.

— Et hanté.

— Je pense que ce sont surtout ces deux premiers défauts qui les ont décidés.

Lizzie atteignit la porte qui donnait en théorie sur les remparts et la poussa. Elle ne bougea pas.

— Que se passe-t-il ? demanda Meg.

— La porte est coincée.

Lizzie avait monté toutes ces marches, elle n'était pas prête à renoncer à sa récompense. Elle appuya de toutes ses forces ; toujours rien.

— Puis-je t'aider ?

— Il y a à peine assez de place pour moi, Meg. La dernière marche est ridiculement étroite à cause de cet escalier tournant. En essayant d'y monter, tu risques fort de tomber et de te briser le cou.

— Je ne crois pas que…

— Moi si. Donne-moi un instant.

Lizzie inspira profondément.

— Essaie avec un coup d'épaule, suggéra Meg.

— C'est mon intention.

Elizabeth se jeta contre la porte. Elle se fit mal à l'épaule, et la porte resta close. Elle essaya de nouveau, sans succès.

— Nous aurons demain quelques hommes vigoureux avec nous, dit Meg. L'un d'entre eux parviendra bien à ouvrir cette porte. Ne va pas te faire saigner, Lizzie.

Lady Runyon s'admit vaincue.

— D'accord, voyons si nous pouvons trouver le donjon. Si j'ai bien compris ce que raconte le livre, il devrait se trouver au pied de cette tour.

Les jeunes filles redescendirent l'escalier en colimaçon, pressées contre le mur. Lizzie aurait détesté croiser quelqu'un : les marches étaient bien trop étroites près de l'axe central pour cela. Elles dépassèrent l'armure et continuèrent à descendre.

— Nous y sommes bientôt ? demanda Meg.

— Nous y sommes. (Lizzie quitta l'escalier pour se retrouver devant une épaisse porte en bois, apparemment bien plus robuste que la première.) Mais j'ai bien peur que nous jouions de malchance.

— Ne jamais renoncer avant d'avoir essayé, dit Meg.

Elle tira sur le verrou qui maintenait la porte fermée et celui-ci coulissa aisément.

Les deux amies se regardèrent, interdites.

— Tu crois qu'il est de bon augure que la porte du donjon de Tynweith s'ouvre aussi facilement ? demanda Meg.

— Non, pas vraiment. Tu es vraiment sûre de vouloir entrer là-dedans ?

— Pas du tout. (Meg poussa la porte, qui s'ouvrit sans protester.) Hé ho ? Il y a quelqu'un ?

Rien.

— Je n'ai pas peur des fantômes.

— Moi non plus, Meg, et je ne crois pas que les spectres aient besoin de portes parfaitement entretenues. Ils peuvent les traverser, n'est-ce pas ?

— C'est vrai. Il serait cependant idiot d'être parvenues jusqu'ici pour rebrousser chemin maintenant, non ?

— Tu n'ignores pas que prudence est mère de sûreté, je suppose. Comme tu l'as fait remarquer, nous reviendrons demain en compagnie de ces messieurs. Il serait peut-être plus sage d'attendre.

— Mais non, il n'y a rien à craindre. Reste ici et, si je crie, va chercher de l'aide.

— Meg, le temps que j'aille à Lendal Park et que je revienne, tu seras déjà morte… ou pire encore.

— Lizzie, il n'y a rien de pire que la mort.

Meg franchit la porte.

— Meg !

Lizzie tenta de saisir le bras de son amie, mais celle-ci était déjà hors de portée. Devait-elle la suivre ? Remonter chercher la hache que brandissait l'armure ? Elle finit par lui emboîter le pas.

— Meg, pourquoi fais-tu cette tête ?

La jeune fille était figée sur le seuil d'une nouvelle pièce, blanche comme un linge.

— On dirait que le donjon de Tynweith a servi récemment.

Lizzie avait disparu depuis le début de l'après-midi. Robert le savait bien, il l'avait cherchée.

Pas dans l'intention de lui parler, cependant. Qu'aurait-il pu lui dire ? Il lui avait révélé tout ce qu'il pouvait la veille. Non, Robbie voulait seulement s'assurer que tout allait bien.

Mais il ne l'avait pas trouvée, ce qui avait rendu son après-midi particulièrement déplaisant.

— Vous n'aimez pas les pur-sang arabes, monsieur ?

Mais de quoi Dodsworth parlait-il donc ? Encore une de ses histoires de chevaux et d'écuries. L'homme l'avait abordé alors qu'il buvait son porto, puis l'avait suivi quand tout le monde s'était retiré dans le salon pour y prendre le thé. Plus d'un convive avait vu la situation délicate dans laquelle

Robert se retrouvait et lui avait souri avant de s'éloigner au plus vite.

— Si, si, beaucoup.

— Moi aussi ! s'écria Dodsworth. D'ailleurs, l'autre jour…

Au moins Robbie offrait-il ainsi un répit à la pauvre Miss Hyde. Elle était assise seule près du feu et sirotait son thé, aussi heureuse qu'une petite souris pouvait l'être.

Robbie aurait peut-être été moins maussade si Lizzie n'avait pas décidé de se rendre dans ces maudites ruines avec Meg pour seule escorte. Lassé de ne pas la retrouver, il avait fini par envoyer Collins demander à Betty où était sa maîtresse. Pourquoi n'avait-elle pas pris un domestique avec elle ? Il était sur le point de partir chercher les deux jeunes filles dans les ruines quand elles étaient finalement revenues.

Robbie voulut les réprimander vertement, mais lady Bea et lady Dunlee les avaient interceptées, le laissant ronger son frein pendant tout le dîner.

— J'envisage de rénover mes écuries. J'y pense à vrai dire depuis que j'ai vu le magnifique palais de notre prince régent, à Brighton. Il est construit dans un style indien, voyez-vous. C'est proprement époustouflant.

Robbie grommela et but une nouvelle gorgée de brandy. Dodsworth se lança alors dans une description détaillée de ses projets architecturaux. Ses précieux chevaux vivraient comme des sultans.

Comment cet homme faisait-il pour ne pas se rendre compte qu'il était assommant ? Visiblement, personne ne le lui avait jamais dit. Pouvait-il seulement comprendre ? Robbie avait très envie d'être celui qui lui révélerait la triste vérité. Peut-être le ferait-il au dernier jour de la partie de campagne.

Le monologue de Dodsworth avait au moins un avantage : l'écouter n'était pas obligatoire. Un hochement de tête bien placé par-ci, un grognement approbateur par-là, et l'on pouvait tranquillement se consacrer à ses propres pensées.

Celles de Robbie étaient loin d'être agréables.

Lizzie se marierait tôt ou tard.

Maintenant qu'il avait lui-même rayé son nom de la liste des prétendants, ce jour risquait de venir très vite. Peut-être même avant la fin de la Saison. Bien des hommes auraient été ravis de l'avoir pour épouse. Robert la perdrait à jamais.

Il ne s'était jamais senti aussi déprimé.

À tout prendre, mieux valait être en colère. Lizzie était assise seule sur la banquette, et semblait inviter n'importe quel fâcheux à la rejoindre. Lord Andrew en profita et vint s'asseoir à côté d'elle. Bon sang, sa jambe frôlait pratiquement la robe de la jeune fille !

— Qu'avez-vous dit, lord Westbrooke ?

— Rien, je vous prie de m'excuser, Dodsworth. J'ai avalé de travers.

Lizzie n'appréciait guère son nouveau compagnon. Elle avait adopté une expression hautaine dès que le derrière d'Andrew avait touché la banquette. Son regard semblait dire : « je suis la sœur du duc d'Alvord, gardez vos distances », ce qui n'arrivait que quand elle était très nerveuse.

Lady Felicity les rejoignit, et le sourire de Lizzie se fit plus crispé. Elle tourna la tête, comme pour chercher du secours. Meg était près de la fenêtre, en grande discussion avec Parks ; lady Beatrice, à l'autre bout de la pièce, faisait de son mieux pour esquiver lord Botton.

— Dodsworth, si vous voulez bien m'excuser…

— Vous ne voulez pas savoir comment je vais disposer mes écuries ?

— Si, bien sûr, mais une autre fois.

Robbie se dirigea vers la banquette.

— Je ne sais pas, dit Elizabeth.

— Quoi donc, Lizzie ?

— Lady Elizabeth ne sait pas si elle veut jouer au billard, lord Westbrooke, lui expliqua Felicity en souriant. Pouvez-vous essayer de l'en convaincre ?

Lizzie lança à la jeune fille un regard extrêmement contrarié.

— Je ne suis pas très douée à ce jeu.

— Ah, lady Elizabeth, ne vous tourmentez pas, dit Andrew en lui tapotant la main. Je me ferai un plaisir de vous aider.

Robbie serra les poings pour ne pas projeter cette canaille à travers la pièce.

— Lady Elizabeth est trop modeste, affirma-t-il. Allons Lizzie, vous savez bien que vous êtes une joueuse plus que correcte.

Elle sourit et sembla se rasséréner quelque peu.

— C'est vrai, je vous ai battu la dernière fois, dit-elle.

— Seulement parce que je vous ai laissée gagner, rétorqua Robert.

Lizzie éclata de rire.

— Monsieur, vous êtes injuste ! Très bien, je jouerai, mais j'insiste pour être votre partenaire. Pas question de vous laisser crier sur tous les toits que ma victoire n'est due qu'à votre bonté.

Felicity fronça les sourcils, mais Robert prit la main de Lizzie avant qu'elle puisse parler.

— C'est d'accord.

Lady Felicity n'était pas femme à céder sans se battre. Elle lui toucha le bras.

— Oh, lord Westbrooke, je pensais que vous joueriez avec moi…

Moi vivant, jamais.

— La prochaine fois, peut-être.

Robbie lutta pour ne pas éclater de rire en voyant l'expression déconfite de la jeune fille. Il espérait que Tynweith possédait une très grande table de billard afin d'être le plus loin possible de lady Brookton. Il offrit son bras à Lizzie.

Robert n'aurait su dire si lord Andrew était irrité ou indifférent.

— Ne faites pas la tête, Feli, dit celui-ci. (Il examina le corset de Lizzie.) Nous pouvons encore bien nous amuser.

Robbie aurait été ravi de castrer cet homme avec son épingle à cravate.

Chapitre 11

La salle de billard de Tynweith aurait gagné à être éclairée par une ou deux bougies supplémentaires. L'endroit était bien trop sombre au goût d'Elizabeth. Elle avait bien l'intention de rester aussi près de Robbie et loin d'Andrew que possible.

— Lady Elizabeth, souhaitez-vous commencer ? demanda lord Putois en lui tendant une queue de billard avec un sourire doucereux.

— Oui, je vous remercie.

Elle l'ignora, se dirigea vers le porte-queue et choisit sa propre arme. Il était bien capable de lui proposer de la camelote.

Lizzie examina la table. Par chance, elle semblait à peu près de la même taille que celle du manoir d'Alvord, et en bon état. La jeune fille était loin d'être aussi douée que James ou Robbie, mais elle n'était pas non plus déplorable. Elle tenta de forcer son estomac à se calmer. Si seulement elle avait pu connaître le niveau de ses adversaires.

Ses mains aussi avaient besoin de se détendre. La gauche tremblait si violemment que la queue rebondit quand elle tenta de la positionner. Lizzie inspira profondément. Elle aurait dû laisser Felicity ouvrir la partie.

— Un peu nerveuse, ma chérie ? murmura lord Andrew à son oreille.

Lizzie serra les dents. Elle aurait tant voulu prendre sa queue et la lui enfoncer dans le…

Non. Elle exprimerait sa colère en gagnant la partie.

Lizzie tenta d'oublier sa présence. Il était beaucoup trop près. Elle aurait voulu qu'il recule. La jeune fille lança un regard à Robbie, mais celui-ci était trop occupé à esquiver les assauts de Felicity.

Soit. Plus tôt ce premier coup serait joué, et plus tôt le jeu serait fini. Elle prétexterait alors une migraine pour se réfugier dans sa chambre.

Elle aligna sa queue, en recula l'extrémité de quelques pouces et…

— Ah !

Lizzie frappa la boule de biais ; cette dernière manqua complètement les billes rassemblées et plongea dans la poche la plus éloignée.

— Oh, quel dommage ! gloussa Felicity. Cela mérite une pénalité de moins trois points.

Elle déplaça le compteur fixé au mur dans le négatif.

Lizzie lança un regard noir à lord Andrew, qui alla chercher une queue pour Felicity avec un sourire matois.

— Que s'est-il passé ? demanda Robert à voix basse.

— Lord Andrew a touché mon… (Lizzie rougit.) Je suis sûre qu'il a touché ma robe au moment où je tirais.

— La prochaine fois, je resterai à côté de vous pour veiller à ce que ce sal… euh, ce scélérat se tienne correctement.

— Oh, lord Westbrooke, pouvez-vous m'aider avec ce coup, s'il vous plaît ? minauda Felicity, penchée sur la table.

— Navré, mais aider son adversaire est contraire aux règles du jeu. Demandez plutôt à lord Andrew.

— Je vous en prie, c'est une partie amicale. Inutile de se tourmenter avec les règles.

— Peu importe, je dois tout de même refuser. Lord Andrew, voulez-vous bien aider lady Felicity je vous prie ?

— Feli, vous avez besoin de moi ? demanda lord Putois en souriant.

Lady Brookton avança la lèvre inférieure en une moue boudeuse. Si elle ne faisait pas attention, son visage resterait figé ainsi jusqu'à la fin de ses jours.

— Non, je dois pouvoir y arriver seule.

Elle se pencha vers Robbie, lui donnant au passage un bon aperçu de sa poitrine. Ses seins ballottaient au-dessus de la table, à peine retenus par son corset. Le comte semblait plus dégoûté que ravi.

La boule de Felicity dispersa les autres et en projeta deux dans les poches latérales.

— Ah ! Deux points pour moi !

— Pour nous, Feli, dit Andrew. Rappelez-vous, nous sommes une équipe. (Il marqua le score.) À votre tour, Westbrooke.

— Gardez mes arrières, Lizzie, chuchota Robbie en étudiant la table.

— Avec plaisir.

La jeune fille était prête à abattre sa queue sur la tête de Felicity si cette dernière approchait de trop près Robbie.

Bonté divine, cette fille était une vraie pieuvre : elle essayait en permanence de toucher Robbie quand venait le tour de celui-ci. Les assauts de lord Andrew étaient plus subtils, mais tout aussi horripilants. Dès que le comte se préparait à tirer, il venait frôler Lizzie. Elle voyait bien que cela perturbait Robbie : il ne jouait pas bien du tout.

— Je voudrais que cette queue soit une épée, chuchota Robbie. Voyez si vous pouvez mettre un terme à cette torture, voulez-vous ? Vous jouez après Andrew.

— Ils ont rentré toutes leurs boules, répondit Lizzie. Plus que la noire et ils auront gagné.

— Vous n'avez pas remarqué leur manège ? Cela fait plusieurs fois qu'ils s'arrangent pour rater leur coup exprès. Observez Andrew.

C'était vrai : l'homme venait de faire rentrer la bille blanche.

— Oh non, dit Felicity. Vous allez devoir passer votre tour.

— Je dois rentrer deux boules d'un coup pour rattraper notre retard…, dit Lizzie.

— Vous en êtes capable, répondit Robert. Vous l'avez déjà fait. Regardez, vous êtes idéalement placée pour prendre notre dernière bille, puis la noire.

— D'accord, je vais essayer. Empêchez lord Andrew de me bousculer.

— Avec grand plaisir.

Lizzie devait faire réussir son coup, sans envoyer la boule blanche dans les poches. Robbie avait raison : elle pouvait le faire ; elle devait seulement ne pas se laisser distraire.

Lord Andrew s'avança vers elle, et Robbie s'apprêta à l'intercepter. Il ne pourrait pas le retenir très longtemps, à moins d'en venir aux mains. Lady Felicity fit elle aussi le tour de la table pour rejoindre le comte.

Le temps pressait.

Lizzie se concentra sur la petite boule blanche, l'extrémité de sa queue, et l'angle avec lequel les deux devaient se rencontrer. Elle retint sa respiration et tira.

Un coup magnifique. Leur dernière boule de couleur finit dans la poche du côté gauche, la noire dans celle du coin, et la blanche, après avoir manqué de la suivre, revint rouler au centre de la table.

— J'ai réussi !

— Alléluia, dit Robbie avec un grand sourire.

Il semblait sur le point de l'embrasser ; il se pencha en avant… mais s'arrêta au dernier moment.

Lizzie voulut l'attirer à elle, mais il s'écarta trop prestement pour cela. C'était d'ailleurs une bonne chose : une fois le vertige de la victoire dissipé, la raison lui revint et elle remarqua les regards assassins de Felicity et le petit sourire calculateur d'Andrew.

— C'était…, commença-t-elle.

C'était quoi, au juste ? Excitant ? Amusant ? Terrifiant ?

— Intéressant, mais je vous avoue que je suis un peu fatiguée, conclut-elle. J'ai fait une longue promenade avec Meg cet après-midi, je crois que je vais passer la soirée dans ma chambre.

— Je vous accompagne, dit Robbie en posant la main sur son bras avant même d'avoir fini sa phrase.

— Merci, c'est très aimable de votre part. Lady Felicity, lord Andrew, je vous souhaite une bonne nuit.

Une fois la porte fermée derrière elle, Lizzie poussa un profond soupir.

— Je suis ravie que ce soit fini, dit-elle.

— Vous n'êtes pas la seule. Pourquoi avez-vous encouragé Andrew de la sorte ?

— Je vous demande pardon ? demanda Lizzie, estomaquée.

Une vague brûlante qui, cette fois, n'avait rien à voir avec l'amour ou le désir remonta le long de son échine. Cet idiot sentencieux était en colère, ma parole !

Lizzie retira vivement son bras. Si elle avait encore eu une queue de billard entre les mains, elle s'en serait servie pour ramener Robbie à la raison à grands coups sur le crâne.

— Encouragé, vous dites ? Et comment, je vous prie ? Si je ne m'abuse, j'étais tranquillement assise seule dans le salon lorsque lord Andrew m'a abordée.

— Exactement ! Pourquoi vous être assise toute seule ? Vous savez que cet homme ne peut vous apporter que des ennuis. Il était très entreprenant au cours du déjeuner. Vous auriez dû rester avec une de ces dames.

— Lady Felicity, peut-être ?

Lizzie se dirigea d'un pas vif vers l'escalier au bout du couloir. Elle voulait retrouver sa chambre le plus vite possible.

Le rustre lui emboîta le pas.

— Non, bien sûr. Meg, ou lady Beatrice. C'est votre chaperonne, après tout.

— J'ai vingt ans ! Je n'ai pas besoin d'une chaperonne.

— Bien sûr que si, ou mieux encore, d'un gardien ! Comment avez-vous pu partir ainsi en pleine campagne avec Meg pour seule escorte ?

Ils arrivèrent devant la chambre de Lizzie.

— Je voulais m'éloigner autant que possible des idiots de votre espèce ! répondit Lizzie en martelant de l'index la poitrine du comte. J'ai réussi à survivre pendant trois Saisons dans les salles de bal de Londres sans jamais offrir de prise aux journaux à scandale.

— Je ne vous parle pas de Londres, mais de cette partie de campagne. Les fêtes de Tynweith ont une certaine réputation. Pour être franc, j'ai été choqué en apprenant que vous aviez accepté son invitation.

Lizzie agrippa la poignée de sa porte pour ne pas gifler Robbie.

— Vraiment ? Vous avez donc décidé de passer outre vos scrupules pour venir veiller sur moi ? Quelle générosité ! Vous n'auriez pas dû.

— Il le fallait, Lizzie. James ne pouvait pas venir, et quelqu'un devait bien s'assurer que vous ne vous attiriez pas d'ennuis.

— Je ne suis pas une enfant !

— Bien sûr que non. Si c'était le cas, vous n'auriez pas à vous soucier des canailles de la trempe d'Andrew. Je suis certain que James serait horrifié s'il savait ce qui se passe ici.

— Merci de vous mêler ainsi de mes affaires, lord Westbrooke. Je me permets cependant de vous rappeler que j'ai déjà un frère aîné.

— Vous avez certainement besoin de quelqu'un pour vous surveiller si vous ne voulez pas ruiner définitivement votre réputation.

Robbie continua à parler, mais Lizzie ne l'écoutait plus. Des deux mains, elle claqua la porte au nez de cet insupportable crétin.

Il aurait déjà dû être là. Charlotte consulta une fois de plus sa montre. Minuit passé.

La duchesse but une gorgée de brandy. Elle avait réussi à convaincre Flint de lui en donner une bouteille, car sa flasque était presque vide.

Où était-il ? Elle ne l'avait pas vu depuis le déjeuner.

Il avait dit qu'il viendrait, n'est-ce pas ? Peut-être pas dans ces termes, mais il l'avait très clairement laissé entendre.

Charlotte fit les cent pas.

Comment pourrait-elle tomber enceinte s'il ne venait pas ?

Elle sentit l'angoisse lui serrer la gorge. Nous étions jeudi soir. Si elle avait été chez elle, Hartford serait en train de lui rendre sa visite hebdomadaire et de passer la main sous sa chemise de nuit.

Combien d'autres jeudis avant qu'il ne soit plus en mesure d'accomplir son devoir conjugal ? La semaine précédente, le duc avait eu du mal à respirer, le teint grisâtre, et s'était révélé incapable d'éveiller la partie requise de son anatomie, condamnée à pendre entre ses cuisses comme un poisson mort.

Le temps pressait vraiment.

On gratta à sa porte. Dieu soit loué !

— Enfin ! Je croyais que vous aviez oublié, lord…

Ce n'était pas Peter.

— Quel bonheur de vous trouver si pressée de me voir, duchesse.

— Lord Tynweith !

Que faisait donc le baron ici, à cette heure ? Charlotte devait se débarrasser de lui. Elle lança un regard derrière lui. Toujours pas de Peter.

— Si vous cherchez le rejeton d'Addington, sachez qu'il ne viendra pas. Il avait d'autres… engagements. Il m'a demandé de prendre sa place.

— Comment ?

Charlotte sentit ses joues devenir brûlantes. Peter avait parlé de ce qu'il faisait avec elle avec Tynweith ?

— Puis-je entrer ? Je préférerais ne pas rester dans le couloir. Quelqu'un pourrait venir et se demander ce que je fais là.

— D'accord.

Charlotte n'avait aucune envie qu'un invité – et surtout pas Felicity – s'essaie à deviner ce que faisait le maître des lieux dans sa chambre. Elle-même n'en avait pas l'intention. Elle attendrait que Tynweith s'explique, ce qu'il finissait toujours par faire.

— Où est votre domestique ?

— Marie sait que sa présence n'est pas requise.

Il prit le brandy.

—Vous buvez encore?

Il n'était tout de même pas en colère parce que Flint lui avait gentiment donné une bouteille?

—Oui. Vous en voulez? Je ne vois pas d'autre verre. Peut-être pouvez-vous aller en chercher un?

Charlotte n'aurait alors qu'à fermer la porte à clé derrière lui. Il la rendait très nerveuse.

—Je n'ai pas besoin de verre.

—Ah bon?

Allait-il boire directement à la bouteille?

Tynweith s'approcha d'elle et Charlotte recula jusqu'à buter contre sa porte. Tynweith s'appuya contre le bois, de chaque côté de sa tête.

Il était beaucoup trop près. Charlotte ferma les yeux, et sentit son souffle sur sa joue. Son haleine sentait le brandy, mais elle savait qu'il n'était pas ivre.

—Charlotte, vous savez que je suis heureux de vous aider, que je fais ceci de mon plein gré, (Il l'embrassa très légèrement au coin de la paupière.), que je suis parfaitement apte (Il recommença sous son oreille.) et assez impatient, je dois bien l'avouer.

La bouche de Tynweith était si près de la sienne. Charlotte n'aurait eu qu'à lever le menton pour que leurs lèvres se touchent.

Elle n'en fit rien.

—M'aider?

—À avoir un enfant.

Elle ouvrit aussitôt les yeux.

—Vous plaisantez, j'espère.

—Vous savez bien que non. Nous en avons parlé hier dans le jardin, vous vous souvenez?

Comment aurait-elle pu oublier?

— Mais lord Peter…

— … n'est pas là, tandis que moi, si. Je peux vous assurer que je dispose du nécessaire pour accomplir cette tâche et que je suis enchanté de le mettre à votre disposition.

Charlotte s'humecta les lèvres et vit le regard de l'homme se baisser vers sa bouche. Ses yeux semblaient deux braises.

Chose étrange, elle avait l'impression qu'à cause de lui, sa propre température grimpait. Très vite.

Ce n'était pas naturel. Elle devait s'éloigner de lui.

Tynweith choisit ce moment pour l'embrasser.

Mon Dieu.

Sa bouche était douce, patiente, si différente de celle de Hartford ou de Peter. À vrai dire, ni l'un ni l'autre ne faisait grand-chose avec. Après avoir brutalement pressé leurs lèvres contre les siennes, ils se dirigeaient généralement sans attendre vers des contrées plus intéressantes et laissaient Charlotte libre d'observer le baldaquin à sa guise.

Mais cette fois, c'était très différent. Tynweith n'était pas pressé. Il ne décollait pas les mains de la porte et seule sa bouche touchait Charlotte. Il joua avec les lèvres de la jeune femme, les embrassa, les lécha… puis glissa la langue dans sa bouche.

Elle s'appuya de tout son poids contre la porte, s'en remettant à cette dernière pour tenir debout.

Charlotte n'avait jamais rien ressenti de semblable.

— Avez-vous l'impression que vos tétons sont durs comme la pierre, ma chère ?

C'était en effet le cas.

— Et votre entrejambe ? Est-il humide, presque douloureux ?

Oui, oh oui.

— Votre corps est prêt à accueillir ma graine, Charlotte. Dois-je la planter maintenant ? Voulez-vous que je vous donne un enfant ?

Elle était folle de désir. Que lui arrivait-il ? Elle se sentait fiévreuse et avait l'impression de ne plus rien contrôler.

Et elle n'aimait pas cela du tout. C'était extrêmement déconcertant. Effrayant, même. Elle sentait que, si elle laissait faire Tynweith, quelque chose d'important changerait.

Elle aurait dû refuser, le renvoyer.

Mais son corps la suppliait de se laisser faire.

Charlotte devait tomber enceinte. Si l'étrange moiteur de son entrejambe était la clé de tout ceci, cette nuit serait la bonne.

Elle soupira et sentit ses défenses céder.

— Oui. Je vous en prie, oui.

— Dans ce cas, laissez-moi vous ôter cette robe. Elle ne fait que nous gêner.

— Ma chemise de nuit…

— … est parfaitement inutile. Vous serez nue, ma chère. Je pourrai voir et toucher à loisir votre délicieuse peau. N'est-ce pas merveilleux ?

Non, c'était terrifiant. Merveilleusement terrifiant.

Son corps lui intima le silence. Elle s'écarta de la porte et sentit les mains de l'homme sur elle. Elle regarda sa cravate tandis qu'il défaisait les diverses fermetures de sa robe et la laissait lentement glisser à ses pieds.

Charlotte ferma les yeux. Elle n'était plus vêtue que de ses bas et sentait l'air frais et la chaleur du feu sur sa peau.

Jusque-là, elle ne s'était jamais trouvée nue en présence d'un homme.

Elle frémit quand il passa la main entre ses cuisses.

— Superbe.

La voix de Tynweith était rauque, essoufflée. Charlotte le regarda : les flammes qu'elle avait vues dans ses yeux l'avaient gagnée tout entière, mais pourtant il persistait à ne pas coller son corps contre le sien.

— Il est temps d'aller au lit, ne trouvez-vous pas ?

— Oui, souffla Charlotte, les jambes flageolantes.

— Marchez.

— Je ne peux pas.

— Mais si. S'il vous plaît, faites-le pour moi. Je veux vous regarder.

Hartford et Peter avaient pour coutume d'éteindre toutes les bougies avant l'acte. Toute cette lumière, ce regard rivé sur elle… elle se sentait exposée. Intimidée.

— Je suis trop maigre.

— Non, vous êtes magnifique. Parfaite.

Il l'effleura de ses lèvres et elle sentit la moiteur entre ses cuisses empirer.

— Je vous ai désirée au premier regard. Je vous ai vue à la place de chaque femme avec laquelle j'ai partagé un lit. Je brûle d'envie de découvrir dans quelle mesure mon imagination se trompait.

— Se trompait-elle seulement ?

— Oh oui, croyez-moi, elle était loin du compte.

Il passa le doigt sur ses lèvres. Charlotte avait l'impression qu'elles avaient doublé de volume. Elles s'ouvrirent de leur propre chef et Tynweith les embrassa doucement.

— J'étais bien trop brutal dans le jardin d'Easthaven, mais ça n'arrivera pas ce soir. Je serai patient et courtois… la première fois, tout du moins.

D'ordinaire, Charlotte souhaitait que les choses se terminent aussi vite que possible mais, étrangement, pas cette fois.

Elle s'écarta de lui et sentit son regard glisser sur sa peau. Ses tétons durcirent encore. Tynweith sourit.

— Charlotte, allez dans votre lit.

Elle acquiesça et traversa la pièce. Le baron était derrière elle, mais ne la touchait toujours pas.

Charlotte grimpa sur le matelas et s'apprêta à prendre sa chemise de nuit.

— Non, murmura Tynweith en posant la main sur la sienne. Je vous l'ai dit, nous n'avons pas besoin de tout ceci.

Il prit les couvertures et les tira jusqu'au pied du lit.

— J'ai froid, protesta Charlotte.

Ce n'était pas vrai, et pourtant elle était nue. Elle tenta de couvrir de ses mains ses seins et sa partie la plus intime.

— Vraiment ? Vous aurez bien plus chaud dans un instant.

— Non, je…

Tynweith défit sa cravate, lui prit la main et noua la bande d'étoffe autour de son poignet.

— Vous ne devez pas cacher votre beauté, Charlotte, dit-il en attachant l'autre extrémité à la colonne du lit.

— Mais que faites-vous ? protesta Charlotte, aussi terrifiée qu'excitée.

— N'ayez pas peur, vous pourrez vous libérer facilement si vous le désirez. Essayez.

Tynweith disait vrai.

— Alors pourquoi…

— Pour vous rappeler de ne pas vous cacher. Vous encourager à me faire confiance.

Il lui ôta délicatement un de ses bas, attacha son autre poignet avec et souffla sur ses tétons ; Charlotte se cambra. Il ne l'avait toujours pas touchée.

— J'ai envie de vous sentir…

— Patience, ma chère. Vous me sentirez bientôt. Partout. Sur votre peau, et en vous.

Il ôta sa veste, son gilet puis sa chemise, lentement, méthodiquement, tout en tournant autour du lit pour la contempler. Parfois, il se penchait pour souffler sur sa peau.

Charlotte avait l'impression d'être en feu. Ses tétons lui faisaient mal et elle sentait son sang battre entre ses cuisses. Que lui arrivait-il ?

Elle n'avait jusque-là jamais ressenti le désir de voir le corps de son partenaire. Pourquoi l'aurait-elle voulu ? Hartford était ratatiné et osseux, quant à Peter, il était certes bâti comme une statue grecque, mais il était également aussi dur et froid que ces dernières. Tynweith, en revanche…

Son torse était large mais accueillant, parsemé de poils noirs qui descendaient en une fine ligne le long de son ventre pour disparaître sous son pantalon.

L'entrejambe de ce dernier était distendu, et Charlotte en frissonna de plaisir. Elle remua sur le lit.

— Maintenant ?

— Pas encore, ma chère. Vous m'avez proposé du brandy, n'est-ce pas ?

— Oubliez ça et ôtez votre pantalon.

— Charlotte, quelle impudence ! ricana Tynweith.

La jeune femme s'empourpra.

— Excusez-moi, je…

Il lui posa un doigt sur les lèvres.

— Ne vous excusez pas, je vous veux impudente. Je devrais même vous récompenser, ne croyez-vous pas ?

— Je… oh !

Tynweith venait de passer la langue sur son téton. Charlotte courba le dos pour lui en offrir davantage.

— Je vous en supplie, recommencez.

— Ne voulez-vous pas que je boive du brandy dans votre nombril ?

— Non, une autre fois. Déshabillez-vous.

— Avec grand plaisir.

Il ôta lentement son pantalon. Trop lentement. Charlotte aurait voulu lui hurler de se dépêcher.

D'où lui venait cette impatience ? Charlotte secoua la tête sur son oreiller. Impossible de réfléchir : le corps de Tynweith occupait toutes ses pensées.

Le baron fit enfin glisser ses sous-vêtements, libérant par la même occasion son membre dressé.

Charlotte songea à se libérer pour le toucher.

Elle n'avait jamais trouvé cet organe attirant, mais celui de Tynweith était magnifique, impressionnant. Plus grand que celui de Peter, sans parler de Hartford. Charlotte s'humecta les lèvres et tira sur ses liens. Elle était ravie de le voir si gros et le voulait sans attendre davantage.

Devait-elle le toucher ?

Non. Tynweith se penchait sur elle. Il lui lécha les seins, lui mordilla les tétons, et lui embrassa le ventre en descendant lentement. Charlotte souleva les hanches vers lui. Tynweith rit et souffla sur son entrejambe.

— Avide, ma chère ?

— Oui, mon Dieu oui. J'ai besoin de vous.

— Ravi de l'entendre.

Il posa enfin son corps contre le sien. Charlotte sentit son appendice se presser entre ses cuisses.

Elle haletait.

— Quelque chose ne va pas, dit-elle. Je me sens...

— Affamée ?

— Oui.

— Très bien, vous êtes prête. Voulez-vous que je comble cette faim ?

—Oui, sanglota-t-elle presque. Je vous en prie.

Il continuait à la taquiner sans toujours entrer en elle.

Charlotte se dégagea de ses liens ; elle devait le toucher. Elle descendit les mains vers ses fesses et lui agrippa les hanches pour l'attirer à elle.

—Maintenant, je vous en supplie.

—Quelle impatience ! Avez-vous déjà ressenti une telle ardeur ?

—Non, jamais. Je vous veux, tout de suite.

Tynweith ricana, mais Charlotte sentit qu'il respirait précipitamment et son dos était trempé de sueur.

—On devient exigeante, à ce que je vois.

—Oui. Je vous en prie, Edward, j'ai besoin de vous.

À travers sa fièvre, elle vit le visage de Tynweith se figer.

—Mon Dieu, Charlotte, entendre mon nom sortir de vos lèvres… Je veux que vous le criiez.

—Je…

Il la taquina en fléchissant les hanches afin de la frôler sans s'immiscer en elle. Charlotte se cambra mais ne parvint pas à le piéger pour autant.

—Charlotte, criez mon nom et je viendrai en vous.

Ce ne fut pas difficile. Elle eut l'impression de hurler toute sa frustration.

—Edward !

Le baron était un homme de parole. Il pénétra en elle et Charlotte se mit à sangloter de soulagement. Elle eut dès son entrée l'impression de voler en éclats, puis elle sentit ses muscles se resserrer autour du membre durci et trembler quand sa semence se déversa en elle.

—Charlotte, chuchota Tynweith avant de l'embrasser lentement.

Il resta en elle. Charlotte aimait sentir son poids lui appartenir.

Pas de doute, elle aurait un enfant.

Dans ce cas, pourquoi n'était-elle pas plus heureuse ? La tâche était pourtant accomplie. Edward n'avait plus qu'à s'en aller pour la laisser dormir.

Mais Charlotte n'avait pas sommeil. Elle voulait recommencer ce qu'ils venaient de faire.

La jeune femme frotta ses jambes contre celles de Tynweith et rougit.

— J'ai encore un bas.

— Vraiment ? Je suis navré de l'avoir oublié. Je tâcherai de faire mieux la prochaine fois.

Il arqua le dos et Charlotte le sentit durcir en elle.

— Je devrais peut-être recommencer maintenant, ne croyez-vous pas ? On dit que c'est en forgeant qu'on devient forgeron.

— Oui, Edward, je vous en prie. Ce serait fantastique, répondit Charlotte en souriant.

Chapitre 12

— J'ai un plan.

— Hum ?

Charlotte sirotait son chocolat. Elle ne s'était pas encore levée, et n'en avait pas la moindre envie. Elle voulait seulement remonter les couvertures et rester au lit toute la journée pour se remémorer les merveilleuses choses qui s'y étaient passées la nuit précédente, et le matin même. Edward n'était parti qu'à l'aube.

— Charlotte, veux-tu bien m'écouter ? demanda sèchement Felicity.

La jeune fille semblait excédée.

— Excuse-moi. Tu as parlé d'un plan ?

Felicity approcha sa chaise du lit.

— Oui, qui me permettra de compromettre Westbrooke aujourd'hui, quand la partie de campagne visitera les ruines, ou tout du moins d'éliminer lady Elizabeth de la course.

— Ah ?

— Comment ça, « ah » ? Tu aurais alors ce que tu veux ! Même si je n'arrive pas à piéger Westbrooke, la réputation de la sœur d'Alvord sera ruinée, et ceci grâce à lord Andrew. Tu tiendras enfin ta revanche.

— Bien, bien.

La revanche était le cadet de ses soucis, à moins qu'il s'agisse de se venger d'Edward pour ce qu'il lui avait fait quand il l'avait prise pour la troisième fois. Elle n'avait tout d'abord pas voulu, mais le baron avait raison : c'était vraiment très agréable.

Peut-être pourrait-elle le convaincre, une fois revenus des ruines, de faire un tour dans son jardin topiaire ? Maintenant qu'elle en savait un peu plus sur l'art de l'amour, elle était sûre de trouver les buissons plus intéressants, voire d'y puiser de l'inspiration.

— Charlotte ! Mais à quoi penses-tu ?

— Je te demande pardon, répondit-elle en rougissant. J'ai mal dormi.

Elle s'embrasa de plus belle à peine ces derniers mots prononcés. Elle était sans doute écarlate.

— Si je ne te connaissais pas, je dirais qu'il s'est passé bien des choses dans cette chambre la nuit dernière. Pourtant, c'est impossible. Peter n'était pas là, puisqu'il assouvissait ses bas instincts à l'auberge du village.

— C'est donc là qu'il a filé ! s'exclama Charlotte avec mauvaise humeur.

— Lui as-tu trouvé un remplaçant ?

Charlotte posa son chocolat et repoussa les couvertures.

— Ainsi, tu as un plan ? demanda-t-elle pour changer de sujet.

Felicity lui lança un regard inquisiteur, puis haussa les épaules.

— Oui. Il n'est pas très compliqué et, à mon avis, fonctionnera à merveille. Comme je te l'ai dit, Andrew se chargera de lady Elizabeth. Tu devras t'assurer que Westbrooke se rende dans le donjon du château. Seul.

— Et comment vais-je réussir à faire une chose pareille ?

— Il sera à la recherche de lady Elizabeth. Dis-lui que c'est là qu'Andrew l'a emmenée. Il s'y précipitera en courant, et je l'y attendrai. Je n'aurai besoin que de quelques minutes pour installer la scène. Tu devras alors venir nous y chercher, avec autant de convives que possible, et tout particulièrement lady Dunlee. C'est une superbe commère. J'espère offrir un spectacle dont on parlera dans la bonne société pendant des mois, si ce n'est des années.

— Et quand suis-je supposée faire ceci ? Westbrooke se méfiera si je l'envoie dans le donjon à peine la compagnie arrivée au château.

— Tynweith veut faire un pique-nique. Une fois la collation terminée, je descendrai. Attends quelques minutes, puis envoie le comte me trouver.

Charlotte n'avait pas la moindre once d'enthousiasme pour cette manigance, mais il lui semblait devoir quelque chose à Felicity.

— Très bien, je verrai ce que je peux faire.

Elizabeth ajusta son chapeau. Elle attendait dans le hall avec les autres convives les voitures qui les conduiraient aux ruines. Lord Andrew, lord Peter et lady Felicity manquaient à l'appel. Ces trois-là avaient peut-être trouvé plus amusant à faire, tout du moins l'espérait-elle. Le genre de choses que l'on trouvait représentées dans l'obscène jardin de Tynweith.

Lizzie se cacha derrière un pilier pour éviter Mr Dodsworth. Cette partie de campagne était un vrai désastre. Elle n'aurait jamais dû venir. Peut-être pourrait-elle persuader lady Beatrice et Meg de rentrer plus tôt que prévu.

Elle vit, à l'autre bout de la pièce, Meg en grande conversation avec Mr Parker-Roth.

Ou peut-être pas.

Elle toucha de nouveau son couvre-chef. Les voitures n'auraient-elles pas dû déjà arriver ? Elle aurait de toute façon préféré marcher. Il était ridicule de se faire conduire pour un si court trajet.

Son regard se posa sur les imposantes lady Dunlee et lady Caroline.

Soit, ce n'était peut-être pas une si mauvaise idée.

Lizzie entendit un bruit dans l'escalier et leva la tête pour voir un autre de ses espoirs déçu : lord Andrew et lady Felicity descendaient tranquillement dans le hall. Au moins, lord Peter était toujours absent.

Felicity l'aperçut et chuchota quelques mots à Andrew, qui opina du chef et se dirigea vers elle. Lizzie se réfugia derrière un autre pilier.

Elle trouva lady Beatrice, debout près d'une statue d'Aphrodite. Sa chaperonne semblait ravie de la voir.

— Lizzie, approchez et faites semblant d'avoir une fascinante conversation avec moi afin que lord Botton me laisse tranquille.

— Il parle à Miss Hyde pour l'instant.

— Oui, pauvre petite. Si j'étais plus charitable, j'irais la délivrer, mais j'ai passé une heure en compagnie de Botton hier soir et mes réserves de bonté sont au plus bas. Je ne vois vraiment pas pourquoi Tynweith a invité ce satyre.

Lizzie regarda par-dessus son épaule. Andrew venait toujours dans sa direction.

— J'aurais voulu qu'il n'invite pas non plus lord Andrew.

— Ce garçon vous importune-t-il ?

Lady Bea leva son face-à-main et inspecta le jeune homme, qui changea aussitôt de cap pour aller parler à lord Dunlee.

— Pourquoi n'êtes-vous pas avec lord Westbrooke, d'ailleurs ? Il vient de rejoindre Meg et Mr Parker-Roth.

— Je... nous ne sommes pas en bons termes en ce moment.

—Vraiment ? Et pourquoi donc ? Je croyais que vous n'aviez accepté l'invitation de Tynweith que pour inciter Westbrooke à se décider à votre sujet.

Lizzie rougit. Ses intentions étaient donc si évidentes ?

—Je suis désolée. Meg et vous devez beaucoup m'en vouloir de vous avoir fait venir.

—Je n'aurais sans doute pas accepté si j'avais su que Botton serait là ! s'écria lady Bea en riant. Ne vous tourmentez pas, mon enfant. J'avais des raisons de vouloir m'éloigner de Londres pendant quelques jours, et je ne crois pas que Meg ait à se plaindre. Elle semble beaucoup apprécier le jeune Parker-Roth.

—Les voitures sont là ! annonça Tynweith, tout sourires, depuis la porte d'entrée.

—Je me demande bien ce qui lui est arrivé, dit lady Bea. Je ne me rappelle pas avoir déjà vu cet homme d'aussi bonne humeur.

—Il semble en effet particulièrement heureux. (Lizzie vit que Felicity la regardait fixement.) Puis-je m'asseoir en voiture avec vous, lady Beatrice ?

—Bien entendu. Vous êtes sûre de ne pas vouloir monter avec lord Westbrooke ?

Lizzie croisa le regard de Robbie, mais ce dernier fit comme si elle n'était pas là. Il était tout aussi fâché qu'elle après leur dispute.

—Certaine.

—Dans ce cas, venez. Voyons si nous pouvons venir à la rescousse de cette pauvre Miss Hyde.

Seigneur, il se sentait si bien ! Tynweith tenta de réprimer son sourire. Nell lui avait déjà fait une remarque. Pire encore, lady Dunlee l'avait gratifié d'un regard inquisiteur. Si cette pie découvrait qu'il s'était retrouvé dans le lit de Charlotte, il ne faudrait pas plus d'une semaine pour que Londres tout entière soit au courant, ce qui ne plairait guère à Hartford. Pire encore, cela mettrait Charlotte dans une situation très inconfortable.

Jamais il ne permettrait une telle chose.

Hartford devait être considéré comme le géniteur de tout enfant qu'aurait Charlotte. Tynweith n'appréciait guère cela, mais il ne pouvait rien y faire. C'était son mari. De plus, si elle tombait enceinte maintenant, il serait impossible de déterminer qui était le père – Hartford, Peter, ou lui.

C'était peut-être mieux ainsi. Pourtant, il détestait l'idée de voir son enfant élevé par un autre homme. Il aurait dû réfléchir un peu plus avant de se glisser sous les draps de Charlotte.

Non, cela ne faisait aucune différence. Il n'aurait échangé la nuit précédente contre rien au monde.

Lady Dunlee l'examinait de nouveau.

— Vous semblez particulièrement jovial, ce matin, lord Tynweith. Avez-vous quelque bonne nouvelle à partager ?

Il aurait fait publier un communiqué dans le *Morning Post* avant de confier quoi que ce soit à cette femme.

— Je ne crois pas, madame, c'est seulement cette belle journée qui me met en joie.

— Comment pouvez-vous dire une chose pareille ? Regardez l'horizon.

Lady Dunlee avait raison : au loin, des nuages de mauvais augure s'amoncelaient au-dessus de la mer.

— Certes, mais nous avons du soleil, ici ! Le vent pourrait bien tenir cet orage à l'écart pendant plusieurs heures, et je veillerai à ce que les voitures soient prêtes à nous ramener ici à la première goutte de pluie. Votre robe et votre chapeau n'ont rien à craindre.

— Je vois.

L'excitation remplaça progressivement la surprise dans le regard de lady Dunlee. Tynweith aurait juré voir ses narines frémir, comme si elle reniflait l'odeur du scandale sur sa personne. Il s'attendait presque à l'entendre aboyer.

La chasse était ouverte.

— Puis-je vous aider à monter en voiture ? demanda-t-il, le visage aussi inexpressif que possible.

Elle l'étudia encore un instant, puis abaissa son face-à-main.

— Volontiers, monsieur.

Il fit grimper lady Dunlee puis lady Caroline sur le marchepied. Vinrent ensuite lady Bea, lady Elizabeth et Miss Hyde.

— Dois-je demander à lord Dunlee de se joindre à vous ?

Tynweith n'allait certainement pas monter dans cette salle d'interrogatoire roulante. Il ne fallait pas plus de quinze minutes pour rejoindre les ruines, mais une commère de la trempe de lady Dunlee n'avait pas besoin de davantage pour lui extirper le moindre de ses secrets.

— Non, je vous remercie, nous serons très bien sans lui, répondit-elle.

— Lord Botton, peut-être ?

— Avez-vous perdu l'esprit ? s'écria lady Beatrice. Pas question de laisser cet horrible personnage monter avec nous. Et ne vous avisez pas non plus de convier ce raseur de Dodsworth.

— Je suis bien d'accord, ajouta lady Dunlee en levant son face-à-main.

Les deux femmes regardèrent Tynweith comme s'il était quelque répugnant cloporte. Tant pis, il essayait seulement d'être un hôte attentif. Il s'inclina et sortit à reculons pour laisser le valet de pied fermer la porte de la voiture.

Le claquement de la clenche lui arracha un soupir de soulagement. Il devrait se montrer extrêmement prudent maintenant que lady Dunlee s'était lancée à la chasse aux ragots. Il tâcherait de rester le plus loin possible d'elle au cours de l'après-midi.

De Charlotte, également. La jeune femme attendait aux côtés de Felicity que lord Andrew l'aide à monter dans une autre voiture. Tynweith avait volontairement décidé de s'abstenir. Si lady Dunlee les voyait ensemble... il n'était pas sûr de pouvoir dissimuler ses sentiments quand il toucherait Charlotte, même s'il ne s'agissait que de prendre sa main gantée.

La duchesse tourna la tête vers lui, croisa son regard et rougit.

Diable ! Heureusement, lady Dunlee était déjà en voiture, et trop bien élevée pour passer la tête par la fenêtre.

Il mettrait donc un point d'honneur à éviter l'une et l'autre de ces dames mais, quand viendrait le soir, en revanche, et que tous les convives se seraient retirés...

Charlotte s'était révélée aussi ardente qu'il l'avait espéré. La nuit précédente avait été magnifique, parfaite. Chaque étreinte meilleure que la précédente. Elle était si passionnée, apprenait si vite. Le matin venu, elle avait même commencé à prendre le contrôle des opérations. Tynweith avait détesté la quitter, mais il pouvait au moins se consoler en se disant qu'il lui restait la nuit suivante, et toutes les autres jusqu'à la fin de la partie de campagne.

Nell lui toucha le bras.

— Je crois que tout est en ordre, Edward. Les domestiques sont partis devant et doivent à l'heure qu'il est installer le pique-nique. Sir George et moi-même prendrons lord Botton avec nous pour rejoindre la duchesse, lady Felicity et lord Andrew dans leur voiture ; je n'aime pas savoir ces trois-là seuls. Vous pouvez faire votre devoir d'hôte et monter avec Dodsworth.

Il pourrait bien supporter un quart d'heure de discours sur les chevaux.

— C'est entendu. De quoi au juste soupçonnez-vous la duchesse ?

— Elle ne m'inquiète pas autant que les deux autres, mais c'est la meilleure amie de lady Felicity. Si celle-ci trame quelque chose, il y a de bonnes chances pour que lady Charlotte soit impliquée.

— Non, je suis sûr que vous vous trompez.

— Edward, j'espère que vous n'avez pas oublié que lady Charlotte a un mari, et qu'aux dernières nouvelles il est toujours en vie.

— Bien évidemment, qu'insinuez-vous ?

— Rien, mais je suis votre cousine, je vous connais, et je sais ce qu'on ressent quand on désire quelque chose qu'on ne peut obtenir. Heureusement pour moi, lady Gaston n'est pas possessive, mais j'ai peur que ce ne soit pas le cas de Hartford.

— Ce n'est qu'un vieil imbécile.

— Peut-être, mais c'est aussi un duc doté d'un solide orgueil. Il serait bien capable de vous provoquer en duel s'il découvrait que son honneur a été bafoué.

— Je n'ai pas peur de lui.

— Je n'en doute pas, mais combattre un homme deux fois plus âgé que vous aurait un effet déplorable sur votre réputation, même si vous gagniez. Vous tueriez un duc, et le mari de lady Charlotte en prime... Je ne veux pas que vous vous mettiez dans un mauvais pas d'où vous ne pourriez vous sortir l'honneur intact.

Tynweith posa la main sur celle de Nell.

— Ne vous inquiétez pas, je ne ferai rien de stupide.

Elle sourit faiblement.

— L'amour rend souvent stupide, Edward.

Robert écoutait à moitié Meg et Parks parler de jardins, ou tout du moins lui semblait-il. Il ne faisait aucun effort pour suivre leur conversation. Robbie employait dans chacune de ses propriétés un jardinier parfaitement compétent et les laissait faire leur travail. Bien entendu, s'il était venu à l'un ou l'autre de ces messieurs l'idée de torturer ses buissons pour leur donner les formes étranges tant affectionnées par Tynweith, celui-ci aurait pu sur-le-champ se chercher un autre travail. Robert n'appréciait guère les jardins obscènes.

Cela faisait des années qu'il n'avait pas vu Parks s'enflammer ainsi au cours d'une conversation, et Meg était tout aussi passionnée. Ces deux-là devaient se marier sans attendre, ils étaient les seuls à ne pas mourir d'ennui en s'écoutant l'un l'autre.

En parlant d'ennui… Dodsworth était, Dieu merci, à l'autre bout de la voiture, et Parks faisait office de rempart – de haie, plutôt – entre Robert et lui. Les malheureux Dunlee et Tynweith avaient droit à la description détaillée du palais que l'homme comptait faire construire à ses satanés chevaux.

Robert regarda les arbres défiler. Ils arriveraient bientôt au château. Il espérait que Lizzie l'écouterait et resterait près de lady Beatrice ou de Meg. Bien sûr, il tâcherait de la surveiller, mais la jeune fille lui avait bien fait comprendre la veille que sa compagnie n'était pas la bienvenue.

Pourquoi disait-il toujours ce qu'il ne fallait pas, ces derniers temps ? Mais que fallait-il dire, d'ailleurs ? Lizzie comprenait forcément qu'il était insensé de s'asseoir seule dans le salon ou de partir en excursion avec Meg pour toute escorte.

Elle était en danger, cette partie de billard l'avait bien montré. Quelle torture! Robert détestait être si proche de Felicity. Se retrouver volontairement en sa compagnie lui avait noué l'estomac, surtout après s'être échappée de justesse l'autre nuit. Comment pouvait-elle se montrer si calme en sa présence après s'être glissée nue dans son lit? Cette jeune fille n'avait aucune retenue. Il était impossible de prédire ses actes. De toute évidence, les règles de la bonne société la dépassaient complètement.

Et lord Andrew était pire encore. Qu'une femme tente de forcer un homme à l'épouser était une chose, mais ce sinistre personnage cherchait à s'en prendre à une naïve jeune femme. Et puis ce scélérat était tellement sournois! Il avait frôlé Lizzie à plusieurs reprises et, chaque fois, cela avait semblé involontaire.

Robert aurait dû le rosser dans la salle de billard sans autre forme de procès.

Le comte lança un regard noir à l'innocent paysage. Il se sentait tellement impuissant. Si Lizzie avait été sa femme, il aurait eu le droit de la protéger de telles offenses, mais ce n'était pas le cas et ne le serait jamais. Elle n'était même plus son amie.

Pourquoi s'en être ainsi pris à lui quand il l'avait raccompagnée dans sa chambre? Il n'avait pourtant dit que la vérité.

—Lord Tynweith, je voulais vous poser une question, dit Meg.

Robert leva le nez de la fenêtre. Qu'est-ce qui pouvait bien pousser la jeune fille à oublier un instant ses plantes?

—Oui, Miss Peterson?

—Hier, comme nous avions besoin de faire un peu d'exercice, lady Elizabeth et moi-même avons marché jusqu'au château.

— Je vois. J'espère que vous ne trouverez pas notre excursion trop ennuyeuse.

— Non, bien évidemment. (Meg lissa sa robe, l'air gêné.) Si nous n'avons guère eu le temps de tout visiter, nous avons tout de même découvert quelque chose d'assez... perturbant.

— Vraiment ? J'en suis navré. De quoi s'agit-il ?

— Votre donjon, lord Tynweith. Il est très singulier.

— Vous en avez fréquenté beaucoup d'autres, Miss Peterson ? Je n'aurais jamais cru ça de vous.

— Monsieur, veuillez immédiatement..., commença Parks.

Meg le fit taire d'un froncement de sourcils.

— Non, aucun, bien entendu, répondit-elle. Pourquoi cette question ?

— Déclarer qu'un donjon est « singulier » exige de savoir ce qui est habituel ou pas en de tels endroits.

— Très bien, lord Tynweith, soupira Meg. Disons plutôt que nous avons trouvé votre donjon dérangeant.

— Ces endroits ne sont pas faits pour être agréables, Miss Peterson. En outre, celui-ci n'a pas servi depuis plusieurs siècles.

— Je crois que vous vous trompez sur ce point, monsieur. Non seulement votre donjon semble avoir été utilisé récemment, mais qui plus est par quelqu'un qui s'y est livré à la torture. Il y avait des menottes accrochées aux murs, des cravaches sur les tables, et toute une série d'autres objets d'aspect aussi étrange que déplaisant. Qu'avez-vous à dire à ce sujet ?

Tynweith ferma les yeux et se massa le front.

— Que je vais avoir une discussion avec certains membres du personnel de l'auberge locale.

— J'espère bien, monsieur. Et une bonne serrure ne serait pas de trop.

— Vous avez sans doute raison.

— C'est également mon avis, Tynweith, renchérit Dunlee. Il est gênant que de telles pratiques aient lieu sur vos terres.

— Plus que gênant ! s'exclama Parks avec colère. J'espère que ces dames n'auront pas à voir le donjon en question aujourd'hui.

— Je leur conseillerai de ne pas s'aventurer dans cette direction, et je ferai dès notre retour envoyer un serrurier au château.

— Excellent. Nous ne voudrions pas mettre à mal leur susceptibilité.

— Non, en effet, approuva vivement lord Dunlee.

Mr Dodsworth était étrangement silencieux. Robbie l'observa alors que la voiture s'arrêtait. Il semblait extrêmement pressé de descendre, et extrêmement rouge.

Qui aurait cru que l'assommant personnage savait employer une cravache autrement que pour faire avancer un cheval ?

Chapitre 13

Lizzie regarda lord Dunlee et lord Botton disparaître dans la tour. Ce n'était certainement pas pour monter voir les créneaux.

—Quel dommage que Tynweith ait fait couper le gazon, déplora Meg. Je suis sûre qu'il a détruit des plantes remarquables.

—Il ne pouvait pas nous faire pique-niquer au milieu des mauvaises herbes que nous avons vues hier. Je n'arrive pas à croire que tu lui aies parlé du donjon.

—Et j'ai bien fait, même! Je ne pense pas qu'il savait l'endroit utilisé dans de vils desseins. Il a dit qu'il ferait envoyer un serrurier pour mettre fin à cela.

—A-t-il précisé de quels desseins il s'agissait? Il ne pense tout de même pas que des habitants des environs y étaient torturés?

Sir George et lord Tynweith venaient de sortir de la tour en ricanant.

—Non, mais il n'était pas choqué. J'ai l'impression que ce n'était pas la première fois que cela arrivait. Il semble penser que les gens de l'auberge utilisent le donjon sans sa permission.

Robbie et Parks venaient eux aussi d'entrer dans la tour, pour aller sur les remparts, forcément.

Seuls lord Andrew et Dodsworth ne s'étaient pas précipités dans le bâtiment. Andrew était en grande conversation avec Felicity, assez loin pour que lady Dunlee ne puisse les espionner. La frustration de cette dernière était presque palpable.

Dodsworth, à l'écart, regardait Miss Hyde et Mrs Larson apporter les dernières touches au pique-nique. Son teint fluctuait étrangement, passant à l'écarlate chaque fois qu'un autre de ces messieurs entrait dans la tour.

— Où est lord Peter ? demanda Meg. Je ne crois pas l'avoir vu depuis hier. Il ne me manque pas, cela dit. J'espère qu'il est reparti.

— Ton vœu est exaucé. Lady Dunlee a annoncé qu'il était rentré à Londres. Il a dit avoir des affaires pressantes à y régler, mais elle ne l'a pas cru. Selon elle, ce sont surtout des affaires de jupons qui l'ont rappelé dans la capitale.

Robbie, Parks, Dunlee et Botton sortirent de la tour.

— Ah, voilà Mr Parker-Roth ! s'écria Meg en tirant Lizzie par la manche. Je veux lui montrer quelques plantes. Je crois que j'ai trouvé l'emplacement du jardin d'herbes de ce château.

Les hommes s'étaient arrêtés à quelques pas de là. Lord Botton semblait très agité.

— Vous ne pouvez pas savoir tant que vous n'avez pas essayé, disait-il quand elles parvinrent à portée de voix. C'est un ustensile…

— Mesdames, quel plaisir de vous voir ! s'écria brusquement Robbie.

— Je vous demande pardon ? s'étonna Botton, vexé d'être ainsi interrompu.

Il regarda par-dessus son épaule, vit les deux jeunes filles et prit une jolie teinte écarlate.

— Euh, oui, un vrai plaisir, bredouilla-t-il. Quelle plaisante journée, n'est-ce pas ? Dans un si… plaisant château.

Tous ces messieurs étaient bien rouges.

— Un ustensile ? demanda Meg.

— De cuisine, Miss Peterson ! répondit Parks. Nous parlions cuisine, mais peut-être avez-vous quelque chose à nous dire ?

Le visage de Meg s'éclaira.

— En l'occurrence, oui. J'ai découvert des touffes d'herbe près de ce qui était à mon avis les cuisines du château. Je suis persuadée que certaines d'entre elles ne poussent pas naturellement dans les environs.

— Fascinant. Je crains malheureusement que cela n'intéresse pas tout le monde ici.

— Vraiment ?

Lizzie mit la main devant sa bouche pour cacher son sourire. Lord Botton dévisageait Meg comme si elle était quelque animal exotique.

— Meg, tu sais bien que tu as tendance à ennuyer les gens une fois lancée, dit-elle.

— Peut-être, répondit son amie avec un timide sourire.

— Parks, pourquoi n'irais-tu pas observer ces herbes avec Miss Peterson ? suggéra Robbie. Je connais suffisamment bien cette jeune fille pour savoir qu'elle souffrira beaucoup si elle ne peut pas discuter immédiatement d'une telle trouvaille.

— Très bien. Je t'avoue que je suis moi-même assez curieux, répondit Parks en offrant son bras à Meg.

— Amusez-vous bien, dit lord Botton en les regardant s'éloigner. (Il secoua la tête.) Des plantes, voyez-vous ça ! Je souhaiterais de mon côté m'entretenir avec lady Bea. Vous venez, Dunlee ? Je vois qu'elle est en train de parler à votre fille et votre charmante épouse.

— Ah, euh… je crois que je vais plutôt aller retrouver Dodsworth. Il m'a l'air un peu seul.

— Bonne idée, approuva Botton. Vous pourrez lui demander quel ustensile il préfère.

— Je n'ai aucune envie de… (Lord Dunlee regarda Lizzie et toussa.) Euh, je veux dire que je n'ai pas l'intention de… Lord Botton, attendez ! Je crois que je vais en fin de compte me joindre à vous.

— Magnifique ! Westbrooke, lady Elizabeth, si vous voulez bien nous excuser…

— Mais bien entendu.

Lizzie regarda les deux hommes traverser la cour du château. Robbie semblait sur ses gardes.

— Voulez-vous que je vous conduise auprès de votre chaperonne ? demanda-t-il.

Lizzie s'apprêtait à lui répondre qu'elle n'avait envie d'être conduite nulle part et qu'il devait arrêter de se comporter comme son grand frère, mais elle se ravisa quand elle vit son regard. Quoi qu'elle dise, Robbie ferait ce qu'il estimait juste.

C'était une habitude certes horripilante, mais néanmoins assez touchante.

— Ne craignez-vous pas que je découvre de quoi lord Botton avait tellement envie de parler ?

Les oreilles de Robbie devinrent écarlates, et il se renfrogna. Lizzie voyait bien qu'il n'était pas d'humeur à être taquiné, mais elle ne faisait pas cela que par jeu. Elle ne lui avait pas pardonné ses élans autoritaires de la nuit précédente.

— Pourquoi ne pas plutôt rejoindre Meg et Parks ?

Une bourrasque tenta de lui arracher son chapeau et obligea les domestiques à courir en tous sens pour protéger le pique-nique. Les nuages noirs se rapprochaient.

— On dirait que le temps n'a que faire des projets de lord Tynweith.

— Nous devons le faire aujourd'hui, Andrew.

— Mais pourquoi, Felicity ? Je m'amuse tellement. J'ai failli pousser Westbrooke à me frapper hier soir dans la salle de billard. Ne serait-il pas merveilleux de voir l'imperturbable comte perdre son sang-froid d'une façon aussi spectaculaire ?

— Ce n'est pas un jeu.

— Bien sûr que si. La vie elle-même l'est. Tu es bien trop sérieuse.

— Évidemment, imbécile heureux ! Je traque Westbrooke depuis quatre ans, et j'en ai plus qu'assez. Il est temps de lui infliger le coup de grâce.

— Comme c'est romantique.

— Je laisse le romantisme aux poètes.

— Comment ? Tu ne veux pas que Westbrooke te couvre de roses ?

— Qu'en ferais-je ? Je veux son titre et son argent, pouvoir et richesses, préséance et terres.

— Tu es tellement intéressée.

— Comme si ce n'était pas ton cas ! Ne me dis pas que ce sont les beaux yeux d'Elizabeth qui t'ont persuadé de m'aider à ruiner sa réputation.

— Certes, mais je ne suis pas attiré que par le lucre : je m'attends à beaucoup apprécier notre affaire en elle-même. M'est avis que cette jeune fille ne restera pas immobile à subir son sort. Elle sera furieuse, terrifiée, et cherchera à se débattre. Un vrai bonheur. Imagine que je doive l'épouser ensuite ! J'aurais toute une vie pour l'avilir. Je me vois déjà faire défiler les amantes devant ses yeux horrifiés, pour ensuite la forcer à se soumettre dans notre lit conjugal telle une bonne petite épouse.

Felicity sentit une vague de remords l'assaillir, mais elle l'ignora comme elle l'aurait fait d'un haut-le-cœur.

— Fais ce que tu veux à lady Elizabeth tant que tu l'emmènes quelque part – où tu voudras, sauf dans le donjon – sans éveiller les soupçons de Westbrooke.

— Voilà qui risque d'être un peu compliqué. Elle ne semble guère apprécier ma compagnie.

— Tu n'as qu'à trouver une ruse pour l'attirer à l'écart.

— Westbrooke ne la laissera pas partir bien loin. Si j'essaie de quitter la table avec elle, il me sautera à la gorge comme un chien enragé.

— Tu ne peux pas faire ça discrètement ?

— Ma chère, je ne crois pas que l'on puisse l'être à ce point avec ce genre de choses.

— Je ne peux pas penser à tout ! (Felicity tâcha de se calmer. Elle n'arriverait à rien en irritant lord Andrew.) Que suggères-tu dans ce cas ?

— La duchesse pourrait nous aider.

— Peut-être, mais elle semble étrangement distraite, aujourd'hui. Avec un peu de chance, il y aura un peu de tohu-bohu après le repas et tu pourras faire ton œuvre sans problème. Nous n'avons pas d'autre solution. Espérons que la fortune nous sourie.

Elle attrapa le bord de son chapeau malmené par le vent et regarda le ciel.

— J'espère que le temps ne va pas se dégrader trop vite. Si la pluie venait à tomber, tout le monde irait s'abriter dans les voitures et nous pourrions dire adieu à nos projets.

Lizzie rattrapa sa serviette avant que celle-ci s'envole au-dessus de la table. Le vent rendait ce pique-nique particulièrement amusant.

— Lady Elizabeth, avez-vous eu des nouvelles de votre famille ? demanda Mrs Larson en empêchant un coin de la nappe de finir dans un plat de ris de veau. La duchesse ne doit-elle pas accoucher d'un jour à l'autre ?

— Le bébé n'est pas attendu avant encore quelques semaines.

— Et tout va bien ?

— Oui, je vous remercie. Sarah n'a pas eu de problème avec son premier bébé, et nous nous attendons à ce que les choses se passent tout aussi bien cette fois, sauf bien sûr mon frère, qui ne manquera pas de s'inquiéter.

— Ce n'est pas étonnant, répondit Mrs Larson en souriant. Après tout, c'est sa faute si elle se retrouve dans cet état, n'est-ce pas ?

— En effet.

— Je n'ai pas eu la chance d'avoir des enfants mais ma sœur, lady Illington, m'a souvent dit que son mari avait semblé souffrir plus qu'elle le jour venu. Il se sentait à la fois si responsable et si impuissant. Il ne pouvait qu'attendre et prier pour que tout se passe bien.

— Mon frère était pareil, si ce n'est qu'il avait décidé de faire souffrir tout le monde autant que lui, répondit Elizabeth en riant. Il a arpenté son bureau comme un fauve en cage – il me rappelait ces pauvres lions de la ménagerie de la Tour de Londres – jusqu'à ce que ma tante, lady Gladys, le laisse entrer dans la chambre de Sarah. L'accoucheur n'était pas ravi, mais James a menacé de le faire pendre – je crois même qu'il a dit qu'il le ferait lui-même – si l'homme n'arrêtait pas de hurler au lieu d'aider Sarah à mettre son fils au monde.

Mrs Larson éclata de rire. L'anecdote semblait si amusante, mais Dieu sait qu'elle ne l'avait pas été à l'époque. Lizzie n'avait jamais vu James si agité, même quand leur cousin Richard avait mis en péril la vie de Sarah. Il avait toujours été un pilier pour elle. Lizzie était presque soulagée de ne pas assister à ce deuxième accouchement.

L'attitude de James n'était à vrai dire pas si surprenante. Leur mère était morte en donnant la vie à Lizzie. Il n'avait pas envie de perdre Sarah de la même façon.

Robbie ne connaîtrait jamais les angoisses de l'accouchement, ni la joie de prendre son enfant dans ses bras.

Et elle non plus, si elle l'épousait.

Lizzie se pencha brusquement vers son hôtesse.

— Mrs Larson, excusez mon indiscrétion, mais… regrettez-vous de ne pas avoir eu d'enfants ? (Elle baissa aussitôt les yeux vers son assiette, épouvantée par son audace.) Je vous pose la question car j'y pense moi-même, vous comprenez. Il est temps pour moi de songer à me marier et, hum… la question des enfants vient naturellement à l'esprit. J'espère ne pas vous avoir offusquée.

Mrs Larson posa la main sur celle de Lizzie et sourit faiblement.

— Oui, je le regrette. Ma sœur dit qu'elle jalouse ma tranquillité, mais moi j'envie la vie et le chaos de sa maison. J'avoue, je me sens un peu seule, parfois. Bien sûr, j'ai sir George quand son épouse le permet, et Edward, lord Tynweith, mais ça ne remplace pas une famille.

— Je comprends.

Lizzie sentit sa gorge se serrer. Elle ne pouvait pas supporter la solitude. Elle en avait tant souffert lorsqu'elle était enfant. James était au pensionnat, puis à la guerre. Sa mère était morte ; son père aurait tout aussi pu bien l'être, vu le peu d'attention qu'il lui manifestait. Elle n'avait eu que tante Gladys, lady Amanda Wallen-Smyth, l'amie de celle-ci, et Meg.

Et Robbie, bien sûr.

Elle le regarda de nouveau, à l'autre bout de la table. Il s'était penché pour ramasser la serviette de Miss Hyde, que le vent avait projetée à terre, et la lui tendait avec une petite révérence. Miss Hyde lui adressa un sourire fugace et la reprit en baissant la tête.

Malgré sa bonne humeur apparente, Lizzie lut une profonde mélancolie dans le regard de Robbie.

La jeune fille sentit les larmes lui monter aux yeux et tourna la tête.

Comment avait-elle fait pour ne se rendre compte de rien ?

Robbie plaisantait, riait, un parfait boute-en-train, mais cela faisait des années qu'elle ne l'avait pas vu vraiment heureux.

Lizzie se sentait peut-être seule, mais Robbie n'avait personne : ni parents, ni frères, ni sœurs. Sarah, la femme de James, était sa seule cousine ; on ne pouvait tout de même pas compter Theobald.

— Et Mr Larson ? Regrettez-vous parfois de l'avoir épousé ?

— Oh, non. Edward ne me croit pas, mais j'aimais feu mon mari. Je l'ai pleuré, et le pleure encore. Honnêtement, lady Elizabeth, qui sait si j'aurais eu des enfants en épousant un autre homme ? Et si ces derniers auraient survécu à leurs premières années ? Nous avons si peu de prise sur notre destinée.

— Vous avez sans doute raison.

— Pas un instant je n'ai regretté d'avoir épousé l'homme que j'aimais. Nous avons passé ensemble vingt-cinq merveilleuses années. Sir George, en revanche, a deux fils mais n'a jamais connu l'amour. J'aurais aimé avoir les deux mais, quitte à choisir, je préfère l'amour. Ma sœur dit que les bébés sont adorables mais épuisants, et que les enfants plus âgés sont tout aussi éreintants mais nettement moins attendrissants. Ils ne font que se battre, se disputer, se salir et tomber malades. Elle les aime de tout son cœur, mais elle est ravie quand je viens assurer mon rôle de tante.

— Je vous trouve très sage, madame.

Mrs Larson éclata de rire.

— Sage, je ne sais pas. Vieille, plutôt, ce qui m'a, j'espère, permis d'apprendre une chose ou deux au cours des années.

Mrs Larson se tourna alors vers son autre voisin, Mr Parker-Roth, et Lizzie en fit de même avec Mr Dodsworth. L'homme semblait étrangement éteint, mais il aurait pu tout aussi bien réciter le pedigree de chacun de ses chevaux sans pour autant altérer l'humeur de Lizzie. Pour la première fois depuis très longtemps, elle se sentait le cœur léger.

Elle aussi choisirait l'amour.

— Tu sais ce que tu es censée faire ?

Charlotte acquiesça. Le contraire aurait été impossible : Felicity lui avait chuchoté des directives à l'oreille pendant tout le repas jusqu'à lui en donner une indigestion.

Elle contempla un instant Edward. Ah, si elle avait pu s'asseoir à côté de lui ! Il croisa son regard et elle frissonna.

Qui aurait cru que cet acte se révélerait si obsédant ? Sûrement pas elle, qui n'avait jusque-là connu que la vision que Hartford ou Peter avaient de la chose. Mais avec Edward…

— Charlotte, tu m'écoutes ? C'est très important !

— Oui, Felicity.

Cette jeune fille était horripilante. Arriviste, exubérante, égoïste. Pourquoi ne l'avait-elle pas remarqué jusque-là ? Elle romprait tout lien avec elle dès son retour à Londres.

— Tu veux que j'envoie Westbrooke te chercher dans le donjon.

— Mais non, pas du tout ! Jamais il ne descendrait ! Tu dois lui dire que c'est là qu'est partie Elizabeth ! Andrew l'aura emmenée à l'écart, et Westbrooke la cherchera donc fiévreusement. À sa place, il me trouvera, moi.

— D'accord, très bien. J'ai compris.

Reverrait-elle Edward une fois à Londres ? Ils devraient se montrer discrets. Hartford était légèrement possessif, elle ne pouvait donc laisser aucune rumeur filtrer dans la bonne société.

Ils en avaient parlé la nuit précédente, alors qu'ils se reposaient entre deux étreintes. Si elle tombait enceinte, elle voulait que tout le monde pense que l'enfant était de Hartford – et tout particulièrement son odieux petit-neveu. Ce cloporte chercherait par tous les moyens à lui refuser la succession.

Elle prit une dragée dans le plat que le valet venait de poser à côté d'elle. Elle pouvait faire montre d'un peu d'indulgence : après tout, son enfant arracherait un titre et de vastes richesses à un quinquagénaire qui avait passé sa vie à les attendre.

— Et ensuite ? demanda Felicity, on ne peut plus excédée.

Charlotte devait bien l'admettre, elle avait du mal à se concentrer.

— Ensuite ?

Edward parlait désormais à lady Dunlee. Il avait un si beau profil. Comment avait-elle pu lui résister pendant toutes ces années ?

Parce qu'il lui faisait peur.

Il lui avait plu dès qu'elle l'avait vu entrer dans la salle de bal d'Easthaven. La jeune fille avait demandé à sa mère qui était cet homme.

« Tynweith, un simple baron, et nuisible avec ça. Assurément pas le genre d'homme qu'on a envie de connaître. »

Pourtant, c'était ce que Charlotte avait aussitôt voulu. Elle avait été ravie quand lady Easthaven le lui avait présenté. Elle avait même accepté son invitation à danser avant que sa mère puisse s'y opposer.

Il était si différent des hommes qu'elle connaissait. Excitant, dangereux, il avait éveillé en elle des sentiments qu'elle ne connaissait pas. Avec lui, elle n'avait pas l'impression d'être la fille bien sage du duc et de la duchesse de Rothingham. Elle s'était sentie audacieuse, imprévisible, pleine de vie. Comme si de toutes nouvelles possibilités s'étaient esquissées devant elle au lieu de la vie bien rangée que ses parents lui avaient choisie.

Il l'avait alors emmenée dans le jardin.

Charlotte aurait alors dû l'arrêter ; elle y avait même songé. Mais elle avait eu envie de le suivre, de se montrer intrépide, d'être encore un instant la jeune fille qu'elle voyait dans son regard.

Tynweith l'avait embrassée. Cela n'avait certes rien de comparable avec leurs activités de la nuit passée, mais c'était la première fois qu'une telle chose lui arrivait. Il l'avait ensuite couverte de baisers et de caresses, brutal et empressé. C'était trop pour elle. La peur avait remplacé l'excitation, et elle l'avait giflé. Sa mère avait par la suite veillé à ce qu'elle ne l'approche plus jamais.

Si seulement elle l'avait épousé au lieu de pourchasser Alvord, et finalement se contenter de Hartford… Mais elle n'en aurait pas été capable. Jamais elle n'aurait eu le courage de s'opposer à ses parents.

— Charlotte ! siffla Felicity en lui secouant le bras. Concentre-toi, que diable ! Une fois que Westbrooke sera entré dans la tour, attends cinq minutes – guère plus, car il n'y restera pas longtemps, surtout s'il sent qu'on lui tend un piège – et rassemble lady Dunlee et autant de convives que tu le pourras pour visiter le donjon.

— Je ne crois pas qu'Edward – enfin, lord Tynweith – sera d'accord.

— Edward ? demanda Felicity en plissant les yeux.

Charlotte s'efforça de ne pas rougir.

— Pardon, j'ai parlé à Mrs Larson, et elle appelle parfois son cousin par son prénom.

Felicity sembla sceptique, mais n'insista pas. Elle avait de toute évidence d'autres chats à fouetter.

— Je me moque de ce que pense Tynweith. S'il te demande, réponds-lui que, puisque tous ces messieurs ont eu le droit de visiter le donjon, tu veux toi aussi voir ce qu'il a de si extraordinaire. Ne t'inquiète pas, le décor de ma petite pièce n'a rien de véritablement choquant.

— Entendu.

— Et assure-toi que lady Dunlee ouvre la marche. Je veux qu'elle puisse tout voir, afin qu'elle décrive ensuite chaque détail à la bonne société.

— J'y veillerai.

— Excellent. Tu ne vas rien oublier ?

— Non, rassure-toi.

— Bien. Regarde, Mrs Larson et Elizabeth se lèvent. Le déjeuner est fini.

Charlotte resta un instant avec Felicity. Une nouvelle rafale manqua de lui arracher son chapeau, qu'elle plaqua contre son crâne.

— L'orage sera bientôt là.

— Bientôt, mais pas tout de suite, répondit Felicity.

— Monsieur, quand comptez-vous que nous repartions ? demanda Mrs Larson.

— À mon avis, nous avons encore une bonne demi-heure devant nous, dit Edward en regardant le ciel. (Il s'adressa à tout le groupe.) Si vous désirez voir autre chose ici, je suggère que vous le fassiez sans attendre et que vous vous trouviez devant la porte du château dans trente minutes. Les voitures seront alors prêtes à nous ramener à Lendal Park.

— Viens, souffla Felicity en lui prenant le bras. Tu dois distraire Westbrooke afin qu'Andrew puisse s'occuper de lady Elizabeth.

— Mais que dois-je lui dire ? demanda Charlotte en tentant de se dégager.

— À toi de trouver. Tout le plan repose sur toi.

— Mais pourquoi moi ?

— Parce qu'il n'y avait personne d'autre. Allons ! Je dois descendre dans le donjon.

Elle tira plus fort sur son bras.

— D'accord, d'accord.

Charlotte ne savait pas du tout comment occuper Westbrooke mais, heureusement pour elle, lady Dunlee la prit de vitesse et se précipita sur le comte en traînant sa fille derrière elle.

— Lord Westbrooke, Caroline meurt d'envie de voir la chapelle en ruine. J'ai cru comprendre qu'elle était de type gothique, tout droit sortie d'un roman de Mrs Radcliffe, même si nous n'encourageons bien sûr par la chère enfant à lire de telles choses. Voulez-vous bien l'y conduire ?

Lord Westbrooke ne semblait pas ravi, mais hocha la tête en souriant.

— Parfait, dit Felicity en le regardant s'éloigner avec lady Caroline. Je n'aurais pas fait mieux. Maintenant, si Andrew a bien vu… oui, le voilà parti.

Lord Andrew rejoignit le petit groupe composé de lady Elizabeth, Miss Peterson, Parker-Roth, sir George et Mrs Larson.

— Excellent ! s'écria Felicity d'une voix surexcitée. J'y vais. N'oublie pas d'envoyer Westbrooke dans le donjon dès qu'il reviendra.

— Et s'il n'est pas de retour avant qu'il soit temps pour tout le monde de partir ?

Felicity roula des yeux.

— Westbrooke ne sera pas long, crois-moi. Il ne voudra pas quitter Elizabeth des yeux trop longtemps. Je suis sûre qu'il fera visiter la chapelle à lady Caroline au pas de course.

— Je vois le chapeau de cette dernière d'ici et, en effet, sa plume s'agite plutôt vivement.

— Ça signifie que je n'ai pas beaucoup de temps. Rappelle-toi : tu envoies Westbrooke dans le donjon, tu attends cinq minutes, puis tu descends avec lady Dunlee et les autres.

— Oui, oui, je n'oublierai pas.

Charlotte regarda Felicity dépasser le groupe de lord Andrew. Au bout d'un instant, celui-ci se sépara : Miss Peterson et Parker-Roth partirent examiner la végétation, et les deux autres couples se dirigèrent vers la tour. Felicity avait déjà disparu.

Charlotte aurait préféré ne pas prendre part à ce plan sordide. Elle n'avait plus envie de se venger. La passion qu'elle ressentait pour Edward avait consumé sa colère.

Ce dernier parlait avec lady Dunlee et lady Beatrice, non loin de la tour. Pouvait-elle le rejoindre ? Non, il serait trop difficile de refréner ses émotions devant lady Dunlee.

Charlotte attendrait le soir. Il viendrait la retrouver dès que la maisonnée serait couchée. Elle en frissonna d'avance. Son corps se rappelait si clairement ses caresses... Elle se mordit la langue pour ne pas gémir.

Pourrait-elle lui voler un baiser – ou plus encore – dès cet après-midi ? Ces dames iraient sans doute se reposer jusqu'au dîner, quant aux messieurs, ils trouveraient à s'occuper. Tout ce petit monde s'attendrait à ce qu'Edward se consacre aux affaires qui occupaient d'ordinaire un baron. Qu'il passe du temps dans son bureau.

Charlotte l'y rejoindrait. Ils s'étreindraient sur le tapis, devant l'âtre, ou dans le grand fauteuil en cuir avec un repose-pied. À moins peut-être de pousser ses papiers et de s'allonger sur son large bureau.

Elle n'aurait jamais songé à de telles choses la veille encore. Elle aurait même été horrifiée si on lui en avait parlé.

Fascinant à quel point quelques heures pouvaient vous changer.

Charlotte pouvait reconstituer de mémoire le corps d'Edward. Ses épaules, son torse, les poils noirs et bouclés de son ventre… et tout le reste : ses cuisses, ses fesses, son magnifique…

Charlotte sentit ses tétons durcir à la seule évocation de ses baisers. Ses lèvres brûlaient de l'embrasser et elle sentait son sang battre entre ses jambes. Elle voulait le sentir en elle ; pire, elle en avait besoin. Maintenant. Elle ne pouvait pas attendre davantage. Il y avait sûrement un recoin à l'écart dans ces ruines. Ils avaient une demi-heure et, dans son état, il ne lui faudrait guère plus d'une demi-seconde. Elle ne patienterait certainement pas jusqu'au soir.

— Ohé ! Tynweith !

Mon Dieu, c'était impossible. Il était à Londres et il ne devait pas voyager.

La vie ne pouvait pas être aussi cruelle.

Charlotte se retourna vers l'entrée du château.

Son mari, le duc de Hartford, venait d'arriver.

Chapitre 14

— Croyez-vous que je pourrai voir les créneaux, Mrs Larson ? J'espérais les visiter hier quand je suis venue avec Meg, mais je n'ai pas réussi à ouvrir la porte.

Lizzie aurait surtout voulu parler à Robbie, mais elle avait laissé passer sa chance. Lady Dunlee avait été trop rapide. Le comte venait à peine de se lever de table quand elle l'avait obligé à escorter sa fille.

C'était peut-être aussi bien. Le moment était mal choisi pour parler de leur avenir. Il lui demanderait sûrement sa main quand il apprendrait qu'elle était prête à renoncer à avoir des enfants pour lui.

— Bien sûr, lady Elizabeth, il le faut, même : la vue est saisissante de là-haut. Savez-vous quel est le problème avec cette porte ?

— Je crois qu'elle est seulement coincée, mais je suis malheureusement incapable de l'ouvrir seule, et il n'y avait pas assez de place sur les marches pour que Meg m'aide à pousser.

— Nous avons donc besoin de l'aide d'un homme vigoureux. Sir George, puis-je vous accaparer un instant ?

— Je serais ravi de vous prêter mes forces, mesdames.

— Moi de même, si je puis me permettre, intervint lord Andrew en venant se placer à côté de Lizzie.

Il était à peine trop près, pas assez pour que ça se remarque, mais suffisamment pour que Lizzie se sente oppressée. Elle recula et, du coin de l'œil, le vit sourire. Il savait exactement ce qu'il faisait.

Lizzie espérait que Mrs Larson refuserait son offre, mais elle le remerciait déjà.

— Splendide, lord Andrew ! Miss Peterson, Mr Parker-Roth, souhaitez-vous vous joindre à nous ?

— Non, merci, dit Meg. Lizzie m'a déjà traînée là-haut hier. S'il ne nous reste plus qu'une demi-heure, je préfère examiner la végétation qui pousse ici. J'étudiais quelques spécimens très intéressants quand nous avons été appelés pour déjeuner, et j'aimerais retourner les voir.

— Mr Parker-Roth ?

— Je comptais moi aussi rester au niveau du sol. J'accompagnerai Miss Peterson, si elle n'y voit pas d'objection.

— Parks a-t-il l'intention d'examiner la végétation, ou la jeune vierge ? chuchota lord Andrew.

Mrs Larson ne semblait pas avoir entendu cette horrible remarque.

Lizzie devait-elle demander à l'homme de répéter à voix haute ? Il se tourna légèrement vers elle, le sourcil haussé. Son visage était impassible, mais son regard semblait la narguer. Il la défiait de créer un scandale.

Elle ne lui accorderait pas ce plaisir.

— Comme vous voudrez, dit Mrs Larson. La partie de campagne durera encore quelques jours donc, si vous changez d'avis, je suis sûre qu'une autre sortie pourra être organisée.

Meg et Parks partirent observer leurs plantes. Mrs Larson prit le bras de sir George, mais Lizzie ignora Andrew quand celui-ci lui offrit le sien et se rapprocha de son hôtesse. Le vent plaqua ses jupons contre ses mollets.

Lady Felicity venait de s'engouffrer dans la tour. Désirait-elle voir les remparts, elle aussi ?

— Ohé ! Tynweith !

— Mon Dieu…, murmura Mrs Larson en s'arrêtant net.

Tous se tournèrent vers l'entrée du château sous laquelle s'avançait un vieillard de petite taille appuyé au bras d'un robuste valet.

— Il semblerait que le duc de Hartford vienne de nous rejoindre, dit Mrs Larson. Si vous voulez bien m'excuser…

Elle partit accueillir le vieil homme. Lord Tynweith l'avait devancée. Debout dans l'herbe fraîchement coupée, lady Charlotte, très droite, contemplait son mari sans rien dire.

— Et voilà mon adorable duchesse ! J'ai manqué notre petit rendez-vous du jeudi soir, n'est-ce pas ? s'écria Hartford d'une voix forte mais légèrement chevrotante, ce qui était une nouveauté pour Lizzie.

Charlotte se dirigea lentement vers son mari, la tête haute. Elle arborait une expression distante, mais courtoise.

— Bon après-midi, Votre Grâce, dit-elle d'une voix calme en tendant la main au vieil homme.

Hartford la prit par la taille, l'attira brutalement à lui et l'embrassa bruyamment sur la bouche.

Charlotte se dégagea doucement. Ses joues n'étaient que très légèrement rouges.

— Tynweith, n'aimez-vous pas quand elles font mine d'être si froides ?

Le baron ne répondit pas. Mrs Larson posa une main sur son épaule.

— J'envoie immédiatement un domestique à Lendal Park afin qu'on vous prépare une chambre, Votre Grâce, dit-elle.

— Ne vous donnez pas cette peine, je partagerai celle de la duchesse. (Hartford éclata de rire et serra Charlotte contre lui, la faisant tituber.) Et son lit, bien sûr ! Il me faut un héritier, vous comprenez.

Tynweith sursauta, mais tint sa langue.

— Certes, certes, répondit Mrs Larson avec un faible sourire.

— Je vais voir si je peux aider quelque part, annonça sir George avant de s'éloigner sans un regard en arrière.

— Je suis bien sûr venu avec ma propre voiture, annonça Hartford. Je vais y emmener ma duchesse et me mettre immédiatement à l'œuvre. À quoi bon attendre, pas vrai ? Venez, ma chère. La simple vue de votre joli petit corps fait de moi un vrai satyre. Allons voir si les suspensions de ce véhicule sont aussi bonnes qu'on me l'a dit.

La duchesse les salua, un sourire contrit aux lèvres.

— Pauvre femme, dit Lizzie.

Elle n'aurait jamais pensé ressentir de la compassion pour lady Charlotte, mais c'était pourtant le cas. Se retrouver mariée à un tel mufle… quelle horreur !

— Hartford est peut-être duc, mais c'est avant toute chose un imbécile.

— Allons, Elizabeth, ne soyez pas si dure. Sa Grâce était tellement heureuse de retrouver l'objet de son affection qu'elle s'est un peu laissé emporter par son amour.

— Son amour, lord Andrew ? demanda Lizzie. Sa lubricité, plutôt.

— Le désir est un sentiment bien agréable. J'espère être aussi gaillard que Hartford à quatre-vingts ans passés. (Andrew offrit son bras.) Nous nous apprêtions à monter sur les remparts, je crois.

— Maintenant que le duc est parti, peut-être que Mrs Larson et sir George voudront de nouveau nous accompagner ?

— Ils ont semble-t-il d'autres préoccupations.

Andrew avait raison. Mrs Larson avait emmené lord Tynweith à l'écart et semblait avoir une discussion très sérieuse avec lui, tandis que sir George emmenait lady Bea et lady Dunlee hors de portée de voix. Cette dernière était sur le point de tomber en arrière tant elle tordait le cou pour écouter la conversation de ses hôtes.

Les nuages noirs qui s'amassaient au-dessus de leurs têtes semblaient avoir gagné le visage du baron.

Lizzie se mordilla la lèvre. Devait-elle monter avec Andrew ? Elle ne l'appréciait guère, mais elle voulait tellement voir les environs du haut des remparts. Il était si grisant de se retrouver en altitude, surtout par temps d'orage, alors que les nuages filaient au-dessus de votre tête et que le vent vous fouettait le visage. Elle adorait grimper sur le chemin de ronde du manoir d'Alvord par de telles journées. Elle s'y sentait libre, comme si toutes les règles, toutes les responsabilités avaient été balayées.

Lizzie avait vraiment besoin de cette sensation.

Mais était-elle prête à supporter la déplaisante compagnie de lord Andrew pour cela ?

— Lady Elizabeth ?

Prudence était mère de sûreté.

— Je reviendrai plutôt voir le chemin de ronde un autre jour, par plus beau temps, avec Meg et Parker-Roth.

— Autant dire que vous êtes une poule mouillée.

— Lors Andrew !

— Allons, vous n'avez tout de même pas peur de rester seule avec moi un quart d'heure, tout au plus ? Que croyez-vous que je puisse vous faire en si peu de temps ?

— C'est-à-dire...

Vue ainsi, son hésitation semblait en effet ridicule.

— Nous avons déjà convenu que le jour était idéal pour monter sur des remparts. Vous savez que Miss Peterson et Parker-Roth n'ont que faire de grimper cet escalier, et Westbrooke n'est pas là pour jouer au chien de garde. Vous allez devoir vous débrouiller toute seule, ou décamper comme une petite fille bien sage pour vous cacher derrière vos règles de bienséance.

—Je…

—Je ne mords pas, lady Elizabeth.

—Je n'ai jamais pensé le contraire, lord Andrew.

—Dans ce cas, faites montre d'un peu d'audace et venez avez moi profiter de la vue.

N'avait-elle pas justement décidé d'être audacieuse cette Saison ? Et puis, que pourrait-il lui arriver au beau milieu de la journée et en plein pique-nique ? L'orage allait bientôt éclater, et lord Andrew n'aurait jamais risqué de tremper sa précieuse veste et son beau gilet en se livrant à d'indécentes activités. Elle n'était plus une débutante, et ce n'était pas sa première partie de campagne. C'était sa quatrième Saison, après tout.

Comme l'avait dit Andrew, que pouvait-il lui arriver en un quart d'heure ? Pas question de laisser son imagination l'emporter.

—C'est d'accord, monsieur. J'attends cependant de vous une conduite exemplaire.

—Mais bien évidemment !

Le sourire concupiscent qu'Andrew lui adressa ne fit rien pour la rassurer.

Le donjon était parfait.

Lady Felicity alluma les chandelles en fredonnant. Elle voulait être certaine que les spectateurs verraient chaque détail de sa mise en scène.

Elle avait bien fait de cacher la plus grande partie de ses accessoires. Qui aurait cru qu'Elizabeth et Meg viendraient explorer l'endroit, et que ces messieurs décideraient ensuite d'en faire de même ?

Ou que Dodsworth était un adepte de la cravache ? songea Felicity en ricanant. À la réflexion, c'était assez logique. Tess, l'employée de l'auberge préférée du gentleman, lui avait confié qu'elle devait crier « Hue, cocotte ! » chaque fois qu'elle frappait ses fesses blanches.

Quelle chance d'avoir découvert cette vieille histoire du château dans la bibliothèque de Tynweith ! Sans ce recueil, elle n'aurait jamais pu concevoir son plan. Andrew, quand elle le lui avait confié, avait évoqué les affaires florissantes des femmes de petite vertu des environs. Felicity ne comprenait toujours pas pourquoi il ne lui en avait pas parlé plus tôt. Ah, c'était bien un homme ! Sa petite cervelle était accaparée par des besoins de base. Seule une femme pouvait concevoir une conspiration vraiment élaborée.

Felicity posa sa collection sur la table. Elle avait un petit fouet de chasse, un autre, plus long, dont l'extrémité se terminait par des lanières, et un assortiment de verges de bouleau de diverses tailles. Les filles de l'auberge lui avaient également prêté leur chat à neuf queues, selon elles l'accessoire préféré des hommes qui appréciaient les jeux d'inspiration militaire. Elles avaient rajouté quelques objets exotiques – une bride à mégère, des colliers à clous, et une chose en fer qui ressemblait à une vis à oreilles.

Et d'autres ustensiles dont elle ne voulait même pas connaître l'usage.

Elle disposa le tout en un arrangement qu'elle espérait convaincant.

Le donjon était semblait-il très populaire chez ces messieurs de la haute société. Andrew savait certainement tout à son sujet. C'était l'une des principales attractions des fêtes de Tynweith. Tess avait révélé que Dodsworth avait surtout accepté l'invitation du baron pour retrouver « madame la Cravache ».

C'était à présent au tour de Felicity de faire connaissance avec elle.

La jeune fille ôta quelques-unes de ses épingles à cheveux et les répandit par terre. Elle desserra le col de sa robe puis tira dessus. Felicity aurait aimé avoir un miroir à disposition, mais le donjon n'en était pas muni. Elle pouvait seulement espérer avoir l'air suffisamment malmenée.

Elle soupesa l'une des plus petites baguettes. Que ressentait-on quand elle vous cinglait la peau ? Ses tétons durcirent sous le coup de l'excitation. Elle n'avait jamais essayé ce petit jeu auparavant. Quel dommage qu'Andrew ne soit pas là.

Une zébrure suffirait-elle, ou devait-elle se fouetter jusqu'au sang ? Felicity abaissa davantage sa robe et frappa son sein et le haut de son bras. Elle hoqueta quand le bois mordit sa peau. C'était délicieux.

Elle recommença, plus fort cette fois. Les marques rouges tranchaient merveilleusement sur sa peau blanche. Pour autant qu'elle puisse en juger, elle avait fière allure. Lady Dunlee pourrait régaler la bonne société et les journaux à scandale avec force détails croustillants.

Felicity laissa tomber la baguette à ses pieds et prit la clé que les filles de joie lui avaient donnée. Elle était droitière, donc mieux valait entraver son poignet gauche. Deux paires de menottes pendaient au mur, une pour les hommes, une autre pour les femmes. Les filles lui avaient expliqué que les secondes n'étaient pas accrochées très loin du sol, mais elle devrait tout de même s'étirer un peu. Il serait plus confortable d'ôter son bras de sa manche.

Pourquoi ne pas simplement enlever sa robe ? Voilà qui serait encore plus scandaleux ! Non, il faisait froid et humide dans ce donjon. Felicity dénuda son bras et frissonna. Inutile de rendre les choses plus inconfortables que nécessaire.

La jeune fille referma la menotte sur son poignet et la verrouilla. Son bras levé soulevait joliment son sein zébré de rouge hors de son corset. Parfait. Elle lança la clé sur la table, où celle-ci atterrit bien en évidence.

Felicity n'avait plus qu'à attendre. Ce ne serait plus très long. Charlotte avait déjà dû envoyer Westbrooke dans la tour. Il serait là d'une seconde à l'autre. Elle se mettrait à pleurnicher dès qu'elle entendrait ses pas dans le couloir. Il se précipiterait pour l'aider et, si Charlotte jouait son rôle correctement, Mrs Larson et tous les autres convives arriveraient alors pour le voir pressé contre elle. Ce serait alors sa parole contre celle de Felicity.

Certes, Robert était un comte, mais le père de Felicity aussi. La haute société l'avait peut-être exclu, mais il avait toujours son titre. Et puis, comment Westbrooke pourrait-il nier l'évidence ? Felicity était menottée au mur, sa robe baissée presque jusqu'à la taille, et le sein marqué par des coups de fouet. Elle serait aussi complètement paniquée. Elle sangloterait dans les bras de lady Dunlee, lui révélerait comment Westbrooke avait suggéré ce jeu, à quel point elle avait été heureuse de lui faire plaisir – tout le monde savait qu'elle le poursuivait de ses assiduités depuis des années – et à quel moment les pulsions du comte étaient devenues trop intenses pour elle.

Lady Dunlee la croirait, et rien d'autre n'importait. Même si les autres dames doutaient de sa sincérité, les circonstances étaient accablantes. De plus, on ne savait rien des préférences de Westbrooke. Il était tellement secret. Le duc pouvait tout aussi bien être, comme Dodsworth, adepte de la flagellation.

Le plan de Felicity était infaillible. Westbrooke était fait comme un rat.

Felicity tâcha de trouver une position plus confortable. Elle avait des fourmis dans la main gauche et son épaule lui faisait mal.

Peu importait. Elle avait quantité de délicieuses pensées pour oublier ces petits désagréments.

Elle passerait les dernières minutes avant que le duc arrive à trouver des moyens de dépenser son argent.

— Lord Westbrooke, pourrions-nous nous arrêter un instant ?

Lady Caroline haletait, ses joues étaient passées du rose au rouge vif et son front était trempé de sueur. Même la plume de son chapeau pendait.

Robert s'en moquait. Il n'avait aucune envie de voir cette maudite chapelle. Comme tout le reste du château, elle n'était que ruines et mauvaises herbes. Il voulait rejoindre Lizzie.

— Très certainement, lady Caroline.

Il regarda le reste du groupe. Lizzie était avec Mrs Larson, Parks et sir George.

Bon sang ! Lord Andrew venait de les rejoindre.

— Regardez, lord Westbrooke ! L'autel se trouvait sûrement ici ! s'écria Caroline en venant se placer devant une estrade. Quand on imagine que les chevaliers venaient prier dans cet endroit avant de livrer bataille !

Robert aurait bien aimé se battre ainsi. Transpercer Andrew de part en part avec une lance.

Meg et Parks quittèrent le groupe, sans doute pour aller inspecter des herbes. Au moins Andrew ne pouvait-il pas faire de mal à Lizzie en présence de Mrs Larson.

— Oh, lord Westbrooke, il y a des mots gravés dans cette pierre ! Je crois que c'est du latin.

Robert se contenta de grogner. La jeune fille en avait-elle encore pour longtemps ?

— Pouvez-vous venir voir ? Vous saurez peut-être ce qu'ils veulent dire. Je ne sais pas lire le latin.

— Volontiers, lady Caroline.

La jeune fille ne devait pas lire beaucoup d'anglais non plus, en dehors des gravures de mode. Pour Robbie, lady Caroline n'avait rien d'une érudite.

Il regarda une fois encore Lizzie et lord Andrew. L'homme semblait se tenir tranquille. Qu'aurait-il pu faire d'autre ? Mrs Larson et sir George étaient à quelques centimètres de lui.

— Lord Westbrooke ?

— J'arrive.

Robbie se força à les quitter des yeux. Il était ridicule. Certes, les parties de campagne de Tynweith avaient mauvaise réputation, mais elles n'étaient pas vraiment risquées, à part peut-être pour les débutantes avec plus de cheveux que d'esprit. Lizzie n'était pas idiote. Elle ne partirait pas seule avec un homme comme Andrew.

— Ici, lord Westbrooke, vous voyez ? Qu'est-ce que cela signifie ?

Lady Caroline ne tenait pas en place. Robbie sourit et se pencha pour examiner l'inscription. La jeune fille était presque agréable quand elle abandonnait ses grands airs.

— Est-ce une bénédiction ? Le nom d'un chevalier d'une grande bravoure ?

Robbie passa la main sur l'inscription.

— *Antonio erat hic.*

— Oui ? Qu'est-ce que ça signifie ?

— « Anthony est passé par là », répondit Robert avec un grand sourire. Je suis navré, mademoiselle, j'imagine qu'un écolier a gravé ceci après avoir échappé à la vigilance de son précepteur. C'était peut-être même un ancêtre de Tynweith. Vous pouvez lui demander s'il a un aïeul nommé Anthony.

Lady Caroline sembla un instant déconfite, mais se ragaillardit vite.

— Il y a peut-être une crypte ici ! Un chevalier pourrait-il être enterré sous nos pieds ?

Robbie détestait lui faire de la peine.

— J'en doute fort. Nous pouvons toujours regarder, mais je pense que tous les habitants des environs sont enterrés à l'église du village.

Au cours des minutes suivantes, il aida lady Caroline à déblayer feuilles mortes et lierre, et se surprit à trouver la jeune fille de bonne compagnie. Il ne l'avait guère appréciée quand elle avait surgi dans la chambre de Lizzie aux côtés de Felicity pour le piéger dans toute sa nudité, mais elle semblait vraiment ravie à l'idée d'explorer ces ruines. Quand un mulot surgit d'un amas de plantes séchées, elle cria mais ne se jeta pas dans ses bras.

Il était presque navré pour elle quand il la persuada de rejoindre le reste du groupe.

Les bonnes dispositions de Robbie ne durèrent pas longtemps. Quelque chose s'était produit pendant qu'ils fouinaient dans les ruines. Les convives étaient pressés les uns contre les autres et parlaient en hochant la tête. Robbie pressa le pas.

— Lord Westbrooke, s'il vous plaît ! Vous allez trop vite !

— Pardonnez-moi.

Robert s'efforça de ralentir l'allure pour que la jeune fille dodue parvienne à suivre son rythme. Il ne voyait ni Lizzie ni Andrew et, à bien y regarder, la duchesse et lady Felicity manquaient elles aussi à l'appel.

Lady Dunlee, qui discutait avec lord Botton et Mr Dodsworth, fut la première à l'accueillir, les yeux brillants.

— Vous avez manqué le plus amusant, monsieur !

— Amusant ?

— En effet, intervint lord Botton alors que lady Dunlee ouvrait la bouche pour répondre. Hartford est venu chercher sa femme pour la ramener à Lendal Park. Il a annoncé très explicitement ce qu'il avait l'intention de lui faire une fois arrivé là-bas, et a également précisé qu'il avait l'intention de commencer en chemin.

— Dans la voiture, pendant que les chevaux trottent, ajouta Dodsworth d'une voix émerveillée. Il allait bai...

— Mr Dodsworth, je vous en prie ! s'écria lady Dunlee en passant un bras autour des épaules de sa fille. Il y a des dames ici, y compris une jeune demoiselle très impressionnable.

Dodsworth eut la politesse de rougir.

— Veuillez m'excuser, madame. Je me suis laissé emporter.

— On dirait bien, oui !

— Lady Elizabeth est-elle repartie avec eux ? demanda Robert.

Le petit groupe contempla Robbie comme s'il avait perdu la raison.

— Elle les aurait un peu gênés, vous ne croyez pas ? demanda lord Botton. Vous avez bien compris ce que le duc avait à l'esprit ?

— Du sport en chambre, mais pas dans une chambre, précisa obligeamment Dodsworth. Dans une voiture. Hartford allait b...

— Mr Dodsworth !

— Pardon, pardon, je n'arrive seulement pas à... Je n'avais jamais pensé que l'on pouvait le faire dans une voiture... avec des chevaux, vous comprenez... Je pourrais peut-être enfin... (Dodsworth vira au rouge pivoine.) C'est une pensée très stimulante, voilà tout.

— Avez-vous bu, Dodsworth ? demanda lady Dunlee.

— Non ! Enfin pas plus que les autres. J'ai juste...

— Si vous voulez bien m'excuser..., l'interrompit Robbie.

Regarder le pauvre homme s'empêtrer tout seul ou spéculer sur les préférences sexuelles du duc ne l'aiderait pas à retrouver Lizzie. Il aperçut Parks et Meg. Peut-être savaient-ils où était la jeune fille ? Ils étaient avec elle quelques minutes plus tôt.

— Parks.

— Westbrooke, tu as manqué quelque chose.

— C'était horrible ! ajouta Meg. Quel vieil homme méprisable !

La jeune fille semblait prête à frapper quelqu'un. Robbie recula d'un pas pour ne pas représenter une cible trop évidente.

— C'est aussi un duc, Miss Peterson.

— Je m'en moque, Mr Parker-Roth. Duc ou charretier, personne n'a le droit d'être aussi grossier. Pauvre duchesse.

Meg était visiblement sur le point de se lancer dans une longue diatribe. Robbie était certain que Hartford était le plus vil des hommes, mais il n'avait pas le temps de l'écouter.

— À vrai dire, Meg, je suis davantage préoccupé par Lizzie. Je ne la vois nulle part. Savez-vous où elle est partie ?

— Je crois qu'elle est montée sur les remparts, répondit Parks.

— Oui, nous n'avons pas réussi à ouvrir la porte qui y menait, hier, ajouta Meg.

— Mrs Larson et elle avaient très envie de les voir, dit Parks. Sir George et lord Andrew les ont accompagnées.

Robbie sentit la panique lui étreindre la poitrine.

— Parks, Mrs Larson est ici, avec lord Tynweith.

— Tiens, c'est vrai, et je vois aussi sir George, ce qui ne laisse que...

Par tous les diables !

— Lord Andrew. Si vous voulez bien m'excuser...

Lizzie n'aimait guère gravir l'escalier devant lord Andrew. Il avait dit vouloir être capable de la rattraper si elle tombait, mais selon elle il voulait surtout regarder ses mollets.

Elle s'arrêta au dernier tournant.

— Nous sommes presque au sommet, monsieur. Souhaitez-vous que je vous laisse passer ?

— Non, non, lady Elizabeth. Je vous en prie, continuez.

— Mais vous devrez être devant quand nous arriverons à la porte. Elle est vraiment bloquée. Vous aurez besoin de toutes vos forces pour l'ouvrir.

— Nous verrons, répondit Andrew avec un sourire narquois.

— Comment ça, « nous verrons » ? Je vous assure que je n'ai pas réussi à la faire bouger d'un pouce.

— Lady Elizabeth, je suis nettement plus fort que vous. Cette porte ne me posera aucune difficulté, et ainsi je ne bloquerai pas votre premier aperçu de ces remparts.

Lizzie réprima une soudaine envie de pousser lord Andrew dans l'escalier, ce qui aurait alors permis à l'homme de mesurer les forces de la jeune fille, et à elle d'entendre le crâne de cet être suffisant rebondir contre les marches.

Elle continua à monter.

— Nous y sommes, monsieur. Comment comptez-vous… oh !

Andrew venait de monter sur la marche juste derrière elle et de poser les deux mains sur la porte. Elle était prise au piège. Un frisson de panique remonta le long de son échine.

Dieu merci, la porte ne lui résista pas longtemps : une simple poussée eut raison d'elle, ce qui aurait beaucoup contrarié Lizzie si elle n'avait pas été si soulagée d'être libérée de lui. Elle sortit précipitamment sur les remparts.

Le vent la cingla, lui coupant le souffle et menaçant de lui voler son chapeau, puis emporta ses éclats de rire.

Lizzie adorait ce temps. Les nuages noirs étaient si bas qu'il lui semblait pouvoir les toucher. Elle inspira profondément. L'air était humide, glacial. Elle sentait l'odeur de l'orage, son goût métallique sur sa langue.

Elle se pencha sur le parapet et des feuilles mortes tourbillonnèrent autour de ses chevilles. À quelque distance de là, le clocher du village se dressait vers le ciel comme pour percer les nuages et libérer la pluie. À l'ouest, un rayon de soleil égaré éclairait les murs jaune pâle de Lendal Park.

Lizzie se redressa pour observer les environs depuis l'autre côté de la tour et buta contre quelque chose.

— Que…

Elle essaya de se retourner, mais se découvrit bloquée par le torse de lord Andrew. Le vent avait sûrement couvert le bruit de ses pas. Lizzie tordit le cou pour voir son visage.

— Monsieur, vous êtes trop près.

— C'est volontaire.

Il la pressa contre le parapet, lui comprimant la poitrine. Elle sentit un objet pointu appuyer contre son dos, les doigts d'Andrew sur sa peau, puis entendit un bruit de tissu qu'on déchire et se rendit compte que sa robe pendait lamentablement.

— Lord Andrew !

Elizabeth essaya de s'écarter du mur, mais c'était impossible : elle avait les mains coincées. Elle tenta de lui décocher un coup de reins.

— Oui, c'est parfait, grommela-t-il d'une voix pâteuse.

Il projeta ses hanches en avant et elle sentit quelque chose de dur presser contre ses fesses.

Son corset se comprima brièvement, puis s'ouvrit. Le vent s'engouffra en sifflant dans sa chemise.

— Que faites-vous ? cria-t-elle.

— J'ouvre ta carapace comme je le ferais d'un homard pour pouvoir profiter de la chair bien tendre.

Andrew la prit par les épaules et la retourna. Il avait un couteau à la main.

Lizzie essaya de ne pas paniquer, mais son cœur battait à tout rompre. Elle eut le plus grand mal à trouver assez de souffle pour parler.

— Andrew, je vous en prie, arrêtez.

Il l'emprisonnait de son poids. Lizzie songea à courir vers la porte et se précipiter dans la tour, mais comprit que ses chances étaient minces. Elle ne pouvait rien faire contre un couteau et, même si elle parvenait à se dégager, elle n'arriverait pas à descendre le vieil escalier sinueux sans se prendre les pieds dans sa robe déchirée. C'était trop dangereux.

Mais peut-être pas autant que rester près de ce fou furieux.

— Tu ne peux pas t'échapper, ne va pas te faire mal en essayant. (Andrew ricana.) J'ai des moyens bien plus amusants de te faire souffrir.

— Non !

Finalement gagnée par la terreur, elle avait le plus grand mal à prononcer ne serait-ce qu'un mot.

— Oh, si. J'aime beaucoup l'idée de te prendre avec ton couvre-chef sur la tête, mais je vais remettre ça à un autre jour.

Il défit les rubans de son chapeau, l'ôta et le jeta par-dessus le parapet.

— Aujourd'hui, je préfère te voir avec le vent dans les cheveux.

Lizzie se contorsionna pour regarder les bourrasques malmener sa pauvre coiffe avant de la laisser choir dans l'herbe, à l'extérieur du château. Si seulement ils avaient été au-dessus de la cour… Robbie, Meg ou un autre des convives l'aurait alors vue flotter dans les airs et serait venu voir ce qui se passait ici.

Elle n'aurait pas dû bouger. Le membre d'Andrew palpitait contre son ventre.

— C'est tellement bon…

Il lui arracha ses épingles à cheveux et les jeta elles aussi du haut de la tour. Le vent ramena la chevelure de Lizzie devant son visage. Elle essaya de pousser Andrew. Peut-être pourrait-elle se dégager ?

C'était peine perdue.

Andrew tira d'un coup sec sur sa robe et son corset. Lizzie tenta de lui décocher un coup de genou entre les jambes, mais l'homme l'esquiva facilement. Il se pressa contre elle en riant et passa la pointe de son couteau sous le col de sa chemise.

— Non !

— Hé si.

Il découpa le tissu jusqu'à sa taille, dénudant ses seins.

— Un peu trop petits pour moi, mais j'ai vu pire.

— Mon frère vous tuera.

— Je crois plutôt qu'il insistera pour que je t'épouse. Ne t'inquiète pas, j'accepterai gracieusement, ce qui me donnera le contrôle de tes biens et de ta personne. Nous allons bien nous amuser.

Elle lui décocha une ruade, ce qui lui arracha un rire gras.

— Tu te rappelles quand je t'ai dit que je ne mordais pas ?

— Oui.

Où voulait-il en venir ?

— Je mentais.

Il laissa tomber son couteau, se pencha en avant et referma les dents sur son téton.

Chapitre 15

Mais où diable était Westbrooke ?

Felicity se dressa sur la pointe des pieds. Elle n'avait plus aucune sensation dans le bras ; il aurait tout aussi bien pu appartenir à quelqu'un d'autre, ou à un cadavre.

Et si personne ne venait ? S'ils l'abandonnaient ici ?

La jeune fille regarda la clé, au beau milieu de la table. Elle croyait avoir pensé à tout. La laisser ainsi, bien en évidence, lui avait semblé une excellente idée. Une preuve supplémentaire quand tout le monde aurait découvert Westbrooke avec elle. Felicity tendit la main pour l'attraper… elle était beaucoup trop loin. Une vive douleur parcourut son bras inerte. La clé était à environ un pied de là. Elle pouvait s'étirer autant qu'elle le voulait, rien n'y ferait.

Pourquoi avait-elle essayé d'être aussi maligne ? Elle aurait simplement dû laisser cette satanée clé dans sa poche.

Enfer et damnation, et Westbrooke ? Il aurait déjà dû être là depuis longtemps. Charlotte ne l'avait-elle pas déjà envoyé ? Non, cette garce avait sûrement oublié son rôle. Elle s'en souviendrait sûrement avant que tout le monde parte. Elle remarquerait l'absence de Felicity et tout lui reviendrait en mémoire.

Tout du moins Felicity l'espérait-elle. Charlotte s'était comportée très bizarrement depuis le début de la partie de campagne. Elle était nerveuse, irritable… et aujourd'hui, c'était tout le contraire : elle semblait complètement ailleurs.

Mais où ? Charlotte avait plus d'une fois regardé leur hôte au cours du déjeuner. Y avait-il quelque chose entre ces deux-là ? Peut-être… Felicity n'avait pas oublié le portrait singulier qu'elle avait aperçu dans la chambre de Charlotte et, à bien y réfléchir, la duchesse avait l'air d'une femme que l'on avait honorée récemment. Pourtant, Charlotte n'appréciait guère le sexe – jusque-là, en tout cas. Tynweith lui avait-il fait changer d'avis ?

Intéressant. Si jamais cette chère Charlotte avait négligé sa part du contrat, Felicity veillerait à ce que Hartford apprenne tout des aventures extra-conjugales de son épouse. Le duc était très possessif. Il n'apprécierait guère que Tynweith lui fasse porter des cornes.

Mais Felicity serait surtout coincée dans ce donjon pour plusieurs heures.

Elle vit quelque chose bouger du coin de l'œil. Une grosse araignée noire avançait sur son coude. Felicity secoua le bras, mais la bête tint bon. La jeune fille la chassa de sa main libre. Elle ne sentit même pas le contact de ses propres doigts sur son poignet engourdi.

Dans le silence de mort, elle entendit un léger bruissement à l'autre bout de la pièce. Cette chose luisante… était-ce l'œil d'un rat ?

Felicity gémit. Elle devait sortir d'ici.

Elle se força à respirer profondément. Si elle appelait à l'aide maintenant, n'importe qui serait susceptible de venir à son secours, Mrs Larson ou lord Dundee, par exemple. Son plan serait fichu.

Felicity ne devait pas laisser ses émotions la submerger. Dix minutes s'étaient écoulées depuis l'annonce de Tynweith, voire quinze. Elle n'avait plus très longtemps à attendre. Il lui fallait seulement se montrer patiente.

— Je vais le tuer.

— Edward, je vous en prie, reprenez-vous !

— Mais Nell, c'est un imbécile ! Vous l'avez bien entendu.

Tynweith lutta pour ne pas hausser la voix. Il voyait tout aussi bien que sa cousine l'expression avide de lady Dunlee.

— Oui, c'est un être méprisable, mais c'est également un duc, et le mari de lady Charlotte. Vous n'avez aucun droit, Edward.

— Si, celui qu'a tout gentleman de s'assurer qu'on traite les femmes avec respect.

— Moins fort ! Vous avez raison, mais on s'interrogerait sur vos motifs, car vous n'avez jamais défendu aucune de ces dames jusqu'à présent.

— Je n'en avais jamais vu aucune aussi maltraitée publiquement !

— De plus, je ne crois pas que lady Charlotte vous en serait reconnaissante. Elle est partie avec Hartford, et n'a pas demandé votre aide.

Cela avait d'ailleurs beaucoup contrarié Tynweith. Après la nuit qu'ils avaient passée ensemble, elle aurait dû savoir qu'il était prêt à la protéger.

Mais Hartford n'avait pas menacé de la frapper. Il avait seulement voulu jouir de ses droits d'époux. Il s'était certes montré incroyablement grossier en annonçant sans détour ses intentions, mais c'était là son seul péché. Et encore, certains n'y auraient rien vu de mal.

Nell avait raison. Ses invités s'étonneraient de le voir prendre la défense de Charlotte. Pire, ils auraient des soupçons.

Si Charlotte tombait enceinte à la suite de cette partie de campagne, elle voudrait qu'on pense que l'enfant était de Hartford. La scène qui venait d'avoir lieu était parfaite pour cela. En voyant son ventre s'arrondir, toute la bonne société féliciterait le duc, surtout avec le récit que ferait lady Dunlee de son arrivée dans les ruines.

C'était la meilleure solution, mais Tynweith la détestait. Il imaginait le vieillard en train de pétrir le corps de Charlotte, de s'immiscer entre ses cuisses…

Il avait envie de vomir.

— Edward ? Tout va bien ?

— Oui. Où sont-ils donc tous passés ? Nous devons rentrer.

— Ce n'est pas encore l'heure.

— Et pourquoi donc ? L'orage arrive, et ils n'ont sans doute pas envie de se mouiller. Ça ne dérangera personne si nous partons quelques minutes plus tôt.

— Si, Charlotte.

— Pardon ?

— Réfléchissez un peu, Edward. En ramenant prématurément tous les convives, nous n'arriverons qu'un instant après le duc et son épouse – peut-être même avant si vous lancez les chevaux au galop, comme vous semblez d'humeur à le faire.

— Et alors ?

— Alors vous embarrasserez la duchesse encore davantage. Vous donnerez une autre chance à Hartford de régaler nos invités avec ses remarques déplacées. De plus, s'il a commencé ses… activités dans la voiture, la duchesse aura sûrement les cheveux et les vêtements défaits. Elle préférerait sans doute ne pas avoir de public, vous ne croyez pas ?

Nell avait raison. Charlotte serait morte de honte. Pour rien au monde il n'aurait voulu ajouter à son fardeau.

— Entendu. (Il prit la main de Nell et la posa sur son bras.) Dans ce cas, vous devrez attendre encore un peu avant de retrouver sir George. J'ai besoin de vous pour m'empêcher de tuer quelqu'un et me dire à quel moment il sera raisonnable de ramener cette bande d'imbéciles à Lendal Park.

Robbie se dirigea à grands pas vers la tour. Il aurait préféré courir, mais il aurait ainsi attiré l'attention de tous, et sans doute provoqué un scandale. Lizzie n'avait probablement rien à craindre. Andrew était un grossier personnage qui la mettrait mal à l'aise mais, à sa connaissance, il n'avait pas encore ajouté le viol à la liste de ses péchés.

Il fallait une première fois à tout, cela dit.

Robbie entra dans la tour et laissa à ses yeux le temps de s'habituer à l'obscurité. Ce n'était pas en se brisant le cou dans l'escalier qu'il aiderait Lizzie.

Quel était donc ce bruit ? On aurait juré un gémissement de femme, et cela venait du donjon. Pourtant, Parks avait dit que Lizzie voulait voir les remparts. C'était plausible : elle adorait les hauteurs. Elle ne serait en revanche pas descendue dans le donjon à moins d'y avoir été traînée par Andrew.

Était-ce là ce qu'avait fait ce scélérat ? L'endroit était rempli d'instruments de torture. Même s'il n'employait qu'une baguette… Non, Robert ne pouvait pas supporter l'image de la peau douce de Lizzie meurtrie par les coups. Il s'élança vers le donjon… et s'arrêta sur la première marche.

Tout était de nouveau silencieux. Avait-il pu imaginer ce bruit ?

N'aurait-il pas dû également entendre la voix d'Andrew ?

Robert tendit l'oreille. Rien.

Il était sur les nerfs. Le gémissement était peut-être un pur produit de son esprit tourmenté. Mais Andrew avait également pu étouffer les cris de Lizzie.

Par tous les diables.

Il ne lui faudrait que quelques secondes pour descendre dans le donjon et remonter… mais si Lizzie était sur les remparts, c'étaient quelques secondes de trop.

Assez tergiversé.

—Arrêtez ! Vous me faites mal !

Lizzie poussa lord Andrew de toutes ses forces. Ses cris furent emportés par le vent. L'homme éclata de rire.

—Mon Dieu, j'espérais bien te faire hurler. (Il lui pressa brutalement les seins.) Je doute qu'on t'entende, mais vas-y, crie tout ton saoul. Je trouve ce son très revigorant. (Il la prit par les fesses et la plaqua contre lui.) Tu vois ? Je déborde de vitalité.

Seulement séparée de ses doigts par sa fine combinaison, elle sentait le renflement de son pantalon contre son ventre, la chaleur de ses mains sur ses fesses. Elle tenta de nouveau de le repousser, et il la serra encore plus fort, piégeant ses bras entre leurs deux corps.

—Tu sais ce qui se passera quand je déboutonnerai mon pantalon et soulèverai ta combinaison, n'est-ce pas ? chuchota-t-il à son oreille.

Attendait-il vraiment une réponse ? Lizzie secoua la tête. Elle se rappelait que Meg avait parlé de sang. Elle revoyait Robbie, nu, dans sa chambre. Elle ne s'était pas sentie menacée alors, mais maintenant, si.

—Je vais te trousser et ainsi, ma chère, répondre à une question que tout le monde se pose ici : étais-tu vraiment seule dans ta chambre quand Felicity est venue y chercher Westbrooke, ou t'employais-tu à divertir un comte sans rien sur le dos ?

Andrew lui mordit le lobe de l'oreille. Il la serrait tellement qu'elle ne put tressaillir.

— La si prude sœur du duc d'Alvord est-elle une vierge, ou une fausse sainte nitouche ? J'ai si hâte de le savoir.

Il l'embrassa goulûment. Lizzie garda les dents serrées – jusqu'à ce qu'il lui torde un téton. Elle hoqueta de douleur, et l'homme plongea la langue dans sa bouche.

Elizabeth tâcha de lutter contre la panique. Elle devait rester lucide. Andrew relâcherait tôt ou tard son étreinte. Elle aurait peut-être une chance de s'échapper quand il ouvrirait sa braguette ou soulèverait ce qui lui restait de vêtements.

Ou peut-être pas. Elle sentit la main de l'homme remonter le long de sa cuisse et soulever sa chemise. Il recula juste assez les hanches pour faire passer la fine étoffe au-dessus de la taille de Lizzie, tout en la gardant pressée contre son torse. Elle sentit la pierre froide du parapet contre ses fesses.

— Le plus amusant, c'est que je ne pourrai jamais savoir si tu es vierge, seulement si tu l'étais : en effet, en le découvrant, je mettrai moi-même fin à cet état ! Quoi qu'il en soit, je peux te promettre que, bientôt, tu ne le seras plus.

Lizzie le sentit se débattre avec ses boutons.

Elle hurla de nouveau.

Robbie monta l'escalier quatre à quatre.

Et s'il se trompait ? Si Lizzie était dans le donjon ? Il aurait dû y aller en premier. Il perdait de précieuses secondes.

Mais Lizzie voulait voir les remparts. Elle n'avait aucune raison de descendre. Meg et elle avaient visité le donjon la veille, et ce n'était pas un endroit qu'on retournait admirer.

Non, elle était forcément montée.

Si elle avait été libre de son choix. Qu'aurait-elle pu y faire si Andrew avait décidé de l'entraîner dans le donjon ? Elle n'était pas de taille face à lui.

Allons, il se laissait emporter par son imagination. Il n'était certes pas ravi de savoir qu'Andrew accompagnait Lizzie, ou qu'il se trouvait à moins de quelques lieues d'elle, mais on n'avait jamais accusé cette fripouille de maltraiter une femme. Lizzie n'avait rien à craindre. Du moins l'espérait-il.

Mais comment expliquer ce gémissement venu du donjon ?

C'était peut-être seulement le vent, ou son imagination. Il n'aurait jamais cru une telle chose possible avant cette partie de campagne, mais il n'en était plus aussi sûr désormais.

Il n'avait pas bien dormi ces derniers jours. Ce matin, il avait même eu l'impression de ne pas avoir fermé l'œil de la nuit, ce qui n'avait pourtant pas été le cas. Il avait rêvé de Lizzie, nue.

Robert avait vu son reflet dans le miroir, comme au cours de cette première nuit. Il avait regardé ses mains descendre lentement le long de son corps sur ses seins, sa taille étroite, son ventre plat, jusqu'au triangle blond à la jonction de ses cuisses. Dans son rêve, il ne l'avait pas repoussée quand elle s'était approchée. Il l'avait pressée contre lui, avait senti ses seins contre son torse. Il l'avait alors couchée sur son lit et s'était glissé en elle.

Robert s'était réveillé dur comme la pierre.

Il ne devait plus y penser. C'était insoutenable et, de toute façon, il venait d'arriver au sommet de la tour.

Robert était un gentleman, il ne se précipiterait pas sur les remparts comme si Andrew était en train de violer Lizzie. Quelle idée absurde. Il était juste venu aider la jeune fille si elle le désirait, et s'assurer qu'Andrew ne dépassait pas les bornes. Si Lizzie était là, et non dans le donjon. Il était fort possible qu'il ne trouve personne de l'autre côté de cette porte.

Cette dernière résista tout d'abord, sans doute poussée de l'autre côté par le vent. Robbie essaya de nouveau, plus fort cette fois, et elle s'ouvrit enfin.

Les cris de Lizzie lui lacérèrent les tympans.

Robert se figea, sous le choc. Andrew écrasait Lizzie contre le parapet. Il avait une main sur la braguette et l'autre sur la taille dénudée de la jeune fille.

Une rage comme il n'en avait jamais connu, brute, incandescente, s'empara de Westbrooke.

Il allait tuer cette charogne.

— Nell, pouvons-nous rentrer, à présent ? Si j'entends lady Dunlee dire encore un mot au sujet de Hartford et de Charlotte, je vous jure que je l'étrangle.

Nell sourit et tapota le bras de Tynweith.

— Vous avez été très patient. Oui, je crois que nous pouvons y aller. Vous aviez dit trente minutes, et nous devons y être. De plus, l'orage ne va pas tarder à éclater.

— Parfait.

Tynweith leva la tête. Les cieux semblaient prêts à se déchaîner d'une seconde à l'autre. Il arrêta un valet qui passait par là.

— William, dites aux cochers de se tenir prêts à partir.

— Oui, monsieur.

Le valet se dirigea au pas de course vers le corps de garde où les voituriers s'administraient quelques pintes de bière. Tynweith revint vers ses invités.

— Comme vous pouvez le voir, l'orage menace. J'ai fait préparer les voitures. Avec un peu de chance, nous arriverons à Lendal Park avant les premières gouttes.

— Tant mieux, je ne voudrais pas abîmer mon chapeau, dit lady Dunlee. Et puis je suis assez curieuse de voir comment se porte Hartford. (Elle se couvrit la bouche de sa main et gloussa comme une petite fille.) S'il a fini son affaire, tout du moins.

Tynweith serra les dents. Pourquoi Dunlee ne tenait-il pas un peu sa femme ? L'homme était pour l'instant absorbé dans la contemplation des nuages noirs.

— Quoi qu'il en soit, les voitures seront prêtes dans un instant. Si vous voulez bien vous diriger vers le corps de garde...

Tynweith s'apprêta à ouvrir la marche.

— Lord Tynweith ! cria lady Beatrice d'une voix affolée.

— Oui ?

Quel était son problème ? Edward voulait partir sans attendre.

— Lady Elizabeth n'est pas encore revenue ! Nous ne pouvons pas la laisser ici.

Il songea d'abord à lui hurler de mieux s'acquitter de sa tâche de chaperonne mais, au lieu de cela, il sourit.

— Non, en effet. Savez-vous où elle est partie ?

— Je ne suis pas sûre. L'avez-vous vue, Meg ?

— Je crois qu'elle est sur les remparts.

— C'est exact, approuva Nell. Nous allions y monter ensemble, et j'ai été retenue au dernier moment. Je crois que lord Andrew est avec elle.

— Et lord Westbrooke aussi, ajouta Miss Peterson. Il est parti chercher Lizzie il y a quelques minutes.

— Et ils ne sont pas encore revenus ? demanda lady Dunlee. Que peuvent-ils bien faire là-haut ? Il n'est pas très convenable pour lady Elizabeth de se retrouver seule avec deux messieurs.

— Au nom du ciel, Clarissa ! soupira lady Bea. Je suis sûre qu'elle profite seulement de la vue.

— Je me demande bien de laquelle.

— Mais de celle sur les environs, allons ! (Lady Beatrice semblait faire de gros efforts pour ne pas dire ses quatre vérités à lady Dunlee.) C'est la quatrième Saison de Lizzie ! ajouta-t-elle. Ce n'est plus une petite débutante. Elle peut se débrouiller seule.

— Si vous le dites, répondit lady Dunlee. Pourquoi n'irions-nous pas voir ?

— Après vous.

— Mesdames, inutile de monter là-haut, je vais envoyer un valet.

Tynweith n'avait aucune envie d'attendre que les deux femmes hissent leurs considérables personnes jusqu'au sommet de la tour. Il voulait quitter ces maudites ruines au plus vite.

— Non, merci, lord Tynweith, répondit lady Dunlee sans s'arrêter. Lady Elizabeth sera heureuse d'avoir le soutien d'une femme s'il lui est arrivé quoi que ce soit de malheureux.

Lady Bea roula des yeux.

— Je devrais peut-être les accompagner, souffla Nell.

— Mais personne d'autre, murmura Tynweith. Il n'y a pas assez de place dans cet escalier pour accueillir tout un défilé.

— Bien entendu.

— Et incitez-les à se dépêcher, voulez-vous ?

Nell se contenta de sourire.

Tynweith consulta sa montre, puis leva la tête. Selon toute vraisemblance, ils allaient se mouiller. La pluie aurait peut-être des effets apaisants sur sa colère.

— Crie tant que tu voudras, personne ne peut t'entendre, chuchota Andrew à l'oreille de Lizzie en lui pressant le sein. D'ailleurs… Ah !

Sa cravate se resserra tel un collet. Les yeux écarquillés, il tenta d'attraper la bande d'étoffe tandis que tout son corps partait en arrière.

— Robbie !

Le comte ne lui répondit pas. Elle se demanda même s'il l'avait entendue. Il n'y avait plus rien de doux dans son visage. Ses yeux et sa bouche semblaient taillés dans la pierre. Robert avait l'air prêt à tuer. Il serra encore davantage et Andrew devint violet. L'homme se débattait de toutes ses forces, visiblement sur le point de perdre connaissance.

Robbie décida de l'aider. Il abattit le poing sur son visage, avec pour résultat un horrible craquement et beaucoup de sang.

— Scélérat !

Robbie le frappa encore, sous le menton cette fois, et laissa son corps inerte s'effondrer pour se retourner vers Lizzie.

La lueur meurtrière dans son regard était toujours là.

— Robbie, je…

— Pourquoi êtes-vous montée ici avec ce… avec lui ? Vous n'avez donc aucune jugeote ?

Il y avait trop de colère dans sa voix. Lizzie ne pensait pas qu'il lui ferait du mal, mais elle avait tout de même un peu peur de lui. Ce n'était pas le moment de discuter.

— Je suis désolée.

— Désolée ? Il allait vous violer, Lizzie !

Un sanglot lui étreignit la gorge.

— Je sais.

— Bon sang.

Il posa les mains sur elle, mais sans brutalité aucune. Il frôla ses épaules dénudées, ses seins meurtris, son téton ensanglanté.

— Il vous a mordue.

Lizzie hocha la tête, incapable de parler. Elle était au bord des larmes.

— La charogne.

La voix de Robert était aussi dure que ses gestes étaient délicats.

Il la serra doucement contre son torse. Lizzie, frissonnante, posa la joue contre son gilet et respira son parfum. Son cœur commença à ralentir.

Elle se sentait en sécurité, ainsi protégée par les bras musclés de Robbie.

— Robbie…

Elle leva la tête pour le regarder… et vit quelque chose bouger du coin de l'œil.

— Robbie !

— Quoi ?

— Derrière vous !

Il se retourna aussitôt. Andrew s'était relevé et s'appuyait sur le parapet, à trois mètres d'eux. Son nez ruisselait de sang, ses yeux enflés n'étaient plus que deux fentes, mais il brandissait son couteau dans leur direction.

— Éloignez-vous de lady Elizabeth, Westbrooke.

Robbie vint se placer devant Lizzie.

— Et pourquoi donc ?

— Je suis un excellent lanceur de couteaux. Je pourrais planter celui-ci dans votre cœur les yeux fermés.

— Ça tombe très bien, ils le sont presque.

Le cœur de Lizzie battait de nouveau à tout rompre. Andrew mettrait sa menace à exécution.

— Robbie, ne restez pas là. Je ne pourrais pas supporter qu'il vous arrive malheur par ma faute.

— Écoutez Elizabeth, et éloignez-vous si vous tenez à la vie, dit Andrew.

— Vu sous cet angle, je suppose que je n'ai pas le choix, répondit Robert.

Il s'écarta sur la droite.

Lizzie se redressa et tâcha de respirer lentement. Elle était peut-être à demi nue, mais elle n'avait pas l'intention de reculer devant Andrew. Elle le dévisagea aussi calmement qu'elle le pouvait.

L'homme éclata de rire.

— Quel courage ! Tu mérites bien mieux que Westbrooke. Sais-tu qu'il est aussi impuissant qu'un...

La fin de sa phrase se perdit en un hurlement de douleur. Andrew laissa tomber son arme, un autre couteau planté dans le bras.

— J'ai peut-être oublié de vous révéler que je suis, moi aussi, assez doué avec un couteau, dit Robbie.

Andrew se prit le bras en crachant.

— Prenez le sien, Robbie ! s'écria Elizabeth.

— Très volontiers. (Robert ramassa l'arme.) Je vais également récupérer ceci, si vous n'y voyez pas d'objection.

Il arracha d'un coup sec le couteau qui avait atteint Andrew. La manche de ce dernier était imbibée de sang.

Elizabeth sentit ses jambes se dérober. Elle s'appuya contre le parapet. Sa vue se troublait...

— Lizzie, vous vous sentez mal ?

Elle inspira une grande bouffée d'air. Robbie passa le bras autour de ses épaules.

— La tête m'a tourné pendant quelques secondes, mais je vais bien.

— Vous êtes sûre ?

— Oui, je…

Un cri de femme retentit. Lady Dunlee se tenait sur le pas de la porte, flanquée de lady Bea et de Mrs Larson. Elle leva son face-à-main.

— Si vous voulez mon avis, Beatrice, lady Elizabeth ne profite pas que de la vue !

Chapitre 16

— Qu'insinuez-vous exactement, Clarissa ?

Lady Dunlee agita son face-à-main en direction de Lizzie.

— Disons seulement que l'un ou l'autre de ces messieurs doit sur-le-champ épouser lady Elizabeth.

Robbie posa sa veste sur les épaules de Lizzie. Il espérait que lady Bea réfuterait cette affirmation, mais ne fut pas surpris quand il la vit acquiescer. Se retrouver en chemise – et encore, ce qu'il en restait – en compagnie de deux hommes n'était pas un faux pas dont on se tirait facilement.

— C'est ridicule ! s'écria Lizzie d'une voix tremblante. Il ne s'est rien passé !

Lady Dunlee la regarda de nouveau à travers sa lorgnette. Lizzie rougit et serra la veste de Robbie sur ses épaules.

— Rien de définitif.

— Au contraire, mademoiselle, répondit lady Bea. (Elle lança un regard à lady Dunlee, qui s'absorba dans la contemplation de sa manche.) Quand tout ceci se saura, votre réputation sera en aussi triste état que votre robe !

— Mais pourquoi cela se saurait-il ? demanda Lizzie, désespérée. Mrs Larson, vous ne direz rien, n'est-ce pas ?

— Bien sûr que non.

— Et vous, lady Dunlee, vous pouvez sûrement vous abstenir de raconter tout ceci.

Robert s'efforça de faire passer son ricanement involontaire pour une quinte de toux. Lady Dunlee souriait, toujours aussi captivée par sa manche. Autant lui demander d'arrêter de respirer.

— Mesdames, nous devrions peut-être poursuivre cette conversation dans les voitures, dit Mrs Larson. Je suis sûre que lady Elizabeth apprécierait de quitter cet endroit, de plus l'orage va éclater d'une seconde à l'autre.

Lady Bea et lady Dunlee l'ignorèrent royalement.

— Je crains que vous n'ayez raison, Clarissa, dit Beatrice. Lady Elizabeth doit être fiancée dans l'instant, et mariée le plus vite possible. (Elle croisa les bras sur son imposante poitrine. De toute évidence, personne ne partirait d'ici avant qu'elle ait obtenu satisfaction.) Messieurs ?

Robert entendit Lizzie étouffer un sanglot.

Il ne pouvait pas la regarder. Son estomac se noua et une honte qu'il connaissait bien se répandit en lui.

Comment aurait-il pu épouser Lizzie ? La condamner à une vie sans enfants, sans passion ? Lui dire…

La panique lui étreignit la poitrine.

Il ne pouvait pas lui dire.

— Je serais ravi de demander sa main à lady Elizabeth, annonça lord Andrew.

Sa voix était pâteuse, étouffée, ce qu'expliquaient sans doute ses lèvres gonflées et les deux dents qu'il avait perdues.

— Après tout, c'est ma faute si elle se retrouve dans un tel état, poursuivit-il. Je me suis laissé emporter par mes instincts bestiaux. (Il leur adressa une horrible grimace qu'il voulait sans doute faire passer pour un sourire.) Ma seule excuse, c'est la vénération que je lui porte depuis des années. J'ai tant souffert quand elle m'a éconduit !

Robbie attendait que lady Beatrice remette l'odieux personnage à sa place mais, au lieu de cela, elle hocha la tête.

Bonté divine, elle n'allait tout de même pas laisser Lizzie…

— Non ! hurla presque la jeune fille. Je refuse de l'épouser !

— Lizzie, vous n'avez pas le choix.

— Si, lady Bea. James ne me forcerait jamais à épouser ce serpent.

— Peut-être, mais le duc lui-même ne pourrait pas réparer les dommages faits à votre réputation aujourd'hui. En ne vous mariant pas, vous vous condamnerez à une vie de vieille fille, recluse à Alvord pour le restant de vos jours.

— Ma tante Gladys ne s'est jamais mariée, et elle a passé bien des Saisons à Londres.

Elizabeth faisait tout pour paraître sûre d'elle, mais le soupçon de panique dans sa voix n'échappa pas à Robert.

— Votre tante ne s'est jamais retrouvée nue en compagnie de deux hommes, mademoiselle.

— Je ne suis pas… nue.

— C'est tout comme ! s'esclaffa lady Dunlee, méprisante.

— Je pense vraiment que nous devrions remettre cette discussion à plus tard, quand tout le monde se sera calmé, dit Mrs Larson en désignant l'escalier. Il faut partir, l'orage est imminent.

Elle aurait pu parler aux pierres.

— Très bien, lord Andrew, dit lady Bea. (Elle lança un bref regard à Robbie avant de se tourner vers l'autre homme.) Puisque vous avez offert…

— Vous ne pouvez pas laisser Lizzie épouser cette fripouille ! s'écria Robbie d'une voix plus stridente qu'il ne l'aurait souhaité.

— Avez-vous une autre suggestion, Westbrooke ? Cette jeune fille a besoin d'un mari.

— Absolument pas ! intervint Lizzie.

La jeune fille regardait droit devant elle, le menton levé, les doigts serrés sur la veste de Robert.

Elle avait été si innocemment dévergondée quand, ivre, elle lui avait sauté dessus dans sa chambre. Si passionnée dans le jardin de Tynweith. Si elle épousait Andrew... non, c'était une pensée trop obscène. Il ne pouvait pas la livrer à ce sinistre personnage. Cet homme lui donnerait peut-être des enfants, mais il lui ferait également souffrir le martyre. La perspective d'être mère ne valait tout de même pas la peine de se condamner à une vie de mauvais traitements. Lord Andrew la briserait.

— J'épouserai Lizzie, annonça Robbie alors que les premières gouttes tombaient.

Lizzie, ruisselante, était assise dans une voiture avec Meg et lady Beatrice pour toute compagnie. Le reste des convives s'était entassé dans les autres véhicules pour lui laisser un peu d'intimité.

— Lizzie, allez-vous vraiment épouser Robert ?

Elizabeth n'aurait su répondre à cette question, contrairement à lady Bea.

— Bien évidemment, Meg, elle n'a pas le choix. Je vous avoue m'être fait un peu de souci quand Andrew a fait sa demande et que Westbrooke est resté planté sans rien faire.

Un peu de souci ? Lizzie n'avait jamais eu aussi peur de sa vie ! La seule pensée d'être liée à cet homme méprisable pour le restant de ses jours, obligée de supporter ses attouchements... elle n'aurait jamais pu le supporter.

Et pourtant, elle n'aurait pu s'en prendre qu'à elle-même.

Elizabeth regarda par la fenêtre. Elle ne vit ni la pluie ni le paysage, mais le visage d'Andrew, ses yeux fous, sa moue cruelle alors qu'il déboutonnait son pantalon. Elle sentait encore sa masse qui la plaquait contre le parapet.

Lizzie n'aurait jamais pu l'arrêter. Si Robbie n'était pas arrivé au dernier moment, elle aurait été… Andrew aurait…

Lizzie pressa le front contre la paroi de la voiture.

Tout était sa faute. Il avait fallu qu'elle se montre hardie, qu'elle insiste pour visiter les remparts même après que Mrs Larson et sir George se furent désistés, pourtant bien consciente qu'elle serait seule avec lord Andrew.

Robbie avait raison, elle n'avait aucune jugeote. Elle n'avait pas oublié leur partie de billard. Elle savait qu'on ne pouvait pas faire confiance à lord Andrew.

Lizzie ravala ses larmes. Elle n'aurait jamais cru qu'on puisse être aussi maléfique.

À présent, le malheureux Robbie devait payer le prix de sa bêtise. Il n'avait manifestement aucune envie de l'épouser, et avait simplement agi ainsi pour la sauver.

Lizzie avait peut-être une solution. Robert et elle annonceraient leurs fiançailles, puis une fois le plus gros du scandale passé, elle romprait celles-ci.

Non, elle ne pouvait pas abandonner Robbie ainsi et, de ce fait, causer un second esclandre. Personne ne l'épouserait alors, et elle finirait comme lady Bea l'avait prédit : vieille tante célibataire à Alvord.

Lizzie était obligée d'épouser Robert.

Obligée ? Quel merveilleux fardeau ! Elle en rêvait depuis des années, certes pas dans de telles circonstances. Elle l'aimait.

Lizzie saurait se faire pardonner. Elle serait la meilleure épouse qu'un homme ait jamais eue. Elle ferait tout ce que Robbie désirerait. S'il voulait qu'elle reste à la campagne, elle le ferait. S'il voulait avoir une maîtresse, ou plusieurs, elle ne protesterait pas. Elle veillerait à ce qu'il ne regrette jamais son acte de chevalerie.

Tout serait pour le mieux. Elle avait assez d'amour pour deux.

Une pensée soudaine s'immisça dans son esprit.

Et si Robbie en aimait une autre ?

Mon Dieu, quelle journée ! Et elle n'était pas encore finie. Lord Tynweith se versa un grand verre de brandy et s'affala dans son fauteuil préféré, près du feu. Il avait décidé de rester ainsi caché dans son salon jusqu'au dîner.

Qui aurait cru que lord Andrew était un tel butor ? Violer une convive, voilà qui faisait tache dans la bonne société. Il avait consigné l'homme dans sa chambre et veillerait à ce qu'il ne soit plus jamais invité. Au moins, Andrew ne risquerait plus de séduire les jeunes filles pendant quelque temps. Il était en revanche susceptible de les terroriser, tant Westbrooke avait altéré ses traits.

Il n'aurait jamais pensé le jeune Robert aussi habile de ses poings. À sa connaissance, le comte ne venait pas pratiquer la boxe au club de Gentleman Jackson. Il savait également se servir d'un couteau, semblait-il. On apprenait bien des choses sur les gens en passant quelques jours avec eux.

Lady Dunlee en avait sûrement beaucoup profité. Elle brûlait manifestement de rentrer à Londres pour raconter tout ceci au reste de la bonne société. Mon Dieu, même trempée des pieds à la tête, elle frétillait littéralement d'excitation. Elle aurait tant d'histoires croustillantes pour les journaux à scandale. Nell s'était dite choquée par ce qu'elle avait vu sur les remparts, ce qui n'était pas chose aisée avec elle.

Au moins, Westbrooke avait finalement surmonté ce qui le retenait de demander sa main à Elizabeth. Nell avait cependant révélé qu'il n'avait pas sauté sur l'opportunité ; ce n'était que la déplaisante perspective d'imaginer Lizzie mariée à Andrew qui l'avait poussé à agir.

Tynweith ricana. Le comte n'en avait pas fini. Lady Beatrice avait l'air particulièrement déterminée quand elle était descendue de voiture. Elle voudrait sûrement voir lady Elizabeth mariée avant que lady Dunlee commence à répandre ses ragots dans les salles de bal londoniennes.

Maudite Dunlee. Il avait vu ses yeux luire comme ceux d'un chien enragé quand Hartford avait franchi l'entrée du château.

Il se versa un nouveau verre. Avec un peu de chance, lady Dunlee trouverait les malheurs d'Elizabeth si délicieux qu'elle en oublierait de raconter à la cantonade l'arrivée haute en couleur du duc octogénaire.

Tynweith fit tournoyer le liquide ambré au fond de son verre. La pensée qu'il s'efforçait d'ignorer revint le tourmenter.

Comment allait Charlotte ?

Il avait vraiment eu envie de tuer Hartford cet après-midi. Dieu merci, Nell avait été là pour l'en dissuader. Bien entendu, elle avait raison. Cela n'aurait fait de bien à personne, et surtout pas à Charlotte.

Tynweith but son verre d'une traite. Le brandy lui brûla la gorge et lui fit monter les larmes aux yeux. Il ne devait pas penser à elle.

Mais il ne pouvait penser à rien d'autre.

Le baron alla à la fenêtre. Il ne tenait pas en place.

Depuis qu'il avait quitté sa chambre au petit matin et jusqu'à l'arrivée de Hartford dans les ruines, il n'avait pensé qu'à rendre visite à Charlotte, le soir venu. Il se remémorait sa chevelure soyeuse, sa chaleur…

Tynweith était en train de devenir fou, tel un homme mourant de soif à qui l'on aurait donné une goutte d'eau à boire avant de lui barrer l'accès au puits.

Il contempla ses pelouses, ses jardins. Il lui fallait une femme, un héritier.

Tynweith revint vers le feu.

Il n'avait pas revu Charlotte depuis qu'elle était partie avec le duc peut-être deux heures plus tôt. Le vieux satyre était-il encore à l'œuvre ?

Il frappa du tisonnier les bûches en train de brûler et des flammèches volèrent en tous sens. C'était ce que voulait Charlotte. Il était certes répugnant d'imaginer Hartford en train de l'enlacer, mais la fin justifiait les moyens.

Si Charlotte quittait Lendal Park enceinte, elle serait heureuse.

Tynweith s'en prit de nouveau aux bûches. Il ne voulait pas le croire. Il l'avait éveillée à la passion. Il avait fait fondre la duchesse de marbre. Charlotte avait autant besoin de lui que l'inverse.

Assez. Se morfondre ainsi ne faisait que lui nouer l'estomac. Nell l'avait dit, il n'avait aucun droit. Charlotte était une femme mariée.

Autant descendre. Il pourrait peut-être persuader Westbrooke de faire une partie de billard. Le comte semblait aussi morose que lui.

Tynweith sortit dans le couloir. Il devait passer devant la chambre de Charlotte. Le baron pressa le pas. Pas question de penser à elle, au lit avec ce vieillard. Hartford ne la ferait jamais crier de plaisir mais si, par miracle c'était le cas, il n'avait pas envie de l'entendre.

Alors pourquoi ralentissait-il devant sa porte ?

Un son s'échappait en effet de la chambre.

Tynweith s'arrêta. Le couloir était désert. Personne ne remarquerait s'il collait son oreille contre la porte.

Il entendit de nouveau ce bruit étrange, plaintif, et se pressa contre le bois.

— À l'aide.

Bon sang ! Mais que faisait donc Hartford ? Tynweith tendit l'oreille, mais n'entendit pas de voix d'homme.

— À l'aide !

La plainte était un peu plus forte cette fois, et s'acheva par un sanglot.

Tant pis si Hartford était le mari de Charlotte, il ne pouvait pas ignorer un appel au secours sous son propre toit.

Tynweith poussa brutalement la porte, qui s'ouvrit aisément. Il n'y avait personne dans le salon.

— Charlotte ? C'est Edward ! Tout va bien ?

— Oh mon Dieu, Edward ! Venez, je vous en prie.

La voix venait de la chambre. Tynweith atteignit la porte en deux enjambées.

— Doux Jésus !

Il avait devant lui le derrière rabougri de Hartford. Le duc était allongé sur Charlotte, et ne bougeait plus.

— Edward, aidez-moi, je suis coincée. Je crois… Mon Dieu, je crois qu'il est mort.

— Monsieur, permettez-moi de vous dire que je suis aux anges. (Le sourire de Collins s'évanouit brusquement.) À condition que… Vous allez vraiment épouser lady Elizabeth, n'est-ce pas ?

Robbie serra encore davantage l'appui de la fenêtre. Il aurait voulu retourner dehors, sous l'orage. Le vent et la pluie s'accordaient à merveille avec son humeur. Inutile cependant de déprimer son valet. La nouvelle de son mariage rendait sûrement Collins fou de joie ; il pourrait enfin vivre en tout bien tout honneur avec Betty.

Robbie se tourna et essaya de sourire. Ce n'était sans doute pas très réussi. Il était pourtant d'ordinaire si doué pour feindre la bonne humeur.

— Oui, Collins, vous avez raison, lady Elizabeth et moi avons l'intention de nous marier.

Incessamment sous peu, si Beatrice avait son mot à dire. Elle avait déjà fait prévenir James, ou tout du moins le ferait dès que l'orage serait passé. Elle avait elle-même admis qu'envoyer un malheureux sur les routes par un temps pareil était de la folie.

Elle avait informé Robert en termes on ne peut plus précis qu'il était censé aller chercher un certificat de publication des bans dès le lendemain.

— Monsieur, vous ruisselez sur le tapis. Il faut ôter ces habits avant d'attraper la mort.

Bonne idée. Il pouvait sauver Lizzie en mourant, mais seulement après l'avoir épousée. S'il périssait maintenant, elle devrait se marier avec Andrew.

— Vous avez besoin d'un bain chaud. Je vous en fais préparer un.

— Je ne suis pas une petite plante fragile, Collins. Un peu de froid et d'humidité ne vont pas me tuer.

— Mieux vaut être prudent, monsieur.

Robert ôta sa chemise détrempée pendant que Collins s'employait à faire apporter une baignoire et de l'eau chaude. Il n'allait tout de même pas le dorloter jusqu'à ce qu'il ait passé la bague au doigt de Lizzie ? Robbie aurait perdu l'esprit avant.

Encore une raison pour se marier au plus vite. Une sollicitude excessive n'était pas un motif de meurtre acceptable.

Il quitta son pantalon en frissonnant. Soit, un bain serait le bienvenu. Il ne pourrait rien contre la terreur glacée qui lui serrait le cœur, mais cela lui réchaufferait au moins les os.

Que diable allait-il faire ? Lady Beatrice avait raison : le scandale serait terrible si Lizzie ne se mariait pas au plus vite. Elle s'était retrouvée pratiquement nue sur les remparts et, une fois que l'orage avait éclaté, la pluie avait rendu ce qui restait de sa chemise entièrement transparent.

Mais peut-être pouvait-il demander à lady Dunlee de faire preuve de discrétion...

— Pourquoi riez-vous, monsieur ?

Collins le dévisageait, perplexe. Le ricanement de Robbie ne devait rien à la bonne humeur. Imaginer que cette commère tiendrait sa langue était ridicule. Autant demander à la pluie qui s'abattait contre la fenêtre de ne rien mouiller.

— Pour rien. Mon bain est-il prêt ?

— Oui, monsieur.

— Excellent.

Robbie s'assit lentement dans la baignoire. Il laissa l'eau lui brûler la peau et ses orteils gelés revenir douloureusement à la vie. Il ferma les yeux un instant. C'était indéniablement très agréable.

— Collins, donnez-moi le savon et disposez.

— Monsieur, je serais ravi de vous aider à vous laver.

— Eh bien pas moi ! Allez-vous-en.

Robbie entendit la porte claquer et s'enfonça davantage dans son bain. Qu'allait-il faire ?

Se marier avec Lizzie était un rêve devenu réalité, ou un cauchemar.

Il prit le savon et se lava les cheveux.

Après le désastre de la *Cornemuse agile*, MacDuff et ses comparses n'avaient eu de cesse de le taquiner à la première occasion.

« Provoque Westbrooke en duel, il a une toute petite épée ! »

« On est tombé à bas de sa monture récemment, Westbrooke ? »

« Préviens-moi si tu retournes voir Fleur, Westbrooke. Je passerai après toi histoire que la malheureuse ait au moins un peu de plaisir ! »

Robert avait appris à vivre avec ces moqueries. Il riait, et faisait comme si leurs piques ne le blessaient pas. Ils avaient fini par se lasser.

Mais son angoisse avait subsisté. Quand Robbie rentra chez lui pour les vacances, il décida que son problème était comparable à une chute de cheval, et qu'il devait au plus vite remonter en selle. Il avait donc essayé. Nan, qui l'avait aidé à perdre sa virginité, lui avait semblé tout indiquée pour le guérir de ce tourment.

Cela n'avait pas marché. La jeune campagnarde avait été ravie de se rendre en sa compagnie dans la maison de l'ermite, abandonnée depuis longtemps. Elle avait fait de son mieux pour l'encourager. Elle avait même été très gentille quand il avait perdu son… courage au moment crucial.

« Ne t'en fais donc pas, ça arrive à beaucoup d'autres gars, même s'ils sont d'habitude plus vieux que toi. Finis le travail avec tes doigts et n'en parlons plus. »

Bon sang, il s'était mis du savon dans l'œil ; c'était sans doute pour cela qu'il pleurait. Il se frotta vigoureusement les bras.

Mais que ferait-il donc pendant sa nuit de noces ?

Tynweith attendit jusqu'à ce que tous ses invités soient rassemblés dans le salon. Charlotte était à l'étage avec sa domestique, et Hartford aussi, d'une certaine manière.

Pauvre Charlotte. Elle était pour le moins secouée quand il l'avait découverte. Rien d'étonnant à cela : elle s'était retrouvée prise au piège sous le duc, un poids mort dans le sens le plus littéral du terme, pendant un long moment. Le duc avait rendu son dernier souffle *in medias res.*

La jeune femme avait un peu retrouvé ses esprits, mais n'avait pas encore la force d'affronter lady Dunlee. Tynweith serra les poings, puis détendit ses doigts un à un. Cette dernière venait justement d'entrer dans la pièce. Ce nouveau drame ne manquerait pas de la ravir.

— Puis-je avoir votre attention ? demanda-t-il.

Les bavardages se turent. Ses invités s'attendaient de toute évidence à une annonce importante. Tous les regards se tournèrent vers lui. Certains étaient acérés et avides, comme celui de lady Dunlee, d'autres légèrement amusés. Westbrooke se tenait à la droite du groupe, le visage inexpressif. Lady Elizabeth était assise, les mains sur les genoux, à côté de lady Beatrice et aussi loin que possible du comte.

Tynweith se racla la gorge. C'était plus difficile qu'il ne l'avait pensé.

— Si je vous ai tous rassemblés ici, c'est…

— Mais nous ne sommes pas au complet ! l'interrompit lady Caroline.

— Oui, je sais. La duchesse a préféré ne pas descendre, ce que vous comprendrez assurément quand…

— Et lady Felicity ? demanda Caroline. Je ne l'ai pas vue depuis le déjeuner. Ça m'a tarabustée tout l'après-midi.

Lady Caroline avait raison. Lui-même, l'avait-il vue ? Elle parlait avec Charlotte pendant le pique-nique, mais elle n'était plus avec elle quand Hartford était arrivé. Où avait-elle bien pu passer ?

— Notre départ fut quelque peu précipité en raison de l'orage et, hum, d'autres événements, dit-il. Peut-être était-elle dans une autre voiture ?

— Pas dans la nôtre, répondit Beatrice.

— Ni la nôtre et, si je ne m'abuse, lord Tynweith, il n'y avait que des hommes dans votre véhicule, ajouta Caroline.

— Quoi qu'il en soit, ce n'est pas très loin. Elle est peut-être rentrée à pied plus tôt.

— Ne devrait-elle pas être ici, dans ce cas ?

Lady Caroline se pencha en avant, dévoilant un peu trop ses seins rebondis.

— Peut-être est-elle tombée dans les ruines et appelle-t-elle à l'aide en vain depuis, ajouta-t-elle.

— Je ne crois pas...

Il tâcha de se souvenir. Felicity était-elle là quand ils étaient montés en voiture ? Il n'en était pas certain. Ses pensées étaient alors accaparées par Charlotte, et tout le reste avait été si chaotique, entre cet orage et le scandale autour d'Elizabeth.

— J'ai envoyé un serrurier condamner le donjon, il l'aura forcément trouvée si elle était là-bas. Elle est probablement dans sa chambre en train de se reposer, ou quelque part dans la propriété. J'envoie immédiatement quelqu'un la chercher.

Il lança un regard à Flint, qui disparut après une brève révérence. Son majordome ramènerait bientôt la jeune fille.

— Il est peut-être préférable que lady Felicity n'entende pas votre annonce, dit lady Dunlee en lançant un regard en coin à Westbrooke. Elle n'en apprécierait guère la teneur.

— En effet, euh...

La mort de Hartford ne bouleverserait tout de même pas Felicity à ce point, et pourquoi lady Dunlee avait-elle regardé le comte ?

Tynweith comprit soudain.

— Oh non, ce n'est pas l'annonce que je m'apprêtais à faire.

Lady Dunlee le dévisageait comme s'il avait perdu l'esprit ; lui-même commençait à se poser la question.

— J'ai une bien triste nouvelle : le duc de Hartford est mort cet après-midi dans son lit.

Il aurait dû omettre ce dernier détail. Lord Botton ricanait déjà. Sir George lui-même était pris d'une quinte de toux. Tynweith s'empressa de poursuivre pour couvrir leur hilarité.

— C'est un grand choc pour nous tous, et tout particulièrement pour la duchesse. Pour honorer ses sentiments et la mémoire du duc, je vais devoir mettre un terme prématuré à cette partie de campagne. Je vous demande à tous de bien vouloir partir demain. La situation m'attriste, croyez-moi, mais il ne serait pas décent de continuer à nous amuser quand nous venons de perdre l'un des plus vénérables pairs de notre royaume.

— C'est très vrai, et très bien dit, approuva lord Dunlee. Ma femme, ma fille et moi-même partirons demain matin à la première heure.

— Merci. Croyez-moi, je suis navré. Oui, Flint ?

Le majordome gesticulait, posté près de la porte. Toute l'assistance se retourna vers lui.

— Monsieur, j'ai de mauvaises nouvelles.

— Je vous écoute.

L'heure n'était plus à la discrétion. Tous les convives avaient remarqué l'absence de Felicity, et la vérité valait mieux que de folles spéculations.

— Tout d'abord, lord Andrew a quitté les lieux.

C'était tout aussi bien. Tynweith n'aurait pas su quoi faire de lui. Alvord voudrait sûrement se faire un collier de ses intestins, mais il pourrait très bien le retrouver tout seul.

— Ensuite ?

— Je suis navré de vous informer que personne n'a vu lady Brookton à Lendal Park depuis que les voitures sont parties pour les ruines ce matin.

— Pauvre lady Felicity ! s'écria Caroline en se tordant les mains.

Bonté divine, la jeune fille avait-elle pu s'égarer dans les ruines et se blesser ? Le serrurier n'aurait-il pas dû la trouver ? Apparemment non.

— Flint, envoyez immédiatement un valet dans les ruines.

— Oui, monsieur.

Une voix leur parvint soudain du couloir.

— Merci, Dickey. Vous avez été merveilleux.

— C'est lady Felicity !

Caroline mena la charge vers le hall, sa mère sur les talons. Lady Dunlee parvint à franchir la porte en premier, et se figea aussitôt.

— Oh mon Dieu, souffla-t-elle.

— Que se passe-t-il ? demanda Tynweith en se frayant un chemin jusqu'au premier rang.

Lady Felicity se trouvait bien dans l'entrée. Ses cheveux étaient défaits et sa robe semblait sur le point de tomber. Elle se cramponnait au bras d'un serrurier bien bâti, et visiblement très gêné.

Lady Dunlee avait un scandale de plus à ajouter à sa collection.

Chapitre 17

— Je ne vois pas pourquoi je dois épouser Robbie si vite.

Lizzie ravala sa panique. Elle était de retour dans sa chambre, chez lady Beatrice. Ils avaient quitté Lendal Park deux jours auparavant. Robbie était parti plus tôt pour se procurer un certificat de publication des bans. Dans moins d'une demi-heure, elle prêterait serment dans le salon de lady Beatrice et deviendrait la comtesse de Westbrooke.

Elle avait envie de vomir.

— Vous ne voyez pas ?

Lady Bea cessa un instant de caresser la grosse chatte rousse lovée sur ses genoux. Queen Bess poussa un miaulement contrarié et poussa de la tête la main de Beatrice, qui recommença à la gratter derrière les oreilles.

— Depuis combien de temps connaissez-vous lady Dunlee ? demanda-t-elle. Je suis sûre que cette femme décrit en ce moment même à ses proches, dans les moindres détails, ce qu'elle a vu sur les remparts, voire ce qu'elle n'a pas vu.

— C'est très vrai, dit Betty en plantant une épingle dans la chevelure de Lizzie. Cette femme cancanerait sur notre Seigneur si elle le pouvait.

Lizzie lui lança un regard courroucé dans le miroir. Betty sourit.

— Aïe !

— Désolée, madame.

— Vous voulez seulement vous installer dans le manoir des Westbrooke.

— C'est vrai, madame. Collins et moi, nous attendons ce moment depuis des années.

Lizzie grogna. Ce mariage faisait au moins une heureuse.

— Mais lady Bea, nos fiançailles ne suffisaient-elles pas à faire taire les rumeurs ?

— Elles l'auraient pu si la situation avait été ordinaire, mais c'est loin d'être le cas. Vous êtes la sœur du duc d'Alvord, l'une des jeunes filles les plus célèbres de la bonne société, si ce n'est la plus célèbre de toutes, et vous avez été surprise nue en compagnie de deux hommes par l'une des pires commères de Londres. On doit certainement aussi parler de l'irruption de Westbrooke dans votre chambre sans rien sur le dos. Si vous franchissez le seuil de n'importe quelle demeure sans être mariée, toutes les femmes vous ignoreront, et vous attirerez sans doute les personnages les plus répugnants.

— Pas question ! s'écria Lizzie.

— Je l'aurais parié. On parlera de cette partie de campagne jusqu'à la fin de la Saison, et sans doute même pendant les suivantes. Lady Elizabeth, la jeune fille la plus respectable qui soit, y a ruiné sa réputation et ce vieux satyre de Hartford y a laissé la vie, sans parler de la rencontre entre lady Felicity et le serrurier du coin. C'est bien trop délicieux pour les journaux à scandale. Le seul moyen d'empêcher la curée et de leur agiter une alliance sous le nez.

Lizzie serra les mains et pria pour que le peu qu'elle avait mangé reste dans son estomac. Elle craignait fort que lady Beatrice n'ait raison.

— Et vous avez deux autres raisons de vous marier sans attendre : Felicity et Andrew. Cette jeune fille a eu une réaction quelque peu déplacée quand elle a appris vos fiançailles.

C'était le moins que l'on puisse dire. Lizzie se massa le front. Selon toute vraisemblance, ses maux de ventre seraient bientôt accompagnés d'une terrible migraine. Lady Dunlee avait décidé d'informer Felicity des fiançailles de Robbie dès qu'elle avait vu dans le hall de Tynweith la jeune fille au bras du serrurier qui l'avait découverte dans les ruines. Dieu merci, l'homme avait de bons réflexes : il avait arrêté le poing de la jeune fille avant qu'il s'abatte sur l'œil de Lizzie.

— Lady Felicity ne renoncera pas facilement à ses ambitions, et elle ne doit pas apprécier d'être la risée de tous, dit lady Beatrice. Tout le monde sait qu'elle avait des vues sur Westbrooke, et elle en est bien consciente. Je n'aime pas non plus savoir lord Andrew en train de rôder quelque part à Londres. Il a prouvé qu'il n'était en rien un gentleman. (Elle secoua la tête, ce qui fit voltiger la plume orange plantée dans ses cheveux.) Nous avons toutes les raisons du monde de précipiter votre mariage. Une fois la bague à votre doigt, Felicity et Andrew ne pourront plus rien faire.

— Et puis tu aimes Robbie, ajouta Meg. Ce n'est pas comme si tu épousais un inconnu.

— C'est seulement si… soudain.

Lizzie renifla pour retenir ses larmes. Elle n'avait pas imaginé son mariage ainsi. La jeune fille n'aurait pas pour autant voulu d'une grande cérémonie à Saint George, sur Hanover Square. Dans ses rêves, elle ne voyait pas un mariage à Londres, mais à l'église d'Alvord, avec sa famille : James, Sarah, et tante Gladys. Et Robbie, bien entendu, mais un Robbie fou d'amour, pas l'homme résigné et distant qui ne l'épousait que pour sauver sa réputation.

— J'aimerais que James soit là.

Lizzie se mordit la lèvre. Elle n'avait pas voulu dire ceci tout haut.

Lady Beatrice se leva et laissa une Queen Bess très irritée retomber au sol.

— Je sais, dit-elle en tapotant l'épaule de Lizzie. Il serait présent si Sarah n'était pas sur le point d'enfanter. Il viendra dès qu'il le pourra, ou Robert et vous pourrez lui rendre visite quand vous serez à Westbrooke.

— Ne pouvons-nous pas y aller dès maintenant ? soupira Lizzie.

— Nous en avons déjà parlé. Il est préférable que vous restiez à Londres quelques semaines pour faire taire les rumeurs. Quand toute la bonne société vous aura vus, vous pourrez partir à la campagne. Alors seulement votre départ n'aura pas l'air d'une fuite.

— Et voilà ! (Betty recula en souriant.) J'ai fini, madame. Vous êtes magnifique.

— Je suis d'accord, ajouta lady Beatrice avant de consulter sa montre. Le comte sera là d'un moment à l'autre. Il ne reste plus qu'une chose à faire. (Elle regarda Meg en se raclant la gorge.) Meg, vous devriez aller vous préparer.

— Mais je suis prête, lady Bea.

— Dans ce cas, descendez vous assurer que tout est en ordre et tenir compagnie à Westbrooke, si d'aventure il arrivait en avance.

— Mais…

— Tout de suite, Meg. Je dois avoir une petite conversation d'ordre privé avec Lizzie.

— Oh…

Meg semblait aussi choquée qu'Elizabeth. D'ordre privé ? Lady Bea ne voulait tout de même pas dire…

Si. Dès que Meg eut refermé la porte derrière elle, Beatrice déposa son imposante personne dans un fauteuil tout près de Lizzie et posa la main sur son bras.

— Mon enfant, je sais que votre mère est morte en vous mettant au monde. Votre tante ou votre belle-sœur vous ont-elles déjà parlé de ce qui se passe dans le lit conjugal ?

Lizzie aurait voulu que le sol s'ouvre sous ses pieds et l'engloutisse.

— Non, de telles conversations ont d'ordinaire lieu juste avant, hum…

— Exactement, avant le mariage, et la nuit de noces, bien entendu. Or, puisque vous serez mariée dans (Lady Bea consulta de nouveau sa montre.) quinze minutes maintenant, je crois qu'il est temps pour moi d'évoquer ce à quoi vous pouvez vous attendre, si vous n'y voyez pas d'objection.

— Heu…

Qu'est-ce qu'une vieille fille d'un âge avancé pouvait bien savoir de l'aspect le plus intime du mariage ?

Lady Beatrice prit le bafouillage de Lizzie pour un assentiment.

— Le tout, mon enfant, c'est de ne pas avoir peur. L'acte peut sembler étrange au premier abord, mais vous vous y ferez vite, et j'ose même dire que vous finirez par l'apprécier. Certaines femmes pensent à tort que les dames de la bonne société ne peuvent pas – ou ne doivent pas – tirer du plaisir des relations charnelles. Balivernes ! Une grande dame peut être aussi passionnée qu'une femme de petite vertu. Nous avons toutes le même matériel. C'est ce qui est ici (Lady Bea se tapota le front.) qui importe.

— Oui, bien entendu, parvint tout juste à bredouiller Lizzie, étranglée par l'embarras.

Cette femme ne s'était jamais mariée, comment pouvait-elle savoir tout ceci ?

— Ce soir, quand lord Westbrooke vous déflorera, il se peut que vous saigniez un peu, que cela vous fasse un peu mal, mais rassurez-vous : ce n'est qu'une gêne temporaire. Je suis sûre qu'ensuite ce sera merveilleux. Le comte est très bel homme, il doit assurément savoir comment traiter une femme. Vous êtes entre de bonnes mains… c'est le cas de le dire.

— Oh, bien sûr, merci.

Lizzie n'avait pas hâte de se retrouver face à Robbie, mais elle aurait préféré affronter une meute de loups affamés que de poursuivre cette conversation.

— Ne croyez-vous pas qu'il est temps de descendre ?

— Que vous êtes impatiente ! gloussa lady Bea. Bah, si j'avais eu quarante ans de moins, je n'aurais moi non plus pas craché sur le comte.

Lizzie dévisagea sa chaperonne avec horreur tandis que celle-ci, qui n'avait rien remarqué, regardait une fois encore sa montre.

— Bonsoir, Alton.

Robbie tendit son chapeau au majordome de lady Beatrice, un homme grand et mince aux cheveux blancs. Il ressemblait à un professeur d'université, mais on racontait qu'il venait des bas-fonds londoniens. Robert voulait bien le croire. Ses manières étaient irréprochables, mais ses yeux perçants comme des vrilles. Ils semblaient capables de vous vider de tous vos secrets.

Robbie tourna vivement la tête. Il n'avait aucune envie que cela lui arrive.

— Bonsoir, monsieur. Puis-je vous féliciter pour votre mariage imminent ?

Entendait-il une note de sarcasme dans la voix d'Alton ?

— Oui, bien évidemment. Merci.

Ces maudits yeux ne le lâchaient pas. Alton ne pouvait tout de même pas savoir que Robbie était…

Ridicule. L'homme était peut-être particulièrement perspicace, mais il ne lisait pas dans les pensées.

Lizzie n'aurait pas besoin d'un tel pouvoir, elle comprendrait en contemplant la source ramollie de ses tourments s'il se glissait dans son lit, le soir venu. Comment faire pour qu'elle continue à ignorer son secret ? Robbie n'avait que cette question en tête depuis deux jours.

— Pourquoi ne pas aller dans le salon, monsieur ? Mrs Peterson s'y trouve en compagnie du pasteur.

Robbie hocha la tête et fit de son mieux pour ne pas avoir l'air de fuir le hall.

Alton aurait mieux fait de s'occuper de ses propres secrets. Beatrice et lui étaient depuis des années l'objet de bien des rumeurs. Celles-ci remontaient même à l'époque où il n'était qu'un jeune valet au service de Knightsdale et lady Bea une jeune fille qui n'avait pas encore fait son entrée dans le monde. On racontait que c'était à cause de lui qu'elle ne s'était jamais mariée. Quand Knightsdale avait finalement laissé Beatrice s'installer dans sa propre maison, elle avait choisi pour dame de compagnie une cousine très âgée, très sourde et très myope, et Alton pour maître d'hôtel. C'était avant la naissance de Robbie. Cette cousine était depuis longtemps décédée, et Alton toujours là.

Pourquoi Charles n'avait-il pas insisté pour que sa tante utilise la maison de ville des Knightsdale ? Elle était bien mieux située, et son majordome était plus convenable.

Beatrice avait sans doute refusé tout net, et puis le manoir de Knightsdale était un endroit sombre et déprimant. Comme le père de Charles, en somme.

Dès son entrée dans le salon, Robbie fut assailli par une armée de roses.

Le visage souriant de Meg apparut au milieu des fleurs.

— Désolée, je fais quelques petites modifications. Lizzie devrait descendre d'une seconde à l'autre. (Elle baissa la voix.) Lady Beatrice m'a demandé de les laisser seules afin d'avoir une petite discussion avec Elizabeth, si vous voyez ce que je veux dire.

— Ah… entendu.

Il était sûrement aussi rouge que les fleurs que transportait Meg.

— Où est le révérend Axley ?

— Là-bas, à côté des pivoines, répondit Meg.

— Et Parks ?

— Je ne sais… (Meg regarda derrière lui et son visage s'éclaira.) Le voilà !

Il sentit la main de son ami sur son épaule.

— Bonsoir, Miss Peterson. Alors, Westbrooke, prêt à te retrouver la bague au doigt ?

— Plus que jamais.

Et Dieu sait qu'il l'aurait été encore davantage s'il n'avait pas eu ce terrible secret. Il n'aurait voulu épouser personne d'autre.

— Excellent, le futur marié est là ! s'écria Beatrice sur le pas de la porte. Venez, Lizzie, le moment est venu.

Elle s'écarta pour laisser la place à Elizabeth.

Mon Dieu.

Elle était si belle… Non, ce n'était pas le bon mot. Sublime. Divine. S'il avait vraiment pu faire d'elle sa femme, il se serait sûrement cru au paradis mais, en l'occurrence, c'étaient les portes de l'Hadès qui s'ouvraient devant lui. L'avoir dans sa demeure, dans la chambre de la comtesse, juste à côté de la sienne, conscient que tout le monde, elle y comprise, s'attendait à ce qu'il vienne la rejoindre dans son lit... L'enfer n'aurait pas pu être pire.

Sa robe de bal en soie blanche épousait à merveille ses formes harmonieuses. Robbie aurait voulu caresser l'étoffe, puis l'ôter délicatement pour caresser une peau qu'il savait encore plus soyeuse. L'image de la jeune fille nue devant son miroir lui revint en mémoire dans ses moindres détails, et il sentit son organe récalcitrant s'éveiller d'un bond. Ah, si seulement...

— Pouvons-nous commencer ? demanda le révérend Axley.

La cérémonie débuta, mais Robbie était incapable de prêter attention aux paroles du pasteur. Il les avait déjà entendues bien des fois auparavant, notamment au mariage de James – là aussi une affaire précipitée organisée dans un autre salon – et à celui de Charles. Il n'avait jamais pensé qu'on les prononcerait pour lui. Il avait depuis des années renoncé à se marier.

Que ferait-il quand viendrait le soir ?

Lizzie était anormalement pâle. Robert lui prit la main. Ses doigts étaient glacés. Il les massa doucement et elle lui adressa un sourire fugace avant de se retourner vers le révérend.

Si seulement... non, l'espoir n'avait jamais réussi à dresser son timide organe. Il était d'ailleurs en train de se recroqueviller dans son pantalon, telle la queue d'un chien terrorisé, à la simple idée d'honorer Lizzie – ou plutôt de la décevoir.

Le révérend le regardait, les sourcils froncés. Mon Dieu, qu'avait-il manqué ? C'était son mariage, bon sang ! Il était censé prêter attention !

— Vos vœux, monsieur. Vous devez répondre...

— Je le veux. Bien entendu, je le veux.

Il n'avait pas le choix. Impossible de condamner Lizzie à se marier avec cette charogne d'Andrew ; c'était même pire que de l'épouser, lui. Il ne pouvait pas non plus la laisser subir les piques de la bonne société. Non, ce mariage était la seule solution, et c'était bien pour cela qu'il se trouvait dans cette pièce.

Robert entendit Lizzie prononcer ses vœux.

Au moins, il aurait désormais le droit de la défendre si Andrew, ou n'importe qui d'autre, lui faisait des avances déplacées. Cela n'arriverait sans doute jamais. Robert n'était peut-être pas le duc d'Alvord, mais il avait tout de même un certain pouvoir, et le nouveau visage d'Andrew n'avait échappé à personne.

Robert ne put retenir un petit rire méprisant. Lizzie et le révérend le regardèrent, effarés, et il leur sourit poliment.

Le scélérat se terrait probablement quelque part le temps que les vestiges de sa rossée se résorbent.

Robert n'avait jamais été aussi enragé que ce jour-là, sur les remparts. Il ne s'était pas reconnu.

— Vous n'avez pas l'alliance, monsieur ? demanda le révérend Axley.

— Bien sûr que si, pourquoi me posez-vous cette question ?

— Désolé, monsieur, mais vous avez secoué la tête quand je vous l'ai demandée. Je comprends que...

— Excusez-moi, je rêvassais.

Les yeux du révérend semblèrent jaillir de leurs orbites.

— Vous rêvassiez ? À votre propre mariage ?

— Enfin, pas exactement. Disons que je pensais à autre chose.

— Ah, je comprends, répondit l'homme avec un clin d'œil. Rassurez-vous, vous pourrez très bientôt vous livrer à ces... activités.

— Non, à vrai dire…

Le révérend pensait-il vraiment que… L'homme fronça les sourcils. Mieux valait ne pas s'attarder sur la question.

Robert prit la main de Lizzie ; elle tremblait légèrement. Il se sentit de nouveau tenaillé par la culpabilité. Les yeux de la jeune fille auraient dû briller de bonheur, mais il n'y lisait que tristesse et inquiétude.

Il n'était qu'un monstre. Elizabeth aurait dû avoir une robe de mariée, une traîne, des centaines d'invités auraient dû s'entasser dans Saint George, James aurait dû accompagner la jeune fille jusqu'à l'autel tandis que leur tante Gladys aurait essuyé une larme… Au lieu de cela, elle n'avait que cette petite cérémonie hâtive. De telles choses importaient peu pour lui. S'il avait été capable de consommer son mariage, il aurait volontiers prononcé ses vœux nu sur un tas de crottin, mais Lizzie méritait mieux.

Soit, ce n'était pas vraiment sa faute. C'était le destin, sous les traits d'Andrew, qui les avait mis dans cette situation. À eux d'en tirer le meilleur parti.

Robert glissa lentement l'alliance au doigt de Lizzie et la regarda droit dans les yeux. Elle semblait lui poser une question à laquelle il n'avait pas le courage de répondre. Il lui prit impulsivement la main et y déposa un baiser.

Elizabeth sourit, et Robbie eut l'impression de voir le soleil poindre derrière les nuages.

Lizzie grimpa dans la voiture de Robert, l'estomac noué, et contempla son nouveau mari.

Il était assis aussi loin d'elle que possible et regardait droit devant lui, la mâchoire serrée, les bras croisés. Il aurait aussi bien pu s'accrocher autour du cou une pancarte indiquant : « Ne pas approcher. »

Si elle n'entamait pas la conversation, ils feraient tout le trajet qui les séparait de sa maison de ville en silence.

Que pouvait-on dire à un nouvel époux qui n'était clairement pas ravi de se retrouver marié ? « Merci » ?

— Tout va bien ? demanda-t-elle.

Elle le vit froncer les sourcils dans la pénombre.

— Bien sûr. Pourquoi ça n'irait pas ?

— Je ne sais pas, vous semblez… (Triste ? Le mot ne lui plairait guère.) bien silencieux.

— Je suis fatigué. La journée a été longue, et celles d'avant aussi. Je pense me coucher tôt, si vous n'y voyez pas d'objection.

Était-il en train de lui dire qu'il ne viendrait pas dans sa chambre cette nuit ? Lizzie ressentit un mélange de soulagement et de déception.

— Non, bien entendu. Je suis moi aussi fatiguée. Ces derniers jours ont été épuisants, en effet.

— Absolument. Une bonne nuit de sommeil nous fera le plus grand bien.

— Je suis d'accord.

Le silence s'invita de nouveau. Elizabeth entendait les sabots des bêtes claquer, le bois grincer. Un officier de la garde cria l'heure, et des voix avinées lui répondirent.

Robbie s'éclaircit la voix.

— Je suis désolé pour ce mariage.

Lizzie sentit son cœur bondir. Elle n'était pas surprise, cela dit. Elle savait que Robert n'avait aucune envie de l'épouser.

— Je le suis moi aussi. Je n'ai jamais voulu vous piéger.

— Mais de quoi parlez-vous ? Vous n'avez rien fait, c'est Andrew le coupable !

Ainsi, il se sentait tout de même piégé.

Robert se passa la main dans les cheveux.

— Je me suis mal exprimé. Je voulais m'excuser pour cette cérémonie rapide et décevante. Vous espériez sans doute davantage.

— Non, c'était très bien. Je ne désirais rien de plus.

Si ce n'est que vous m'aimiez. Lizzie se mordit la lèvre. Elle n'avait pas dit cela tout haut, au moins ? Sûrement pas : Robbie n'avait pas l'air horrifié.

Elizabeth devait lui demander s'il en aimait une autre.

C'était trop difficile. Sa gorge se serrait à cette seule pensée.

Robert se contenta de grogner.

De quoi pouvaient-ils parler ?

— Pensez-vous que lord Andrew soit en ville ? demanda-t-elle.

Quel sujet judicieux.

— Oui, j'en ai bien peur. On aurait pu croire qu'il serait rentré chez lui pour panser ses plaies mais, selon toute vraisemblance, ce n'est pas le cas. J'ai posé la question dans toutes les propriétés de son père, et personne ne l'a vu.

Robert tendit la main vers Lizzie, puis se ravisa et la laissa retomber sur son genou.

— Je sais que Felicity est à Londres. Elle n'a vraiment honte de rien.

— Elle ne viendra tout de même pas vous importuner, nous sommes mariés, dit Lizzie.

— Je n'en suis pas si sûr. Elle doit être folle de rage, et Andrew aussi. Je m'attends dans le meilleur des cas à ce qu'ils fassent circuler quelques vilaines rumeurs.

La voiture s'arrêta et un valet ouvrit la porte.

— Nous sommes arrivés, monsieur. Mr Bentley a fait rassembler tout le personnel afin d'accueillir lady Westbrooke.

— Merci, Thomas.

Lady Westbrooke ? Mais la mère de Robbie est morte depuis des années ! Pourquoi donc… Oh.

— Vous vous ferez très vite à votre nouveau titre, dit Robbie en souriant.

— Oui, j'en suis sûre.

Sauf s'il restait cet homme distant et guindé qui l'aidait à descendre de voiture. Elle n'avait pas du tout l'impression d'être lady Westbrooke.

Elle salua en souriant Mr Bentley, le majordome, Mrs Bentley, la gouvernante, et tous les domestiques qui s'étaient alignés pour lui souhaiter la bienvenue.

— Mrs Bentley, voulez-vous bien montrer sa chambre à lady Westbrooke ?

— Certainement, monsieur.

Elizabeth avait espéré que Robbie la conduirait lui-même, mais il parlait à son majordome. C'était peut-être aussi bien. Elle était au bord des larmes, et il n'avait sans doute pas envie de la voir pleurer comme une madeleine.

Mrs Bentley avait les yeux marron et un sourire chaleureux.

— Vous devez être épuisée, madame.

— Oui, je suis assez fatiguée.

Et terrorisée. Elle réalisa soudain alors qu'elle montait cet escalier étranger que, désirée ou non, elle était une épouse désormais. Sa vie ne serait plus jamais la même.

— Madame, vous sentez-vous mal ?

— Non, je vais bien, merci. Un peu bouleversée, rien de plus.

— Ma pauvre enfant, dit la gouvernante en lui tapotant la main. Vous vous sentirez vite chez vous ici. Nous sommes tous ravis de vous avoir parmi nous. Je ne devrais peut-être pas vous le dire, mais monsieur est bien mélancolique depuis quelques années. Mr Bentley et moi, nous pensons que vous êtes exactement ce qu'il lui faut.

— Merci, répondit Lizzie en rougissant.

— J'ai fait aérer les appartements de la comtesse dès que j'ai appris la nouvelle de votre mariage. Je pense que vous les trouverez très confortables. Votre femme de chambre est déjà en train de ranger vos affaires.

Lizzie laissa échapper un soupir de soulagement. Au moins, une chose n'avait pas changé : Betty serait toujours là pour maugréer et contester ses décisions. Mais la jeune femme était désormais mariée au valet de Robbie. Pourvu qu'elle reste la même !

Apparemment, c'était le cas ; tout du moins Lizzie ne remarqua pas grande différence lorsqu'elle entra dans sa chambre à coucher. Betty s'employait à accrocher ses robes de bal préférées dans sa penderie. Elle referma la porte quand elle la vit et lui adressa un grand sourire.

— Madame, cette chambre n'est-elle pas merveilleuse ?

— Si, Betty, elle est très jolie.

C'était vrai. La pièce était magnifique, entièrement décorée en bleu et or. Elizabeth se dirigea vers la fenêtre et ouvrit les épais rideaux. La lune éclairait le jardin et baignait la fontaine et les treillages d'une pâle lumière.

— Je vais vous brosser les cheveux, madame. Vous devez être parfaite pour lord Westbrooke.

Lizzie s'assit devant la coiffeuse.

— Je ne crois pas qu'il viendra ce soir. Il est très fatigué.

— Balivernes, madame. Les hommes ne sont jamais trop fatigués pour ça. Il sera bientôt là, vous verrez.

Vraiment ? Betty semblait si sûre d'elle. Pourtant, Robbie avait été très clair.

Lizzie sentit son estomac se nouer une fois de plus. Elle ne savait vraiment pas ce qu'elle voulait.

Ce satané Collins sifflotait.

— Je pensais que vous monteriez plus tôt, monsieur, dit-il en désignant la chambre de la comtesse.

Robbie posa ses épingles à cravate sur la commode. Lizzie était de l'autre côté de cette porte.

Il ne fallait pas y penser.

— Je devais parler à Bentley. J'ai envoyé des hommes à la recherche de lord Andrew, vous savez.

— Ils ont retrouvé cette fripouille ?

— Non, ce qui ne me surprend pas. Je pense qu'on ne le reverra pas en société tant qu'il n'aura pas retrouvé un visage présentable. (Robert ôta sa cravate.) Tout ce que je veux, c'est qu'il n'importune plus Lizzie.

Collins l'aida à retirer sa veste.

— Il n'oserait pas s'en prendre à la nouvelle lady Westbrooke.

— Je l'espère, mais il ne s'est pas gêné jusque-là, et pourtant peu d'hommes seraient prêts à s'attirer les foudres du duc d'Alvord.

— Certes, mais lady Elizabeth est votre femme, désormais. (Collins lui fit un clin d'œil.) Je sais que vous n'allez pas la quitter des yeux.

Robbie craignait de devenir violent si Collins et son sourire entendu ne disparaissaient pas très vite.

Son valet n'y était pour rien : il venait lui aussi de se marier et en savourait chaque seconde. Il devait sans doute penser que Robbie ressentait la même chose.

— Ce sera tout pour ce soir, Collins.

Comment cet homme parvenait-il à sourire autant ?

— Je vous souhaite une nuit très agréable, monsieur, dit le valet en désignant de nouveau la chambre de la comtesse.

Robert attendit que Collins soit sorti et poussa un profond soupir.

Il contempla la porte qui reliait sa chambre à celle de Lizzie. La jeune femme était probablement au lit, vêtue de sa chemise de nuit. Était-ce celle avec un haut col qu'elle portait lors de la partie de campagne, ou une autre, plus diaphane, qui effleurait ses seins et flottait au-dessus de ses quelques boucles blondes ? Une étoffe qu'il aurait pu faire glisser délicatement sur son corps délicieux…

L'attendait-elle ? Non, elle avait forcément compris. Mais si elle espérait tout de même qu'il vienne ?

Lizzie était dans une maison inconnue. Elle avait dû endurer l'agression d'Andrew, le scandale qui en avait découlé et ce mariage précipité. La jeune fille était sans doute déboussolée. Il aurait dû aller lui parler.

L'embrasser.

Une partie bien spécifique de sa personne bondit à cette idée.

Robert posa la main sur la porte.

Il voulait couvrir sa femme de baisers, enfouir le visage dans ses cheveux, s'agenouiller entre ses cuisses…

Très bien, et après ? L'organe si enthousiaste qui manquait de jaillir de son pantalon se flétrirait-il ?

Lizzie éclaterait-elle de rire, comme Fleur ? Le prendrait-elle en pitié, ce qui serait pire encore ?

Robbie décida que le mieux était encore d'aller s'enfermer dans son bureau pour s'y enivrer consciencieusement.

Chapitre 18

— Tu as une mine affreuse.

— Merci, Felicity, je le sais, crois-moi. Je ne me sens pas très bien non plus.

— Je ne t'ai pas vu à beaucoup de réjouissances, récemment.

— Tu crois que j'ai envie de montrer à tout le monde mon visage réarrangé par les bons soins de Westbrooke ?

— Je suppose que non.

Felicity s'adossa contre un tronc d'arbre. Lord Palmerson avait un jardin exceptionnel, aussi vaste que sombre. On pouvait y faire bien des choses à l'insu de tous. Elle étudia Andrew dans la pénombre. Son visage n'était peut-être qu'une déplaisante collection d'ecchymoses multicolores, mais le reste de son anatomie semblait parfaitement opérationnel. Elle tendit la main vers sa braguette.

Andrew recula les hanches.

— On est devenu prude, Andrew ?

— Non, je ne suis pas d'humeur, c'est tout. Cette histoire ne vous met-elle pas en rage ? Après tout, c'est vous qui vouliez piéger Westbrooke et compromettre Lizzie.

— Je suis en colère, bien sûr, mais que puis-je y faire ? Westbrooke est marié, maintenant.

— Peut-être, mais tout n'est pas rose. Je jurerais que quelque chose ne tourne pas rond entre Westbrooke et son épouse.

— Comment peux-tu le savoir ? Tu te caches depuis que nous sommes revenus à Londres.

Andrew ricana, ce qui lui arracha une grimace de douleur.

— Tu l'as dit toi-même, mon visage n'est pas très agréable ces derniers temps, mais j'ai mes espions. On ne voit pas beaucoup Westbrooke et lady Elizabeth ensemble.

— Certes, mais il n'est pas convenable pour des époux de rester en permanence collés l'un à l'autre.

— Mais des jeunes mariés, Feli ? Ils ont échangé leurs vœux il y a deux semaines ! Vous avez sûrement remarqué : les rares fois où ils apparaissent ensemble en public, ils se tiennent loin l'un de l'autre et s'ignorent tout à fait. On est loin des regards amoureux dont ils régalaient la bonne société.

Andrew n'avait pas tort. Felicity, à la recherche d'un nouveau parti, n'avait guère observé Westbrooke, mais maintenant qu'elle y pensait… Oui, elle avait remarqué une certaine distance entre les jeunes époux. De la froideur. Et lady Elizabeth…

— Tu as raison, la nouvelle lady Westbrooke n'est visiblement pas honorée comme il se doit.

— Exactement. Pour une raison ou une autre, Westbrooke n'accomplit pas son devoir conjugal.

Felicity sourit. Elle serait ravie de rendre la vie de ces deux-là aussi difficile que possible.

— Que suggères-tu ?

— Les rumeurs marchent bien, d'ordinaire. Lady Westbrooke pourrait entendre quelques histoires savoureuses sur les exploits sexuels de son mari.

— Il n'y en a aucune, Andrew ! Pas à ma connaissance en tout cas. Cet homme est soit incroyablement discret, soit un eunuque.

Les traits disgracieux d'Andrew se tordirent en une moue exaspérée.

— Les ragots n'ont pas besoin d'être vrais, Felicity. Les sous-entendus sont souvent plus efficaces. De vagues on-dit qui ne peuvent être confirmés ou démentis. Des petites gouttes d'acide qui rongeront la confiance de lady Westbrooke. Nous voulons qu'elle s'inquiète, qu'elle doute. Son imagination prendra alors le dessus, et nous n'aurons plus qu'à nous installer confortablement pour savourer le spectacle.

— Peut-être cherchera-t-elle du réconfort auprès de vous ?

Andrew esquissa une moue de dédain, suivie d'une nouvelle grimace.

— Ça m'étonnerait, mais je connais des hommes à l'esprit délicieusement pervers sous leurs visages d'anges. Ils seraient ravis d'offrir une paire de cornes à Westbrooke.

— Oh, je les connais ?

— J'en suis certain, mais ils ne jouent qu'avec les femmes mariées.

— Ah, encore une bonne raison de trouver un mari.

Felicity posa de nouveau la main sur l'entrejambe d'Andrew. Il tressaillit, mais cette fois ne se déroba pas. Elle sourit et le caressa lentement.

— Je serais ravie de rejoindre la fête et de faire circuler quelques rumeurs, mais avant cela… cette pénombre est tellement pratique, il serait dommage de ne pas en profiter.

— Billy, quelque chose ne va pas entre Lizzie et Westbrooke.

Lady Beatrice, installée sous les couvertures, admirait son majordome. Même après toutes ces années, il faisait toujours battre son cœur plus vite.

— Je ne devrais pas te laisser te glisser dans mon lit tant que tu n'auras pas promis de faire de moi une femme mariée.

— Bea, nous avons cette discussion à peu près une fois par jour depuis que tu m'as séduit dans le grenier des Knightsdale. Je ne peux pas t'épouser.

— Je ne vois pas pourquoi.

— Tu le pourrais si tu étais moins bornée. Je ne suis pas du même monde que toi, je ne pourrais d'ailleurs pas en être plus éloigné si je le voulais. Tu es sœur et tante de marquis, et je suis le bâtard d'une catin et de Dieu sait qui, un marin au mieux. En plus, je suis ton majordome. La bonne société serait scandalisée.

— Ce n'est qu'une bande d'idiots empesés ! Qu'ils aillent au diable.

— Bea, tu dis ça maintenant, mais attends qu'on te ferme la porte au nez. Tu ne seras plus de cet avis.

Bea se redressa brusquement.

— Comment oses-tu me dire ce que je ressentirai ? Tu es encore plus à cheval sur les usages que les matrones d'*Almack* ! Ça n'a aucune importance pour moi. Je ne me rends à ces bals et ces raouts que par ennui. Billy, je t'en prie, dis « oui ». Nous pourrions aller sur le continent le temps que les choses se calment. Pourquoi ne pas ajouter notre contribution à l'orgie de ragots qu'a provoquée la partie de campagne de Tynweith ?

Alton chassa Queen Bess de son oreiller. Comme à son habitude, la chatte protesta vivement et regagna son propre coussin.

— Je ne crois pas que sa féline altesse ait envie de nous voir mariés.

— Balivernes, dit Bea en enlaçant Alton. Elle t'adore, et c'est réciproque. Elle m'a semblé bien dodue à mon retour de Lendal Park.

— Le cuisinier a un faible pour elle.

— Il dit la même chose de toi. (Bea se blottit au creux de l'épaule d'Alton.) Je t'ai manqué ?

— Tu sais bien que oui. Je te l'ai déjà montré, plusieurs fois.

— Montre-moi encore.

Alton était un amant exceptionnel. Il était déjà doué jeune homme, et n'avait fait que s'améliorer avec les années. Il savait exactement ce qu'elle aimait, et comment la rendre folle.

Et c'était réciproque. Bea passa la langue sur une partie délicieusement sensible de son anatomie et sourit quand elle le sentit sursauter.

Une fois leur affaire consommée, la tête posée contre la poitrine d'Alton, Bea revint à ses préoccupations.

— Billy, je suis sûre qu'il y a un problème entre Lizzie et Westbrooke.

— Tu l'as déjà dit. Ce sont de jeunes mariés. Il leur faudra un peu de temps pour se faire à la vie à deux.

— Non, c'est plus grave que ça. Lizzie m'a l'air encore vierge.

— Bea, tu divagues ! Comment serait-ce possible ?

— Je l'ignore, mais j'ai bien l'intention de le découvrir.

— Tu ne peux pas fourrer le nez dans leurs affaires.

— Mais bien sûr que si, et toi aussi.

— Pardon ? s'écria Alton.

— Tu m'as bien entendue. Tu vas avoir une petite conversation avec lord Westbrooke.

— Il ne parlera jamais à un majordome, et sûrement pas de ses problèmes personnels.

— Tu étais espion pendant la guerre contre Napoléon. Tu sauras comment gagner sa confiance.

— C'était différent.

— Pas du tout. Il s'agit ici aussi de recueillir des informations pour la bonne cause. Tu aiderais ainsi la lignée des Westbrooke à perdurer et contribuerais au bonheur de deux jeunes gens.

— Bea…

— Billy, s'il te plaît. Nous allons les inviter à dîner. Tu enivreras Westbrooke, et il se confiera à toi.

— Il n'en fera rien.

— Mais si, crois-moi. Ce garçon m'a l'air désespéré. Il a besoin des conseils d'un homme aussi expérimenté que toi.

— Je ne crois pas que…

— De mon côté, je verrai ce que je peux tirer de Lizzie. À nous deux, je suis certaine que nous pourrons résoudre ce problème.

— Voyons, Bea.

— Nous le pouvons. Il le faut. S'il te plaît.

Billy était incapable de refuser quand elle employait ce ton. Beatrice ne fut pas surprise quand elle l'entendit soupirer profondément.

— Bon, très bien.

— Je savais que je pouvais compter sur toi.

Elle s'employa à le remercier avec application.

— Je vous suis reconnaissante de m'accompagner au dîner de lady Beatrice, Robbie.

Lizzie était assise d'un côté de la voiture, les mains sur les genoux, et Robert de l'autre.

— Lizzie, vous êtes ma femme. Si vous désirez quelque chose, vous n'avez qu'à demander.

Je veux que tu me rejoignes dans mon lit. Elle n'avait pas dit cela à voix haute, tout de même ? Non, Robbie n'avait pas sauté en marche.

Ils étaient mariés depuis déjà un mois, et il n'était toujours pas venu lui rendre visite dans sa chambre. Il ne l'accompagnait plus aux soirées. Lizzie était d'ailleurs surprise qu'il ait accepté de venir ce soir-là, même si l'invitation de lady Bea précisait que sa présence était vivement souhaitée.

Ils étaient des inconnus vivant sous le même toit.

Elle l'avait attendu au cours de leur nuit de noces, même s'il avait suggéré qu'il ne viendrait pas. Betty avait réussi à la convaincre, mais elle avait eu tort.

Depuis, chaque nuit, Lizzie attendait.

Elle ne put retenir un petit sourire contrit. Betty était furieuse. « Ce n'est pas naturel ! », grondait-elle chaque fois qu'elle regardait la porte mitoyenne. Elizabeth était sûre que sa femme de chambre avait évoqué tout ceci avec Collins, qui à son tour avait dû en parler à Robbie.

La détestait-il ?

Elle lissa sa nouvelle robe, qu'elle avait froissée à force de la serrer dans ses poings. Betty la réprimanderait vertement si elle ramenait l'étoffe en piteux état.

Quelle importance ? Elle aurait pu s'habiller des guenilles dont les domestiques ne voulaient plus sans que son mari le remarque.

Robbie était appuyé contre le dossier de son siège, les yeux fermés.

Et que penser des rumeurs qui avaient soudain inondé la bonne société ? Lizzie n'avait jamais entendu parler des exploits sexuels de Robbie pendant toutes les années qu'elle avait passées à Londres, et voilà qu'elle était accueillie par des gloussements chaque fois qu'elle s'approchait d'un groupe de femmes.

Robbie avait-il vraiment plusieurs maîtresses ? Rendait-il visite à quelques séduisantes veuves, comme on le disait ? Rien d'étonnant à ce qu'il soit si fatigué.

Il n'y avait qu'un moyen de savoir la vérité : Lizzie devait lui poser la question.

Ses mains se mirent à trembler et elle empoigna de nouveau le devant de sa robe.

Peut-être valait-il mieux attendre qu'ils soient rentrés ? Elizabeth pourrait alors se réfugier dans sa chambre pour pleurer. Si elle abordait le sujet tout de suite, elle devrait tout de même faire bonne figure devant Bea pendant tout le dîner.

Non, Lizzie manquerait de courage si elle attendait trop. Elle n'en avait déjà pas beaucoup.

— Robbie… (Sa voix se brisa. Elle toussota et essaya de nouveau.) Robbie, je voudrais vous parler de… de… argh.

Sa gorge semblait s'être comprimée.

— Lizzie ? Vous allez bien ?

— Non, je ne vais pas bien ! (Elle se redressa et joignit les mains.) Robbie, je dois vous parler. M'excuser.

— Je suis sûr qu'il n'y a aucune raison pour cela.

— Au contraire. Si je n'avais pas été assez stupide pour monter dans cette tour avec lord Andrew, vous n'auriez pas été forcé de m'épouser.

— Vous ne pouviez pas savoir que cette fripouille s'en prendrait à vous.

— Probablement, j'étais consciente qu'on ne pouvait pas lui faire confiance, et qu'il était risqué de me retrouver seule avec lui.

— Ça suffit. Il est vain de vous torturer ainsi.

— Mais je m'en veux tellement d'avoir gâché votre vie !

— Bonté divine, vous n'avez rien gâché du tout !

— Pourtant… je voulais vous demander si… Robbie, en aimez-vous une autre ? Notre mariage vous empêche-t-il de la rejoindre ?

— Je n'aime personne d'autre, souffla Robbie, la voix serrée.

— Et vos maîtresses, vos veuves ? J'ai récemment entendu une foule de rumeurs, et je préférerais connaître la vérité. Bien sûr, je n'ai pas le droit de vous interdire de fréquenter d'autres femmes, mais…

— Il n'y a ni maîtresses ni veuves. Ce sont des racontars ridicules, et ils ont comme par hasard commencé à circuler juste après notre mariage. Je soupçonne fortement Felicity et Andrew d'en être à l'origine.

— J'ai pensé la même chose, mais dans ce cas… (Lizzie prit son courage à deux mains. Elle ne serait plus jamais aussi près d'obtenir une réponse.) Pourquoi n'êtes-vous pas encore venu dans mon lit ?

Robbie se contenta d'un bruit étranglé pour toute réponse.

— Je ne devrais sans doute pas soulever ce problème, mais je ne vois pas ce que nous gagnons à l'ignorer davantage. Il vous faut bien un héritier, n'est-ce pas ?

Robbie émit un nouveau son étrange, que Lizzie prit pour un assentiment.

— Et je suis parfaitement disposée à vous aider dans vos efforts.

Son mari passa un doigt sous sa cravate pour la desserrer.

— Lizzie, je vous ai dit que je ne pouvais pas avoir d'enfants, c'est d'ailleurs pour cela que je n'ai pas demandé votre main plus tôt.

— Certes, mais vous ne m'avez jamais expliqué comment vous le saviez avec autant de certitude. Est-ce parce que vos maîtresses ne sont jamais tombées enceintes ? Ce n'est pas, à mon avis, une preuve suffisante. Vous devriez réessayer.

— Lizzie !

Il faisait trop sombre dans la voiture pour le savoir avec certitude, mais la jeune femme crut deviner que Robbie avait pris une teinte rouge vif.

— Non, c'est trop important ! s'écria-t-elle.

Sa robe était complètement fripée. Une partie d'elle-même se demandait comment lady Bea réagirait en voyant cette dernière, mais tout le reste de son esprit était dévoré par la panique. Son cœur semblait prêt à exploser dans sa poitrine.

Il lui fallait une réponse. Elle n'aurait jamais le cran d'aborder le sujet une seconde fois.

— J'ai passé de longues heures à réfléchir à la question. Je sais que vous ne m'avez pas choisie…

— Au nom du ciel, Lizzie !

— … mais vous êtes malheureusement coincé avec moi. Je ne suis certes pas une grande beauté, mais pas un laideron non plus. Ne pouvez-vous pas fermer les yeux et imaginer quelqu'un d'autre à ma place ?

— Lizzie !

Robert la prit par les épaules et la secoua violemment.

— Je vous interdis de dire des choses pareilles ! Vous êtes belle, magnifique, un diamant de la plus belle eau ! Vous êtes tout ce qu'un homme… tout ce que moi, je désire. Si j'avais dû choisir, je vous aurais choisie, vous.

— Mais dans ce cas, pourquoi…

— Parce que, Lizzie…

— Monsieur ?

Le valet de Robbie se tenait dans l'encadrement de la porte et attendait qu'ils descendent de voiture.

Dieu soit loué, Thomas avait ouvert cette porte au bon moment. Robbie sourit à lady Beatrice et s'avança dans le salon. Ce n'était qu'un répit, toutefois. Il devrait tout avouer à Lizzie, et le plus tôt serait le mieux : la malheureuse pensait être la cause de ses tourments ! L'entendre se dénigrer ainsi lui avait brisé le cœur.

— Tout va bien, Lizzie ?

Lady Bea inspecta Lizzie à travers son face-à-main, puis se tourna vers Robert.

Il parvint – de justesse – à ne pas passer un doigt sous sa cravate pour respirer plus aisément.

— Oui, lady Beatrice, répondit sans entrain Lizzie.

Le nuage de mélancolie qui enveloppait Robert depuis son mariage s'épaissit encore davantage.

— Et vous, lord Westbrooke ? (Beatrice baissa son face-à-main.) Vous semblez vous aussi quelque peu abattu.

— Je vais très bien, dit Robert d'un ton glacial.

Beatrice ne s'en émut pas.

— Vous m'avez l'air d'avoir attrapé froid. Alton, servez un brandy à cet homme.

Le majordome ne venait-il pas de lancer un regard courroucé à lady Bea avant de s'exécuter ?

— Autant remplir trois verres. J'en prendrai un, et je suis sûre que Lizzie n'aurait rien contre un petit remontant.

— Je… (Elizabeth lança un regard à Robbie.) Volontiers.

Robbie prit le verre que lui tendait le majordome. Où étaient donc les autres invités ?

Il eut soudain un très mauvais pressentiment.

— Qui d'autre attendons-nous, lady Beatrice ? Où est Meg ?

Il sirota son brandy ; avec un peu de chance, l'alcool apaiserait ses nerfs.

— Au théâtre. Je ne vous l'ai pas dit ? Vous êtes mes seuls invités.

Robert recracha aussitôt son brandy par le nez et Alton lui tapa obligeamment dans le dos.

Il essuya ses larmes et vit que lady Bea lui souriait.

— Je voulais passer un petit moment avec les jeunes mariés. Pardonnez ma franchise, mais vous ne rayonnez pas vraiment de bonheur, ni l'un ni l'autre. Pourquoi ?

Par chance, Robert n'avait plus d'alcool dans la bouche, mais il pouvait encore avaler sa langue. Il chercha instinctivement l'appui de l'autre homme présent dans la pièce. Alton lui adressa un sourire compatissant. Lady Bea et lui partageaient la même maison – et peut-être le même lit – depuis plus de quarante ans. Il était sans doute habitué à son franc-parler.

— Lady Beatrice, notre couple ne vous regarde pas, répondit Lizzie avec colère.

— Ne montez pas sur vos grands chevaux, jeune fille. Bien sûr que cela me regarde. J'étais votre chaperonne et me sens responsable. Quelque chose ne va pas entre vous deux.

Robbie allait mourir de honte au beau milieu du salon de Beatrice.

— Votre sollicitude est louable, madame, mais je m'oppose à ce que vous vous mêliez de notre vie privée.

Beatrice le dévisagea longuement, et Robbie adopta un visage poliment inexpressif. Il avait mis des années à peaufiner ce masque.

— Très bien, changeons de sujet, concéda-t-elle en souriant. Alton, le dîner est-il prêt ?

— Je vais voir.

Le majordome et lady Bea échangèrent un regard complice. On aurait vraiment juré voir un vieux couple.

— J'ai entendu ces derniers temps quelques rumeurs extrêmement déplaisantes à votre sujet, lord Westbrooke, reprit Beatrice. On pourrait croire que vous passez votre vie dans les lits, mais que vous n'y dormez guère.

Robbie savait que ses oreilles avaient viré à l'écarlate.

— Ce sont des histoires ridicules, et vous n'avez pas vraiment changé de sujet.

— Nous discutons à présent des derniers *on-dit**, ce qui est un usage parfaitement courant dans la bonne société. (Bea se tourna vers Lizzie.) Pensez-vous ces rumeurs sans fondement, vous aussi ?

— Bien sûr, répondit la jeune fille. Nous en avons d'ailleurs discuté dans la voiture, en venant ici. Ces histoires ont commencé à circuler après notre mariage, et elles ont assurément été forgées de toutes pièces par lord Andrew et lady Felicity.

— C'est bien mon avis, approuva lady Bea en hochant la tête. Permettez-moi de vous dire…

— Avons-nous vraiment le choix ? l'interrompit Robbie.

Lady Beatrice fronça les sourcils.

— Cessez de marmonner, et non, vous ne l'avez pas. Je disais donc que ces rumeurs sont bien trop extravagantes pour être vraies. Ces deux-là auraient mieux fait de s'en tenir à une seule histoire.

— Merci.

— Je vous ai demandé d'arrêter de marmonner, monsieur.

Robbie serra les dents.

— Donc ces histoires insensées ne sont pas la cause de vos tourments ?

— Non ! s'exclamèrent en chœur Robert et Lizzie.

Alton choisit ce moment pour ouvrir la porte.

— Le dîner est servi.

— Parfait ! Venez.

Lady Beatrice prit Alton par le bras, et celui-ci la foudroya du regard.

— Oh, ne faites pas une tête pareille, Billy. Nous sommes en famille. Vous dînerez d'ailleurs avec nous.

Robert crut entendre « Billy » grincer des dents.

— Madame, un majordome ne s'assied pas à la table de sa maîtresse. De plus, ni lord Westbrooke ni lady Westbrooke ne sont de votre famille, même éloignée.

— Bah, j'ai besoin de vous. Je suis sûre que lord Westbrooke sera heureux de ne pas être le seul homme à table.

Lady Beatrice avait on ne peut plus raison.

— Joignez-vous à nous, Alton, approuva-t-il. C'est une légère entorse aux conventions, mais je dois dire que lady Beatrice est coutumière du fait.

Au lieu de s'offusquer, la vieille harpie lui sourit.

— Exactement. Autant vous habituer à manger en bonne compagnie, Billy, puisque j'ai bien l'intention de vous épouser.

Robbie crut voir de la fumée s'échapper des oreilles du majordome. Ainsi les rumeurs étaient vraies. Il n'était pas surpris, pas après les avoir vus ensemble. Il aurait adoré voir Alton remettre lady Bea à sa place, mais préférait tout de même avoir un peu de soutien à table. Au point où il en était, tout compagnon mâle était le bienvenu, quelle que soit sa classe sociale.

— S'il vous plaît, Alton. Vous arriverez peut-être à tenir lady Bea.

— Je n'ai jamais réussi jusqu'ici.

Lady Beatrice tapota le bras de son compagnon.

— N'en soyez pas vexé, Billy. Mon frère George disait la même chose, quoique nettement moins poliment.

Le dîner fut une véritable torture. Alton se tenait très droit, manifestement mal à l'aise, Lizzie resta la plupart du temps penchée sur son assiette, quant à Robbie, il se cramponnait à son verre comme un naufragé à quelques débris d'épave.

Lady Beatrice planta soudain sa fourchette dans un haricot et la pointa vers lui.

— Avant ce mariage, vous scandalisiez la bonne société avec les regards langoureux que vous lanciez à Lizzie.

Robert ouvrit grand la bouche. Par bonheur, elle était vide.

— Vraiment ? s'étonna Lizzie, sa fourchette immobilisée devant ses lèvres.

— Vous n'aviez pas remarqué ?

La jeune fille rougit.

— Non, jamais.

— Vous êtes bien la seule, mais ce n'est pas la question. Aujourd'hui, tout le monde a noté que ces œillades ont disparu. On conjecture, ce qui est une très mauvaise chose, croyez-moi.

Lizzie massacrait son homard en croûte. Robert détestait la voir dans cet état.

— Lady Beatrice, bon s… (La femme haussa un sourcil.) bonté divine, nous sommes mariés, maintenant. De tels regards seraient déplacés.

— Je suis parfaitement d'accord. Ils auraient dû être remplacés par des œillades pleines de désir, celles qui disent « j'ai tellement hâte de te rejoindre dans ton lit ».

— Lady Beatrice !

— N'employez pas ce ton avec moi, lord Westbrooke. Avez-vous consommé votre union ?

Robert ouvrit la bouche, mais aucun son n'en sortit. Voilà donc ce que ressentaient les poissons arrachés à leur élément.

— Je ne pensais pas que vous auriez besoin d'explications sur la question, mon garçon, mais si c'est le cas, demandez à Billy. C'est un véritable virtuose en la matière.

Chapitre 19

— Laissons ces messieurs à leur porto, Lizzie.

— Est-ce vraiment nécessaire, lady Beatrice ? Nous ne sommes que quatre.

Lizzie avait surtout envie de rentrer. Robbie et Mr Alton avaient bu sans compter. Elle lança un regard éloquent à son époux, qui lui répondit par un sourire aviné et s'administra une nouvelle gorgée.

— Allez-y ! Billy et moi pouvons très bien nous débrouiller tout seuls, n'est-ce pas, Billy ?

Mr Alton hocha prudemment la tête.

— Vous voyez ? Laissons à Billy une chance de faire entendre raison à votre idiot de mari.

— Je ne sais pas, lady Bea.

Difficile d'imaginer l'un ou l'autre de ces messieurs capable de formuler une pensée cohérente.

— Moi, si. Messieurs, si vous voulez bien nous excuser…

Les deux hommes se levèrent en titubant.

— Certainement, répondit Robbie entre deux hoquets.

Lady Bea conduisit Lizzie dans son petit salon.

— Prenez place près du feu, mon enfant, je nous sers à boire.

— Je ne vois pas votre plateau à thé, dit Lizzie, perchée au bord de son fauteuil.

Cette conversation était-elle vraiment obligatoire ? Il aurait été plus raisonnable d'aller chercher Robbie et de faire appeler leur voiture.

Mais… et si lady Bea pouvait effectivement l'aider ?

Non, Lizzie ne pouvait pas parler de ses problèmes conjugaux. Elle trahirait la confiance de Robbie.

Si seulement Thomas n'avait pas ouvert la porte de leur voiture à ce moment-là. S'ils avaient eu cinq minutes de plus, voire une seule. Robbie lui aurait révélé pourquoi il fuyait son lit.

Parviendrait-elle de nouveau à le faire parler ?

— Mais qui veut du thé ? C'est du brandy qu'il nous faut, voyons.

— Lady Bea, je pense que…

— Arrêtez de penser ! (Son ancienne chaperonne lui tendit un verre et s'installa dans un fauteuil confortable, face à elle.) Ressentez. Parlez. Dites-moi ce qui ne va pas entre vous et votre mari.

— Mais tout va bien.

Lady Bea s'esclaffa.

— Bon, d'accord, peut-être pas tout, mais nous venons tout juste de nous marier. Les choses s'arrangeront avec le temps.

— Pfff !

— Après tout, Robbie ne voulait pas vraiment m'épouser.

— Oh, je vous en prie ! Est-il venu dans votre lit, oui ou non ? Je dirais que non, à en juger par la façon dont il a réagi pendant le dîner.

Robbie ne voudrait pas qu'elle révèle un détail aussi intime.

Mais son silence était éloquent.

— Je le savais.

— Lady Beatrice, nous n'avons pas eu le temps !

— Lizzie, vous en avez eu plus qu'assez, croyez-moi. Nous devons découvrir pourquoi lord Westbrooke n'a pas tiré parti des nombreuses heures à sa disposition.

— Peut-être ne me trouve-t-il pas assez séduisante pour cela.

Lizzie se sentit soulagée d'un grand poids. Elle but une gorgée de brandy et savoura la sensation de chaleur qui l'accompagnait.

— Mon enfant, toutes les femmes le sont quand un homme pense avec son… (Lady Bea toussa.) Quoi qu'il en soit, vous dites des sottises. Je ne mentais pas quand je disais que Westbrooke faisait parler de lui avec ses regards langoureux. Vous lui plaisez. Quelque chose le tourmente forcément. Espérons que Billy lui tirera les vers du nez.

Lizzie sentit son estomac bondir, au risque de faire resurgir son dîner.

— Mr Alton n'est tout de même pas en train de parler de…

— Bien sûr que si, c'est même sa mission.

Robbie n'aimait pas qu'on s'immisce dans ses affaires. Il serait furieux et ne lui parlerait plus jamais.

— C'est impossible ! Enfin, je pense que ce n'est pas une très bonne idée.

— Sornettes ! Nous devons trouver ce qui trouble le comte. C'est pour son bien. L'avenir des Westbrooke en dépend.

— Il y a bien le cousin Theobald…

— Cet animal ? Peut-être en saupoudrant de tabac la… oubliez ça. Faire appel à Theobald n'est pas une bonne idée. (Bea remplit de nouveau leurs verres.) Ne voulez-vous pas de Westbrooke dans votre lit ?

Lizzie eut brusquement très chaud. Elle regarda le feu, mais il ne brûlait pourtant pas plus fort.

— Si. Enfin, je veux des enfants.

— Mais vous voulez aussi Westbrooke nu contre vous, ses baisers, ses caresses.

Si Lizzie en entendait davantage, elle risquait de s'enflammer spontanément.

— Oui, oui ! C'est sans doute terriblement choquant, mais oui !

— Jeune fille, si vous aimez un homme, et tout particulièrement si vous êtes mariée avec lui, rien de ce que vous pouvez faire ne l'est. Je crois que vous devez pousser le comte à agir.

— Vraiment ?

Lizzie secoua la tête pour dissiper le bourdonnement dans ses oreilles et but une nouvelle gorgée de brandy. Cette conversation était extrêmement déconcertante. Cependant, si lady Bea pensait pouvoir lui montrer comment se rapprocher de Robbie, elle était prête à l'écouter. Elle était prête à tout pour cela.

— Vous avez déjà attendu qu'il fasse le premier pas et il ne s'est rien passé. Vous devez prendre les choses en main. Dans tous les sens du terme.

— Oh ?

— Oui. Vous devez le séduire.

Lizzie s'étrangla et le brandy lui brûla les narines.

— Séduire Robbie ?

— Ça ne devrait pas être trop difficile. Je ferai prévenir ma couturière demain matin à la première heure. Je vous avais bien dit que nous aurions dû inclure cette superbe chemise de nuit en soie dans votre trousseau.

Encore une gorgée.

— La rouge ?

— Celle-là même.

— Je ne pourrai jamais porter ça ! C'est trop indécent ! Je mourrais de honte !

Lady Beatrice la regarda sévèrement.

— Vous préférez mourir pucelle ?

Vu sous cet angle…

— Non.

— C'est bien ce que je pensais.

Si une solution aussi simple pouvait résoudre son problème… soit, cela ne coûtait rien d'essayer.

— Entendu, je porterai cette chemise de nuit rouge.

— Parfait, elle devrait être prête demain soir, je demanderai à Elise de mettre toutes ses autres commandes de côté. (Lady Bea pouffa.) Même si un aussi petit morceau de tissu ne doit sûrement pas demander beaucoup de travail.

Lizzie devrait donner congé à Betty. Elle ne pourrait jamais enfiler une chose aussi impudique devant sa femme de chambre.

— Vous devrez ensuite aller chercher Robbie dans ses appartements. Inutile de l'attendre davantage.

Entrer dans la chambre de Robbie sans y être invitée ? Son estomac se noua.

— Je crois qu'il n'y passe guère de temps.

— Il y dort tout de même, non ? Mais peut-être a-t-il purement et simplement quitté sa demeure ?

— Non, il rentre se coucher, mais très tard le soir.

— Dans ce cas c'est très simple : vous n'avez qu'à l'attendre dans son lit. Il aura une superbe surprise en se couchant.

— Je ne sais pas si…

— Courage. Vous devez être décidée à obtenir ce que vous voulez.

— Mais…

— Et c'est aussi pour son bien, ne l'oubliez pas. Il lui faut un héritier.

Elles burent leur brandy en silence tandis qu'une bûche crépitait dans l'âtre.

Arriverait-elle à enfiler cette chemise de nuit indécente et à se glisser dans le lit de Robbie ?

Au pire, Robbie serait furieux, mais il ne pourrait que la renvoyer dans sa chambre.

Beatrice avait sans doute lu dans ses pensées.

— Lizzie, vous ne pouvez pas laisser Westbrooke vous chasser de son lit. C'est votre chance. Battez-vous pour lui.

— Mais comment ?

— Tentez-le, mettez-lui l'eau à la bouche.

— Je risque de simplement l'énerver.

— Oh, j'en doute. Vous saurez si vous l'intéressez en observant la taille de son organe. S'il vous demande de partir mais que son pantalon fait une bosse, alors il ment.

Lizzie n'en croyait pas ses oreilles.

— Vous voulez dire que c'est une bonne chose s'il est gonflé ?

— Vous avez déjà vu un membre d'homme ? demanda Beatrice, incrédule.

— Oui, celui de Robbie, à la partie de campagne, bredouilla Lizzie. Je croyais qu'il s'était cogné contre le rebord de la fenêtre.

— Dieu soit loué, je craignais qu'il soit impuissant, mais si son organe peut gonfler… c'est très bon signe. Vous ne devez pas avoir peur de le toucher, que ce soit avec vos doigts, vos lèvres… (Beatrice lui fit un clin d'œil.) ou votre langue.

— Toucher cette chose ? Vous en êtes sûre ?

Lady Bea se pencha en avant et fit tinter son verre contre le sien.

— Lady Westbrooke, j'en suis sûre et certaine.

Robbie but une autre gorgée de porto.

—Dites-moi, Billy, allez-vous épouser la vieille harp… je veux dire, lady Beatrice ?

—Non, c'est impossible. Je le lui ai d'ailleurs expliqué des milliers de fois.

Robert s'affala encore un peu sur sa chaise.

—Je ne vois pas pourquoi. Elle ne risque pas de bouleverser la succession de sa famille. Charles a déjà un héritier, il travaille à en concevoir d'autres, et lady Bea est bien trop vieille pour être mère.

C'était le moins qu'on puisse dire. Elle était presque trop vieille pour être grand-mère.

—La bonne société jasera, bien sûr, mais de toute façon vous êtes déjà la cible des ragots depuis plusieurs années.

—Je sais, soupira Alton. Je n'aurais jamais dû accepter ce poste, et plutôt quitter les Knightsdale quand j'ai vu la tournure que prenaient les événements.

—Allons, allons, dit Robert en tapotant le dos de l'homme. Ce qui est fait est fait. Je suis sûr que vous aidez admirablement lady Bea à affronter ses vieux jours.

Alton recracha son porto sur la nappe.

—Ses vieux jours ? Elle a à peine soixante ans !

—Exactement.

Pourquoi cet homme le regardait-il comme s'il était idiot ? Il avait lui-même près de soixante-cinq ans, autant dire un pied dans la tombe.

—On pensera peut-être que vous l'épousez pour son argent, mais comme vous êtes plus âgé qu'elle, vous avez peu de chances de lui survivre. Vous êtes un compagnon de vieillesse, ce que tout le monde comprendra.

Alton avait visiblement du mal à respirer.

— Dites-moi, vous ne faites pas une crise d'apoplexie, au moins ?

Alton se couvrit les yeux d'une main et agita l'autre.

— Non, non, rassurez-vous. Pauvre vieille femme, en effet !

L'homme laissa échapper ce qui ressemblait étrangement à un ricanement.

— Vous êtes sûr ?

— Oui, tout va bien. Je suis heureux que nous ayons cette conversation. Reprenez un peu de porto.

Robbie crut déceler une lueur étrange dans son regard.

— Merci.

Alton remplit le verre de Robbie jusqu'à ras bord.

— Vous pensez vraiment que Beatrice ne souffrira pas si nous nous marions ?

Robbie ne pouvait pas lui mentir.

— Certaines portes lui seront fermées, mais elle n'apprécie sûrement pas leurs propriétaires de toute façon. Elle ne me semble pas être du genre à adorer les courbettes.

— Vous avez raison. Une bonne partie de la bonne société l'exaspère.

— Exactement.

Le porto le rendait expansif et doux comme un agneau.

— Et son neveu, le marquis ? demanda Alton. Il n'apprécierait guère l'annonce de notre mariage.

— Charles ? Il n'est pas du genre à juger un homme sur son arbre généalogique. Lui-même ne voulait pas être pair du royaume. Bien sûr, vous serez toujours les bienvenus chez les Westbrooke.

— Vous êtes très généreux.

Alton remplit une fois encore le verre de Robbie.

— C'est le moins que je puisse faire. Lizzie se moque de toutes ces histoires. C'est une vraie merveille.

— On dirait que vous parlez de votre chien de chasse préféré.

— Non, je l'aime tellement. Mon Dieu, je voudrais pouvoir… Elle mérite mieux que moi.

— Comment ça ? Un duc, un marquis ?

— Non, je ne vous parle pas de rang. La peste soit de ces titres. C'est que…

Robert vida son verre d'un trait et le tendit à Alton. L'homme le servit généreusement.

— Cette maudite chose ne veut pas… Ah, vous êtes vieux, vous comprenez sûrement de quoi je parle.

Alton haussa un sourcil.

— Exactement, Billy. C'est un secret. Je n'ose pas en parler à Lizzie. Je lui ai dit que je ne pouvais pas avoir d'enfants, mais elle ne comprend pas. Vous, oui, j'en suis sûr. À votre âge, vous avez sûrement rencontré ce souci. Ça ne doit plus beaucoup vous affecter, mais moi, je n'ai pas encore trente ans.

— Et quel est ce problème, exactement ?

— Mon outil ne veut pas se lever.

— Ah.

— Il est plus mou qu'une carotte bouillie.

— Je vois. En permanence ?

— Non, c'est bien le pire ! Ce satané engin est dur comme un tisonnier et, quand vient le moment de faire son affaire, il se recroqueville telle une vierge effarouchée.

— Et vous n'avez jamais…

— Si, les deux premières fois, puis… disons que j'ai eu une mauvaise expérience.

— D'accord. (Alton contempla son porto. Cet homme était vraiment mystérieux.) Je pense pouvoir vous aider.

— Vraiment ? s'écria Robbie en manquant de renverser son verre. (*Inutile de s'emporter*. Comment ce vieillard aurait-il pu arranger les choses ?) Je ne voudrais pas vous froisser mais, à quand remonte votre dernière expérience ? Plusieurs années, au moins.

— Non, à ce matin.

Cette fois, Robbie répandit son porto sur la nappe.

— Ce matin ? Aujourd'hui ? Il y a douze heures de ça ?

Alton consulta sa montre.

— Dix heures, plutôt. (Il sourit.) Et douze heures, auparavant.

— Vous l'avez fait deux fois ? À votre âge ?

— Bea est très stimulante.

— Bonté divine.

Robbie tambourina sur la table. Deux fois en deux heures. Pourtant cet homme était vieux, et lady Bea était… lady Bea.

— Quel est votre secret ?

Alton regarda autour de lui et se pencha vers lui.

— Une potion.

— Une potion ?

— Oui. Un cordial.

Robbie dessina un cercle sur la nappe avec le porto qu'il avait renversé.

— Et vous pensez que ça marcherait pour moi ?

— Assurément. Je demanderai à Bea d'en préparer pour vous.

— Ce soir ?

— Non, je regrette. Elle n'a pas tous les ingrédients nécessaires.

Damnation.

— Quand, dans ce cas ?

— Demain. Je vous le ferai apporter dès qu'il sera prêt et ainsi, le soir venu… (Alton sourit.) C'est de la magie, je vous le garantis. Un verre de ce cordial fera de vous un homme nouveau.

— Je pourrai alors…

Robbie n'arrivait pas à croire que son cauchemar allait prendre fin.

— Oui, et plusieurs fois, même si vous ne devrez pas en faire trop les premières fois. Lady Elizabeth est vierge, vous comprenez.

Mon Dieu, si cela fonctionnait vraiment… Pour revigorer un homme aussi vieux qu'Alton, cette potion était forcément magique.

— Vous me le promettez ?

— Vous avez ma parole.

Robbie se sentit débarrassé d'un grand poids.

— Magnifique. J'ai tellement hâte !

— Que lui as-tu dit ? glapit Beatrice en se redressant dans son lit.

Queen Bess cracha et quitta précipitamment l'oreiller d'Alton.

— Que tu lui préparerais un cordial qui fonctionne à merveille pour moi, répondit l'homme en ôtant sa chemise.

— Tu n'as jamais eu aucun problème.

— Westbrooke ne le sait pas, répondit Alton en quittant son pantalon. Ce jeune idiot pense qu'on devient gâteux passé quarante ans. Il n'arrive sûrement pas à concevoir qu'une vieille chose comme moi puisse encore batifoler. Il est tombé de sa chaise quand je lui ai révélé que j'étais encore opérationnel.

— Et plus encore, dit Bea en caressant la partie concernée de son anatomie. Je ne mens pas quand je dis que tu es un virtuose.

Sa langue prit le relais.

Alton lui caressa les cheveux et laissa échapper un petit rire.

—Je n'ai pas beaucoup de compétition. Nous étions des enfants quand nous avons commencé à nous adonner à ce petit jeu.

Elle lui sourit, les mains serrées sur ses hanches.

—Je savais déjà ce que je voulais, et je n'ai jamais été déçue. Si seulement tu étais moins borné et acceptais de m'épouser, mon bonheur serait complet.

—Permets-moi d'en douter.

Bea cessa de sourire et se mit à genoux pour le regarder dans les yeux.

—C'est la vérité. Je n'ai pris part à cette stupide partie de campagne que dans l'espoir de te manquer.

—Et tu m'as manqué, Bea, terriblement. Comme chaque fois que tu pars. Mais si tu m'épousais, on ne t'inviterait plus jamais à de telles réjouissances.

—Et tu crois que je les regretterais ? (Elle se dégagea.) J'ai passé le plus clair de mon temps à Lendal Park à me languir de toi, quand je n'essayais pas d'éviter lord Botton, bien entendu.

—Ce poltron était là ?

—Oui, et crois-moi c'est un homme très difficile à esquiver. Autant essayer d'échapper à une pieuvre. Chaque fois qu'on se croit libre, un nouveau tentacule jaillit.

—Si j'avais été là, il ne se serait pas montré si entreprenant.

—Exactement. J'ai besoin que tu me protèges, Billy.

—J'en doute.

—Je le veux.

—Bea…

Elle mit la main sur la bouche d'Alton.

—Non, écoute-moi. J'en ai assez de vivre dans le péché. Je sais que cela fera jaser, mais je préfère qu'on parle de notre mariage plutôt qu'on dise que je t'entretiens.

—Ils n'osent tout de même pas !

—Clarissa – lady Dunlee –, si. Oh, pas en ma présence, bien sûr. Elle n'a que des sourires hypocrites pour moi.

—Je tuerai cette femme.

—Non, épouse-moi plutôt.

Bea traça du doigt de petits motifs sur la poitrine de l'homme.

—Tu ne comprends pas ? Je ne me plie aux usages que pour Lizzie et Meg. Je serais ravie d'en finir avec tout ceci. J'ai quelques amis qui m'accepteront quoi qu'il arrive, et je me moque du reste.

—Bea, comment peux-tu être sûre que ces amis ne t'abandonneront pas ? Tu crois peut-être que c'est le cas, et eux aussi, mais une fois devant la réalité de ton mariage, quand ils devront saluer ton majordome d'époux…

Beatrice le prit par les bras et le secoua.

—Ça m'est égal ! Tout le monde, mon neveu Charles y compris, pourrait me tourner le dos, et je m'en moquerais toujours !

—Bea…

—Billy, je ne suis plus une petite fille, et ce depuis bien longtemps. Je sais ce que je désire. Toi, pour mari. Veux-tu m'épouser ?

Alton ouvrit la bouche… et la referma.

—Peut-être, dit-il avec un sourire. Quand Meg aura trouvé un époux… peut-être.

Bea poussa un cri de joie et le fit tomber à côté d'elle sur le lit.

—Billy Alton, je ne suis pas près d'oublier vos paroles.

Il rit et lui prit les mains.

— J'ai seulement dit « peut-être », Bea.

— Et tu n'as jamais été aussi près de dire « oui » en quarante ans. D'ici à l'autel, il n'y a qu'un pas.

— Mais…

— Chut, murmura Bea en posant un doigt sur les lèvres d'Alton. Assez parlé.

Beaucoup plus tard, la tête posée sur la poitrine d'Alton, elle soupira :

— C'était délicieux.

— Surtout pour un vieil homme, dit-il en lui caressant le sein.

— Je ne te trouve pas vieux.

— Je ne le suis pas quand je suis avec toi.

Il l'embrassa sur la bouche. La main de Bea descendit le long de son ventre mais il l'intercepta avant qu'elle s'attire des ennuis et la reposa sur son torse.

— Bea, au sujet de Westbrooke…

— Oui ?

— Je crois que… arrête ! (Il ramena de nouveau sa main.) J'ai besoin d'un minimum de repos, tu sais ?

— D'accord, soupira Bea. Donc, Westbrooke.

— Je pense que mon histoire de potion peut fonctionner. Selon moi, son problème vient de sa tête, pas de…

— Mais un cordial ? Je ne suis pas un charlatan, ni une sorcière.

— Non, seulement une femme très sage.

— C'est vrai. Je dois pouvoir trouver quelque chose.

Sa main caressa une fois encore le corps d'Alton.

— J'ai seulement besoin d'un peu d'inspiration.

Chapitre 20

Allongé, Robbie contemplait le baldaquin de son lit. Le comte avait l'impression qu'un troupeau de chevaux galopait sous son crâne. D'ailleurs, il avait dans la bouche comme un goût de crottin. Il avait bu beaucoup trop de porto la veille.

Il ferma les yeux, ce qui fit ruer les bêtes de plus belle.

Pourquoi diable avait-il accepté d'accompagner Lizzie chez lady Bea ? Il aurait dû comprendre que c'était un piège. Depuis leur mariage, à chaque rassemblement de la bonne société, cette femme était là à l'épier derrière son face-à-main.

Robbie aurait dû faire demi-tour au moment où, arrivé sur le palier, il s'était rendu compte qu'ils étaient les seuls invités.

Un souvenir tenta de remonter à la surface de son esprit mais Robert le chassa.

De quoi Lizzie et lady Bea avaient-elles bien pu parler après le dîner ? Leur hôtesse lui avait lancé un regard très curieux et très appuyé quand ils avaient pris congé. Robbie était alors trop saoul pour remarquer ce qui ne lui explosait pas au visage.

Ce souvenir tenace essaya de revenir, et il l'ignora encore.

Et Lizzie n'avait cessé de lui lancer des coups d'œil nerveux dans la voiture. Nerveux, et avinés : elle aussi avait trop bu. La pauvre, elle était sans doute dans un état encore plus piteux que le sien. Il espérait seulement qu'elle n'était pas en train de rendre son dîner de la veille dans sa chambre.

Mais de quoi avaient-elles parlé, que diable ?

Robert sourit. Alton lui avait dit que…

Le souvenir qu'il avait si consciencieusement esquivé jusque-là surgit avec fracas dans son esprit. Robert n'avait tout de même pas…

Il enfouit le visage dans son oreiller.

Il avait révélé son secret à Alton.

Sous l'effet de l'alcool, il avait jacassé comme une pie.

Diable, qu'allait-il faire ?

— Monsieur ?

— Allez-vous en, Collins.

— Mais…

— Collins, obéissez si vous voulez rester à mon service.

— Mais monsieur…

— Immédiatement !

— Très bien. J'ai là un flacon pour vous, de la part de lady Beatrice. Où dois-je le poser ?

— Sur la commode.

Robbie écouta la porte se refermer avec un sourire amer. Enfin. Il ne pouvait pas endurer le regard de son valet.

Ni de personne d'autre.

Alton trahirait-il sa confiance ? Il savait sûrement à quel point la bonne société pouvait se montrer cruelle. Et puis, raconter les malheurs de Robert ferait également du tort à Lizzie, ce que lady Bea n'apprécierait guère.

L'homme ne parlerait pas de son inavouable secret.

Sauf à lady Beatrice… Ah, mais Alton avait dit qu'elle pourrait l'aider.

Robert aurait supporté la pire des humiliations pour être guéri de son mal.

Ce flacon, était-ce le fameux cordial ? Il ferait mieux de s'en assurer.

Une petite bouteille bleue en verre épais l'attendait sur sa commode. Robert la déboucha et renifla le goulot. Du brandy, et autre chose. Il la porta à ses lèvres.

Non, s'intima-t-il en remettant le bouchon en place, le regard braqué sur la porte mitoyenne.

Robert patienterait jusqu'au soir. En attendant, il se réfugierait dans son bureau pour rassembler son courage.

Il espérait que lady Bea était bien une sorcière.

Lizzie regardait fixement sa penderie. Le paquet était arrivé dans l'après-midi. Elle ne l'avait pas ouvert, mais savait ce qu'il contenait : l'indécente chemise de nuit.

— Collins dit que monsieur est resté toute la journée terré dans son bureau, dit Betty en achevant de la coiffer. Avec une bouteille de brandy, j'imagine.

Et si Robbie ne venait pas dans sa chambre, ce soir ? S'il restait toute la nuit dans son bureau, trop ivre pour se lever ?

Qu'adviendrait-il si c'était Collins qui la découvrait au matin dans le lit de son maître, vêtue de l'impudique nuisette ?

Son estomac se noua.

Du courage ! Elle devait se battre pour obtenir ce qu'elle voulait, Robbie en l'occurrence.

Lizzie irait à cette sinistre soirée donnée par lord Palmerson et sourirait quand on s'amuserait de l'absence de Robbie. Elle rentrerait ensuite et séduirait son mari par tous les moyens.

— Voilà, madame, c'est fini. Dommage que ce sot de monsieur ne vous accompagne pas.

— Je suis sûre que lord Westbrooke a d'autres préoccupations.

— Je me demande bien lesquelles ! Ce grand dadais a une femme magnifique qui…

— Betty, ça suffit. Je ne veux pas être en retard.

— Et rien ne vous presse de revenir, c'est bien le plus triste, marmonna Betty alors qu'Elizabeth fermait sa porte.

Elle ne releva pas les paroles de sa femme de chambre. Si son plan fonctionnait, elle n'aurait plus jamais à sortir sans cavalier. Ni à dormir seule.

Elle devait réussir.

Lizzie descendit l'escalier et entendit des voix dans le hall : celle de Bentley et une autre, sonore et furieuse. James. Lizzie souleva ses jupons et dévala les dernières marches en courant. Son frère était sur le pas de la porte et toisait le majordome avec colère.

— James ! Que fais-tu ici ?

Pourvu que rien ne soit arrivé à Sarah.

— Lizzie !

James ouvrit les bras avec un grand sourire ; elle l'étreignit de toutes ses forces, puis se recula et étudia son visage.

— Comment se porte Sarah ? Tu n'as que des bonnes nouvelles, j'espère ?

— Elle va à merveille. C'est elle qui m'a envoyé afin d'annoncer la naissance de notre deuxième fils.

— C'est merveilleux ! J'ai si hâte de le voir.

— Tu n'auras pas à attendre bien longtemps. Je te ramène avec moi, mais je dois tout d'abord rosser à mort celui qui fut mon ami. Où est ton bon à rien de mari ?

— James, tu scandalises le majordome de Robbie.

Son frère fusilla l'homme du regard.

— Et alors ?

Lizzie le tira vers la porte.

— Viens avec moi à la soirée de Palmerson. Nous parlerons en voiture.

James refusa d'avancer.

— Nul besoin de parler. Fais tes bagages et rentrons.

— Au manoir d'Alvord ? Tu pars dès ce soir ?

— Non, demain matin à la première heure.

Elizabeth sourit au majordome. L'homme se donnait beaucoup de mal pour rester impassible.

— Dites à lord Westbrooke que je suis sortie avec le duc. Je ne rentrerai pas tard.

— Tu ne rentreras même pas du tout ! gronda James. Va faire tes bagages.

— Nous en parlerons dans la voiture.

— Très bien, la mienne m'attend devant la porte.

— Oh non, monsieur le duc, pas question de courir le risque que vous m'enleviez. Nous prenons l'équipage de la famille Westbrooke.

— Lizzie…

Elle poussa son frère dehors.

— James, je ne vais pas abandonner Robbie.

— Si la moitié de ce que l'on raconte est vrai, ce gredin ne mérite pas ta loyauté !

— Mais tout est faux, bien sûr ! (Elle prit la main que lui tendait Thomas pour monter en voiture.) C'est l'œuvre d'Andrew et de Felicity.

— Ah, lord Andrew. J'aimerais bien mettre la main sur ce scélérat.

Le regard de James était aussi froid que sa voix. Lord Andrew pouvait prier de ne jamais croiser la route du duc d'Alvord.

— Parle-moi plutôt de Sarah et du bébé. Comment s'appelle-t-il, d'ailleurs ?

— David Randolph. C'est un petit goinfre. Il… Oh non, tu n'arriveras pas à m'avoir. Raconte-moi tout ce qui s'est passé au cours de cette maudite partie de campagne.

— Pas question.

— Je n'aurais jamais dû te laisser aller à Londres avec lady Beatrice pour chaperonne.

— Arrête. Tout va pour le mieux.

— Mais non ! Tu n'es pas heureuse. Je l'ai su à ton regard dès que je t'ai vue descendre l'escalier.

Lizzie sentit une grosse boule lui serrer la gorge.

— Nous en parlerons plus tard.

— Lizzie…

— James, plus tard. Dis-moi plutôt comment Will a accueilli son nouveau petit frère.

James serra les lèvres. Elle pensait qu'il ne lui répondrait pas, mais il finit par soupirer :

— Très bien, nous ne parlerons pas de Lendal Park – pour le moment, mais je finirai par savoir toute la vérité.

Lizzie décida de ne pas tenter le diable en lui rappelant qu'elle était une femme mariée.

— Revenons à Will, Sarah et ce jeune David Randolph. L'accouchement s'est-il déroulé sans heurt cette fois ?

— Je crois, oui, mais j'aimerais tant que les nouveau-nés viennent au monde d'une façon moins éprouvante pour les nerfs.

Évoquer sa paternité améliora grandement l'humeur de James, et il parla gaiement de sa famille pendant tout le reste du trajet.

— Lady Beatrice, mon frère vient tout juste d'arriver à Londres.

— Bonsoir, Votre Grâce.

La femme adressa un sourire des plus singuliers à Lizzie.

— Bonsoir, lady Beatrice, répondit James d'une voix glaciale.

Au moins ne l'ignorait-il pas purement et simplement. Il se tourna pour saluer Meg.

— Les nouvelles sont-elles bonnes, Votre Grâce ? La duchesse se porte-t-elle bien ? demanda la jeune fille.

James sourit enfin.

— Très bien. Elle vient de me donner un deuxième fils.

Lady Bea prit une coupe de champagne à un valet qui passait par là.

— Félicitations ! Voilà qui requiert un toast !

Meg se pencha vers Lizzie pour lui chuchoter à l'oreille :

— Ton frère n'est pas venu à Londres que pour t'annoncer la bonne nouvelle, je suppose ?

— Bien évidemment. Il a entendu toutes ces rumeurs et veut que nous parlions de la partie de campagne.

Meg désigna de la tête une rangée de palmiers en pots.

— Felicity est en ce moment même en train d'en lancer de nouvelles.

Lizzie en avait plus qu'assez.

— Je vois. Si tu veux bien m'excuser…

— Je t'en prie. Tu as besoin d'aide ?

— Non, je peux me débrouiller seule.

Elle traversa la pièce d'un pas décidé. Felicity et lady Rosalyn se tenaient de l'autre côté des palmiers, tout près l'une de l'autre.

— Je pars quelques semaines à la campagne, et voilà que je manque le meilleur ! se lamenta lady Rosalyn. Alors comme ça, Hartford est passé de vie à trépas pendant cette partie de campagne ?

— Oui, mais ce n'est pas tout.

— C'est vrai ! On raconte qu'il est mort à cheval sur la duchesse, et que Tynweith hante maintenant le manoir des Hartford. Tout le monde est persuadé qu'il demandera Charlotte en mariage dès que son deuil sera terminé.

— Ça ne m'étonnerait pas, répondit Felicity avec amertume. Tu as entendu parler de la nouvelle lady Westbrooke ?

— Bien évidemment ! Lady Elizabeth, ce parangon de vertu, s'est retrouvée nue avec non pas un, mais deux hommes ! C'est savoureux.

Les deux femmes gloussèrent de concert.

Felicity baissa la voix :

— Westbrooke n'est pas ravi de son sort.

— Ah bon ?

— Pas du tout. Tu n'as pas remarqué ? On les voit rarement ensemble et quand c'est le cas… disons que le comte n'a pas l'air envoûté par son épouse.

— J'ai entendu dire qu'elle n'avait pas daigné écarter les cuisses pour lui !

Lizzie ferma les yeux, mortifiée.

— Nombre d'autres sont prêtes à le faire, dit Felicity.

— Alors c'est vrai, il visite d'autres lits ?

— C'est ce qu'on m'a dit. Beaucoup, beaucoup d'autres.

C'en était trop. Lizzie contourna les palmiers pour rejoindre les deux femmes.

— Bonsoir, lady Felicity.

— Ah !

— Lady Rosalyn, quelle surprise… intéressante.

— Lady Westbrooke, répondit l'intéressée avec un sourire narquois. Comment trouvez-vous la vie maritale ?

— Merveilleuse.

Lizzie invoqua l'image de Robbie nu dans sa chambre de Lendal Park pour se donner la mine radieuse qui convenait.

— Lord Westbrooke est-il là ce soir ? demanda Felicity avec un regard entendu en direction de lady Rosalyn.

— Non, il est resté chez nous… (Lizzie ferma lentement les yeux.) à m'attendre.

—Ainsi, les rumeurs prétendant que le comte est déçu de son mariage sont grandement exagérées ?

Lizzie se força à rire.

—Mon Dieu, oui ! Je ne devrais cependant pas parler de telles choses, surtout avec des vieilles fi… des célibataires.

Les deux femmes la foudroyèrent du regard.

—Veuillez m'excuser, mesdames, j'ai promis de parler à lord Framley, bredouilla lady Rosalyn.

Elle partit tellement vite que les feuilles de palmier tanguèrent dans son sillage.

—D'étranges rumeurs circulent ces derniers temps concernant mon mariage et le comportement de mon époux, dit Lizzie à Felicity.

—Vraiment ? C'est malheureux, mais guère surprenant. Quand un couple se marie aussi vite, et dans des circonstances aussi… intéressantes, les gens parlent, que voulez-vous.

—Je ne suis pas tout à fait d'accord. Je crois même que quelqu'un est à l'origine de ces ragots. (Lizzie se pencha vers Felicity et articula soigneusement.) Je suis la comtesse de Westbrooke désormais, et je serais de ce fait extrêmement contrariée si je découvrais que des personnes particulièrement malfaisantes ont décidé de nuire à mon mariage.

—Je ne vois pas de quoi vous parlez.

—Tant mieux. Vous pourrez répéter ceci à lord Andrew.

Felicity lança un bref regard en direction du jardin.

—Andrew ? Il n'est même pas à Londres.

—Ravie de l'apprendre. Maintenant, si vous voulez bien m'excuser, je crois que je commence à me lasser de cette soirée. La compagnie y est fort insipide, ne trouvez-vous pas ?

Lizzie adressa à Felicity ce qu'elle espérait être un sourire éloquent. Ce fut sans doute le cas, car cette dernière la foudroya du regard.

Elle alla ensuite trouver James.

— Je vais rentrer, j'ai mal à la tête, annonça-t-elle.

— Parfait, je n'ai pas envie de rester moi non plus. Je te ramène au manoir d'Alvord.

— Non, James, je rentre chez moi, retrouver mon mari. Tu peux venir demain matin si tu le souhaites.

— Lizzie…

— James, tu as raison, je ne suis pas heureuse, mais ce sera encore pire si je renonce à Robbie maintenant. Je dois faire tout mon possible pour que notre mariage fonctionne.

— C'est le rôle de Westbrooke.

— Non, c'est notre rôle à tous les deux. Je dois parler à Robbie. (Elle sourit.) Mais merci de te faire tant de souci.

— À demain matin, dans ce cas.

Lizzie se dirigea vers la porte, mais s'arrêta à mi-chemin.

— Si d'aventure tu as envie de te passer les nerfs, tu dois pouvoir, en te dépêchant un peu, trouver lord Andrew dans le jardin.

Le visage de James s'éclaira.

— Vraiment ? Formidable !

Chapitre 21

— Madame, nous ne vous attendions pas si tôt ! s'exclama Bentley en regardant avec inquiétude par-dessus l'épaule de Lizzie.

— Mon frère a décidé de rester un peu à cette soirée puis d'aller dormir à Alvord House. Il ne reviendra que demain matin.

Le majordome se détendit visiblement.

— Très bien, madame.

— Lord Westbrooke est-il encore dans son bureau ? demanda Lizzie, nerveuse à son tour.

— Non, je crois qu'il est monté il y a une heure.

— Je vois, merci. Bonne nuit, Bentley.

Elizabeth gagna sa chambre en toute hâte. Elle devait séduire Robbie cette nuit. James la ramènerait sinon au manoir d'Alvord et tout deviendrait beaucoup plus compliqué.

L'heure était à l'action, et à l'audace.

Betty nettoyait sa coiffeuse quand elle entra dans la pièce, et manqua de faire tomber le pot de rouge à joues sous le coup de la surprise.

— Madame, vous rentrez si tôt ! Est-ce que tout va bien ?

— Oui, rassurez-vous.

Lizzie contempla la volumineuse chemise de nuit que Betty avait étendue sur son lit – virginale, avec un haut col et des manches longues.

De l'audace, et du courage.

— Betty, je n'aurai pas besoin de cette chose.

— Vraiment ? Mais vous la mettez toutes les nuits !

— Sauf ce soir.

Elizabeth se dirigea d'un pas résolu vers la penderie et en tira le petit paquet. Elle n'avait pas eu le courage de l'ouvrir au cours de l'après-midi, et n'aurait jamais cru en être capable devant Betty.

Si elle voulait porter cette nuisette pour Robbie, elle avait tout intérêt à surmonter sa timidité.

Le paquet était aussi petit que léger. Contenait-il quelque chose, au moins ? La couturière avait peut-être fait une erreur.

Lizzie déchira l'emballage et de la soie rouge se déversa dans ses mains.

Betty lui prit la chemise de nuit et la leva devant ses yeux.

— J'ai bien l'impression que monsieur ne va pas avoir besoin des services de Collins pendant un long moment.

Robbie était affalé dans son grand fauteuil près du feu, seulement vêtu de sa robe de chambre. Le jeune homme avait congédié Collins dès qu'il l'avait pu. Il voulait être seul.

Mensonge. Il voulait être avec Lizzie.

Il prit la bouteille bleue et lut une fois encore son étiquette : « à boire avant le coucher ».

Le cordial avait intérêt à faire effet… Ah, s'il parvenait à redonner vigueur à un homme aussi vieux qu'Alton, tout était possible.

Robert versa le liquide dans un verre. Il avait la couleur ambrée du brandy, et un goût très approchant, quoique inhabituellement sucré.

Robbie avala une gorgée de potion et regarda la porte mitoyenne. James était venu chercher Lizzie. Aux dires de

Bentley, elle avait catégoriquement refusé de le suivre à Alvord, mais James pouvait se montrer diablement persuasif et honnêtement, qu'est-ce qui retenait la jeune fille ? Elle était malheureuse, piégée avec un homme inapte à faire d'elle une véritable épouse.

Mais que deviendrait-il si jamais elle le quittait ? Mon Dieu. Il but une nouvelle gorgée.

Lizzie avait toujours fait partie de sa vie. Elle avait été la petite sœur horripilante de son ami, la jeune fille qui essayait de toutes ses forces d'être courageuse pendant que son frère était à la guerre, la femme superbe qui avait embelli de sa présence les salles de bal de la bonne société. Elle était douce, brillante, drôle… comment pourrait-il vivre sans elle ?

Rien ne serait jamais plus comme avant. Il y avait ce lit vide entre eux.

Que pouvait-il faire, par tous les diables ?

Boire la potion de lady Bea et prier pour qu'elle fasse effet.

Il but encore et ferma les yeux, la tête appuyée contre le dossier de son fauteuil. Venait-il d'entendre quelqu'un gratter à la porte mitoyenne ? Non, c'était sûrement son imagination.

Robert devait parler à Lizzie. C'était la moindre des choses. Tout lui dire, lui expliquer que le problème ne venait pas d'elle.

Il posa son verre sur sa poitrine. Elle avait été si belle, si ardente au cours de cette première nuit à Lendal Park.

Robert porta son verre à ses lèvres, les yeux toujours fermés, se délectant de ces images. Le cordial faisait sûrement effet, car son membre capricieux était devenu très sensible. Il le sentait frotter contre la soie de son habit.

Robert crut halluciner. Il aurait juré que sa robe de chambre s'était ouverte, dévoilant son organe de moins en moins timide. Quelque chose de chaud et doux toucha ce dernier sur toute sa longueur.

Robbie écarta les jambes. Il était dur comme la pierre et avait très chaud. Il n'avait toujours pas ouvert les yeux, de peur de rompre le charme. C'était encore mieux que dans le plus doux de ses rêves.

Des petits coups de langue suivirent bientôt, et Robert gémit.

— Je t'ai fait mal ?

Robbie ouvrit grand les yeux. Lizzie était agenouillée à ses pieds, rouge comme une pivoine.

Ce n'était ni un rêve ni une hallucination.

Il durcit encore davantage. Incroyable. Robbie craignait désormais moins de se flétrir que d'exploser.

— Non, non, pas du tout.

— Mais tu es tellement enflé, ce n'est pas mauvais signe ?

— Au contraire.

Elle le prit dans sa main.

— C'est douloureux ?

— Pas le moins du monde.

Il écarta encore davantage les jambes.

Voir les doigts délicats de Lizzie autour de son membre dressé était un rêve devenu réalité – enfin, en partie. L'inconstant pouvait encore…

Robbie se sentit mollir et s'empressa de boire une nouvelle gorgée de cordial.

Il ne se soucierait ni du passé ni de l'avenir. Seulement du moment présent.

Lizzie embrassa l'extrémité de son pauvre organe et celui-ci gonfla instantanément, ravi de cette attention.

Quelles délicieuses minutes.

— Cette partie de ton corps est très étrange, tu sais, dit Lizzie. La première fois que je l'ai touchée, elle était toute petite, toute molle, et regarde maintenant.

Son membre était long et dur. Parfaitement apte à accomplir son devoir conjugal. Robbie vida d'une traite le reste de la potion.

— Je crois qu'il est temps pour nous de gagner mon lit, dit-il.

Lizzie se leva.

Il laissa tomber son verre par terre.

— Mais que diable portes-tu ? demanda Robbie en l'admirant.

Lizzie s'empourpra et croisa les bras sur sa poitrine.

Non, une jeune fille hardie ne se cachait pas.

Elle s'obligea à ouvrir les bras et tourna lentement sur elle-même. La soie rouge de sa nuisette frôlait sa peau, la taquinait, et appelait des caresses plus appuyées. Celles de Robbie.

— Tu aimes ?

— Si j'aime ? Mais c'est parfaitement indécent !

Lizzie laissa retomber ses bras. Cette chemise de nuit était peut-être trop osée. C'était même une certitude. La soie était translucide et soulignait sa nudité au lieu de la couvrir. La jeune femme leva les mains vers…

Robbie bondit de son fauteuil et lui prit les poignets.

— Indécent, scandaleux, adorable et à vous rendre fou. Ne la porte jamais en présence d'un autre homme.

— Bien sûr ! Je n'oserai jamais, hum…

Robbie la contemplait, les mains sur les épaules, comme au cours de cette première nuit à Lendal Park, mais cette fois ses yeux n'étaient pas rivés sur son visage. Ils étudiaient son cou, ses seins, sa taille, son… Lizzie sentit ses tétons durcir et une certaine partie de son anatomie s'enflammer.

— Robbie, s'il te plaît.

— Hum ?

Il semblait complètement absorbé, et elle bougea pour rompre le charme.

— Qu'y a-t-il ? demanda Robbie, hébété.

De l'audace.

— Tu as parfaitement le droit de me toucher, tu sais.

— Vraiment ? dit-il avec un sourire en coin.

— Oui.

Il s'exécuta, doucement, avec déférence tout d'abord, en regardant le moindre de ses gestes. Son visage était si concentré, si… avide.

Il glissa les mains sous la fine enveloppe de soie pour toucher ses seins, les caresser, dessiner le contour de ses tétons. Lizzie sentit sa température monter et la flamme s'intensifier entre ses jambes. Celles-ci menaçaient de céder sous son poids.

Robbie passa les mains le long de ses hanches et caressa du pouce ses fines boucles blondes. Lizzie avança le bassin, l'invitant à explorer ce qu'elle cachait, et qui brûlait d'être touché.

Au lieu de ça, Robbie revint vers ses tétons douloureusement durs. Lizzie sentit une vague de chaleur tourbillonner dans son ventre.

C'était bien mieux que ce qu'elle avait imaginé en se regardant dans le miroir, à Lendal Park. Un détail n'allait pas, cependant, un détail non négligeable : Robert était beaucoup trop habillé. Elle ne pouvait pas voir son superbe membre, caché dans les plis de sa robe de chambre.

Lizzie prit sa ceinture et tira.

Elle aimait tant son corps. Elle s'approcha, et cette fois il la laissa faire.

Lizzie ouvrit largement les pans de la robe de chambre, enlaça son mari et pressa la joue contre son torse.

—Je t'aime, Robbie, que tu puisses me donner des enfants ou non.

Il lui prit le menton. Dans ses yeux, la passion avait cédé la place à une profonde tristesse. Elle sentit son membre s'affaisser légèrement.

—Lizzie, je t'aime, moi aussi, plus que je ne saurais le dire, mais j'ignore si…

Un tic nerveux fit frémir sa joue, et Lizzie la caressa doucement.

—Je t'en prie Robbie, dis-moi tout.

Robert relâcha son étreinte. Il battait en retraite. Elle ne le laisserait pas faire.

—Parle-moi. Je t'aime. Quoi que ce soit, ça ne changera rien à mon amour.

Les yeux de la jeune fille étaient baignés de larmes. Elle se pressa de plus belle contre son torse, et le sentit baisser la tête.

—Je ne peux pas… j'ignore si je peux…

Il frissonna. Lizzie lui caressa le dos et attendit.

—Je n'ai pas été capable de faire l'amour à une femme depuis des années.

Son membre n'appuyait plus contre le ventre de Lizzie.

—Ça n'a pas d'importance, Robbie.

—Mais bien sûr que si!

Robbie la repoussa et se tourna vers le feu.

Elle l'enlaça par-derrière.

—Écoute-moi : ça n'a pas d'importance.

— Si, répondit Robbie d'une voix tremblante, comme s'il réprimait un sanglot. C'est un cauchemar. Je suis tellement navré que tu te retrouves piégée avec moi.

— Pas moi, dit Lizzie.

Que pouvait-elle faire pour lui ? Elle détestait entendre une telle tristesse dans sa voix.

Elle aventura la main sous la taille de Robbie et trouva son pauvre petit organe, qui bondit à son contact.

Elizabeth savait ce qui lui restait à faire. Elle le caressa, et sentit Robbie retenir son souffle.

— J'ai cette potion, mais je ne sais pas si elle fonctionne.

— Dans ce cas, il ne nous reste plus qu'à essayer, non ? dit Lizzie.

Robbie lui prit les mains et se tourna vers elle.

— Mais si ça ne marche pas ? Il te faut…

— Ce n'est pas à toi de me le dire. Je sais très bien ce qu'il me faut : toi, nu, dans ce lit.

Il était temps pour Lizzie de se montrer particulièrement hardie.

— Lizzie…

— Pas un mot de plus. J'ai décidé de te séduire, alors sois un gentleman et laisse-moi faire.

L'organe inerte de Robbie ne l'était plus vraiment.

— Vu sous cet angle…

— Exactement. Tu n'auras pas à lever le petit doigt.

Quelque chose d'autre se leva.

— Je m'occupe de tout, dit la jeune fille avec un sourire espiègle.

Pourquoi ne pas essayer ?

— Tes désirs sont des ordres, dit-il.

— Parfait.

Elle lui ôta sa robe de chambre et la laissa tomber par terre. Robbie sentit l'air frais sur sa peau brûlante.

— Maintenant que tu es convenablement nu, aide-moi à quitter cette nuisette idiote.

La voix de Lizzie tremblait-elle légèrement ?

— Elle n'a rien d'idiot, je la trouve très séduisante, au contraire.

— Peut-être, mais pour l'instant elle nous gêne.

— À peine, il n'y a pas vraiment assez de tissu pour cela.

— C'est déjà trop.

Lizzie inspira profondément, ce qui souleva adorablement ses seins.

— Je veux presser ma peau contre la tienne, sans rien entre nous. Tu ne trouves pas que c'est une bonne idée ?

— Si.

Robbie le pensait de tout son être. Il se prenait à espérer.

— Robbie, tu es en train de réfléchir.

— Pardon ?

— Tu n'es pas censé réfléchir ou, pire encore, t'inquiéter. Seulement faire ce que je te dis, tu as compris ? S'il te plaît, enlève-moi ma nuisette.

— Avec plaisir.

Robert souleva l'ourlet de la chemise de nuit. La soie de l'habit était bien moins douce que la peau de Lizzie. Il caressa ses cuisses en prenant son temps. Remonta vers ses hanches, sa taille. La jeune fille leva les bras, et ses seins se dressèrent. Robert se baissa pour embrasser un téton.

— Ah !

Il tira davantage la nuisette pour voir le visage de Lizzie.

— Tu n'aimes pas ?

Elle libéra ses bras.

— J'adore, et j'en veux beaucoup plus.

Elle le prit par la main et l'attira vers le lit. Son membre dressé semblait le précéder.

Elizabeth fit asseoir Robbie au bord du lit d'une poussée, lui écarta les jambes et vint se placer entre elles. Elle lui souleva le menton. Robbie attendit.

Elle passa sa langue le long de ses lèvres puis le regarda dans les yeux.

— Monsieur, ouvrez la bouche.

Robert sourit et obéit. Lizzie reprit ses explorations.

Sa langue était petite, agile. Lizzie lui caressait les joues, les cheveux, les épaules, le dos et, finalement, la part de lui qui appréciait le plus ce petit jeu.

— Penses-tu à quoi que ce soit, Robbie ?

— Quoi ?

Les doigts de Lizzie glissèrent le long de son membre. C'était plus que merveilleux. La jeune fille semblait très fière d'elle.

— Ai-je réveillé tes instincts bestiaux ? Es-tu fou de désir ?

Robert éclata de rire.

— Ça ne devrait plus tarder, en tout cas.

— Parfait.

Lizzie s'interrompit et son sourire vacilla.

— Hum… que dois-je faire ensuite ?

La jeune dévergondée était-elle à court d'idées ?

— C'est peut-être à mon tour d'agir. J'aimerais goûter tes superbes seins. Ils se balancent de façon si appétissante.

— Ils sont trop petits pour se balancer.

— Vraiment ? (Il passa le doigt sur l'un d'eux.) Si tu le dis. Lequel choisir, celui-ci ? Les deux, peut-être ?

— Je t'en prie, goûte.

Robert prit ses seins et pressa la bouche contre l'un de ses tétons. Il le lécha puis l'embrassa goulûment.

Lizzie poussa un geignement, les mains sur les épaules de Robbie. Il glissa un doigt entre ses cuisses. Elle était délicieusement mouillée.

— Oh ! s'écria Lizzie en le repoussant.

Elle était écarlate. Sa poitrine se soulevait d'une façon exquise.

— Couchez-vous, monsieur. Il est temps de passer à la deuxième étape de mon plan de séduction.

— Oui, milady.

Il s'allongea au milieu de son lit. Lizzie s'agenouilla à côté de lui et l'observa des pieds à la tête. C'était une véritable torture : il voulait qu'elle le touche, et désirait la toucher. Il tendit la main vers elle mais elle se déroba.

— Pas encore.

Elle étudiait son entrejambe. Diable, il n'avait sûrement pas de problème de vigueur pour l'instant. Son membre lui faisait mal tant il était dur.

— Bientôt ? croassa-t-il.

Elle embrassa son nombril et descendit.

— Bientôt, répondit-elle avant de le prendre dans sa bouche.

Mon Dieu ! Il écarta davantage les jambes pour lui laisser une plus grande liberté de mouvement. Elle prit ses bourses d'une main tandis que sa bouche… sa langue… Il allait exploser.

Il décolla les hanches du matelas.

— Superbe ! dit Lizzie en riant avant de baisser de nouveau la tête.

Non, c'était trop. Robbie ne voulait pas répandre sa semence hors du corps merveilleux de sa femme, ce qui risquait fort d'arriver s'il ne l'arrêtait pas immédiatement.

Il retourna Lizzie sur le dos.

— À mon tour.

Robert était tellement plus fort qu'elle. Lizzie n'avait cela dit aucunement l'intention de lutter contre lui. Elle avait aimé jouer à ce jeu – adoré, même – mais elle était prête à lui laisser le contrôle. La jeune fille avait atteint les limites de son imagination.

Il caressa tout son corps.

Oh…

Elle n'aurait jamais imaginé cela possible.

Oh mon Dieu.

Il lui embrassait les seins, les léchait. Elle se cambra pour l'encourager à se concentrer sur ses tétons. Robbie éclata de rire et souffla doucement dessus.

— Tu me donnes des idées, Lizzie.

— Tant mieux…

Il donna de petits coups de langue.

— Ah !

Il recommença.

Lizzie se tordit de plaisir sur le lit. L'air frais rendait ses tétons intolérablement durs.

Robert pencha de nouveau la tête. Cette fois elle le prit par les cheveux et le conduisit là où elle le voulait.

— Tu es une épouse très exigeante.

— Oui, je… oh !

Il lui suça le téton, et Lizzie crut qu'elle allait mourir. Elle passa la main dans les cheveux de Robbie, sur ses épaules, son dos.

Elle était impatiente qu'il dirige ses attentions plus bas, et il l'avait apparemment compris car ses mains descendaient dans la bonne direction, mais pas assez vite. Lizzie écarta les jambes et arqua le dos.

Robert la repoussa doucement contre le lit. Elle se redressa pour l'embrasser.

— Quelle impatience, Lizzie.

— J'en ai assez d'être patiente, haleta-t-elle avec effort. Vite !

— Et que veux-tu exactement ?

— Je ne sais pas !

Lizzie avait envie de gémir. Peut-être gémissait-elle déjà ? Elle cambra les reins, mais Robbie la plaqua contre le matelas. La jeune fille grogna d'impatience. Elle voulait cet homme, maintenant.

— Touche-moi.

— Tu donnes encore des ordres ? (Il l'embrassa sur le nez.) Je te touche, il me semble.

Elle aurait pleuré de frustration.

— Mais pas au bon endroit ! Cesse de jouer avec moi, j'ai vraiment besoin que tu me touches là !

— Je me demande bien où est ce « là » en question.

Il frôla son bas-ventre.

— Ici ?

— Oui… non ! Plus bas !

— Là, alors ?

Son doigt était à peine trop haut.

Lizzie tenta de tordre les hanches, mais ne pouvait toujours pas bouger.

— Encore plus bas, je t'en prie. Plus bas.

Il l'embrassa langoureusement.

— Ici ?

Robbie avait enfin trouvé. Elle poussa un petit cri et il l'embrassa de nouveau.

C'était certes divin, mais ce doigt refusait de bouger. Elle remua contre lui, et Robert éclata de rire.

— Tu sais, je viens d'avoir une excellente idée.

— Laquelle ?

Il se souleva avant qu'elle puisse l'attraper.

— Robbie, ce n'est pas ce que…

Elizabeth poussa un cri fort peu digne d'une grande dame. La langue agile et perspicace de Robbie avait remplacé son doigt.

Elle s'assit d'un bond, foudroyée par le plaisir.

Robbie avait dû mourir et monter au paradis. Il avait le goût de Lizzie dans la bouche. Il était enveloppé par son odeur. Il venait de la faire hurler de plaisir.

Elle se laissa retomber lentement sur le matelas. Ses jambes se détendirent, s'ouvrant encore davantage. Robert lui donna un dernier coup de langue.

Elle frissonna.

Robert s'allongea sur son corps, prêt à entrer en elle.

Il hésita. Le devait-il ?

— Tu es encore en train de réfléchir.

La voix de Lizzie était voilée par le plaisir. Dieu qu'il l'aimait.

Et il l'aima encore plus quand elle le prit dans sa main puis le caressa doucement en le plaçant contre son sexe humide.

— Robbie, je suis prête. Je te veux. Viens.

Elle l'attira à lui, leva les hanches…

Il s'immisça en elle.

Doux Jésus. Robbie adressa une fervente prière de remerciement à son Créateur.

Elle l'enveloppait complètement. Robbie était sur elle, en appui sur ses bras. Il sentait les seins de Lizzie pressés contre son torse et son odeur citronnée lui emplissait les narines.

— Je te fais mal ?

— Non.

Elle gigota et Robbie poussa un petit cri inarticulé.

— Cesse de parler et bouge, lui enjoignit Elizabeth.

— Avec grand plaisir.

Il n'avait jamais rien ressenti d'aussi merveilleux. Elle se resserrait autour de lui… Il ne pourrait pas attendre bien longtemps.

En effet, quelques secondes plus tard, il explosa. Par saccades successives, sa semence jaillit, et avec elle ses espoirs d'avoir un enfant, un avenir, son amour pour Lizzie.

Robbie avait l'impression qu'ils ne faisaient plus qu'un.

Il se laissa retomber sur elle, le visage baigné de larmes.

Elizabeth s'était sûrement assoupie. Robbie n'était plus sur elle. Son poids lui manquait.

Il était allongé juste à côté et la regardait.

— C'était merveilleux.

Elle lui caressa les cheveux et l'embrassa langoureusement.

— Je suis une épouse comblée.

— Tu es définitivement mariée, maintenant, mon amour.

Robbie lui déposa un baiser sur le dos.

— J'espère que tu ne m'en veux pas d'avoir pris les choses en main, à la fin.

— Pas du tout, répondit Lizzie en souriant. Tu as été magnifique.

— Merci. Tu ne peux pas mesurer la valeur du cadeau que tu viens de me faire.

Lizzie n'était plus fatiguée. Elle se sentait débordante d'énergie, prête à recommencer.

Elle glissa la main le long du corps de Robbie. Il l'arrêta avant qu'elle atteigne sa destination.

— Lizzie, tu n'as pas mal ?

— Un tout petit peu, et je sais ce qui pourrait m'aider à me sentir mieux.

— Je ne crois pas que…

Elle avança son autre main, plus vite cette fois, et trouva enfin le membre de Robbie, qui se dressa de belle manière.

— Moi si, et je suis sûre que tu en as envie toi aussi.

— Évidemment, répondit Robert en riant.

— Pourquoi avoir attendu aussi longtemps ? demanda Lizzie.

Il chassa les cheveux qui tombaient devant le visage de la jeune fille.

— Je croyais que je ne pouvais pas y arriver. Chaque fois que j'essayais, la partie la plus importante de mon être devenait flasque, inutile.

— Voici les parties les plus importantes, dit Lizzie en lui touchant le cœur et le front. (Elle serra doucement son membre maintenant bien droit.) Même si j'apprécie également beaucoup celle-ci.

— Bénie soit cette folle de lady Beatrice, dit Robbie d'une voix tremblante.

— Que veux-tu dire ?

— C'est elle qui a préparé mon cordial. Mmm… ne t'arrête pas, s'il te plaît.

— Je ne crois pas que cette potion ait joué un rôle quelconque dans ce qui vient de se passer.

— Je n'en suis pas aussi… oh !

Elizabeth poussa Robbie sur le dos et s'assit à cheval sur lui.

— C'est ma performance inspirée qui a tout fait, dit-elle.

Robbie lui caressa les seins et glissa les mains sur ses hanches.

— Tu as peut-être raison.

— Bien évidemment !

Lizzie éclata de rire et l'embrassa.

EN AVANT-PREMIÈRE

Découvrez la suite de la série
Noblesse Oblige dans :

LE GENTLEMAN MIS À NU
(version non corrigée)

Bientôt disponible chez Milady Romance

Traduit de l'anglais (États-Unis)
par Benjamin Raynal Lob

Chapitre premier

Le vicomte Bennington embrassait affreusement mal. Meg réprima un soupir. *Quel dommage…* Elle avait été prête à passer sur la calvitie naissante, le nez imposant et la mauvaise humeur chronique mais cela, c'était trop. Comment pouvait-elle épouser un homme dont les lèvres lui rappelaient deux énormes limaces ? Lesdites limaces étaient d'ailleurs en train de tracer un chemin baveux de sa joue vers son oreille droite à cet instant précis.

Elle allait devoir le rayer de la liste de ses prétendants potentiels.

Et pourtant, il possédait l'une des plus importantes collections de plantes de toute l'Angleterre. Meg rêvait d'avoir un accès illimité à toute cette richesse botanique.

Les limaces avaient dévié vers sa mâchoire.

Quelle importance pouvaient avoir quelques baisers ? Après tout, seule une ridicule petite partie de la vie maritale était dédiée à la bagatelle. Avec un peu de chance, le vicomte Bennington avait une maîtresse ou deux. Il n'importunerait Meg que pour procréer. Une fois cette tâche accomplie, il la laisserait tranquille.

Elle pouvait le faire. Plus d'une femme avait subi le devoir conjugal en faisant la planche et en pensant à la patrie. Elle passerait le temps en cataloguant intérieurement les vastes jardins de Bennington.

Elle sentit les lèvres de l'importun s'aventurer vers un point situé derrière son oreille. Elle aurait besoin d'un mouchoir pour s'essuyer le visage quand il aurait terminé de lui dégouliner dessus.

Elle prit une profonde inspiration, mais s'arrêta à mi-chemin, alors que ses poumons n'étaient pas complètement remplis.

L'homme sentait mauvais. D'aussi près, l'odeur était même assez forte. Par bonheur, il ne faisait que quelques centimètres de plus qu'elle, ce qui lui évitait d'avoir le nez écrasé contre son gilet.

Et il devrait définitivement avoir une petite conversation avec son valet à propos de son linge. Son col et son foulard étaient bordés d'une délicate ligne de crasse.

Beurk ! Il avait plongé sa langue dans l'oreille de la jeune femme.

C'en était trop. Il pouvait tout aussi bien posséder le jardin d'Eden qu'elle l'éliminerait quand même de sa liste de maris potentiels.

— Monsieur le vicomte ! s'écria-t-elle en essayant de faire reculer le chétif aristocrate.

— Hum ?

Il déplaça sa bouche jusqu'à la naissance de son cou et s'y arrima comme une sangsue.

— Vicomte Bennington, je vous en prie.

Alors qu'elle faisait une nouvelle tentative pour l'éloigner, il la serra contre lui et elle sentit une protubérance révélatrice au niveau de son entrejambe.

Elle le repoussa un peu plus fort. Autant essayer de renverser un mur. Qui aurait pu deviner qu'un homme si petit et si fluet possédait tant de force ?

— Monsieur le vicomte, vous me mettez mal à l'aise.

Il pressa un peu plus contre elle le renflement qui s'était formé dans son pantalon.

— C'est vous qui me mettez mal à l'aise, mon petit chou, souffla-t-il d'une voix étrangement rauque.

Aussitôt, il repartit à l'assaut et lui mordilla l'épaule.

— Aïe ! Arrêtez tout de suite.

L'homme était un vicomte, après tout. Un gentleman. Il n'allait quand même pas tenter de dépasser les bornes dans le jardin de lord Palmerson, à quelques mètres seulement de la salle de bal bondée ?

Pourtant il ne s'arrêtait pas. Il était même en train de commencer à lécher l'endroit qu'il venait de mordre. Dégoûtant.

— Monsieur, raccompagnez-moi auprès de lady Beatrice sur le champ !

Il grogna et retourna à son œuvre, vers sa gorge.

Devait-elle crier ? Quelqu'un l'entendrait-elle par-dessus la musique ? Si elle devait attendre les pauses entre les danses… Peut-être un autre couple ayant choisi de faire un tour pour profiter de la fraîcheur nocturne viendrait-il à son secours.

Lord Bennington lui titillait l'oreille du bout du nez.

— Ne vous inquiétez pas, Miss Peterson. Mes intentions sont tout à fait honorables.

— Honorables ? Je…, Meg s'arrêta. Honorables, au sens marital du terme ?

— Bien sûr. À quoi d'autre pensiez-vous donc ?

À quoi d'autre pouvait-elle bien penser, en effet ? Certes, il était quelque peu repoussant, mais un peu de saleté et de bave devaient-ils vraiment l'éliminer de sa liste des prétendants ? C'était le but de Meg, après tout, d'être mariée ou fiancée avant la fin de la Saison. Celle-ci avait commencé à peine un mois auparavant et voilà qu'elle était déjà sur le point de recevoir une offre tout à fait respectable, inespérée même. Une fille de pasteur et un vicomte ? Les commères de la bonne société allaient se faire un réel plaisir de répandre la nouvelle.

Après tout, il possédait toutes ces magnifiques plantes. Une serre et un jardin à Londres, plus des hectares de végétation dans le Devon.

Et puis honnêtement, combien de fois devrait-elle faire face à ses ardeurs si elle l'épousait ? Son père et Harriet étaient très liés, et Lizzie et sa sœur passaient beaucoup de temps avec leur mari respectif, mais la plupart des couples mariés de la bonne société ne se voyaient que très rarement. Avec un peu de chance, elle tomberait vite enceinte, peut-être même lors de sa nuit de noces. Après, Bennington et elle feraient sans doute chambre à part.

Elle pouvait bien endurer quelques minutes d'inconfort pour obtenir la clé de la serre de Bennington, après tout. Personne d'autre que lui n'avait une aussi impressionnante collection de plantes. À part Parks – Mr Parker-Roth –, et ce dernier semblait bien loin d'envisager un mariage avec la jeune Meg.

Elle s'humecta les lèvres. Pouvait-elle dire « oui » ? Il était grand temps qu'elle se marie. Elle voulait un foyer à elle. Un jardin. Des enfants.

Des enfants dotés de l'imposant appendice nasal de Lord Bennington ?

— Monsieur, je ne…

— Allons, Miss Peterson. Il n'y aura pas de seconde chance. Vous vous en rendez compte, n'est-ce pas ?

— Lord Bennington !

Il était peut-être vicomte, mais ça ne lui donnait pas le droit d'être insultant.

— Les autres hommes n'ont pas parlé de mariage, n'est-ce pas ?

— Les autres hommes ? (Avait-il remarqué ses excursions dans les fourrés ? Impossible. Elle avait été très discrète.) Je ne vois pas de quoi vous parlez. Nous partageons le même intérêt pour l'horticulture, je pensais donc qu'une promenade dans le jardin de lord Palmerson avec vous serait stimulante.

Il gloussa et donna un petit coup de rein, lui plaquant cette désagréable protubérance contre le ventre.

— C'est le moins que l'on puisse dire.

Il y avait quelque chose de stimulé, pour sûr. Qui aurait pu penser qu'un si petit homme pouvait avoir un si gros, euh…

— Monsieur…

— Au point où nous en sommes, vous avez plus de chance de perdre votre réputation que de gagner un mari, Miss Peterson. Les hommes parlent entre eux, vous savez.

Heureusement, le jardin était plongé dans le noir. Meg sentit le feu lui monter aux joues. Il ne pensait tout de même pas… ?

— Lord Bennington, je vous assure que…

— Oh, je sais que vous n'avez rien fait de plus qu'échanger quelques baisers. Lord Farley a parlé d'un certain manque d'expérience. Il pensait même avoir été votre premier. Etait-ce le cas ?

— Lord Bennington, je vous en prie ! J'aimerais retourner à la salle bal, maintenant !

— J'imagine qu'à votre âge avancé, on doit être un peu curieuse. (Il rit.) Certainement un peu désespérée, également.

— Monsieur, je vous signale que je n'ai que vingt-et-un ans.

— Exact. Ce qui est, il me semble, bien au-delà de l'âge auquel vous êtes supposée trouver un mari, hum ?

— Pas du tout.

— Allons, Margaret. Je peux vous appeler Margaret, n'est-ce pas ? Je pense que nous avons suffisamment fait connaissance à présent pour nous passer des convenances.

Elle sentit la main gauche de l'obstiné atterrir dans son corsage, et lui attrapa le poignet. Il avait réussi, elle ne savait comment, à ôter ses gants.

— Non, nous n'avons sûrement pas fait assez connaissance pour cela.

— Vous souffrez de l'angoisse des pucelles, mon petit chou, c'est tout à fait normal.

Il effleurait le haut de sa poitrine.

— Lord Bennington !

— Appelez-moi Bennie, comme tous mes proches.

— Je ne me le permettrais pas. Ôtez immédiatement votre main.

Il la déplaça vers son épaule.

— J'ai trente-six ans, voyez-vous. Il est grand temps que je pense à engendrer un héritier, et votre famille est tout à fait respectable. Votre père est relié au comte de Landsdowne il me semble ?

— Mon père est l'oncle de lord Landsdowne, mais le comte se préoccupe peu de nous.

Elle regarda à travers les feuilles vers la lumière, qui l'invitait à la rejoindre. Avait-elle perçu un mouvement dans l'ombre ? Elle espérait que quelqu'un se trouve suffisamment à proximité pour lui porter secours, si nécessaire. Le vicomte s'obstinait à la caresser. Elle serra les dents.

— Mais votre sœur est la marquise de Knightsdale. Je suis certain qu'elle se soucie de votre bien-être. Ne vous a-t-elle pas élevée à la mort de votre mère ?

— Si. La salle de bal, monsieur le vicomte. Il est grand temps que nous y retournions.

Il avait les mains moites. C'était très désagréable.

— Et la comtesse de Westbrooke est une bonne amie à vous, je crois ?

— Oui, oui. (Est-ce qu'il avait étudié l'intégralité de son carnet d'adresses ?) La salle de bal, monsieur le vicomte. Merci de bien vouloir m'y escorter. Si vous souhaitez discuter de ma famille plus avant, nous pouvons le faire là-bas.

— Et le comte, comme le marquis, est un ami proche du duc d'Alvord – le comte est même le cousin de la duchesse.

— Lord Bennington…

— J'aimerais beaucoup être lié à toute cette richesse, tout ce pouvoir. N'importe lequel de ces hommes pourrait financer une expédition vers les jungles d'Amérique du Sud en claquant des doigts.

— Les jungles ? L'Amérique du Sud ?

Avait-il perdu la tête ?

— Je veux envoyer des hommes là-bas à la recherche de plantes exotiques, Margaret.

— Je vois. (C'était quelque chose qu'elle aurait beaucoup aimé faire également, mais cela était malheureusement impossible.) Des expéditions de ce type sont très coûteuses. Mr Parker-Roth me disait justement l'autre jour que…

Bennington crispa la main sur son épaule.

— Monsieur le vicomte, vous me faites mal.

— Vous connaissez Parker-Roth ?

— Vaguement. Je l'ai rencontré lors d'une partie de campagne l'an dernier. (Meg changea de position.) Lord Bennington, s'il vous plaît, vous allez me faire un bleu.

Il desserra les doigts.

— Toutes mes excuses. Je ne supporte pas cet homme. C'est l'un de mes voisins. Il passe la plupart de son temps à la campagne.

— Ah.

Voilà donc pourquoi elle ne l'avait jamais vu à Londres… Non pas qu'elle y ait prêté particulièrement attention, bien entendu.

— La façon dont les gens lui lèchent les bottes lorsqu'il daigne assister à une réunion de la Société Horticole me dégoûte. Il a beaucoup d'argent, lui, et envoie son frère parcourir la planète à la recherche de nouveaux spécimens de plantes.

— Je vois.

Lord Bennington avait relâché sa prise. Allait-il enfin la laisser partir ?

— Pouvons-nous retourner vers la salle de bal, monsieur ?

— Vous ne m'avez pas encore répondu.

— Comment cela ?

— Voulez-vous m'épouser, oui ou non ?

Lord Bennington la regardait sérieusement, toute trace de passion envolée. Margaret n'eut aucun mal à prendre sa décision.

— Je suis vraiment navrée, monsieur le vicomte. Je suis tout à fait consciente du grand honneur que vous me faites, mais je pense que nous n'irions pas ensemble.

Il fronça les sourcils.

— Que vous voulez-vous dire par là ?

— Nous n'irons pas… ensemble.

Que voulait-il qu'elle dise de plus ? Qu'elle pensait qu'il n'était qu'un immonde malotru et qu'elle avait commis une énorme erreur en lui adressant un jour la parole ?

— Vous m'avez emmené jusque dans l'obscurité de ce jardin et, malgré tout, vous refusez mon offre ?

— Je ne m'attendais vraiment pas à une demande en mariage, monsieur.

— Qu'attendiez-vous, alors ? Une proposition indécente ?

— Monsieur ! Bien sûr que non. Je n'attendais pas une demande sur le champ. Je n'attendais aucune demande, d'aucune sorte. Je souhaitais simplement faire un tour dans le jardin.

— Miss Peterson, je ne suis pas né de la dernière pluie. Vous m'avez attiré dans ces fourrés pour une bonne raison. Était-ce juste pour un baiser volé ? Êtes-vous à ce point en manque de batifolage ?

— Lord Bennington !

Avait-il vraiment utilisé le mot « batifolage » en s'adressant à elle ?

— Je ne vous laisserai pas abuser de moi pour assouvir vos pulsions.

Pulsions ! La seule pulsion qu'elle ressentait actuellement était de retourner dans la lumière et la sécurité de la salle de bal.

L'énervement gagnait le vicomte. Meg n'avait vraiment pas anticipé une telle réaction. Les autres hommes avaient été de parfaits gentlemen lorsqu'elle avait suggéré qu'ils retournent à l'intérieur.

— Vous avez fait le choix de venir avec moi dans ce jardin, il faut en payer le prix, maintenant, siffla-t-il. Lorsque j'en aurai fini avec vous, vos riches amis et votre famille me supplieront de vous épouser.

— Lord Bennington, soyez raisonnable. Vous êtes un gentleman.

— Je suis un homme avant tout, Miss Peterson. J'imagine que votre sœur vous a avertie à quel point il peut être dangereux de se retrouver seule avec un homme dans un endroit isolé.

Emma l'avait avertie de beaucoup de choses – elle aurait peut-être dû écouter ce sermon en particulier. Au moins lui serait-il épargné d'avoir à faire aux remontrances de sa sœur cette fois ; cette dernière était bien au chaud, confortablement installée dans le Kent, avec ses enfants. Si elle pouvait juste se débarrasser de Bennington, tout irait pour le mieux. Cela lui servirait de leçon. Elle ne retournerait pas dans l'obscurité des fourrés de sitôt.

Le vicomte fourra les mains dans sa chevelure, rompant le fragile équilibre de sa coiffure. Des mèches éparses se répandirent sur ses épaules.

— Lord Bennington, arrêtez cela immédiatement !

Il grogna, les mains de nouveau dans son corsage. Elle tenta un coup de genou, mais manqua sa cible.

— On veut jouer à ça, hein ?

— Monsieur, je vais crier.

— Je vous en prie, faites donc. Le scandale n'en sera que plus divertissant. Combien pensez-vous que le marquis sera prêt à payer pour étouffer l'affaire ?

— Rien du tout.

— Oh, Miss Peterson, vous êtes donc vraiment naïve.

Il écrasa ses lèvres contre les siennes, la forçant à entrouvrir la bouche. Puis il introduisit sa langue entre ses dents comme un serpent, menaçant de l'étouffer. Elle fit alors la seule chose qui lui vint à l'esprit.

Elle mordit avec force.

John Parker-Roth – Parks pour les intimes – sortit dans la fraîcheur tranquille du jardin, échappant ainsi à la chaleur et à l'agitation de la salle de bal de lord Palmerson.

Dieu merci. Il sentait toujours l'air putride de Londres mais, au moins, il n'était plus incommodé par le mélange nauséabond de parfums, d'huile pour les cheveux, d'haleines infectes et de transpiration qui envahissait l'air à l'intérieur. Il ne comprenait décidément pas comment sa mère pouvait se plonger volontairement dans cette marée humaine.

Parks choisit un sentier au hasard. Pour un jardin situé dans Londres, celui de Palmerson était plutôt vaste. S'il passait outre le vacarme de musique et de conversations qui se répandait depuis la maison ainsi que les bruits de la ville, il arrivait presque à s'imaginer de retour à la campagne.

Presque. *Bon sang.* Les plantes que Stephen avait envoyées étaient-elles déjà arrivées ? Il aurait dû être à la maison pour les recevoir. Si elles avaient fait tout ce chemin depuis l'Amérique du Sud pour mourir, encore emballées, au Prieuré… Cette idée lui était intolérable.

MacGill allait-il suivre ses instructions à la lettre ? Il les avait rédigées en détail et avait revu chaque item de la liste avec lui, mais cet entêté d'Écossais pensait toujours tout savoir mieux que tout le monde. Bon d'accord, c'était généralement le cas. MacGill était un excellent jardinier, mais quand même, ces plantes-là requéraient un soin tout particulier.

Parks aurait voulu être sur place lui-même. Pourquoi sa mère avait-elle insisté pour le traîner à Londres aujourd'hui ?

Il laissa échapper un soupir de frustration. Il savait très bien pourquoi : cette fichue Saison. Sa mère avait prétexté des achats de fournitures pour ses peintures et des réunions avec ses amis artistes, mais il n'était pas dupe. Elle voulait le marier.

Il avait entendu dire que Palmerson possédait un beau spécimen de *Magnolia Grandiflora*. Il allait essayer de le trouver. Avec un peu de chance, il le dénicherait dans le coin le plus sombre et le plus reculé du jardin. Il était sûr que sa mère était bien capable de quitter la salle de bal pour partir à sa recherche, traînant dans son sillage la dernière recrue en date pour une potentielle union.

Pourquoi diable ne pouvait-elle accepter le fait qu'il ne veuille pas se marier ? Il le lui avait répété un nombre incalculable de fois. Était-ce vraiment si dur à comprendre ?

Apparemment, oui. Il fit la grimace. Sa mère en était à présent au stade où elle soupirait d'un air inquiet chaque fois qu'elle le regardait.

Il écarta d'un revers de main la vigne tombante qui lui barrait le chemin. C'était pourtant très clair : il n'avait aucun besoin de se marier. Il n'avait pas de titre à transmettre. Le Prieuré pouvait revenir à Stephen ou Nicolas. En admettant que leur père ne leur survive pas à tous. Parks était parfaitement heureux. Il avait une occupation – ses plantes et ses jardins. Il connaissait une veuve très obligeante au village, bien qu'il ne lui ait pas rendu visite depuis longtemps. Très honnêtement, il était bien plus à l'aise dans sa roseraie que dans le lit de Cat. Les roses étaient bien plus accommodantes.

Non, décidément, une femme entraînerait bien trop de complications.

Bon sang ! Avait-il entendu un bruissement dans les fourrés ? Il ne manquait plus que cela – qu'il tombe sur un couple d'amoureux transis dans les buissons. Il s'éloigna de la végétation suspicieuse.

Le problème venait du fait que sa mère pensait le mariage nécessaire à l'accomplissement de la vie d'un homme. Il prit une profonde inspiration et expira lentement. Que Dieu lui vienne en aide. N'ouvrait-elle jamais les yeux sur ce qu'il se passait vraiment dans ces maudites soirées où elle le traînait ? Elle avait peut-être fait un mariage heureux, et père était peut-être tout à fait satisfait, mais la plupart des couples ne l'étaient pas.

Hors de question qu'il tombe dans le piège. Peut-être que si Grace avait...

Non. Il refusait d'entretenir des fantasmes ridicules. Il avait pris cette décision des années auparavant. Grace avait fait son choix, et elle était heureuse. Si ses informations étaient exactes, elle avait deux enfants. Elle était d'ailleurs dans la salle de bal en ce moment même. Il l'avait vue rire au bras de son époux lorsque la dernière danse s'était achevée.

Le bruit en provenance des buissons s'amplifiait. *Magnifique.* Une querelle d'amoureux, peut-être ? C'était vraiment la dernière chose à laquelle il avait envie d'assister. Il allait simplement...

— Espèce de garce !

Mon dieu, c'était la voix de Bennington. Cet individu avait un caractère de chien. Il n'était tout de même pas en train de...

— Monsieur le vicomte, s'il vous plaît.

On sentait dans la voix de la fille un soupçon de panique.

— Vous me faites mal, reprit celle-ci.

Sans plus d'hésitation, Parks s'élança.

Il ne fallait surtout pas qu'elle panique. Bennington était un gentleman, après tout.

Pourtant, à l'heure actuelle, il ressemblait plutôt à un monstre. Il la toisait, les yeux plissés et la mâchoire serrée. Il lui agrippait les bras des deux mains. Elle était sûre que ses doigts laisseraient des traces.

— Espèce de garce !

— Monsieur le vicomte, s'il vous plaît.

Elle s'humecta les lèvres. La peur l'empêchait de reprendre son souffle. Il était vraiment plus fort qu'elle, et le jardin était plongé dans l'obscurité.

C'était un vicomte, un aristocrate, un gentleman. Il n'allait pas vraiment lui faire de mal, quand même ?

Elle n'avait jamais vu un homme à ce point en colère.

— Vous me faites mal, insista-t-elle.

— Je te fais mal ? Attends un peu ! Je vais te montrer ce que c'est que d'avoir mal.

Il la secoua si fort que sa tête remua sur ses épaules comme celle d'une poupée de chiffon. Puis il tira sur son corsage, arrachant le tissu, et lui saisit un sein, qu'il pressa avec force. La douleur fut intolérable.

— Ah tu te permets de me mordre, hein ? Ça te dirait que je te morde le…

Meg vit un avant-bras bien habillé surgir et prendre le malotru à la gorge.

Il eut un son étranglé et relâcha la jeune femme pour tenter d'attraper la manche de soie noire qui lui étreignait le cou.

— Espèce de salaud.

Mr Parker-Roth repoussa lord Bennington, le fit tourner sur lui-même et lui envoya son poing dans la mâchoire, le projetant en arrière dans un buisson de houx. Meg aurait volontiers applaudi si elle n'avait pas été à deux doigts de pleurer. Elle remonta son corsage et croisa les bras.

— Parker-Roth, cracha Bennington, en même temps qu'un peu de sang, alors qu'il s'extirpait de l'épineuse végétation. Quel est votre problème, à la fin ? Cette jeune femme m'a invité à la suivre dans le jardin.

— Je suis certain qu'elle ne vous a pas invité à la molester.

— Une femme qui va faire un tour, seule, avec un homme…

— … ne demande pas à être violée, Bennington.

Le vicomte ouvrit la bouche, puis la referma précipitamment. Sa mâchoire commençait à enfler et il y avait du sang sur son foulard.

— Je n'allais pas… Jamais je ne… Je me suis simplement emporté. (Il jeta un coup d'œil en direction de Meg.) Toutes mes excuses, Miss Peterson. Je vais bien sûr prendre les mesures qui s'imposent et parler avec votre beau-frère dès demain matin, puis me rendre dans le Kent pour rencontrer votre père.

— Non ! (Elle déglutit et prit une profonde inspiration.) Je ne vous épouserai pas, dit-elle lentement, distinctement. Je refuserais de devenir votre femme même si vous étiez le dernier homme d'Angleterre, même si vous étiez le dernier homme sur la planète.

— Allons, Margaret…

— Vous avez entendu Miss Peterson, Bennington. Je pense qu'elle a été assez claire sur ce qu'elle pense de votre proposition. Faites donc ce qui s'impose et débarrassez le plancher.

— Mais…

— Je me ferai un plaisir de vous aider à trouver le portail de service. Ce sera même avec une joie certaine que je vous jetterai dans l'allée à coups de pied dans votre misérable arrière-train.

— Margaret… Miss Peterson.

— S'il vous plaît, lord Bennington, je vous assure qu'il n'y a rien que vous puissiez dire pour me persuader de répondre favorablement à votre requête.

— Vous êtes simplement chamboulée. J'ai peut-être été un peu trop passionné.

— Peut-être ?

Elle pinça les lèvres. Il était hors de question qu'elle fasse une crise d'hystérie, dans le jardin de lord Palmerson.

Il fronça les sourcils, puis esquissa une courbette.

— Très bien. Je pars, puisque vous insistez. (Il se retourna, puis s'arrêta.) Je suis vraiment sincèrement désolé.

Meg hocha la tête. Il semblait effectivement contrit, mais tout ce qu'elle souhaitait à présent, c'était qu'il s'en aille. Elle ferma les yeux, et écouta le bruit de ses pas tandis qu'il s'éloignait. Elle n'aurait pu supporter la vue du vicomte à côté d'elle plus longtemps.

Pourquoi avait-il fallu que ce soit Parks qui la surprenne dans une situation si embarrassante ? Qu'allait-il penser d'elle ?

Peut-être allait-il tout simplement partir et la laisser défaillir toute seule, tranquillement.

Elle sentit qu'on lui effleurait doucement la joue.

— Miss Peterson, vous sentez-vous bien ?

Elle secoua la tête.

— Je suis vraiment navré que vous aillez eu à subir les ardeurs de Bennington. Vous n'auriez pas dû... Eh bien, ça n'est pas vraiment le genre d'homme que vous devriez... Il a un tempérament des plus détestable.

C'était l'euphémisme de l'année.

— Vous ne pouvez retourner à l'intérieur dans cet état. Qui est votre chaperon ?

Elle se força à répondre.

— Lady Beatrice.

Je vais la chercher de ce pas. Pouvez-vous rester seule ?

— Ou-oui.

Elle se mordit la lèvre. Non, elle ne pleurerait pas. Du moins jusqu'à ce qu'il parte.

Il fit un bruit étrange, un soupir bref teinté de mécontentement et de résignation.

— Oh, pour l'amour de Dieu, venez par ici.

Il l'attira contre lui, et elle ne résista qu'une seconde.

Le premier sanglot lui échappa alors qu'elle enfouissait son visage dans le gilet du jeune homme. Elle sentit ses bras chauds et sécurisants l'entourer, et il commença à lui caresser doucement les cheveux. Elle eut l'impression qu'un poids s'envolait de sa poitrine.

Elle sanglota un peu plus fort.

Parks réprima un autre soupir. La fille en question était Miss Margaret Peterson – Meg, comme l'appelait Westbrooke. Il l'avait rencontrée lors de la partie de campagne chez le baron Tynweith au printemps précédent. Il l'avait appréciée. Elle lui avait semblé plutôt posée, et assez calée en architecture végétale et en horticulture en général. Discuter avec elle avait été très agréable.

La regarder, aussi.

Très, très agréable. Elle était plus que séduisante. Mince, mais avec des formes harmonieuses. Des yeux bruns pailletés d'or et de vert. Des cheveux châtains et soyeux.

Il y mêla ses doigts, massant la nuque de la demoiselle. Il se sentait bien avec elle dans ses bras. Cela faisait trop longtemps qu'il n'avait pas tenu une femme comme cela.

Bien trop longtemps, s'il se mettait à ressentir de telles pulsions envers une jeune personne qui se répandait lamentablement dans son foulard. Il allait devoir rendre visite à Cat dès qu'il serait de retour au Prieuré, après avoir vérifié l'état de son arrivage de plantes, évidemment.

Il tapota l'épaule de Meg. Sa peau était si lisse, si douce…

Il laissa tomber sa main, par sécurité, dans le dos de son corsage.

Qu'avait-il bien pu lui passer par la tête pour qu'elle aille se promener dans le jardin de Palmerson avec un homme de l'acabit de Bennington ? Parks la tenait-il en trop haute estime ? Après tout, elle avait bien été invitée à la scandaleuse réception de Tynweith.

Et elle s'y était comportée de façon fort appropriée. Elle avait été faire un tour dans le jardin avec lui, mais toujours dans la journée, et toujours pour discuter horticulture.

Elle fit un petit bruit bizarre, à mi-chemin entre un reniflement et un hoquet.

— Vous allez bien, Miss Peterson ?

Elle acquiesça, tête baissée.

— Tenez, prenez mon mouchoir.

— Merci, souffla-t-elle sans pour autant croiser son regard.

Il l'examina plus attentivement. Il y avait encore assez de lumière pour éclairer une délicate et blanche épaule totalement exposée, ainsi que l'adorable courbe d'un sein…

Parks recula vivement, afin qu'elle ne soit pas effrayée ou offensée par la brutale montée de son désir.

Cela faisait vraiment trop longtemps qu'il n'avait pas été dans le lit d'une femme.

— Je suis vraiment désolée de me donner en spectacle ainsi. J'ai complètement trempé votre vêtement.

— Vous venez de vivre une expérience traumatisante. (Il s'éclaircit la voix.) Vous savez que vous ne devriez pas vous promener seule avec un homme dans les fourrés la nuit, n'est-ce pas ?

— Oui, bien sûr. (Elle s'écarta un peu.) Les autres n'ont pas dépassé les limites de cette façon.

— Les autres ? Il y en a eu d'autres ?

Meg rougit. Parks semblait choqué.

— Je ne suis pas une débutante.

— Non, mais vous êtes jeune et célibataire.

— Pas si jeune que ça. J'ai vingt-et-un ans.

Parks haussa un sourcil et Meg sentit une pointe d'énervement. Était-il en train de la juger ?

— Lady Beatrice n'a jamais rien eu à redire quant à mon comportement.

L'expression du jeune homme se fit un peu plus interrogatrice, et Meg eu une brusque envie d'attraper ses lunettes et de les écraser sous son escarpin. Elle en avait plus qu'assez de ce genre de regard, qu'elle ne connaissait que trop bien.

— Oh, vous ne valez pas mieux que tous ces mufles moralisateurs dans la salle de bal.

Elle tourna les talons, fit un pas – et se prit le pied dans une racine.

— Aaah !

Elle était en train de tomber, tête la première, dans le même buisson épineux que Bennington venait justement de libérer.

Elle sentit des mains puissantes la saisir et la hisser contre un torse dur comme de la pierre, et frissonna. Elle avait la chair de poule, à cause de la fraîcheur de l'air nocturne, et…

Elle baissa le regard sur sa robe, qui dévoilait entièrement sa poitrine.

— Mon dieu !

— Que se passe-t-il ?

— Fermez les yeux !

— Quoi ?

Oh non ! Étaient-ce des pas qu'elle entendait sur le gravier ? Quelqu'un venait vers eux ! Il fallait qu'elle se cache.

Il n'y avait nulle part où se dissimuler. Elle se retourna et se plaqua contre Parks. Peut-être Dieu allait-il lui envoyer un miracle et la rendre invisible.

Le Tout-Puissant n'était manifestement pas disposé à lui donner un coup de main ce soir-là.

— Bonsoir ! Mr Parker-Roth… c'est bien vous ? Je ne savais pas que vous étiez en ville en ce moment.

— Oh non…, gémit Meg dans le foulard de Parks.

Non, ça ne pouvait pas être… Par pitié, pas lady Dunlee, la plus grande commère de tout Londres !

La jeune femme sentit Parks resserrer ses bras autour d'elle, et sa réponse vibrer sous sa joue.

— Je viens juste d'arriver, lady Dunlee. Bonsoir, monsieur.

— Bonsoir, Parker-Roth. Nous prenions un peu l'air dans le jardin, mais, hum… (Lord Dunlee s'éclaircit la gorge.) Je, euh, je pense qu'il est temps que nous retournions à la salle de bal.

— Juste un instant. (La voix de lady Dunlee se fit plus tranchante.) Qui est-ce, avec vous, dans les fourrés, monsieur ? Je n'y vois pas très clair.

— Ma chère, je pense que nous sommes en train d'interrompre ce gentleman.

— Évidemment ! s'esclaffa lady Dunlee. Mais la question est plutôt de savoir ce que nous interrompons exactement.

Meg ferma les yeux. Elle était sur le point de mourir de honte.

— Il s'agit de Miss Peterson, n'est-ce pas ? Seigneur Dieu, je n'avais pas idée que tous les deux étiez… en aussi bons termes.

PEMBERLEY

DÉCOUVREZ AUSSI DANS LA MÊME COLLECTION :

Chez votre libraire

Victoria Dahl	La Famille York : *Cœur brisé*
Margaret Mallory	Le Retour des Highlanders : *Le Gardien*

24 août 2012

Elizabeth Aston	*Les Aventures de Miss Alethea Darcy*
Sally MacKenzie	Noblesse oblige : *Le Gentleman mis à nu*
Margaret Mallory	Le Retour des Highlanders : *Le Séducteur*

Achevé d'imprimer en juin 2012
Par CPI Brodard & Taupin - La Flèche (France)
N° d'impression : 68919
Dépôt légal : juillet 2012
Imprimé en France
81120774-1